Une étrange collaboration

La double menace

ANGI MORGAN

Une étrange collaboration

Traduction française de
FABRICE CANEPA

BLACK *ROSE*

HARLEQUIN

Collection : BLACK ROSE

Titre original :
RANGER GUARDIAN

HARPERCOLLINS FRANCE
83-85, boulevard Vincent-Auriol, 75646 PARIS CEDEX 13
Service Lectrices — Tél. : 01 45 82 47 47

www.harlequin.fr

ISBN 978-2-2804-1506-4 — ISSN 1950-2753

Prologue

Huit mois plus tôt

Heath Murray avait emprunté le portail réservé aux ambulances, il s'était garé juste devant l'entrée de l'hôpital, quasiment sur le trottoir. Lorsque l'un des vigiles avait tenté de l'en dissuader, il n'avait pas hésité à brandir son badge de Texas Ranger.

Il n'était pas particulièrement fier d'avoir abusé de ses prérogatives de cette façon. Mais sa fille de quatre ans venait d'être admise aux urgences. C'était d'ailleurs tout ce que lui avait indiqué son épouse sur le bref message qu'elle avait laissé sur son portable.

L'idée qu'il puisse être arrivé quoi que ce soit à Skylar Dawn le rendait physiquement malade. Il ne pouvait imaginer sa vie sans sa fille. C'était une véritable révolution pour un homme qui, six ans auparavant, ne jurait que par son travail.

Mais tout avait basculé le jour où il avait rencontré Kendall. À ses côtés, il avait découvert que l'existence ne se limitait pas forcément au travail auquel il s'était consacré presque exclusivement jusque-là. Depuis qu'ils s'étaient mariés et que Skylar Dawn était née, Heath avait entièrement revu l'ordre de ses priorités.

Dans la salle d'attente, il aperçut sa belle-mère qui était assise sur l'une des chaises en plastique. Comme à son habitude, Naomi Barlow était tirée à quatre épingles. Mais ses yeux étaient rougis, son mascara avait coulé et elle tenait à la main un mouchoir en tissu.

— Où est-elle ? lui demanda Heath sans prendre le temps de la saluer.

— Ne vous en faites pas, lui répondit Naomi. Tout va bien. Kendall est avec elle. Apparemment, la fracture est nette et ils n'auront pas besoin de l'opérer.

— Que s'est-il passé ? s'enquit Heath, loin de se sentir rassuré.

— Skylar Dawn est tombée du portique, dans la cour de l'école, expliqua Naomi. Elle souffre d'une fracture au poignet.

— Je vais la voir, déclara Heath.

— Ils ne vous laisseront pas entrer, objecta sa belle-mère. Ils n'autorisent qu'un seul adulte à accompagner les enfants.

— C'est ce que nous verrons…

Heath se dirigea droit vers la réceptionniste et lui tendit son badge.

— Je voudrais voir Skylar Dawn Murray, lui dit-il.

L'infirmière étudia attentivement sa plaque avant de hocher la tête.

— Vous pouvez entrer, lui dit-elle en appuyant sur le bouton qui permettait d'actionner le sas de sécurité. Elle est dans la chambre sept.

Heath s'avança dans le couloir qui desservait plusieurs portes numérotées. En quelques enjambées, il atteignit la septième devant laquelle il s'arrêta, le temps de recouvrer un semblant de calme. Il ne parviendrait jamais à rassurer sa fille s'il ne se rendait pas maître de ses propres émotions.

À travers la porte, il entendit alors les voix étouffées de Kendall et de Skylar Dawn. Prenant une profonde inspiration, il entra. Sa fille était allongée sur un lit d'hôpital. Son bras qui reposait devant elle était entouré d'un plâtre tout neuf. Son visage était livide et ses yeux encore rougis par les larmes qu'elle avait dû verser.

Mais lorsqu'elle l'aperçut, un grand sourire illumina son visage.

— Papa ! s'exclama-t-elle joyeusement avant de se tourner vers sa mère pour la prendre à témoin. Tu vois, je t'avais bien dit qu'il arriverait bientôt !

Heath s'approcha du lit et effleura les lèvres de Kendall d'un baiser avant de se pencher vers Skylar Dawn pour l'embrasser sur le front. Jamais au cours de son existence, il ne s'était senti aussi soulagé qu'en cet instant.

— Désolée, murmura Kendall à son intention.

Parmi toutes les personnes qu'il connaissait, elle était celle qui parvenait le mieux à déchiffrer ses états d'âme. Et elle devait comprendre à quel point le message qu'elle lui avait laissé avait dû l'inquiéter.

— Tout va bien, à présent, ajouta-t-elle à voix haute.

— Tu as vu mon plâtre, papa ? demanda alors Skylar Dawn.

— Laisse-moi regarder, lui dit-il en faisant mine de l'observer très attentivement.

— Le docteur a dit que mes amis pourraient écrire dessus, déclara la fillette, visiblement ravie.

— C'est une très bonne idée, acquiesça-t-il. Est-ce que tu as mal ?

— J'ai eu très mal lorsque je suis tombée, avoua Skylar Dawn. Mais le docteur m'a fait une piqûre et je n'ai plus mal du tout. Je me sens juste un peu fatiguée.

— J'essayais justement de la convaincre de faire une petite sieste, expliqua Kendall.

— Je voulais d'abord que papa vienne me faire un bisou.

Heath lui en fit trois de plus, sur le front et sur chaque joue.

— Tâche de dormir un peu, lui conseilla-t-il.

— D'accord, dit-elle en fermant les yeux.

Main dans la main, ses parents la contemplèrent en silence. Quelques instants plus tard, elle avait sombré dans un profond sommeil.

— Je suis désolée, répéta alors Kendall. Je n'aurais jamais dû te laisser un message alors que j'étais folle d'angoisse… Ou alors j'aurais dû te rappeler pour te rassurer. Mais il est interdit d'utiliser son portable dans l'enceinte de l'hôpital.

— Ne t'en fais pas, lui dit-il. L'essentiel, c'est que tout aille bien, en fin de compte. Que s'est-il passé, exactement ?

Kendall entreprit de lui rapporter ce que lui avait expliqué la maîtresse d'école.

— Skylar Dawn a parié avec deux de ses amies qu'elle était capable de monter tout en haut du portique et de marcher en équilibre sur la barre transversale. Ce qui devait arriver est arrivé : elle est tombée. L'infirmière l'a conduite aussitôt à l'hôpital où nous l'avons rejointe, maman et moi. D'après le médecin, la fracture au poignet est légère. Mais elle devra garder son plâtre pendant un mois et demi.

— Tu crois qu'elle retiendra la leçon ? soupira Heath sans se faire trop d'illusions.

Kendall secoua la tête.

— J'ai bien peur qu'elle ne soit aussi casse-cou que ses parents, déclara-t-elle.

Il ne put s'empêcher de sourire. Le goût prononcé de Skylar Dawn pour les activités à risque n'avait effectivement rien de très étonnant. Après tout, il appartenait aux Texas Rangers et Kendall travaillait pour le FBI — et tous deux avaient opté pour des postes de terrain.

— En tout cas, pour un couple qui ne voulait pas d'enfant, je trouve que nous nous en tirons plutôt bien, remarqua Kendall.

— Je suis d'accord, acquiesça Heath. D'ailleurs, nous pourrions peut-être en faire un ou deux de plus.

Kendall le considéra avec stupeur.

— C'est la première fois que tu en parles, remarqua-t-elle.

Il haussa les épaules.

— C'est juste une idée comme ça… Je trouve moi aussi que nous nous en tirons très bien. Et puis, faire un deuxième enfant, cela paraît nettement moins terrifiant qu'en avoir un premier. Nous savons à peu près à quoi nous attendre, désormais.

Il s'interrompit, constatant avec étonnement que les yeux de Kendall s'étaient embués de larmes. Elle n'avait pourtant pas l'habitude de s'abandonner facilement à ses émotions.

— Cela fait déjà quelque temps que je me dis exactement la même chose, lui avoua-t-elle d'une voix légèrement tremblante.

Heath sentit un grand sourire se dessiner sur ses lèvres.

— Nous pourrions peut-être nous y mettre dès cet après-midi, suggéra-t-il malicieusement. Le temps de rentrer à la maison et de coucher Skylar Dawn…

— J'ai peur qu'il ne nous faille attendre un peu, objecta Kendall. J'ai promis à Jerry de lui donner un coup de main. Il travaille sur une affaire de fraude en ligne et cela risque de nous prendre pas mal de temps, au cours des semaines à venir…

Heath se rembrunit légèrement. Il était bien placé pour savoir que, dans leur profession, les enquêtes se succédaient sans arrêt. Et si Kendall attendait d'être disponible pour faire un deuxième enfant, Skylar Dawn risquait fort de se retrouver indéfiniment fille unique.

— Tu auras tout le temps de boucler le dossier d'ici là, remarqua-t-il. Et de toute façon, si nous avons un deuxième enfant, j'imagine que tu t'arrêteras de travailler définitivement…

Avant même que Kendall ne lui réponde, il comprit qu'il

venait de commettre une terrible erreur. Le choc et la colère qui se lisaient dans les yeux de son épouse étaient manifestes.

— C'est une plaisanterie, j'espère ? répliqua-t-elle froidement. Tu ne t'imagines tout de même pas que je vais renoncer à ma carrière pour m'occuper de mes enfants ?

En réalité, c'était précisément ce qu'il avait supposé sans jamais le formuler de façon explicite. Mais il n'imaginait pas que Kendall continuerait à mettre sa vie en danger lorsqu'elle serait responsable de plusieurs enfants.

Le lieu et le moment étaient cependant très mal choisis pour en discuter.

— Nous avons tout le temps d'en reparler, remarqua-t-il.

— Il n'y a rien à ajouter, déclara-t-elle posément. Je ne compte pas démissionner, quel que soit le nombre d'enfants que nous ayons.

— Kendall, ne put-il s'empêcher d'objecter, je te rappelle qu'initialement nous ne voulions pas avoir d'enfants parce que nous étions tous deux amenés à risquer notre vie régulièrement…

— Cela ne nous a pas empêchés d'avoir une fille, rétorqua-t-elle.

— Mais si nous avons deux enfants, ce ne sera plus la même chose.

— Pourquoi ?

Il haussa les épaules.

— Il y aura plus de logistique, expliqua-t-il, sentant confusément qu'il venait d'entrer sur un terrain miné.

— Je vois, répliqua froidement Kendall. Tu espères que je vais me transformer du jour au lendemain en femme au foyer pendant que tu continueras à travailler au sein des Texas Rangers ?

— Je ne vais quand même pas démissionner, répondit-il.

— Et pourquoi le ferais-je, moi ? s'exclama Kendall, furieuse.

Skylar Dawn laissa échapper un petit gémissement inarticulé et remua doucement dans son sommeil.

— Nous ferions mieux d'attendre d'être rentrés à la maison pour discuter de tout cela, déclara Kendall.

Heath regrettait presque d'avoir abordé la question. Mais s'ils devaient vraiment faire un deuxième enfant, il leur faudrait bien aller jusqu'au bout de cette discussion. Ils ne pouvaient s'y dérober sans manquer à leurs devoirs de parents.

Il réprima un soupir, songeant que le débat qui les attendait risquait d'occuper une bonne partie de leur soirée…

Kendall n'aurait jamais pu imaginer qu'un simple différend entre Heath et elle puisse s'envenimer à ce point. La soirée qu'ils avaient passée à discuter de leur avenir n'avait rien réglé, pas plus que la suivante ni celle d'après.

Au cours des six semaines qui s'étaient ensuivies, le débat n'avait fait que s'envenimer. Heath ne comprenait pas qu'elle puisse envisager de continuer à risquer sa vie lorsqu'elle serait mère de deux enfants. Quant à elle, elle refusait d'abandonner le métier auquel elle s'était vouée corps et âme durant toute sa vie d'adulte.

Elle avait travaillé très dur pour entrer au FBI et n'avait pas ménagé sa peine depuis qu'elle était devenue agent spécial. Elle ne tenait pas à perdre le bénéfice de toutes ces années d'effort. Kendall estimait d'autre part être parfaitement capable d'assumer de front ses responsabilités professionnelles et familiales.

Les conversations tendues avaient progressivement cédé à des disputes de plus en plus régulières. L'ambiance à la maison s'en ressentait et, malgré leurs efforts pour préserver Skylar Dawn, la petite fille avait fini par en souffrir, elle aussi. Elle dormait mal et se plaignait régulièrement de maux de ventre.

Kendall avait fini par suggérer que Heath et elle consultent un psychologue de couple. Mais Heath avait opté pour une solution nettement plus radicale. Du jour au lendemain, il avait fait son sac et était parti s'installer chez Slate Thompson.

Ce dernier habitait un petit ranch situé à l'est de Dallas. En guise de loyer, Heath aidait Slate à s'occuper des chevaux et donnait quelques cours d'équitation. Kendall avait espéré que cela lui permettrait de prendre de la distance et de relativiser. Mais il n'en était rien.

En réalité, leur éloignement les avait poussés à se concentrer de plus en plus sur leur travail. Ils accumulaient les heures supplémentaires pour s'occuper l'esprit et ne plus penser à leurs problèmes.

Au fond d'elle-même, Kendall savait que cela ne faisait qu'élargir un peu plus le gouffre qui était en train de se creuser entre eux. Mais elle ne voyait aucune solution.

Le pire, c'était que cette séparation avait effectivement eu un effet salvateur sur Skylar Dawn. Elle paraissait nettement moins stressée et semblait s'habituer progressivement à cette nouvelle situation.

Heath l'appelait chaque soir. Il revenait également s'occuper d'elle deux soirs par semaine, lorsque Kendall travaillait de nuit. Et il lui donnait des cours d'équitation chaque samedi au ranch.

À mesure que cette nouvelle routine s'installait, Kendall sentait monter en elle un mélange de résignation, de tristesse et d'incrédulité. Elle ne parvenait pas vraiment à s'expliquer comment, en l'espace de moins de deux mois, ils avaient pu passer du statut de couple uni et aimant à celui de deux étrangers vivant sous des toits différents et ne s'adressant quasiment plus la parole.

Sa mère n'avait jamais caché les doutes que lui inspirait son mariage avec Heath, lui répétant souvent que le plus important pour elle était de préserver sa carrière et son indépendance. Et Kendall en venait à présent à se demander si elle n'avait pas eu raison.

1

Heath Murray savait qu'il ne pourrait demeurer éternellement au ranch. Slate lui avait assuré à plusieurs reprises qu'il serait le bienvenu aussi longtemps qu'il aurait besoin d'un toit. Mais il sentait bien qu'il était de trop depuis que Slate et Vivian sortaient ensemble.

Il savait bien que, tôt ou tard, il devrait déménager. Mais jusqu'à présent, il avait repoussé l'inévitable échéance sachant qu'une telle décision ne ferait qu'accroître la distance qui s'était installée entre Kendall et lui au cours des six derniers mois.

En vivant chez Slate, il parvenait presque à se persuader que cet éloignement n'était que temporaire et que tout finirait par rentrer dans l'ordre. Pourtant, au fond de lui, il savait que chaque jour qui s'écoulait rendait un peu plus improbable une heureuse conclusion…

En attendant de faire face à l'inévitable échéance, Heath s'efforçait de laisser à Slate et à Vivian toute l'intimité dont ils avaient besoin. Il faisait mine d'ignorer les allées et venues de la jeune femme au beau milieu de la nuit.

En semaine, en dehors des deux soirs qu'il passait en compagnie de Skylar Dawn, il travaillait tard. Et tous les samedis, il s'éclipsait pour participer à l'organisation de rodéos…

Mais le dimanche, il aurait aimé pouvoir passer la journée

à se détendre, à regarder son émission de sport préférée ou à lire tranquillement sur le canapé.

Hélas, il était devenu pratiquement impossible d'éviter Slate et Vivian qui passaient presque tout leur temps ensemble. Il n'aurait su dire combien de fois il avait ouvert une porte pour les surprendre en train de se dévorer de baisers.

Ces démonstrations d'affection ne faisaient que renforcer la sensation de solitude et de désarroi qui l'habitait. Mais chaque fois qu'il laissait entendre à Slate qu'il comptait déménager, son partenaire lui assurait que c'était inutile. Il ajoutait que la place de Heath était auprès de son épouse et qu'il était temps pour lui de se réconcilier avec Kendall.

Cette opinion était partagée par l'ensemble de leurs collègues qui ne se privaient pas de le lui faire savoir. Heath se gardait de leur répondre, estimant que cette histoire ne les concernait pas. C'était à Kendall et à lui de régler cette histoire.

Évidemment, il faudrait pour cela que tous deux s'adressent la parole. Mais leurs conversations se résumaient au strict minimum. Chaque soir, Kendall l'informait de ce qui était arrivé à Skylar Dawn dans la journée. Ils discutaient des dispositions pratiques concernant leur fille ou des questions administratives les plus triviales. Mais jamais ils n'évoquaient la situation dans laquelle ils se trouvaient.

Heath savait qu'il allait devoir prendre l'initiative. Il était temps que les choses changent — que ce soit pour le meilleur ou pour le pire. Soit Kendall et lui parviendraient à recoller les morceaux, soit ils entérineraient leur rupture et seraient libres de passer à autre chose.

Malheureusement, chaque fois que Heath avait l'occasion d'en discuter sérieusement, il flanchait, incapable de prononcer les mots qui risquaient de condamner leur couple une fois pour toutes.

Ce soir-là ne fit pas exception et, en dépit de ses bonnes

résolutions, il se contenta d'échanger quelques phrases vides de sens avec Kendall qui lui passa rapidement Skylar Dawn.

— Bonsoir, papa, s'exclama-t-elle joyeusement.

— Bonsoir, ma toute belle ! répondit-il. Comment s'est passée ta journée ?

Skylar Dawn entreprit de lui raconter par le menu tout ce qu'elle avait fait ce week-end-là. Il l'écouta avec attention et le mélange de culpabilité et de désarroi qui l'habitait disparut rapidement, remplacé par la tendresse infinie que lui inspirait sa fille.

Après avoir passé son téléphone portable à Skylar Dawn qui s'était mise à babiller joyeusement avec son père, Kendall gagna le salon pour appeler son supérieur au FBI sur la ligne fixe.

— Jerry ? lui dit-elle. Je suis désolée de te déranger chez toi un dimanche soir mais j'ai vraiment besoin de savoir si tu as réussi à obtenir des renforts. Si tu veux que nous avancions, je vais avoir besoin d'aide.

Jerry ne put réprimer un soupir. Ce n'était pas la première fois qu'ils avaient cette discussion mais elle n'avait pas encore renoncé à lui faire entendre raison. Kendall savait ce qu'elle voulait et était bien décidée à ne pas baisser les bras tant qu'il lui resterait une chance de l'obtenir.

— Saperlotte, Kendall, cela faut près d'un mois que tu es sur cette affaire, lui rappela Jerry. Et pour le moment, tu n'as pu obtenir aucune preuve concrète pour étayer tes soupçons. Tu sais que nous sommes en sous-effectifs et la situation n'est guère plus brillante du côté de la police de Dallas. Tant que nous n'aurons pas plus d'éléments concrets à leur fournir, je n'ai aucune chance d'obtenir que plus d'hommes soient affectés à notre équipe.

— J'aurais besoin de quelqu'un qui s'y connaisse en

informatique, insista Kendall. Nous sommes à deux doigts de prouver que Public Exposure n'est qu'une façade destinée à couvrir des activités nettement moins avouables.

— Tu sais comme moi que, dans notre métier, « à deux doigts » ne signifie rien du tout. Trouve-moi des preuves solides et tu auras tous les hommes que tu voudras. En attendant, il y a peut-être quelqu'un qui peut te dépanner…

— Qui ça ? s'enquit Kendall, surprise.

— Heath Murray, répondit Jerry du tac au tac.

— Ce n'est vraiment pas drôle, répliqua-t-elle en fronçant les sourcils.

— Ce n'était pas censé l'être. Tu sais mieux que moi que c'est un spécialiste en matière de cybercriminalité. Il a toutes les compétences requises pour rejoindre ton équipe. Et je suis certain que son supérieur ne s'y opposerait pas.

— Je ne peux pas travailler avec Heath, protesta-t-elle vivement. Il y aurait un conflit d'intérêts… Et les autres membres de l'équipe s'y opposeraient certainement.

— Pose-leur la question. Si vous avez vraiment besoin de renforts, cela ne leur posera peut-être pas de problème. Et puis, cela pourrait n'être qu'une solution temporaire, en attendant que les rangers affectent un autre de leurs agents. Réfléchis-y, Kendall. En refusant cette éventualité, tu te tires peut-être une balle dans le pied.

Sur ce, son supérieur lui souhaita une bonne soirée et raccrocha. Kendall demeura immobile sur le canapé. Au loin, elle entendait le rire de Skylar Dawn à qui son père devait être en train de lire *Le Magicien d'Oz* comme il le faisait chaque soir.

Elle sentit son cœur se serrer dans sa poitrine. Les semaines qui s'étaient écoulées n'avaient pas atténué le désarroi que lui avait inspiré son départ.

Bien sûr, il lui avait expliqué pourquoi il avait quitté le foyer : il tenait avant tout à préserver leur fille de l'ambiance délétère qui s'était installée au fil de ces derniers mois. Mais elle était convaincue que les raisons de son geste ne se limitaient pas à cela, qu'elles n'étaient pas aussi altruistes qu'il voulait bien le lui faire croire.

Il était parti parce qu'il était trop fier pour admettre qu'il avait tort, qu'il n'y avait strictement aucune raison pour que ce soit elle qui sacrifie sa carrière. C'était une façon de la mettre au pied du mur, de la faire souffrir pour la pousser à accepter ses conditions.

Mais elle était bien décidée à ne pas céder. Sa mère lui avait inculqué depuis l'enfance qu'une femme qui renonçait à son indépendance financière et psychologique s'exposait à de cruelles déconvenues. Combien de couples finissaient-ils par se séparer ? Combien d'hommes abandonnaient leur épouse pour quelqu'un de plus jeune ?

En abandonnant le domicile conjugal, Heath ne lui avait-il pas précisément démontré avec quelle facilité un couple en apparence heureux pouvait se déchirer ?

Elle réprima un sanglot, se répétant que leur mariage n'était pas encore condamné. Heath n'avait encore jamais évoqué le divorce. Il n'avait emporté que quelques affaires, ce qui semblait indiquer que son éloignement n'était que temporaire. Il n'avait pas non plus rencontré d'autre femme.

Pour le moment.

Mais Kendall ne se faisait aucune illusion. Plus cette séparation s'éternisait et plus il leur serait difficile de se retrouver. Or les semaines avaient succédé aux jours et les mois aux semaines sans qu'ils n'entrevoient l'ombre d'une solution.

Une fois de plus, le doute s'insinua en elle. Était-elle responsable de cette situation ? N'aurait-elle pas dû se montrer plus patiente et plus compréhensive à l'égard de son époux ? N'avait-elle pas eu tort d'écouter les conseils de sa mère ?

Naomi avait toujours estimé que sa fille valait beaucoup mieux que Heath. À ses yeux, elle aurait dû épouser un avocat, un procureur ou un médecin. Elle n'avait jamais cherché à le cacher. Kendall, qui n'avait pourtant pas l'habitude de s'opposer à sa mère de façon frontale, avait fini par protester, allant même jusqu'à la menacer de ne plus l'inviter.

Naomi avait ravalé ses commentaires dépréciatifs mais il était évident qu'elle n'en pensait pas moins. Lorsque Heath avait quitté la maison, elle s'était abstenue de toute remarque mais son expression entendue était dénuée de toute ambiguïté.

Depuis, elle était venue s'installer chez elle et s'était beaucoup occupée de Skylar Dawn. Kendall lui en était d'ailleurs très reconnaissante : sans son aide, il lui aurait probablement été très difficile de faire face. Mais elle craignait que sa mère n'influence la vision que Skylar Dawn avait de son père.

Elle ne se serait jamais permis de le critiquer ouvertement face à la fillette, bien sûr. Mais il lui arrivait de laisser échapper quelques sous-entendus peu flatteurs à son égard.

Naomi avait toujours été une femme très indépendante. Après la mort du père de Kendall, elle s'était remariée à trois reprises. Chacune de ces unions s'était soldée par un divorce. Les pensions alimentaires qu'elle avait obtenues à chaque fois lui assuraient un train de vie très confortable.

Mais Kendall n'était pas dupe. Elle percevait bien la solitude et la frustration de sa mère qui la rendaient de plus en plus aigrie. Et elle ne tenait pas du tout à finir comme elle. Elle méritait d'être heureuse, auprès de quelqu'un qui saurait l'accepter telle qu'elle était et respecter ses aspirations.

Il était temps pour elle d'avancer. Elle s'efforcerait donc de convaincre Heath de rentrer, quitte à renoncer momentanément à un deuxième enfant.

Mais s'il refusait, elle devrait bien se résoudre à une séparation plus définitive. La mort dans l'âme, elle prendrait contact avec un avocat pour entamer une procédure de divorce.

2

Avec une indicible satisfaction, Wade Hamilton glissa dans un carton le dernier des dossiers qu'il avait été chargé d'archiver. Enfin, il était parvenu au bout de la corvée administrative dantesque qui lui avait été imposée près de six mois auparavant.

Il estimait avoir appris sa leçon : désormais, il s'efforcerait de ne plus prendre de risques immodérés. Il ferait preuve d'un peu plus de prudence et de circonspection, au lieu de foncer tête baissée.

Le fait de se retrouver confiné dans un bureau avait eu un autre avantage : il s'était entièrement remis du passage à tabac dont il avait été victime.

À présent, il se sentait en pleine forme et prêt à reprendre le service actif. C'était ce qu'il aimait par-dessus tout, ce pour quoi il s'était engagé au sein des Texas Rangers. Wade ne se sentait jamais aussi vivant que lorsqu'il était confronté au danger, lorsqu'il devait faire face à l'imprévu.

Malheureusement, le major Clements avait été très favorablement impressionné par ses talents de gratte papier. Sa connaissance approfondie des dossiers, des délinquants et des informateurs s'était révélée précieuse dans le cadre de plusieurs affaires.

Ses collègues s'étaient d'ailleurs habitués à ce précieux soutien logistique et faisaient souvent appel à lui. Et le perfectionnisme de Wade le poussait à ne négliger aucune de ces requêtes. Par conséquent, il arrivait de plus en plus tôt au bureau et en repartait de plus en plus tard.

Au fond, cela n'avait pas grande importance. Après tout, il n'avait aucune vie privée digne d'être préservée. Il n'avait ni épouse, ni enfant, ni petite amie régulière qui eussent pu se plaindre de son absence.

Ce lundi matin là, comme à son habitude, il était arrivé avant tout le monde. Après avoir terminé l'archivage, il passa rapidement en revue les communications qui étaient arrivées la veille, en fin de journée.

L'une d'elles retint particulièrement son attention. Elle avait été envoyée par Kendall Barlow qui avait apparemment besoin d'un spécialiste en matière de cybercriminalité. Wade considéra pensivement cette requête, se demandant s'il fallait y voir un sens caché.

Kendall ignorait-elle que leur meilleur cybercriminologue n'était autre que Heath Murray ? Cela paraissait peu probable. Avait-elle donc envoyé cette demande dans l'espoir que son époux serait rattaché à son équipe ?

Une telle collaboration n'était pas forcément idéale, d'autant que les problèmes de couple de ces deux-là étaient bien connus. Mais il s'agissait peut-être pour eux d'une occasion unique de se retrouver, de coopérer. Qui sait ? Cela les aiderait peut-être à régler le mystérieux différend qui semblait les opposer.

Cela faisait six mois que Heath avait quitté le domicile conjugal pour aller s'installer chez Slate. S'il fallait en croire ce dernier, son nouveau colocataire était un père modèle. Il passait chaque soir un coup de téléphone à sa fille et allait la garder deux fois par semaine. Skylar Dawn venait régulièrement au ranch où il lui donnait des cours d'équitation.

En revanche, Heath ne parlait quasiment plus à sa femme.

Wade mâchouilla pensivement l'extrémité de son stylo.

Évidemment, cette histoire ne le concernait pas directement. En temps normal, il se gardait bien de se mêler des problèmes amoureux ou domestiques de ses amis. Mais cette fois-ci, il allait faire une exception. Après tout, la demande de Kendall semblait indiquer qu'elle était prête à faire le premier pas.

Lorsque Slate et Jack revinrent de la pause-café qu'ils s'étaient accordée, il leur demanda leur avis.

— Il faut l'envoyer, approuva Slate sans réserve. Cela leur donnera l'occasion de régler leurs problèmes une fois pour toutes.

— Et toi ? s'enquit Wade à l'intention de Jack. Qu'est-ce que tu en penses ?

— Je suis d'accord avec Slate. Il est grand temps qu'ils se parlent, ces deux-là !

— Heath est comme un lion en cage, au ranch, renchérit Slate. Même Vivian s'en est rendu compte.

— Au moins, Kendall a l'air partante pour essayer, opina Wade.

Un sourire malicieux se dessina sur les lèvres de Slate.

— À moins que la demande n'émane de son supérieur au FBI. Si elle est aussi grincheuse et agressive que Heath, ces temps-ci, Jerry a peut-être décidé de prendre les choses en main…

— De qui est-ce que vous parlez ? leur demanda Heath qui venait de pénétrer dans la pièce.

— De la femme du major, improvisa Jack. Nous nous demandions pourquoi Clements était aussi à cran, ces temps-ci. Wade suggérait que sa femme était peut-être responsable.

— C'est probable, approuva Heath en fronçant les sourcils. Il a dû lui dire qu'il ne comptait pas prendre sa retraite, l'an prochain. Je crois pour ma part qu'il ne la prendra jamais.

Heath se débarrassa de son blouson en tentant de dissimuler une grimace douloureuse. Wade était prêt à parier qu'il s'était fêlé quelques côtes lors de son dernier rodéo. Il prenait de plus en plus de risques, lors de ces manifestations, depuis que Kendall et lui étaient séparés.

Cela ne fit que renforcer la détermination de Wade. S'il n'aidait pas Heath à renouer le dialogue avec son épouse, ce dernier finirait par aller trop loin et par se rompre le cou pour de bon.

Il soumettrait la demande du FBI au major Clements et s'efforcerait de le convaincre d'envoyer Heath. Même si ces retrouvailles ne se passaient pas aussi bien que Wade ne l'espérait, elles auraient au moins le mérite de clarifier la situation une bonne fois pour toutes.

3

Heath enfila précautionneusement sa veste en s'efforçant de ne pas trop solliciter ses côtes fêlées. D'habitude, lorsqu'il travaillait, il optait pour la tenue habituelle des rangers : stetson blanc de rigueur, chemise blanche et pantalon beige ou noir.

Mais puisqu'il allait devoir travailler avec le FBI, il avait jugé préférable de se fondre dans le décor en enfilant un costume noir. Seule l'étoile d'argent accrochée à sa pochette indiquait son appartenance à la compagnie des Texas Rangers.

Heath ne savait pas grand-chose de l'enquête à laquelle il était censé prendre part. Le mince dossier qu'on lui avait remis indiquait qu'une firme appelée Public Exposure spécialisée dans le traitement de données était soupçonnée de servir de façade à une entreprise criminelle, peut-être même terroriste.

Il ignorait ce qui avait bien pu conduire le FBI à s'intéresser à cette société ni quelles preuves le bureau avait déjà pu accumuler contre elle. Il était cependant évident qu'elles ne suffisaient pas puisque l'on avait fait appel à lui.

Jerry Fisher, le responsable de la section de lutte contre la cybercriminalité, n'avait pas été très disert à ce sujet. Il n'avait pas non plus précisé la composition du groupe de travail auquel il serait rattaché.

Heath savait juste qu'il avait rendez-vous avec le responsable de l'équipe pour aller interroger un témoin susceptible de leur fournir des éléments de preuve. L'idée de se retrouver directement plongé dans le bain ne lui déplaisait pas, même s'il trouvait le procédé un peu déroutant. D'ordinaire, les agents étaient longuement briefés avant de passer à l'action.

Heath se gara sur le petit parking que lui avait indiqué Jerry et descendit de son 4x4 pour observer les alentours. Il se trouvait dans l'un des plus anciens quartiers de Dallas. La plupart des maisons étaient vieilles, quoique bien entretenues, et il était convaincu que, d'ici quelques années, elles auraient disparu pour céder la place à des résidences plus modernes.

C'était regrettable, d'ailleurs. Car ce genre de maisons convenaient parfaitement à de jeunes couples qui comptaient fonder une famille…

Cette idée le ramena une fois de plus à Kendall. Fort de la décision qu'il avait prise la veille, il était bien décidé à l'appeler le soir même pour convenir d'un rendez-vous en tête à tête. La conversation qui les attendait était bien trop importante pour qu'ils l'aient par téléphone ou en présence de Skylar Dawn.

Heath entendait bien jouer cartes sur table. Le moment était venu pour eux de choisir : soit ils se laissaient une seconde chance, soit ils se séparaient pour de bon. Mais si Kendall optait pour cette solution, il tenait à ce qu'elle le lui dise les yeux dans les yeux.

Jetant un coup d'œil à sa montre, Heath constata qu'il ne lui restait plus que quelques minutes avant l'heure prévue pour son rendez-vous.

Alors même qu'il se faisait cette réflexion, il vit approcher une berline noire aux vitres teintées et ne put s'empêcher de sourire. Le FBI considérait sans doute ce genre de véhicule comme banalisé mais ils étaient repérables à cent lieues à la ronde.

La voiture vint se garer juste à côté de lui et la portière s'ouvrit. Avec stupéfaction, il vit sortir Kendall qui se redressa et lissa le sobre tailleur-pantalon gris qu'elle portait ce jour-là.

— Bonjour, lui dit-elle avec un sourire qui lui sembla un peu forcé.

Que faisait-elle là ?

C'était elle qui devait diriger l'équipe à laquelle il venait d'être rattaché, bien sûr. Mais cette réponse posait plus de questions encore qu'elle n'en résolvait.

Kendall avait-elle demandé à ce qu'il rejoigne son groupe ? Sa présence lui avait-elle été imposée ? Fallait-il y voir une tentative de réconciliation ?

— Je suis contente de te voir, ajouta-t-elle comme il ne faisait toujours pas mine de parler.

— Moi aussi, articula Heath.

Il s'efforça de chasser la nervosité qui l'habitait. Mais cela faisait si longtemps qu'il ne s'était pas trouvé seul face à elle. Il l'observa attentivement, s'efforçant de déceler ce qui avait changé en elle.

Le tailleur très strict qu'elle portait ne suffisait pas à dissimuler la sensualité de sa silhouette. Ses longs cheveux blonds étaient attachés en queue-de-cheval mais quelques mèches s'étaient échappées et caressaient ses joues à chacun de ses mouvements.

Elle était toujours aussi belle et aussi désirable à ses yeux. Mais leur longue séparation avait totalement transformé leurs rapports et il ne savait comment se comporter à son égard. Les gestes tendres qui lui avaient autrefois paru si naturels lui semblaient aujourd'hui déplacés.

— Je ne savais pas que tu avais la charge de ce groupe de travail, remarqua-t-il.

— Jerry ne te l'a pas dit ? lui demanda-t-elle.

Il n'aurait su dire si son étonnement était feint.

— Si cela te pose un problème, rien ne t'oblige à accepter cette affectation, s'empressa-t-elle d'ajouter.

— Je comprendrais que tu préfères travailler avec quelqu'un d'autre, répondit prudemment Heath.

Il n'aurait su dire ce que lui inspirait cette collaboration. Après tout, c'était précisément à cause du travail de Kendall que leurs problèmes de couple avaient commencé.

— Je pense que nous sommes tous deux capables de nous comporter de façon parfaitement professionnelle, répondit sobrement son épouse. Pas toi ?

— Si, bien sûr, répondit-il sans en être totalement persuadé.

Mais qu'aurait-il pu répondre d'autre sans paraître mesquin ?

— Parfait, conclut Kendall. Dans ce cas, nous devrions y aller. Je ne voudrais pas faire attendre notre témoin.

Heath hocha la tête et lui emboîta le pas. Tandis qu'il la suivait, il ne put s'empêcher de remarquer l'odeur d'orange et de gingembre qui flottait dans l'air. Ce parfum terriblement familier s'insinua en lui, lui rappelant leurs étreintes passées.

Il s'efforça de réprimer le trouble qui l'envahissait et se força à détourner les yeux de Kendall pour se concentrer sur son environnement immédiat. La maison du témoin qu'ils devaient interroger ce jour-là était ancienne mais très bien conservée et possédait un petit jardin soigneusement entretenu.

Kendall sonna et, au bout de quelques instants, une femme entre deux âges vint leur ouvrir.

— Madame Pelzel ?

— C'est bien moi. Vous devez être les agents envoyés par le FBI.

— Je suis l'agent spéciale Kendall Barlow, acquiesça-t-elle. Et voici Heath Murray. Il fait partie des Texas Rangers.

— Entrez, je vous en prie. Est-ce que je peux vous offrir

quelque chose à boire ? Je viens tout juste de préparer du thé glacé.

— Avec plaisir, répondit Kendall en suivant leur témoin jusqu'au salon.

Heath et elle prirent place sur un confortable canapé et Mme Pelzel alla chercher un plateau sur lequel étaient posés trois verres.

Heath avala une gorgée de liquide glacé qui l'aida à chasser le malaise qui l'habitait. Si Kendall était capable de se conduire en professionnelle, il saurait bien en faire autant.

— Ce n'est pas tous les jours que je reçois des gens comme vous, s'exclama Mme Pelzel. J'ai un peu l'impression d'être dans une série policière !

Kendall lui décocha un sourire amusé.

— J'ai bien peur que notre métier ne soit pas tout à fait aussi excitant que veulent bien le faire croire les scénaristes de Hollywood, répondit-elle.

Elle sortit de sa poche un petit calepin aux pages recouvertes de notes et le feuilleta rapidement.

— Pourriez-vous me répéter ce que vous m'avez dit au téléphone ? demanda-t-elle à Mme Pelzel.

Dans les yeux de cette dernière, Heath crut percevoir un certain embarras.

— J'ai bien peur de m'être un peu emballée, déclara-t-elle. Je n'aurais peut-être pas dû vous embêter avec mes histoires. Je ne voudrais pas vous faire perdre votre temps…

Kendall jeta à Heath un regard à la dérobée qu'il ne sut interpréter. Était-elle surprise par le brusque revirement de son témoin ? S'y attendait-elle ? Il n'aurait su le dire. Et il ne connaissait pas encore suffisamment le dossier pour se faire une idée à ce sujet.

— Vous sembliez pourtant très sûre de vous au téléphone, remarqua Kendall en regardant Mme Pelzel droit dans les yeux. Qu'est-ce qui vous a fait changer d'avis ?

— Comme je vous l'ai dit, je me suis emballée… C'était idiot de ma part.

Kendall feuilleta son calepin et tapota une page du bout de son stylo.

— Vous m'avez dit que vous étiez persuadée que quelqu'un se servait de la caméra de votre portable pour vous observer, lui rappela-t-elle.

— C'est vrai, reconnut Mme Pelzel.

— Vous avez également signalé que votre ordinateur était nettement plus lent depuis que vous aviez téléchargé l'application de Public Exposure.

— C'est exact, acquiesça leur témoin. Mais je pense à présent que je me suis trompée…

Heath remarqua que Mme Pelzel jouait nerveusement avec la manche de son chandail. De toute évidence, elle était mal à l'aise. Il se demanda si elle s'en voulait seulement d'avoir dérangé la police pour rien ou si elle avait d'autres raisons d'être inquiète.

— Vous avez bien téléchargé cette application, n'est-ce pas ? demanda Kendall d'une voix compréhensive.

— Oui. Et je tiens à ce que vous sachiez que je ne suis pas encore gâteuse : je l'ai fait en toute connaissance de cause. Je ne comprends toujours pas en quoi Public Exposure peut bien s'intéresser au temps que je passe en ligne. Mais la rémunération qu'ils offrent à ceux qui installent leur compteur compense largement cette indiscrétion.

D'après ce que Heath avait compris, Public Exposure rémunérait les utilisateurs de son logiciel. Ceux-ci étaient libres de paramétrer l'application à leur guise mais plus ils fournissaient de données et plus ils étaient payés, sous forme de réductions, de bons d'achat ou de versements directs.

— Est-ce que vous avez autorisé le programme à accéder à votre caméra ? s'enquit-il.

— Bien sûr que non ! s'exclama Mme Pelzel. Pourtant…

Elle s'interrompit, hésitante.

— Pourtant ? insista Heath d'une voix engageante.

— Pourtant, il arrive que la caméra s'active d'elle-même, y compris lorsque je ne suis pas devant mon ordinateur. Je suis en train de cuisiner ou de regarder la télévision quand tout à coup le voyant s'allume…

Elle jeta un regard nerveux en direction de son portable et Heath ne put s'empêcher de l'imiter. Il s'attendait presque à trouver le voyant allumé. Mais il n'en était rien.

— Je ne suis pas folle, ajouta Mme Pelzel, embarrassée.

— Je n'en doute pas, lui assura Kendall en souriant gentiment. En fait, vous n'êtes pas la seule à avoir constaté un tel phénomène. Et c'est la raison pour laquelle nous aimerions pouvoir analyser votre ordinateur.

— Je ne peux malheureusement pas vous le confier. Je m'en sers presque tous les jours.

— Nous pourrions vous envoyer l'un de nos techniciens, suggéra Kendall.

— Ce n'est pas la peine, déclara Mme Pelzel.

Cette fois, Heath ne put se méprendre sur l'expression qu'arborait son épouse. La frustration qui se lisait dans ses yeux était évidente.

— Vous devriez tout de même prendre quelques précautions, suggéra-t-il à l'intention de leur témoin. Même si vous ne voulez pas désinstaller l'application de Public Exposure, vous pouvez déconnecter le wi-fi lorsque vous n'utilisez pas votre ordinateur. Vous pouvez déconnecter la caméra lorsque vous ne vous en servez pas. Ou tout simplement rabattre l'écran pour masquer l'objectif…

— Merci beaucoup, monsieur, répondit Mme Pelzel d'une voix reconnaissante. Je suivrai scrupuleusement vos conseils. Et je suis désolée de vous avoir dérangés pour rien…

Kendall se leva et referma son calepin qu'elle glissa

dans la poche intérieure de sa veste. Elle paraissait défaite mais s'abstint de tout commentaire. Ils prirent congé de Mme Pelzel qui les raccompagna jusqu'à sa porte.

Une fois que celle-ci se fut refermée derrière eux, Kendall se tourna vers Heath.

— Il ne s'agit pas seulement des caméras, lui dit-elle.

— J'ai cru comprendre que certaines informations personnelles avaient été dérobées, acquiesça-t-il.

Kendall hocha la tête.

— Combien de cas avez-vous recensés ? s'enquit Heath tandis qu'ils se dirigeaient vers leurs véhicules.

— Plusieurs dizaines. Mais il est évident que, pour une personne qui se rend compte de quelque chose, il doit y en avoir plein d'autres qui ne se doutent de rien.

— Et qu'ont donné les analyses des autres ordinateurs infectés ? demanda Heath.

— Rien, soupira Kendall.

Il lui lança un regard étonné.

— Plus exactement, reprit-elle, nous n'avons encore pu en analyser aucun.

— Pourquoi cela ?

— Parce qu'à chaque fois cela se déroule de la même façon : dès que nous donnons suite à une plainte et que nous nous rendons au domicile de la victime, celle-ci rétropédale et nous affirme qu'elle s'est trompée et que tout va très bien…

— C'est le cas de tous ceux qui vous ont contactés ? s'exclama Heath, interloqué.

— De tous ceux que nous sommes allés voir, acquiesça-t-elle. Soit plus de vingt personnes à ce jour.

— Tu penses que Public Exposure fait pression sur elles ?

— Ou qu'elle achète leur silence. Peut-être les deux. Quoi qu'il en soit, à chaque fois, c'est la même chose :

les témoins retirent leur plainte, ce qui nous empêche de creuser plus avant.

Heath jeta un coup d'œil en direction de la maison de Mme Pelzel et l'aperçut qui les observait à la fenêtre du salon. Lorsqu'elle comprit qu'il l'avait remarquée, elle tira brusquement le rideau.

— Je comprends que tu aies des soupçons, déclara-t-il.

Mais Kendall ne paraissait pas l'écouter. Suivant son regard, il avisa une camionnette blanche qui était garée un peu plus loin. Deux hommes étaient assis à l'avant.

— Ces types étaient déjà là lorsque nous sommes arrivés, remarqua-t-elle.

— Tu crois qu'il pourrait y avoir un rapport ? s'enquit Heath, dubitatif.

Elle haussa les épaules.

— Qui sait ? répondit-elle. Au point où nous en sommes, autant aller leur poser la question…

— D'accord. Je te suis.

Ils se dirigèrent tous deux vers la camionnette. Lorsque le chauffeur de celle-ci les vit s'avancer, il démarra en trombe. Le véhicule passa devant eux à vive allure, remonta la rue et disparut au tournant avant même qu'ils n'aient pu réagir.

Heath et Kendall firent volte-face et regagnèrent le parking au pas de course.

— On prend ma voiture ? suggéra-t-il.

— La mienne est plus rapide, répondit Kendall en ouvrant sa portière. Et elle est assurée pour ce genre de situations, ce qui n'est pas le cas de la tienne.

Heath ne put s'empêcher de sourire. Kendall avait toujours su garder la tête froide en toutes circonstances. C'était quelque chose qu'il admirait beaucoup en elle.

Elle était aussi une excellente conductrice et, dès qu'il eut pris place sur le siège passager, elle démarra à son tour sur les chapeaux de roues pour s'élancer à la poursuite de la camionnette suspecte.

Pour la première fois depuis qu'il l'avait rejointe, ce matin-là, Heath parvint à se détendre. Comparée aux difficultés de leur vie de couple, une poursuite en voiture à travers les rues de Dallas lui paraissait presque réconfortante…

4

Malgré l'intensité du moment, Kendall avait du mal à faire abstraction de la présence de Heath à ses côtés. Elle garda donc les yeux résolument fixés sur la route, sachant qu'à la vitesse où ils roulaient la moindre erreur pouvait s'avérer fatale.

Heath avait abaissé sa fenêtre et se penchait hors de la voiture pour tenter d'apercevoir la camionnette qu'ils poursuivaient.

— Ils viennent de tourner sur Inwood, lui annonça-t-il. Prends à droite.

Elle s'exécuta sans hésiter, heureuse de s'en remettre à ses réflexes professionnels. Peut-être leur épargneraient-ils la gêne qui s'était installée entre eux.

Ils débouchèrent à vive allure sur Inwood. Du coin de l'œil, elle vit Heath dégainer son arme de service.

— Ralentis ! lui dit-il. Ils sont là…

Il désigna la camionnette qui venait de se garer sur le parking d'un immeuble.

Kendall freina de façon à pouvoir l'observer.

— Tu crois que c'est une feinte ? lui demanda-t-elle.

— Il est possible que ces types n'aient strictement rien à voir avec notre affaire, répondit Heath. Tout ce que nous avons à leur reprocher, pour le moment, c'est de rouler un peu trop vite en ville…

— Que te souffle ton instinct ?

Il hésita.

— Gare-toi, lui suggéra-t-il. Voyons ce qu'ils font.

Kendall se rangea sur le bas-côté et tous deux attendirent en silence.

— Ils ne sortent pas, remarqua-t-elle enfin. Avoue que c'est étrange.

— C'est vrai. Mais ils n'ont pas non plus redémarré.

— Ils attendent peut-être que nous descendions de voiture pour le faire, remarqua-t-elle.

— Je pourrais peut-être aller leur parler, suggéra Heath. S'ils filent, tu n'auras qu'à les suivre et appeler des renforts.

Kendall se demanda si ce n'était pas précisément ce qu'espéraient ces hommes.

— Ils cherchent peut-être à nous séparer.

— Je crois que tu deviens parano, répondit Heath en lui décochant un sourire malicieux.

Elle ne put s'empêcher de le lui rendre. En dépit de ses bonnes résolutions, elle craignait de retomber sous le charme. Or rien n'avait changé : leur avenir était toujours entravé par leur incapacité à trouver un terrain d'entente.

Comme elle s'apprêtait à lui répondre, ils virent les deux hommes sortir de la camionnette. Ils contournèrent le véhicule et allèrent ouvrir les portes arrière. Kendall porta la main à son arme, prête à se jeter à l'abri s'ils faisaient mine d'ouvrir le feu.

— Zut ! s'exclama-t-elle en les voyant sortir des pots de peinture. Pour une fois que je croyais tenir une piste… J'ai filé des peintres en bâtiment.

— Pas si sûr, murmura Heath. Tu m'as convaincu : ces types se conduisent de façon vraiment étrange. Mais si cette petite mise en scène nous est destinée, nous ferions mieux de jouer le jeu. Démarre et éloigne-toi tranquillement jusqu'au bout de la rue puis tourne à droite.

— D'accord, répondit-elle, étonnée.

S'il n'avait pas été là, elle serait sans doute partie, convaincue de s'être trompée.

— Qu'est-ce qui t'a fait changer d'avis ? demanda-t-elle à Heath.

— J'ai souvent pu constater que ton instinct était sûr, répondit-il. Et puis, la façon dont se conduisent ces soi-disant peintres est suspecte. Ils restent garés pendant une demi-heure à une rue de l'endroit où ils sont censés travailler puis ils démarrent en trombe avant de s'arrêter tout aussi brusquement… Cela n'a aucun sens.

Parvenue à l'extrémité de la rue, Kendall tourna à droite. La camionnette disparut dans son rétroviseur.

— Arrête-toi là, lui demanda Heath en sortant son téléphone.

Il ajusta l'oreillette du kit mains libres et appela Kendall.

— De cette façon, nous restons en contact, lui dit-il lorsqu'elle eut décroché. Je vais essayer de me rapprocher d'eux discrètement. Tiens-toi prête à démarrer.

— D'accord, lui dit-elle. Sois prudent…

Elle réprima l'envie qu'elle avait de déposer un baiser sur ses lèvres et le regarda descendre de voiture. Durant quelques instants, elle n'entendit rien d'autre que le bruit de la respiration de Heath.

— J'y suis, murmura-t-il enfin. Je passe en visioconférence pour que tu puisses suivre ce qui se passe.

À l'écran apparut l'image des deux hommes à la camionnette. Ils avaient posé leurs pots de peinture et étaient en train de discuter à voix basse. D'après l'angle de la prise de vues, Heath devait se trouver accroupi derrière l'une des voitures du parking.

— Je ne peux pas m'approcher plus sans qu'ils me remarquent, souffla-t-il.

— Tu entends ce qu'ils se disent ?

— Hélas, non…

Les deux hommes mirent un terme à leur discussion et allèrent ranger leurs pots de peinture à l'arrière de la camionnette.

— Je pourrais aller les interroger, proposa Heath.

À ces mots, un terrible pressentiment envahit Kendall. Elle n'avait pas pour habitude de se laisser guider par son instinct, préférant généralement se fier à ses capacités logique et déductive. Mais cette fois-ci, elle éprouvait la conviction viscérale que Heath était en danger.

— N'y va pas, lui dit-elle. Reste à couvert.

Heath remit son téléphone dans sa poche et l'écran devint noir. Kendall entendit cependant claquer les portières de la camionnette.

— Heath ? appela-t-elle. Est-ce que tu m'entends ? Tu ferais bien de revenir…

— Je suis en route.

Un bruit de moteur se fit entendre et, quelques instants plus tard, la camionnette remonta la rue à vive allure. Fort heureusement, elle ne tourna pas à droite mais poursuivit tout droit, ce qui dut empêcher les occupants de remarquer la voiture de Kendall qui stationnait sur le bas-côté.

La porte du côté passager s'ouvrit alors et Heath se glissa à l'intérieur, légèrement essoufflé.

— Tu as fait vite, constata-t-elle en démarrant.

Elle opéra un demi-tour qui allait totalement à l'encontre des règles les plus élémentaires de la conduite et lui valut un concert de klaxons rageurs. Tournant sur la gauche, elle se lança à la poursuite de la camionnette.

— Tu es toujours convaincu qu'ils ont quelque chose à voir avec notre enquête ? demanda-t-elle à Heath.

— Je le pense, acquiesça-t-il. Et toi ?

— Cette petite comédie avec leurs pots de peinture aurait tendance à me convaincre que oui.

— Pour une fois, on dirait que nous sommes d'accord, déclara Heath.

Kendall ne fut pas complètement dupe du sourire qu'il lui décocha. Elle lisait dans ses yeux une pointe de tristesse. Il était évident que sa remarque était plus qu'une simple boutade. Mais le moment était mal choisi pour débattre de leurs problèmes de couple.

Elle ravala donc la réponse qui lui venait aux lèvres, se promettant d'aborder le sujet ultérieurement, lorsqu'elle ne serait pas en pleine filature.

— J'ai l'impression qu'ils nous ont repérés, remarqua alors Heath.

De fait, à l'approche d'un feu qui venait de passer au rouge, la camionnette avait soudain accéléré, évitant de justesse une collision avec l'un des véhicules qui débouchait sur sa droite. La voiture rose fit une violente embardée et Kendall n'eut d'autre choix que de donner un coup de volant pour l'éviter.

Ce faisant, elle s'engagea au beau milieu du carrefour. Le cœur battant à tout rompre, elle parvint par miracle à éviter un SUV qui fonçait droit sur eux avant de s'arrêter le long du trottoir. Mais tous les conducteurs n'avaient pas été aussi agiles et, derrière eux, ils entendirent un fracas de tôle froissée accompagné de coups de klaxon hystériques.

La camionnette blanche continuait à s'éloigner rapidement. Malheureusement, Kendall et Heath ne pouvaient continuer à la poursuivre sans manquer à leurs devoirs les plus élémentaires. Furieuse, elle décocha un coup de poing contre son volant.

— Ils nous ont eus comme des bleus.

— L'essentiel, c'est que nous soyons sains et saufs, déclara Heath en détachant sa ceinture. Et c'est uniquement grâce à toi ! Je vais aller voir comment vont les autres…

— J'appelle les secours, répondit-elle en sortant son téléphone portable.

Elle composa le numéro des urgences et décrivit ce qui venait de se produire. Puis, estimant qu'un peu d'air frais lui ferait du bien, elle descendit de voiture. Elle s'aperçut alors qu'elle tremblait convulsivement et, craignant que ses jambes ne se dérobent sous elle, elle prit appui contre la carrosserie.

Une pensée s'insinua alors en elle. S'ils avaient eu un accident grave, Skylar Dawn aurait pu perdre ses deux parents d'un seul coup. Et pour la première fois, elle se demanda si la question que Heath avait posée à l'hôpital était aussi absurde qu'elle avait bien voulu s'en convaincre jusqu'alors.

5

Heath voyait bien que Kendall était en état de choc. S'il avait suivi son cœur, il l'aurait prise dans ses bras et aurait tenté de la rassurer. Au lieu de cela, il accomplit son devoir de policier et se porta au secours des victimes de l'accident.

Fort heureusement, aucun blessé grave n'était à déplorer. En dehors de quelques contusions, les conducteurs s'en étaient bien sortis. Tel n'était malheureusement pas le cas de leurs véhicules.

Lorsqu'il se fut assuré que tout le monde allait bien et que la circulation était momentanément arrêtée, Heath s'autorisa enfin à revenir vers son épouse. Celle-ci paraissait avoir repris ses esprits et considérait avec une pointe d'incrédulité le chaos que la camionnette blanche avait semé sur son sillage.

— Je m'en veux de les avoir laissés partir, déclara-t-elle.

— Nous n'avions pas le choix.

— Je sais…

— Et puis, ajouta-t-il malicieusement, ça aurait été dommage de les coffrer aussi rapidement.

Kendall lui lança un coup d'œil interloqué.

— Maintenant, ajouta-t-il, nous aurons une bonne excuse pour continuer à travailler ensemble.

Un sourire se dessina sur les lèvres de Kendall et elle parut se détendre encore un peu plus.

— Est-ce que tout le monde va bien ? demanda-t-elle.

— Quelques bleus, une ou deux côtes cassées, peut-être, répondit-il. Rien de bien grave.

Déjà, ils pouvaient entendre au loin le mugissement des sirènes d'ambulances.

— Et toi ? s'enquit alors Heath d'une voix douce. Comment te sens-tu ?

— Ça va, éluda-t-elle.

— Tu es sûre ?

Il la vit se raidir légèrement.

— Je vais bien, insista-t-elle. Tu n'es pas obligé de me chouchouter…

— Nous faisons équipe, je te rappelle, objecta-t-il un peu sèchement. Je poserais la même question à Slate si nous nous trouvions dans la même situation !

— Je suis désolée, s'excusa-t-elle. Ce que je voulais dire…

Elle passa nerveusement la main dans ses cheveux.

— Tu n'as pas à t'inquiéter, conclut-elle.

— D'accord, acquiesça Heath.

Derrière eux, la conductrice de la voiture rose s'était mise à pleurer, le front appuyé contre le volant de sa voiture.

— Je m'en occupe, déclara Kendall.

Tandis qu'elle allait parler à la jeune femme en larmes, Heath croisa le regard de l'homme au SUV qui avait failli les percuter, un peu plus tôt. Ce dernier détourna aussitôt les yeux — mais pas assez vite pour dissimuler l'antipathie qui s'y lisait.

Ce détail éveilla instantanément la méfiance de Heath. Bien sûr, l'homme pouvait avoir toutes sortes de raisons de détester la police. Après tout, il s'agissait peut-être d'un ex-délinquant. Sa sœur avait pu épouser un flic — ou son ex-femme.

Mais Heath ne put s'empêcher de l'observer à la dérobée. Il vit alors l'homme et la conductrice de la voiture rose échanger un regard qui renforça encore ses soupçons. On aurait dit qu'ils se connaissaient.

Heath se demanda s'il n'était pas en train de devenir aussi paranoïaque que son ami Wade. Mais un nouveau regard en coin le convainquit qu'il ne se trompait pas. La jeune femme avait même esquissé un petit hochement de tête, comme pour répondre à une question muette de l'homme au SUV.

Kendall ne s'en était pas aperçue. Lui-même n'y aurait d'ailleurs pas prêté attention s'il n'y avait pas été particulièrement attentif.

Si ces deux personnes se connaissaient effectivement, se pouvait-il que cette collision manquée ait été volontaire ? Avaient-ils cherché à les retarder ? À les empêcher de rattraper cette camionnette ?

Un frisson dévala le long de son échine. Si tel était le cas, cela signifiait que Kendall avait vu juste. Et qu'ils avaient nettement sous-estimé la gravité de la situation et le pouvoir de leurs adversaires.

Malheureusement, il n'avait pas l'ombre du début d'une preuve pour étayer cette conviction. S'il retenait les deux automobilistes pour les interroger, il trahirait le fait qu'il les avait percés à jour sans obtenir la moindre information. Quelle raison auraient-ils eu d'avouer quoi que ce soit ?

Aussi frustrant que cela puisse paraître, mieux valait feindre de n'avoir rien remarqué et laisser croire à leurs adversaires que leur subterfuge avait fonctionné.

Il hésita à en parler à Kendall mais jugea préférable de n'en rien faire. Avant de lui faire part de ses doutes, il préférait commencer par enquêter de son côté et réunir des preuves.

Lorsque la police de Dallas arriva sur les lieux en même temps que les ambulances, il demanda donc discrètement à l'un des officiers de lui communiquer les noms et les adresses des deux automobilistes.

Presque sans surprise, il apprit qu'eux aussi habitaient

le quartier. D'une façon ou d'une autre, Public Exposure était parvenu à asseoir son influence sur cette partie de Dallas. Et il comptait bien découvrir comment la firme y était parvenue et ce qu'elle comptait faire de ce réseau de sympathisants.

— Est-ce que tu as encore besoin de moi ? demanda-t-il à Kendall lorsque tous deux eurent répondu aux questions de leurs collègues.

— Pas pour le moment, répondit-elle. J'ai bien peur de t'avoir fait perdre ton temps.

— Au contraire, lui assura-t-il. Je suis maintenant convaincu que tu es sur une piste sérieuse. Si ces hommes travaillaient pour Public Exposure, ce que je crois, c'est bien qu'ils ont quelque chose à cacher. Et je suis vraiment curieux de découvrir ce dont il s'agit.

— Malheureusement, si nous ne réussissons pas à obtenir rapidement des preuves, on risque purement et simplement de me retirer cette affaire. Public Exposure aurait beau jeu d'accuser le FBI de harcèlement et c'est le genre de publicité que nous ne pouvons pas nous permettre.

— Raison de plus pour passer à la vitesse supérieure, acquiesça Heath. J'ai l'intention d'effectuer quelques recherches de mon côté.

— Quel genre de recherches ? s'enquit Kendall, curieuse.

— Je préfère garder ça pour moi tant que je n'ai pas de certitudes, lui dit-il. Mais je te dirai ce soir si j'ai découvert quelque chose d'utile.

— Ce soir ? répéta-t-elle, en lui jetant un coup d'œil interrogatif.

— Lorsque j'appellerai Skylar Dawn, précisa-t-il.

Elle hésita et il se demanda un instant si elle allait lui proposer de passer à la maison.

— C'est d'accord, répondit-elle enfin. Mais sois prudent.

— Tu me connais, répondit-il en souriant.

— Justement, c'est bien cela qui m'inquiète. Les Texas Rangers ont la réputation d'être des têtes brûlées.

— Tu dois me confondre avec Wade, protesta Heath en riant.

— Est-ce que le major Clements l'a réintégré ?

— Cela ne devrait pas tarder, répondit Heath. Mais il est encore au bureau, pour le moment, et je vais peut-être lui demander de me donner un coup de main. C'est un enquêteur hors pair.

Kendall hocha la tête.

— À ce soir, alors, lui dit-elle.

Heath hésita un instant avant de se pencher vers elle pour effleurer ses lèvres d'un baiser.

— À ce soir, répondit-il avant de s'éloigner à grands pas.

6

— Alors ? s'exclama Jerry Fisher lorsque Kendall pénétra dans son bureau. Comment se sont passées les retrouvailles entre mes deux tourtereaux préférés ?

Elle lui jeta un regard noir.

— Très drôle.

— Dois-je te rappeler que c'est toi qui m'as demandé d'envoyer aux rangers cette demande de collaboration interservices ?

— Je sais, soupira-t-elle.

— Est-ce que Heath s'est montré désagréable ?

— Non, reconnut-elle. Au contraire. Il a été parfait…

— Saperlotte ! s'exclama Jerry d'un air faussement indigné. Je devrais peut-être appeler Clements et lui demander de le mettre à pied !

Kendall se mordilla la lèvre. Elle avait bien conscience de ne pas être totalement cohérente. Mais c'était plus fort qu'elle. Ses retrouvailles avec Heath l'avaient secouée bien plus qu'elle ne l'avait anticipé.

— Écoute, reprit Jerry en recouvrant son sérieux. Si c'est trop difficile pour toi, tu n'as qu'à me le dire. Je pourrais mettre quelqu'un d'autre sur cette enquête. Kilpatrick, par exemple.

— Il doit prendre sa retraite dans deux mois, objecta

Kendall. Il ne consacrera jamais à cette affaire le sérieux qu'elle mérite.

— Sans doute, concéda Jerry. Mais s'il l'enterre, ce ne sera pas par ta faute. Et cet échec n'entachera pas ta carrière future…

Kendall savait qu'il cherchait uniquement à la protéger — d'elle-même et de ce dossier qui menaçait chaque jour un peu plus de s'enliser complètement. Mais elle était convaincue qu'elle tenait quelque chose. Et Heath l'était aussi.

— Mes supérieurs m'ont interrogé ce matin même au sujet de cette enquête, reprit Jerry. Inutile de te mentir : ils ne voient vraiment pas pourquoi nous perdons notre temps. Après tout, nous n'avons reçu aucune plainte. Personne ne déclare avoir fait l'objet de menaces ou de pressions. Et personne n'a déclaré s'être fait voler.

— Il y a des cas de harcèlement, objecta Kendall.

— Mais pas de plainte, insista Jerry. Et entre nous soit dit, je pense que Public Exposure fait jouer ses relations. Apparemment, le bureau du maire a fait savoir qu'en l'absence d'éléments sérieux il était temps de refermer ce dossier une fois pour toutes. À ce propos, qu'a donné le témoignage que vous êtes allés recueillir ce matin ?

— Comme d'habitude, soupira Kendall, frustrée. Mme Pelzel nous a confirmé qu'elle avait constaté des choses étranges. Mais elle n'a pas voulu déposer plainte. Ni nous laisser inspecter son ordinateur…

Jerry la considéra attentivement.

— Est-ce que tu penses qu'on a fait pression sur elle ?

— Je ne peux pas le prouver mais oui. Et il y avait deux hommes en face de chez elle qui surveillaient la maison.

— Vous les avez interrogés ?

— Nous les avons suivis mais ils se sont enfuis en provoquant un accident de la circulation que nous avons dû gérer.

— Je vois, murmura son supérieur.

Kendall réprima un gémissement de frustration. Elle ne pouvait même pas lui en vouloir. Il lui avait laissé suffisamment de temps pour être en droit d'exiger des résultats plus convaincants.

— Je ne vais pas t'embêter plus longtemps, lui dit-elle.

— Tu ne m'ennuies pas du tout, lui assura-t-il. Je suis juste désolé que cette investigation ne progresse pas comme tu le voudrais.

— En tout cas, tant que tu ne m'enlèveras pas officiellement le dossier, je compte bien faire tout ce qui sera en mon pouvoir pour prouver ce que j'avance.

— Saperlotte, je te fais confiance pour ça, acquiesça Jerry en riant. Et tu as carte blanche. Mais il va falloir faire vite.

— Je sais, répondit-elle.

En quittant le bureau de son supérieur, elle se prit à songer qu'elle avait réellement besoin de faire aboutir cette enquête. Cela lui permettrait de demander la promotion qu'elle ambitionnait.

Car elle ne comptait pas demeurer indéfiniment agent spécial. Ce qu'elle voulait, c'était accéder à un poste de décision.

Ce n'était pas uniquement une question d'ambition personnelle. Kendall ne voulait plus se contenter de traiter les dossiers qu'on lui confiait : elle avait envie de définir les priorités, d'avoir à ses côtés une équipe qu'elle pourrait faire travailler selon ses méthodes.

Évidemment, songea-t-elle, une telle responsabilité s'accompagnerait inévitablement d'un surcroît de travail. Et cela risquait de peser sur sa vie personnelle…

Un sourire désabusé se dessina sur ses lèvres. N'était-il pas déjà trop tard pour se poser ce genre de questions ? Heath ne l'avait-il pas déjà quittée ?

Elle écarta cette idée terrifiante, se répétant qu'ils avaient juste pris un peu de distance et que cette séparation n'avait rien de définitif. N'avaient-ils pas passé la matinée ensemble sans se disputer une seule fois ?

Pour conjurer la culpabilité qui la taraudait, Kendall appela chez elle. Ce fut sa mère qui décrocha, bien sûr. Elle venait de ramener Skylar Dawn de l'école. Kendall demanda à parler à sa fille qui lui annonça la mort dans l'âme que Bouboule, le lapin de sa classe, était mort durant le week-end.

— On était tous très tristes, lui dit-elle.

— J'imagine, répondit Kendall en sentant son cœur se serrer. Que vous a dit la maîtresse ?

— Que c'était normal, répondit Skylar Dawn. Que c'était le cycle de la vie, comme dans le *Roi lion*, tu sais…

— C'est vrai.

— J'ai dessiné Bouboule pour être sûre de ne jamais l'oublier. Mamy a accroché le dessin sur le réfrigérateur.

— Tu me le montreras, demain matin ?

— Tu vas devoir travailler tard, encore une fois ? s'enquit Skylar Dawn.

— Oui, ma puce.

— Mon Dieu, mon Dieu…, s'exclama sa fille d'un ton réprobateur.

Kendall ne put s'empêcher de sourire. Skylar Dawn avait pris l'habitude de contrefaire les expressions des adultes qui l'entouraient. Cette fois-ci, il s'agissait d'une imitation très convaincante de sa grand-mère.

— Je suis désolée, ma chérie, s'excusa Kendall. Mais je te promets que je rentrerai à temps pour te lire un chapitre du *Magicien d'Oz*.

— Je pourrais demander à papa de le faire, tu sais, remarqua innocemment la fillette.

Ce n'était pas une menace, bien sûr. Et pourtant, Kendall ne put réprimer une pointe de culpabilité. Heath venait s'occuper de Skylar Dawn deux fois par semaine parce qu'elle travaillait tard. Mais elle ne tenait pas à ce qu'il sache que les heures supplémentaires qu'elle accumulait ne se limitaient pas à ces soirées-là.

— Je serai là, promit-elle à Skylar Dawn.

— D'accord, maman. Je t'aime.

— Moi aussi, ma puce.

En raccrochant, Kendall sentit son cœur se serrer dans sa poitrine. Une fois de plus, les paroles que Heath avaient prononcées au chevet de leur fille résonnèrent en elle comme une accusation. Et elle se demanda avec une pointe d'angoisse si elle n'était pas en train de sacrifier sa vie de famille sur l'autel de ses ambitions.

L'alarme du téléphone de Heath retentit à six heures moins cinq, comme chaque soir. Il composa aussitôt le numéro de Kendall. Mais, à sa grande surprise, ce ne fut pas elle qui décrocha mais sa mère.

— Bonsoir, Naomi, lui dit-il. Est-ce que je pourrais parler à Skylar Dawn ?

— C'est impossible, malheureusement, répondit sa belle-mère. Elle est en train de prendre un bain. Elle en avait bien besoin.

— Est-ce que Kendall est avec elle ?

— Non, elle n'est pas encore rentrée.

— Pourriez-vous me rappeler lorsque Skylar Dawn sera sortie de la salle de bains ?

— Je ne suis pas sa secrétaire, objecta sèchement Naomi.

Heath serra les dents, réprimant la réplique peu amène qui lui venait aux lèvres. Il savait que, s'il se disputait avec elle, elle pourrait lui rendre la vie plus désagréable encore qu'elle ne l'était actuellement. Qu'il le veuille ou non, Naomi faisait partie de leur existence, pour le moment.

— Pourriez-vous au moins lui dire que j'ai appelé ? demanda-t-il.

Sa belle-mère répondit par une vague onomatopée. Derrière elle, un bruit d'éclaboussure se fit entendre, suivi par un éclat de rire sonore.

— Je vais devoir vous laisser, déclara Naomi. Il faut que j'aille lui laver les cheveux.

Sans attendre sa réponse, elle lui raccrocha au nez. Heath reposa rageusement son téléphone, ce qui fit lever la tête à Wade qui était assis derrière le bureau voisin.

— On dirait que ta belle-mère et toi vous entendez toujours aussi bien, ironisa-t-il.

— C'est de pire en pire, reconnut Heath. Je crois qu'elle est ravie que je sois enfin sorti de la vie de sa précieuse fille…

— Je suis désolé, mon vieux. Je sais combien ce coup de téléphone journalier est important pour toi.

Pour cacher son désarroi, Heath lui décocha un sourire moqueur.

— Tu écoutes toujours les conversations privées de tes collègues ? lui demanda-t-il.

— Simple déformation professionnelle, répliqua Wade sans se démonter le moins du monde.

Traversé par une brusque intuition, Heath le considéra avec attention.

— C'est toi qui m'as recommandé pour ce boulot, n'est-ce pas ? demanda-t-il.

— Quel boulot ? répondit Wade de sa voix la plus innocente.

— Celui du FBI.

— Je te rappelle que c'est le major Clements qui prend ce genre de décisions. Je ne suis qu'un simple conseiller…

— Mais tu aurais pu recommander quelqu'un d'autre.

— Ce n'est tout de même pas ma faute si tu es notre

meilleur spécialiste en matière de cybercriminalité, répliqua Wade du tac au tac.

— Je ne sais pas si je dois te maudire ou te remercier, remarqua Heath.

Wade haussa les épaules.

— C'était totalement égoïste de ma part, assura-t-il. J'en avais assez d'entendre Slate se plaindre de votre cohabitation forcée.

Heath n'en croyait pas un mot. Il savait que ses amis croyaient bien faire en le poussant de nouveau dans les bras de Kendall. Malheureusement, les choses étaient loin d'être aussi simples qu'ils semblaient le penser.

Mais comment auraient-ils pu le savoir ? Wade était un célibataire endurci. Quant à Slate, il ne sortait avec Vivian que depuis peu de temps.

— Et toi ? répliqua Heath. Quand te décideras-tu à trouver une petite amie ?

Wade se rembrunit.

— Je ne suis pas encore prêt à me ranger, déclara-t-il. J'ai beaucoup trop le goût du risque pour cela.

Tandis que son ami quittait la pièce, Heath se demanda si c'était bien la seule raison. Quelques mois auparavant, une jeune femme nommée Therese Ortis avait sauvé la vie de Wade. Puis elle avait disparu sans laisser de traces.

Wade avait été profondément marqué par cette rencontre. Et Heath s'était souvent demandé s'il n'avait pas développé une forme d'obsession à l'égard de cette mystérieuse inconnue. Mais il connaissait suffisamment son ami pour savoir qu'il était vain de lui poser des questions à ce sujet.

Il ramassa donc son téléphone et composa le numéro de Kendall. Elle était sur répondeur et il dut se contenter de lui laisser un message, lui demandant de le rappeler lorsqu'elle serait de retour chez elle de façon à ce qu'il puisse parler à Skylar Dawn avant qu'elle n'aille se coucher.

Puis il téléphona à ses parents qu'il n'avait pas appelés depuis plus d'une semaine. Sa mère décrocha à la troisième sonnerie.

— Bonsoir, lui dit-il.

— Heath ! s'exclama-t-elle joyeusement. Je suis contente de t'entendre.

— Je voulais prendre des nouvelles, lui dit-il.

— Oh ! il n'y a pas grand-chose à raconter, répondit-elle. Tu sais combien la vie est tranquille, par ici.

— Ce n'est pas plus mal, parfois, soupira-t-il. La vie est parfois un peu trop agitée à Dallas.

— Je suis sûre que tu t'ennuierais à mourir si tu revenais vivre par ici.

— À une époque, je t'aurais répondu que oui, concéda Heath. Mais je n'en suis plus aussi sûr, aujourd'hui…

Sa mère hésita avant de lui poser la question qui devait lui brûler les lèvres.

— Dis-moi, fit-elle, est-ce que tu vis toujours chez ton ami ?

— Slate ? Oui. J'ai revu Kendall mais nous n'avons pas encore eu l'occasion de discuter sérieusement de l'avenir.

— Je vois, murmura sa mère. Et comment va Skylar Dawn ?

— Très bien. Elle grandit à vue d'œil et est de plus en plus ravissante. Elle a fait de nouvelles peintures pour vous. Je te les enverrai ce week-end.

— J'ai hâte de voir ça. Est-ce que tu continues à faire du rodéo ?

— Oui, répondit-il. Et j'ai encore progressé dans le classement.

Sa mère ne put réprimer un soupir.

— Un de ces jours, tu finiras par te blesser, lui dit-elle.

— Ne t'en fais pas pour moi. Je ne prends aucun risque inutile.

— Chevaucher des taureaux furieux ? s'exclama-t-elle. Si ça n'est pas un risque inutile, je me demande bien ce que tu entends par là !

— J'ai besoin de cet argent, lui rappela Heath.

En réalité, il aurait pu s'en passer. Mais une fois décompté l'argent qu'il consacrait à sa fille, le remboursement de son emprunt pour la maison, les dépenses pour ses deux chevaux et le poney de Skylar Dawn, il ne lui restait plus grand-chose.

Les primes des rodéos arrondissaient ses fins de mois de façon plus que confortable. Mais, surtout, le rodéo l'aidait chaque week-end à oublier durant quelques heures ses difficultés conjugales…

— Nous pourrions te prêter de l'argent si tu en as besoin, lui dit sa mère.

— Tu as besoin de tout ce que tu gagnes pour subvenir à vos besoins, à papa et toi. À ce propos, comment va-t-il ?

— Comme d'habitude… Il a des hauts et des bas. Parfois, il est presque comme avant et parfois…

— Je suis désolé, maman. Je devrais être à vos côtés…

— Ne sois pas ridicule. Tu as une famille dont tu dois t'occuper. Prends soin de ta fille et tâche de te réconcilier avec Kendall. C'est une femme extraordinaire.

— Je sais, soupira Heath.

— Alors fais ce que tu as à faire et retourne auprès d'elle.

— J'essaierai, répondit-il sobrement.

— Bien. Il va falloir que je te laisse. Je vais devoir aller aider ton père à se mettre au lit.

— D'accord.

— Tu avais quelque chose d'autre à me dire ?

— Non. Je voulais juste entendre une voix amie. Tu as toujours eu le don de me remonter le moral.

— Je t'aime, lui dit-elle. Prends soin de toi.

— Je t'aime aussi, maman.

Il raccrocha et prit une profonde inspiration. Il était temps pour lui de se remettre au travail et d'essayer d'en apprendre un peu plus sur Public Exposure et ses agissements suspects.

Il commença par les deux protagonistes de l'accident et ne tarda pas à découvrir que tous deux louaient des appartements appartenant à la même firme immobilière. Curieux, il entreprit de réunir tous les éléments qu'il pouvait sur cette entreprise. Et il ne tarda pas à trouver ce qu'il cherchait et mieux encore…

7

Lorsque Kendall ouvrit la porte d'entrée, ce matin-là, elle eut la surprise de découvrir Heath nonchalamment appuyé contre sa voiture. Il tenait un donut dans une main et un grand café dans l'autre.

En l'apercevant, Skylar Dawn poussa un cri strident et se précipita vers lui. Il eut tout juste le temps de poser le café avant qu'elle ne lui saute dans les bras et ne couvre son visage de baisers. Il les lui rendit avec enthousiasme et Kendall ne put s'empêcher de sourire, touchée par la complicité palpable qui existait entre le père et sa fille.

— Est-ce que c'est pour moi ? demanda celle-ci en désignant le donut.

— Oui, répondit-il. Mais installe-toi d'abord dans la voiture et attache ta ceinture.

Il lui ouvrit la portière et elle s'exécuta sans discuter. Il lui tendit la friandise non sans lui avoir d'abord accroché une serviette en papier autour du cou.

— Je ne voudrais pas que tu salisses ton beau T-shirt, lui dit-il.

Il représentait un lapin arborant un large sourire.

— Je l'ai mis en l'honneur de Bouboule, expliqua-t-elle gravement.

— Je comprends, acquiesça-t-il avant de déposer un petit baiser sur son front.

Se tournant vers Kendall, il lui tendit le café qu'il avait apporté.

— Noir et sucré, comme tu l'aimes.

— Merci, répondit-elle, aussi surprise qu'enchantée par sa présence.

Elle savait que sa mère était en train de les observer d'un air réprobateur mais elle s'en moquait. N'avait-elle pas le droit de profiter d'un moment de détente en compagnie de son époux et de sa fille ?

La veille, elle était rentrée trop tard pour tenir sa promesse et lire une histoire à Skylar Dawn. En consultant son répondeur, elle avait trouvé un message de Heath lui indiquant qu'il avait vainement cherché à joindre sa fille et demandant à Kendall de le rappeler.

Il n'était pas difficile de deviner ce qui s'était passé : Skylar Dawn avait vainement attendu le retour de sa mère et le coup de téléphone de son père, et avait fini par s'endormir en pleurant.

C'était précisément le genre de situation qui lui donnait l'impression de ne pas être à la hauteur en tant que mère. Elle avait mal dormi, cette nuit-là, taraudée par la culpabilité. Évidemment, cela n'avait fait que raviver tous ses doutes concernant ses choix de vie récents.

— Je suis désolée pour ce qui s'est passé hier soir, murmura-t-elle à Heath de façon que Skylar ne puisse pas les entendre. Maman aurait dû te passer ta fille. Ou au moins te rappeler après lui avoir donné son bain.

Il hocha sobrement la tête. De toute évidence, il n'avait pas envie de remuer le couteau dans la plaie. Mais il était évident qu'il était en colère contre Naomi. Et elle ne pouvait lui en vouloir. Elle-même aurait été furieuse, si l'inverse s'était produit.

Évidemment, cela n'arriverait jamais. La mère de Heath était très différente de la sienne…

— Je lui ai dit que je n'étais pas contente, ajouta-t-elle.

— Ce n'est pas la première fois, lui rappela-t-il en haussant les épaules. Et on ne peut pas dire qu'elle tient beaucoup compte de tes remarques…

C'était la plus stricte vérité, hélas. Sa mère n'en faisait jamais qu'à sa tête — tout en partant du principe que les autres respecteraient ses propres desiderata. Son indépendance d'esprit, que Kendall admirait, pouvait parfois confiner à l'égocentrisme.

— Je t'assure que cela ne se reproduira pas, déclara-t-elle d'une voix plus assurée.

Elle ne tenait pas à ce que Skylar Dawn ait à souffrir plus que nécessaire à cause d'eux. Le fait qu'ils vivent séparés était déjà bien assez douloureux pour elle.

— Dis juste à ta mère que, la prochaine fois qu'elle se conduit de cette façon, je me déplacerai. De cette façon, si elle veut m'empêcher de voir Skylar Dawn, elle devra me le dire en face.

Il s'était exprimé de façon posée mais résolue, et elle comprit qu'il était parfaitement sérieux.

— Ce n'est pas moi qui t'en empêcherai, lui assura-t-elle. Tu as parfaitement le droit de parler à ta fille chaque fois que tu en as envie. Mais j'imagine que tu n'es pas venu uniquement pour me parler de cela ?

— Exact, acquiesça-t-il. Est-ce que je peux monter avec vous ?

— Bien sûr.

Heath alla s'asseoir sur le siège passager tandis qu'elle prenait place au volant. Skylar Dawn avait déjà terminé son donut et, sur le chemin de l'école, elle leur parla de la cérémonie que la maîtresse avait prévu d'organiser ce jour-là en mémoire de leur lapin Bouboule.

En écoutant sa fille répondre aux questions de Heath, Kendall sentit monter en elle une puissante nostalgie. Ces moments de complicité familiale lui avaient terriblement manqué au cours de ces derniers mois. Ils avaient le don d'enchanter le quotidien. Mais ce n'était que depuis le départ de Heath qu'elle en avait réellement pris conscience.

Elle le laissa accompagner Skylar Dawn jusqu'à sa classe tandis qu'elle stationnait devant l'école primaire, s'efforçant de reprendre le contrôle de ses émotions.

Heath n'était pas uniquement son époux et le père de sa fille : au cours des jours à venir, il serait aussi son coéquipier. Et elle ne pouvait se permettre de laisser ses sentiments pour lui la submerger.

— On dirait que la mort de ce lapin les a tous traumatisés, remarqua Heath lorsqu'il l'eut rejointe. Je crois que la maîtresse a bien fait d'organiser cette cérémonie.

Kendall hocha la tête et démarra.

— Tu as travaillé tard, hier soir, remarqua Heath au bout de quelques instants. Est-ce que cela t'a permis de découvrir quelque chose ?

La culpabilité refit surface mais Kendall se refusa d'y céder.

— Malheureusement non. Toutes les pistes que j'ai explorées se sont soldées par des impasses. Et toi ?

— J'ai travaillé tard, moi aussi. Et j'ai eu un peu plus de chance que toi.

Elle lui jeta un coup d'œil stupéfait.

— Dès ton premier jour ?

— La chance du débutant, répondit Heath modestement. Lorsque nous avons eu cet accident, hier, il m'a semblé que les deux automobilistes qui en étaient responsables se connaissaient.

— L'homme au SUV et la fille à la voiture rose ? s'étonna Kendall.

— Oui.

— Je n'ai rien remarqué de tel.

— C'est parce que tu étais en train de rassurer la jeune

femme. Et puis, tu étais plus secouée que moi : après tout, c'est toi qui conduisais…

— Et tu as pu vérifier ton intuition ?

— Oui. Non seulement ces deux-là se connaissent mais j'ai découvert qu'ils travaillent tous deux pour une filiale de Public Exposure…

Kendall mit quelques instants à encaisser le coup.

— Tu veux dire qu'ils ont délibérément tenté de nous tuer ?

— De nous tuer ? Je ne sais pas. D'interrompre cette poursuite, c'est certain. Quoi qu'il en soit, je te propose que nous allions les interroger.

— Tu connais leurs adresses ?

— Bien sûr. Ils habitent tous les deux du côté de Wycliff, en centre-ville.

Kendall sentit un sourire se dessiner sur ses lèvres. Après des semaines passées à piétiner, ils tenaient peut-être enfin une piste. Elle prit immédiatement la direction du centre-ville.

— Je suis vraiment impressionnée, avoua-t-elle.

— Merci, répondit-il en souriant. Mais il y a plus intéressant. Nos suspects ont été tous deux inculpés pour fraude à la suite d'un détournement postal. Et l'homme est toujours en période probatoire.

— Tu aurais dû m'appeler dès hier soir, remarqua Kendall. J'aurais pu regarder ce que nous avions sur lui dans la base du FBI.

— Il était trop tard lorsque j'ai obtenu l'information, répondit Heath.

— La prochaine fois, n'hésite pas, quelle que soit l'heure.

Il la considéra avec attention.

— Cette affaire semble vraiment te tenir à cœur, constata-t-il.

— C'est vrai, acquiesça-t-elle. Je suis convaincue depuis

longtemps que Public Exposure cache quelque chose mais personne ne semble y croire. Enfin, ajouta-t-elle en souriant, personne à part toi…

Elle s'abstint de préciser que, si cette enquête aboutissait, elle l'aiderait probablement à obtenir la promotion qu'elle espérait. Ou que ladite promotion s'accompagnerait d'un transfert.

Il était bien trop tôt pour aborder le sujet — d'autant qu'elle ne savait toujours pas vraiment à quoi s'en tenir sur leur relation.

— Qu'est-ce qui t'a mis la puce à l'oreille, au départ ? s'enquit Heath.

— L'argent, bien sûr, répondit-elle. Je me suis demandé pourquoi une entreprise privée investirait à fonds perdu dans une expérience sociologique comme Public Exposure prétendait le faire. J'ai voulu savoir ce qu'elle avait vraiment à y gagner. Et aussi d'où provenait le financement de cette expérience…

— Et qu'as-tu découvert à ce sujet ?

— Que l'expérience était subventionnée par une fondation privée.

— Ce qui ne répond pas à la question, remarqua Heath.

— Précisément. D'autant que — tiens-toi bien — la fondation en question est financée presque entièrement par Public Exposure.

— C'est le serpent qui se mord la queue.

— Malheureusement, il n'y a rien là d'illégal et je n'ai donc aucune chance de pouvoir les forcer à ouvrir leurs comptes. Je me suis donc intéressée de plus près à leur prétendue expérience. Et je me suis rendu compte qu'elle n'était pas plus logique.

Heath l'écoutait très attentivement.

— S'il s'agissait réellement d'une étude sociologique, reprit-elle, Public Exposure aurait réuni un panel diversifié de sujets. Or tous les participants ont exactement le même profil : ce sont presque toutes des personnes âgées de plus de soixante ans. La plupart d'entre elles vivent seules et toutes sont propriétaires.

— Ce n'est pas vraiment le public habituel des entreprises qui s'intéressent aux nouvelles technologies, remarqua Heath.

— Exact. Et s'il s'agit de changer les habitudes de consommation, ce ne sont pas les personnes les plus réceptives.

— Est-ce que tu as une idée de ce qu'ils cherchent réellement ?

— Pas encore. Mais c'est en interrogeant des participants que j'ai découvert que plusieurs d'entre eux se sentaient surveillés.

— Tu en as donc conclu que Public Exposure cherchait à dérober certaines de leurs informations personnelles.

Kendall hocha la tête.

— Cela paraissait en effet être l'explication la plus rationnelle. Mais aucun des sujets n'a perdu d'argent. Au contraire, même, ils sont défrayés pour leur participation. Je ne pense pas qu'il s'agisse d'une simple arnaque, Heath. C'est quelque chose de beaucoup plus ambitieux — même si j'ignore toujours quoi exactement…

— Ce qui s'est passé hier semble le confirmer, en tout cas, murmura Heath, pensif. S'ils étaient prêts à courir le risque de tuer deux policiers, c'est qu'ils ont quelque chose d'important à cacher.

Kendall ne put réprimer un frisson en repensant à l'accident qu'ils avaient frôlé et aux conséquences qu'il aurait pu avoir pour Skylar Dawn.

— C'était ma faute, soupira Heath auquel sa réaction n'avait pas échappé. C'est moi qui t'ai poussée à filer cette camionnette.

— Tu n'as pas eu à me forcer, objecta-t-elle. J'étais convaincue que c'était la meilleure chose à faire. D'ailleurs, ce n'était pas faux puisque nous disposons aujourd'hui d'une piste que nous n'avions pas hier…

Mais alors même qu'elle prononçait ces mots, Kendall prit conscience du fait qu'aujourd'hui encore tous deux étaient en train de se lancer tête baissée sur la piste de leurs suspects au mépris de toute procédure.

— Tu ferais mieux de te garer un peu à l'écart, suggéra-t-il avant d'aller interroger les suspects. Je ne tiens pas à ce qu'ils identifient ta voiture.

Un frisson glacé parcourut l'échine de Kendall. S'ils parvenaient à identifier son véhicule, leurs adversaires auraient effectivement une chance de découvrir qui elle était et où elle vivait. Et c'était un risque qu'ils ne pouvaient courir.

— Nous ferions peut-être mieux de faire un crochet par les bureaux du FBI, remarqua-t-elle. Nous informerons Jerry de ce que nous avons l'intention de faire et j'en profiterai pour récupérer l'une de nos voitures banalisées. Nous pourrons même demander des renforts.

— Bonne idée, approuva-t-il. Dépose-moi là, nous ne sommes plus très loin. Je vais aller repérer les lieux en vous attendant.

— Il n'est pas question que tu ailles là-bas tout seul ! protesta vivement Kendall.

— Je ne compte pas les arrêter, lui assura-t-il. Juste me mettre en planque pour m'assurer que les suspects sont bien là et qu'ils ne quitteront pas le nid avant votre arrivée.

— Je ne crois pas que nous devrions nous séparer, objecta-t-elle.

Le regard qu'il lui lança éveilla en elle un frisson irrépressible.

— Moi non plus, répondit-il.

Elle était convaincue qu'il ne parlait pas uniquement de cette opération.

— Je vais contacter Jack, ajouta-t-il. Il doit être dans le coin et pourra nous prêter main-forte. Nous utiliserons sa voiture de service pour ramener les suspects.

8

Kendall se gara à quelques rues de l'endroit où étaient censés se trouver leurs suspects. C'était l'un de ces quartiers en pleine rénovation sur lequel un promoteur avait jeté son dévolu. Les immeubles anciens étaient rénovés, les vieux appartements remodelés pour être transformés en lofts destinés aux hipsters de Dallas.

Ils descendirent de voiture et Heath sortit son insigne qu'il accrocha à sa veste. Il prit également soin de détacher la lanière de son holster de façon à pouvoir dégainer son arme plus rapidement. Kendall fit de même.

— Mieux vaut que tu restes en couverture, lui dit-il. C'est moi qui irai frapper.

— D'accord, acquiesça-t-elle.

Après tout, il avait plus l'expérience qu'elle de ce genre d'interventions. Il sortit son téléphone et appela Jack McKinnon auquel il demanda de les rejoindre.

— Il sera là dans six minutes, déclara-t-il lorsqu'il eut donné l'adresse à son collègue.

Kendall hocha la tête. Ils pouvaient parfaitement patienter pendant ce laps de temps. Après tout, leurs suspects n'avaient aucune raison de soupçonner leur venue.

— Si seulement j'avais pris une voiture banalisée, hier soir, soupira-t-elle.

— Tu ne pouvais pas savoir, objecta Heath en haussant

les épaules. De toute façon, cela n'a pas d'importance. Jack a l'une de nos voitures banalisées.

Ils attendirent l'arrivée de ce dernier. Heath en profita pour envoyer à Kendall les photos de Saundra Rosa et Bryan Marrone, les deux personnes qu'ils comptaient appréhender. Elle mémorisa leurs visages.

— Je reconnais la fille, déclara-t-elle. En revanche, je n'avais pas du tout fait attention à l'homme.

— Tu étais en état de choc, répondit Heath. Et tu n'avais pas de raison particulière de le soupçonner.

Elle hocha la tête, touchée qu'il essaie de la rassurer de cette façon. Jetant un coup d'œil à sa montre, elle constata qu'il leur restait encore quatre minutes avant l'arrivée de Jack. Le temps paraissait se mouvoir au ralenti.

— N'est-ce pas un peu étrange qu'il n'y ait personne dans les rues ? demanda-t-elle, mal à l'aise.

Son instinct lui soufflait que quelque chose n'allait pas.

— Tu as remarqué aussi, acquiesça Heath en parcourant la rue des yeux.

— Ça me rappelle cette fête d'Halloween où je me suis rendu compte que nous étions suivis par une horde de zombies. Tu te rappelles ?

— Très bien. Mais j'avoue que, moi, ça m'avait plutôt amusé qu'effrayé. Je vois ce que tu veux dire, en tout cas. J'ai la désagréable impression d'être observé. Et puis, je ne sais pas si tu as remarqué mais les maisons se ressemblent toutes. On se croirait dans la quatrième dimension.

— C'est vrai, acquiesça Kendall. Je ne sais pas pourquoi ils les ont toutes peintes de la même couleur.

— Je suis prêt à parier qu'elles ont toutes été rachetées par la même compagnie. Et je pense pouvoir te dire laquelle sans trop m'avancer…

— Public Exposure.

Heath hocha la tête.

— Je ne sais pas si tu as remarqué mais l'orange qu'ils ont utilisé pour les huisseries rappelle furieusement celui de leur logo.

— Tout ça a un petit côté secte, tu ne trouves pas ?

— Cela nous fera au moins un sujet de discussion avec Rosa et Marrone, ironisa Heath.

— D'après ce que j'ai pu lire au sujet de Brantley Lourdes, le patron de Public Exposure, il fait vraiment figure de gourou. La plupart de ses employés lui vouent un véritable culte de la personnalité.

— Au point de risquer leur vie en se jetant sur notre voiture ? lui demanda Heath. Tu crois vraiment que l'ordre pourrait venir d'aussi haut ?

Kendall hésita, réfléchissant à tout ce qu'elle savait du charismatique P-DG.

— Je ne sais pas, murmura-t-elle d'une voix hésitante. Très franchement, je ne sais plus trop quoi penser…

— Tous les articles que j'ai lus au sujet de Public Exposure présentaient l'entreprise comme un acteur innovant dans le monde des réseaux sociaux. Leur but affiché est de susciter le partage et de véritables interactions entre les gens.

— Au point de fonder des communautés de gens vivant dans des maisons identiques et prêts à sacrifier leur vie pour défendre leur entreprise ? murmura Kendall en frissonnant.

Toute cette histoire prenait un tour de plus en plus inquiétant.

— Est-ce que je peux vous aider ?

Heath et Kendall sursautèrent et se tournèrent vers l'homme qui était apparu dans l'encadrement orange de l'une des portes.

— Ne vous en faites pas, monsieur, répondit Heath. Tout va bien. Je fais partie des Texas Rangers de Dallas.

Kendall remarqua qu'il avait plongé sa main droite sous sa veste. L'homme qui venait de les interpeller ne paraissait pourtant pas particulièrement menaçant. Il les observait avec une évidente curiosité.

— Vous devriez rentrer chez vous, monsieur, lui conseilla Kendall.

Il ne fit pas mine de bouger.

— J'aimerais bien savoir ce qui se passe, leur dit-il.

De nouveau, cette impression de malaise. La scène avait quelque chose de décalé — presque surréaliste.

— Je ferais peut-être mieux d'appeler la police, ajouta l'homme.

— Si vous voulez, répondit-elle, conciliante. Mais faites-le de chez vous.

— J'ai mon téléphone portable juste ici, répondit l'homme en faisant mine de plonger la main dans sa poche.

Instantanément, Heath et Kendall dégainèrent.

— Les mains en l'air, lui ordonna-t-elle. FBI ! Gardez vos mains bien en évidence. Mon partenaire va venir s'assurer que vous n'êtes pas armé.

Elle sentait confusément que la situation était en train de leur échapper. Mais son instinct lui enjoignait de ne pas baisser la garde. Le danger planait — elle en était convaincue.

— D'accord, s'exclama l'homme qui ne paraissait pas plus effrayé que cela. Je rentre chez moi.

— Ne bougez pas ! ordonna Heath. Placez vos mains sur votre tête et faites lentement demi-tour sur vous-même.

L'homme esquissa un pas en arrière.

— Stop ! lui crièrent simultanément Kendall et Heath.

Il s'immobilisa aussitôt.

Mais au même instant, du coin de l'œil, elle avisa un mouvement, un peu plus loin dans la rue. Deux personnes couraient se mettre à l'abri derrière une voiture.

— À neuf heures, indiqua-t-elle à Heath. Ce sont peut-être ceux que nous cherchons.

Il étouffa un juron.

— Mais où est Jack ? gronda-t-il en s'avançant vers l'homme qui demeurait figé sur son perron.

Kendall ne le quittait pas des yeux, cherchant à déterminer s'il s'agissait juste d'une forte tête ou s'il était de mèche avec leurs adversaires. À deux reprises, elle surprit son regard qui glissait furtivement vers les deux personnes qu'elle avait remarquées.

Il y avait aussi dans ce regard une étrange exaltation et ses lèvres étaient déformées par un rictus, comme s'il s'empêchait de sourire.

— Heath, c'est une distraction, déclara-t-elle. Ce sont bien eux !

— Tu es sûre ?

— À quatre-vingt-dix pour cent.

D'un geste fluide, Heath sortit une paire de menottes et accrocha l'un des poignets de l'homme à la rampe de fer forgé du perron.

— Allons-y, s'exclama-t-il en se mettant à courir.

Kendall lui emboîta le pas. Ils remontèrent la rue à toute vitesse. Un klaxon retentit derrière eux et ils furent rattrapés par la voiture que conduisait Jack.

— Salut, Kendall, la salua-t-il avec une fausse décontraction. Je te dépose quelque part ?

— Monte avec Jack ! lui cria Heath sans cesser de courir. Suivez la voiture !

De fait, la voiture derrière laquelle elle avait vu disparaître le couple venait de démarrer en trombe. Tandis que Jack s'arrêtait, le temps de laisser monter Kendall, Heath obliqua brusquement dans une autre direction. Elle se demanda ce qu'il avait pu remarquer.

— Ce sont les gens que vous cherchez ? demanda Jack en redémarrant sur les chapeaux de roues.

— Probablement.

Kendall gardait les yeux résolument fixés sur la berline qui fonçait toujours devant eux.

— Qu'est-ce qu'ils ont fait ? s'enquit Jack.

— Aucune idée, répondit Kendall avec un rictus empli d'autodérision.

Heath n'avait pas pris le temps d'expliquer pourquoi il s'était mis à courir dans la direction opposée à celle qu'avait prise la voiture.

Mais il avait repéré une silhouette accroupie derrière une haie, tout près de l'endroit où était garée la voiture qui venait de démarrer. Se pouvait-il que l'un de leurs suspects se soit caché là pendant que l'autre faisait diversion ?

Il était trop tard pour en douter. Il devait suivre son instinct. Aussi força-t-il encore l'allure. La personne qui s'était cachée là dut le voir approcher. Il devina une silhouette qui se déplaçait à vive allure derrière la haie.

— Bingo ! s'exclama-t-il en accélérant encore.

Il longea la haie, espérant trouver rapidement un passage qui lui permettrait d'accéder au jardin de la résidence. Il finit par apercevoir un étroit interstice et s'y précipita sans hésiter. Des épines lui lacérèrent les mains et le visage, et il comprit qu'il venait de foncer à travers un massif de roses.

Il comprit aussi qu'il était sur le point de déboucher à découvert. Si son adversaire était armé, il s'exposait à un tir de barrage qui pourrait lui être fatal.

Fort heureusement, aucun coup de feu ne retentit lorsqu'il émergea de la haie. Haletant, il s'immobilisa, cherchant des yeux la femme qui avait disparu. Un rapide tour d'horizon lui permit de comprendre qu'elle avait dû contourner le bâtiment qui lui faisait face.

Instantanément, il se remit à courir. Il ne savait toujours

pas s'il n'était pas en train de courser quelqu'un qui servait de leurre. Mais il était bien décidé à le découvrir. Et la conviction que cette fille avait peut-être essayé de tuer la femme qu'il aimait lui donnait des ailes.

9

Kendall sortit son téléphone de la poche de sa veste. Ils se trouvaient à trois rues de l'endroit où la poursuite s'était engagée. Jack suivait toujours la berline mais il avait pris de la distance, laissant croire au conducteur qu'il les avait semés. Ce dernier avait d'ailleurs fini par ralentir après avoir enchaîné quelques manœuvres sans doute destinées à les semer.

— Tu sais que vous avez laissé un type enchaîné à sa rampe d'escalier ? lui rappela alors Jack.

— Je l'avais oublié, celui-là.

— Qu'est-ce qu'il a fait ?

— Rien. Il était juste chargé de nous distraire.

— Eh bien, vous n'y allez pas par quatre chemins, au FBI, s'exclama Jack en riant. Accroche-toi…

La voiture qu'ils suivaient venait d'effectuer un brusque demi-tour et Jack dut forcer le passage à travers deux voies pour pouvoir l'imiter. Ils évitèrent de justesse une collision avec une camionnette de livraison.

Au moment où Jack reprenait le contrôle de son véhicule, celui qu'ils poursuivaient opéra un virage à angle droit pour s'engager dans une ruelle latérale.

— Tu crois qu'il nous a repérés ? s'enquit Kendall.

— Aucune idée. En tout cas, soit ce type est paranoïaque au dernier degré, soit il essaie de nous rendre paranoïaques.

C'est difficile à dire… Quoi qu'il en soit, je crois que je sais où il va.

— Vraiment ? s'étonna Kendall tandis qu'ils tournaient de nouveau à angle droit.

— Je pense qu'il rentre tout simplement au bercail. Et si c'est le cas, nous pourrions y être avant lui…

— Tu es sûr ?

— Sûr ? Non. Même si je serais prêt à le parier.

Kendall hésita un instant, sachant que c'était à elle de prendre la décision. Son propre instinct ne lui était d'aucun secours. Cela faisait bien longtemps qu'elle n'avait pas mené une telle poursuite en voiture. En revanche, Jack avait visiblement l'habitude de ce genre de rodéo.

— D'accord, déclara-t-elle enfin. Retour à la case départ. Croisons les doigts !

Jack regagna l'avenue la plus proche et reprit la direction du quartier qu'ils venaient de quitter. Kendall ne put s'empêcher de chercher Heath des yeux. Mais il y avait bien longtemps qu'il avait disparu, bien sûr.

Jack alla se garer au coin d'une venelle d'où ils pourraient surveiller discrètement les environs. Fort heureusement, ils n'eurent pas longtemps à attendre. Quelques minutes après eux, la berline du fuyard déboucha au bout de la rue.

— Bien vu, Jack ! s'exclama-t-elle.

— Nous avons eu de la chance, répondit-il. Mais je regrette quand même que nous n'ayons pas disposé de renforts. Nous aurions pu nous relayer pour le suivre, ce qui aurait été nettement plus discret.

— Est-ce que tu as pu relever le numéro de sa plaque ?

— Non. Et toi ?

— Non plus.

La voiture passa lentement devant eux, suffisamment près pour que Kendall puisse s'assurer que l'homme qui se trouvait au volant était bien celui qu'ils recherchaient.

Elle constata du même coup qu'il était seul à bord, ce qui expliquait peut-être pourquoi Heath avait décidé de rester en arrière.

Il avait dû apercevoir la jeune femme et la prendre en chasse. Kendall pria en silence pour que celle-ci n'ait pas opposé de résistance lorsqu'il avait voulu l'appréhender.

Tandis que Heath progressait à travers le parc de la résidence, il fut frappé une fois de plus par le silence déconcertant qui régnait dans ce quartier. On n'entendait aucune voix, aucun cri d'enfant, aucun aboiement… Pas même le bruit d'un moteur aux alentours.

Le monde entier semblait suspendre son souffle tandis que Saundra Rosa et lui disputaient cette étrange partie de cache-cache.

Plus il y réfléchissait et plus tout cela lui paraissait étrange. Il y avait ces maisons qui se ressemblaient toutes, ces gens qui paraissaient prêts à se mettre en danger pour défendre les intérêts d'une mystérieuse multinationale et ce silence oppressant qui le rendait terriblement nerveux.

Au bout d'un moment, ne voyant toujours aucun signe de la jeune femme qu'il cherchait, Heath comprit qu'il s'était probablement trop éloigné. La vue était dégagée, à présent, et, si elle s'était trouvée devant lui, il aurait dû l'apercevoir.

Il fit mine de poursuivre son chemin jusqu'au moment où une haie le dissimula entièrement. De là, il opéra un mouvement tournant de façon à revenir sur ses pas tout en demeurant caché.

Parvenu suffisamment près du bâtiment dans lequel Saundra avait dû trouver momentanément refuge, il s'embusqua derrière un arbre au tronc massif et attendit qu'elle se manifeste. Tandis qu'il patientait de la sorte, il espérait que la filature de Jack et Kendall avait été plus aisée que la sienne.

Contrairement à ce que Jack avait imaginé, la voiture qu'ils suivaient ne s'était pas arrêtée à son point de départ. L'homme s'était éloigné de nouveau et avait fini par s'engager sur l'une des rampes à voies multiples qui traversaient la ville. Ils avaient donc continué à le suivre obstinément.

Mais là, au lieu de se fondre tranquillement dans le trafic, le conducteur s'était lancé dans une véritable partie de gymkhana, doublant les autres voitures à toute vitesse avant de se rabattre au mépris des règles les plus élémentaires du code de la route.

Évidemment, cela n'avait pas facilité la tâche de Jack mais le ranger refusait de s'avouer vaincu. Kendall, quant à elle, se cramponnait au tableau de bord d'une main tout en passant des appels. Le premier était destiné à la police de Dallas pour signaler qu'ils avaient pris un véhicule en chasse et demandaient des renforts.

Le second fut pour Jerry auquel elle fit un rapport détaillé de ce qui s'était passé ce matin-là. Ce dernier ne se montra rien moins qu'enthousiaste à l'idée que Kendall était en train de risquer sa vie pour poursuivre quelqu'un sur qui ne pesait aucune charge sérieuse pour le moment.

— On dirait que la hiérarchie ne nous soutient pas vraiment, remarqua Jack lorsqu'elle eut raccroché.

— Si tu veux décrocher, je ne t'en voudrai pas, soupira Kendall.

— Tu plaisantes ? Je commence tout juste à m'amuser.

Elle lui décocha un pâle sourire, se félicitant que Heath ait fait appel à lui. Jack était un conducteur exceptionnellement doué. Il aurait très pu sans rougir participer à de véritables rallyes. Et sans pendre de risques immodérés, il parvenait à rester à distance constante de leur cible.

— Est-ce qu'il sait que nous le suivons ?

— C'est impossible à dire avec certitude. Mais je pense que non. Si tu veux mon avis, ce type est juste très pressé d'arriver à destination. Évidemment, s'il rentre dans le centre-ville, il sera plus difficile de rester discrets…

— Tu crois que c'est le cas ?

— Non. Pour le moment, nous nous dirigeons vers l'est. Probablement en direction de l'I-30… À moins qu'il ne décide d'obliquer sur l'I-45 en direction du sud.

— Si c'est le cas, cela devrait permettre à la police de Dallas de l'intercepter.

Mais quelques minutes plus tard, Jack étouffa un juron.

— Raté, lui dit-il. Il vient de sortir vers Cadix Street. Nous sommes repartis pour le centre. À quel point tiens-tu à ce que nous le rattrapions ?

— Disons que tout ce qui nous intéresse pour le moment, c'est avoir une petite discussion à bâtons rompus avec cet homme. Pas question de nous tuer en tentant de lui mettre le grappin dessus.

— Dans ce cas, je vais essayer de me rapprocher suffisamment pour que nous puissions relever sa plaque d'immatriculation. Si nous le perdons, nous pourrons au moins lancer un avis de recherche.

Jack dépassa l'une après l'autre les voitures qui les séparaient de leur cible. Dès qu'il se retrouva derrière elle, Kendall photographia la voiture et ses plaques. Lorsque l'homme tourna brusquement sur la droite, ils continuèrent tout droit pour ne pas éveiller sa méfiance.

Elle en profita pour rappeler la police de Dallas et leur communiquer toutes les informations dont ils disposaient au sujet du véhicule. Puis elle rappela Jerry qui ne se montra pas beaucoup plus ravi que précédemment.

— J'ai envoyé une équipe récupérer le type que vous aviez menotté devant chez lui, déclara-t-il. Mais il n'y avait personne : ni sur le porche ni à l'intérieur. En fait, personne n'habite là. J'imagine que vous avez relevé son identité ?

— Euh… Non…, avoua Kendall.

— Ouille, murmura Jack, moqueur. On dirait que ce n'est pas ta journée.

— Nous étions pressés, ajouta-t-elle à l'intention de Jerry.

— Est-ce que vous avez rattrapé ce type, au moins ?

— Non, nous avons dû le laisser filer.

— Saperlotte ! Et la fille ?

— Heath l'a prise en chasse. J'ignore s'il est parvenu à mettre le grappin dessus…

Heath patientait toujours.

Son corps tout entier était tendu comme un arc et il brûlait de s'élancer de nouveau. Mais la partie la plus rationnelle de lui-même savait qu'en se déplaçant il risquait juste de trahir sa présence. Tant qu'il ignorait où se trouvait la fille, il valait mieux rester caché.

Elle finirait bien par sortir de sa cachette et, si elle voulait regagner la rue, elle emprunterait certainement l'allée à proximité de laquelle il s'était embusqué. Il n'aurait plus qu'à la cueillir au passage.

Facile, Basile, comme aurait dit sa fille.

Il attendit donc encore quelques minutes de plus. Et sa patience finit par payer. La porte de l'immeuble s'ouvrit, révélant la silhouette de Saundra. Elle était en train de parler avec quelqu'un.

— Ne t'en fais pas, Rita, disait-elle à son interlocutrice. Ils doivent être partis depuis longtemps. Merci beaucoup pour la limonade.

— Prends soin de toi, ma chérie. Ça m'a fait plaisir de

te voir. Et n'oublie pas de m'appeler quand tu seras arrivée, d'accord ?

— C'est promis.

— Tu as un sacré bout de route jusqu'à Del Rio.

— Oui. J'avoue que j'ai hâte d'y être. On se verra peut-être là-bas. À bientôt, Rita…

Saundra émergea en pleine lumière. Elle avait ôté son pull-over qu'elle tenait à la main et ses longs cheveux blonds brillaient au soleil. Elle paraissait parfaitement détendue et ne prit même pas la peine de scruter les environs avant de se diriger vers la rue.

Heath ne put réprimer un sourire. Tout se passait exactement comme il l'avait espéré. Il suivit des yeux la jeune femme tandis qu'elle remontait l'allée dans sa direction. Il attendit qu'elle ait dépassé l'arbre derrière lequel il était embusqué pour s'avancer vers elle et l'attraper par le bras.

— Salut, ma jolie, lui dit-il.

Elle sursauta violemment et tenta vainement de se dégager.

— N'essayez même pas, l'avertit-il lorsqu'elle ouvrit la bouche pour appeler à l'aide.

La jeune femme gracieuse et souriante qui s'entretenait avec Rita quelques instants plus tôt avait disparu. Le visage de Saundra était déformé par la fureur.

— Lâchez-moi ! ordonna-t-elle.

— Saundra Rosa ?

— Comment connaissez-vous mon nom ?

— Je suis venu vous poser quelques questions au sujet de ce qui s'est passé hier, lui dit-il.

Elle fronça les sourcils.

— Je ne crois pas m'être présenté, après notre accident, poursuivit-il sur le ton de la conversation. Je suis Heath Murray, Texas Ranger.

— Si je suis en état d'arrestation, vous êtes censé me lire mes droits, non ? Et j'ai le droit de contacter mon avocat.

— Je me serais contenté d'une simple conversation. Mais si vous préférez une arrestation en bonne et due forme, je peux le faire aussi…

— Une conversation ? répéta-t-elle, visiblement méfiante.

— Vous préférez que nous allions au poste pour discuter ?

— Non, répondit-elle précipitamment. Bien sûr que non… De quoi est-ce que vous voulez parler ?

Elle jeta un coup d'œil nerveux aux alentours et il se demanda si d'autres personnes étaient en train de les surveiller.

— Que faisiez-vous dans ce quartier de Dallas hier ? s'enquit-il.

— Je devais déposer des vêtements dans un foyer pour SDF, répondit-elle sans hésiter.

Elle paraissait le mettre au défi de la contredire.

— C'est très généreux de votre part, déclara-t-il en songeant aux accusations dont elle avait fait l'objet. Vous avez dit hier que vous n'aviez pas l'habitude d'utiliser la voiture que vous conduisiez et que cela expliquait en partie le temps que vous aviez mis à réagir.

— C'est exact, acquiesça-t-elle.

— Est-ce que le véhicule en question appartient à votre mari ?

— Non, répondit-elle. Je ne suis pas mariée, d'ailleurs.

— À qui appartient-elle, alors ?

— Qu'est-ce que cela change ? répondit Saundra, méfiante. Mon assurance prendra en charge tous les dégâts éventuels.

— Vous êtes couverte au cas où vous conduisez une voiture autre que la vôtre ?

— Oui, répondit-elle. Vous êtes vraiment venu m'interroger au sujet de cet accident ?

Elle n'était pas réellement parvenue à dissimuler l'étonnement qui perçait dans sa voix.

— Bien sûr, s'exclama-t-il d'un ton faussement innocent. Pour quelle autre raison serais-je là ?

Elle ne répondit pas, se contentant de le fixer d'un air méfiant. La moue maussade qu'elle arborait lui fit un peu penser à celle de Skylar Dawn lorsqu'elle se faisait gronder. Mais Saundra n'avait plus quatre ans depuis longtemps.

— Est-ce que vous voulez savoir autre chose ? lui demanda-t-elle.

— Je crois que j'ai tout ce qu'il me faut, répondit-il gravement. Ah, si… Juste une chose…

Elle lui lança un regard interrogatif.

— Pourriez-vous me dire pourquoi Public Exposure essaie de tuer ma femme ?

10

Le temps que Jack contourne le pâté de maisons pour tenter de retrouver la voiture qu'ils avaient suivie, celle-ci avait disparu. Kendall appela la police de Dallas pour savoir si un véhicule correspondant à leur signalement avait été repéré dans les environs. On lui répondit par la négative.

— Qu'est-ce que tu en dis ? s'enquit Jack. On repasse chercher Heath ?

— Oui. J'espère qu'il aura eu plus de chance que nous, soupira-t-elle.

Par acquit de conscience, elle composa le numéro de son mari. Mais celui-ci avait probablement coupé la sonnerie de son téléphone pour éviter que celle-ci ne le trahisse à un moment critique. Elle lui laissa un message l'informant de leurs déboires et lui demandant de leur transmettre ses coordonnées dès qu'il le pourrait.

— Merci pour ton aide, Jack, dit-elle à ce dernier.

— Il n'y a pas de quoi. J'aurais aimé pouvoir être plus utile.

— Heath m'a dit que tu étais dans le coin.

Il hocha la tête.

— J'aidais la police de Dallas à boucler une affaire sur laquelle Wade avait travaillé avec eux.

— Il est toujours cloué à son bureau ? s'enquit Kendall, curieuse.

— Le major tenait à lui faire comprendre qu'il n'appréciait pas sa façon d'ignorer ostensiblement les ordres.

— Wade a toujours eu un petit problème de discipline.

— C'est un euphémisme, répondit Jack en riant. Remarque, je ne me plains pas. S'il n'avait pas été mis sur la touche, je n'aurais probablement pas rencontré ma petite amie. À ce propos, ajouta-t-il, jette un coup d'œil à la boîte à gants. J'aimerais bien avoir ton avis.

Curieuse, Kendall ouvrit le compartiment et découvrit un petit écrin recouvert de velours noir.

— Ça alors ! s'exclama-t-elle, sidérée ct ravie à la fois. Jack ! Je suis si contente pour vous !

— Attends qu'elle ait dit oui, répondit-il en riant de plus belle. Vas-y, ouvre-la.

Kendall s'empara de la petite boîte et repoussa le couvercle pour découvrir une bague magnifique sertie d'un diamant aux reflets bleutés.

— Elle est splendide ! s'écria-t-elle, admirative.

— J'espérais que tu dirais ça, répondit Jack, visiblement soulagé.

— Tu n'es pas trop nerveux ? lui demanda-t-elle malicieusement.

— Je crois que je n'ai jamais été aussi terrifié de ma vie, avoua-t-il. J'espère qu'elle va dire oui.

— Comment pourrait-elle refuser ? répliqua Kendall en souriant.

— Je pense qu'elle serait d'accord. Mais cela signifie que l'un de nous devra déménager…

— Cela n'a rien d'insurmontable, tant que vous vous aimez, remarqua-t-elle.

— Tu as raison, acquiesça Jack.

Kendall était heureuse pour lui. Jack était quelqu'un de bien et il méritait d'être heureux. Mais simultanément, elle éprouvait une certaine amertume en pensant à la façon dont son propre mariage avait tourné. Elle-même ne portait plus l'alliance que Heath lui avait offerte.

Elle avait longuement hésité avant de l'enlever. Mais elle avait fini par admettre qu'un couple qui ne vivait pas ensemble et ne se parlait quasiment plus ne pouvait réellement se considérer comme marié. Elle avait remarqué cependant que Heath portait toujours sa propre alliance.

— Quand comptes-tu faire ta demande ? demanda-t-elle à Jack.

— Bientôt. Ses parents doivent venir d'Angleterre d'ici deux semaines. Et je me disais que, quitte à faire une demande en bonne et due forme, je pourrais demander sa main à son père…

Le cœur de Kendall se serra dans sa poitrine. Elle se rappelait parfaitement la façon dont Heath l'avait demandée en mariage et ce souvenir autrefois si réjouissant était devenu soudain terriblement douloureux.

— Je suis désolé, s'excusa Jack qui avait dû entrevoir la tristesse qui se lisait dans ses yeux. Je ne voulais pas te blesser. Mais tu es vraiment la seule à qui je puisse demander son avis. Ma sœur serait incapable de tenir sa langue. Et ce n'est pas le genre de sujet dont je tiens à parler avec ma mère. Elle prendrait les choses en main et organiserait tout le mariage à sa façon sans même nous consulter…

— Je connais ça, acquiesça Kendall en souriant tristement. Maman a réservé le country club moins de deux heures après que je lui ai annoncé la nouvelle. Ce n'était pas vraiment ce que voulait Heath mais il a accepté pour ne pas faire de vagues. Peut-être aurait-il mieux fait de refuser…

— Ils ne s'entendent toujours pas, tous les deux.

— Non. Et je ne peux pas jeter la pierre à Heath. Ma mère peut se montrer vraiment insupportable, parfois. Au moment de la préparation du mariage, elle ne l'a consulté sur rien. La plupart du temps, il ne s'en formalisait pas.

Mais je me souviens qu'il était très déçu de ne pas avoir pu choisir les desserts.

— Cela ne m'étonne pas, répondit Jack en riant. Je l'ai déjà vu engloutir des parts de gâteau impressionnantes lorsque nous organisons des fêtes au bureau ou au ranch de Slate…

Jack s'interrompit, gêné d'avoir fait indirectement allusion à leur séparation. La plupart des collègues de Heath se conduisaient de la même façon, marchant sur des œufs chaque fois qu'ils s'adressaient à elle. Ils ne paraissaient pas comprendre que leurs précautions oratoires ne faisaient en réalité que retourner le couteau dans la plaie.

De retour dans la rue où avait commencé la poursuite, Jack se gara. Kendall jeta un coup d'œil à son portable et constata que Heath n'avait toujours pas répondu à son message. L'inquiétude sourde qui l'habitait ne fit que croître.

— Je suis sûr que, s'il avait eu des ennuis, il aurait trouvé un moyen de nous le faire savoir, lui dit Jack d'un ton qui se voulait rassurant.

— Tu as sans doute raison, murmura-t-elle sans conviction.

En réalité, elle ne se sentait pas vraiment rassurée. C'était sans doute un peu absurde. Après tout, Heath s'exposait chaque jour à des dangers comparables. Mais cette fois-ci, elle avait l'impression d'en être responsable. N'était-ce pas elle qui avait demandé qu'il soit détaché auprès du FBI ?

Sa propre angoisse lui faisait aussi comprendre à quel point elle tenait encore à lui. Quels qu'aient pu être leurs différends, elle l'aimait toujours — et ne cesserait probablement jamais de le faire.

— J'aimerais beaucoup faire la connaissance de cette fameuse Megan, dit-elle pour se changer les idées. Je serais curieuse de savoir quelle femme a réussi à te mettre le grappin dessus !

— Elle doit venir ce week-end, répondit Jack en souriant. Nous pourrions aller dîner ensemble, si ça te dit. Avec ou sans Heath, ajouta-t-il, visiblement à contrecœur. À toi de choisir.

— Heath doit passer le week-end avec Skylar Dawn, répondit Kendall.

Elle s'interrompit, sachant que sa réponse n'était pas très honnête. Heath aurait parfaitement pu se libérer l'espace d'une soirée.

— Je sais que cette situation est un peu embarrassante pour vous tous, reprit-elle. Mais vois le bon côté des choses : Heath et moi allons travailler presque tous les jours ensemble. Cela nous laissera peut-être le temps de renouer le dialogue. Nous avons déjà commencé à vrai dire. Cela faisait des mois que nous ne nous étions pas autant parlé, tous les deux.

— Je suis content pour vous, répondit Jack. Nous le sommes tous, à vrai dire. Et j'espère que vos retrouvailles ne se limiteront pas à de simples conversations polies, ajouta-t-il malicieusement.

Kendall ne put s'empêcher de rougir mais, avant qu'elle n'ait pu trouver une réponse adéquate, Jack désigna Heath qui s'avançait dans leur direction.

— Tu vois : il est sain et sauf. Tu devrais aller le retrouver.

— J'y vais, Jack. Merci encore pour tout.

Heath vit Kendall descendre de la voiture de Jack. Ce dernier lui adressa un petit salut de la main puis manœuvra pour faire demi-tour et s'éloigner.

— On dirait que vous avez fait chou blanc, constata-t-il avec un petit sourire moqueur.

— On dirait que nous ne sommes pas les seuls, répliqua Kendall. Que s'est-il passé ?

Elle s'était exprimée d'un ton parfaitement décontracté mais Heath n'était pas dupe. Il la connaissait suffisamment pour savoir qu'elle était en colère contre lui. Il se demanda ce qu'elle pouvait bien lui reprocher encore.

— Suis-moi, lui dit-il.

— Où ça ?

Il désigna le café qui se trouvait à quelques mètres de là.

— Saundra se dit prête à répondre à nos questions.

L'étonnement de Kendall atténua un peu sa colère. Mais Heath ne se faisait aucune illusion : cela ne durerait pas. Elle le suivit jusqu'à la table où Saundra et lui s'étaient installés et prit place en face de la jeune femme tandis qu'il allait lui commander un café.

Lorsqu'il revint, leur suspect était en train de répéter ce qu'elle lui avait déjà dit.

— Je connais Bryan Marrone depuis des années. Nous avons… travaillé ensemble, autrefois. Je l'ai revu par hasard, il y a quelques mois, dans une boîte de nuit. Quand il a su que j'étais au chômage, il m'a proposé un petit boulot au sein de la firme immobilière pour laquelle il travaillait. C'était plutôt bien payé et, en plus, la boîte me fournissait un appartement dans le quartier. Ce n'est pas le genre d'offre que je pouvais refuser…

— Je vois, acquiesça Kendall avant d'avaler une gorgée du café que Heath venait de poser devant elle. De quel genre de travail s'agissait-il ?

— Du secrétariat, surtout, répondit Saundra. Rien de très palpitant.

— Je lui ai demandé si elle avait remarqué quoi que ce soit d'étrange, intervint Heath.

— Comme je vous le disais, rien de particulier. L'entreprise gère plusieurs ensembles immobiliers situés dans différents endroits de la ville.

— Une bonne partie de ce quartier-ci, par exemple, précisa Heath. Mais aussi celui où vit cette Mme Pelzel que nous avons rencontrée hier.

— Et comment vous êtes-vous retrouvée impliquée dans cet accident ? s'enquit Kendall.

— Je vous assure que je ne vous voulais aucun mal. Je pensais qu'il s'agissait juste d'une sorte de diversion…

— Quel genre de diversion ? s'enquit Kendall.

Saundra haussa les épaules.

— Ce matin-là, Bryan est entré dans mon bureau et m'a dit qu'il avait besoin de mon aide. Des employés de l'entreprise avaient apparemment eu des problèmes avec deux policiers — vous, en l'occurrence — et ils avaient besoin d'un coup de main.

— Et vous avez accepté sans hésiter ? s'étonna Kendall.

— Bryan m'avait offert un emploi, lui rappela-t-elle. Et il pouvait très bien me le retirer. De plus, il m'a assuré que c'était sans risque.

— Visiblement, il n'a pas eu beaucoup de mal à vous convaincre, ironisa Kendall.

Saundra détourna les yeux.

— Il faut que vous sachiez que ce n'était pas la première fois que Bryan et moi prenions des libertés avec la loi…, soupira-t-elle.

— Nous sommes au courant, acquiesça Kendall. Nous avons lu votre casier judiciaire.

Saundra jeta un regard étonné en direction de Heath.

— Vous ne me l'aviez pas dit, remarqua-t-elle.

— J'attendais de voir si vous vous montreriez honnête envers nous, répondit-il. Je suis heureux que vous l'ayez fait. Mais reprenez, je vous prie.

— Tout ce que j'avais à faire, c'était vous bloquer la route, le temps que la camionnette blanche s'éloigne. Je vous promets que je ne savais pas que Bryan vous foncerait dedans avec cet énorme SUV !

Heath et Kendall s'entre-regardèrent. La détresse de la jeune femme ne paraissait pas feinte.

— Mettre des bâtons dans les roues de la police ne me pose pas vraiment de problèmes de conscience, reprit Saundra. Mais je ne suis pas une meurtrière. Vous devez me croire.

— Savez-vous où se trouve Bryan, à présent ?

Saundra secoua la tête.

— Il est venu me voir tout à l'heure pour me signaler que vous chercheriez peut-être à me parler. C'est alors qu'il a reçu un coup de téléphone lui indiquant que vous étiez déjà sur place. Il est parti et m'a plantée là.

Heath jeta un regard interrogatif à Kendall qui haussa imperceptiblement les épaules.

— Je vous remercie pour votre coopération, mademoiselle Rosa, déclara-t-elle. Est-ce que Murray a pris vos coordonnées ?

— Oui.

— Si jamais Bryan reprend contact avec vous, prévenez-nous immédiatement.

— Est-ce que vous allez l'arrêter ?

— Ce n'est pas lui qui nous intéresse, déclara Kendall. Mais il peut peut-être nous aider.

— D'accord, acquiesça Saundra. Merci de m'avoir crue.

Elle se leva et fit mine de partir.

— N'oubliez pas ceci, lui rappela Heath en lui tendant le portable et le portefeuille qu'il lui avait confisqués pour la dissuader de prendre la fuite.

— Merci, répéta-t-elle avant de s'éloigner à grands pas.

— Alors ? s'enquit Heath lorsqu'elle fut hors de portée de voix. Qu'en penses-tu ?

— Que cette fille est une menteuse de première classe, répondit Kendall. Cela dit, je ne crois pas qu'elle en sache beaucoup plus. Elle n'a probablement fait qu'obéir à ce type. Mais elle pourrait nous permettre de remonter jusqu'à lui.

— C'est précisément ce que je me disais, acquiesça-t-il.

— Je suis ravie de l'apprendre, répliqua-t-elle un peu

sèchement. Pourrais-je savoir pourquoi tu n'as pas répondu à mes messages ?

— Quels messages ? demanda-t-il.

— Ceux que je t'ai laissés pour m'assurer que tu étais encore en vie.

Heath étouffa un juron. Il avait oublié de réactiver le son de son portable. Sortant l'appareil de sa poche, il constata en effet que Kendall avait cherché à le joindre à plusieurs reprises.

— Je suis désolé, s'excusa-t-il en réactivant le son.

Le portable fit entendre toute une série de bips et de trilles. Il regarda Kendall droit dans les yeux.

— Tu t'es inquiétée pour moi ? lui demanda-t-il en souriant.

Elle le fusilla du regard.

— Je te rappelle que, durant toute la durée de cette enquête, tu te trouves sous mes ordres. Je tiens à ce que tu sois joignable, particulièrement lorsque nous sommes sur le terrain.

— Tu t'es inquiétée pour moi, répéta-t-il avec conviction.

— Évidemment, je me suis inquiétée ! explosa Kendall. Qu'est-ce que tu crois ? Tu files sans même me dire où tu vas. Et puis, plus rien ! Silence radio ! Qu'étais-je censée me dire, exactement ?

Cédant à une brusque impulsion, Heath prit la main de Kendall dans la sienne et l'étreignit doucement.

— Je suis désolé, répéta-t-il gravement. Je ne voulais pas t'inquiéter. Mais j'ai aperçu cette fille et je me suis dit que nous avions une chance de faire coup double.

— Tu as bien fait, soupira-t-elle presque à regret. Mais tâche de me prévenir, la prochaine fois. Je sais que la communication n'a jamais été ton fort…

Heath ne put s'empêcher de sourire. Kendall n'avait pas pu résister à la tentation de placer cette attaque plus personnelle.

Mais curieusement, il estimait que c'était plutôt bon signe. Jamais ils n'avaient été aussi proches l'un de l'autre depuis des mois. Et il lui tenait toujours la main…

Ce moment d'intimité fut cependant de courte durée. La sonnerie du téléphone de Kendall retentit et, en jetant un coup d'œil à l'écran, elle parut à la fois étonnée et légèrement excitée.

— Il faut que je prenne cet appel, dit-elle en faisant mine de se lever.

— Reste ici et finis ton café, répondit Heath, comprenant qu'elle voulait s'isoler pour répondre. Rejoins-moi dehors quand tu auras terminé.

Sur ce, il sortit en se demandant avec une pointe d'inquiétude qui pouvait être le mystérieux correspondant de sa femme.

11

— Agent spécial Grayson ? fit Kendall en décrochant. Que puis-je faire pour vous ?

— Vous pouvez commencer par m'appeler Lou, répondit-il. Quant à la raison de mon coup de téléphone, elle est très simple : j'aimerais que vous rejoigniez notre équipe.

Kendall demeura quelques instants silencieuse, trop stupéfaite pour savoir que répondre à cette proposition parfaitement inattendue. Lou Grayson était le responsable de l'antenne du FBI de Portland, dans l'Oregon, à plus de deux mille kilomètres de là.

Ils avaient collaboré quelques mois auparavant pour démanteler un réseau de trafiquants qui s'étendait sur plusieurs États de l'ouest des États-Unis.

— Kendall ? lui demanda-t-il. Vous êtes toujours là ?

— Oui. Je suis désolée mais vous me prenez un peu au dépourvu. D'autant que je suis sur le terrain, au beau milieu d'une investigation.

— Je comprends. Si vous voulez, vous pouvez me rappeler dès que vous aurez un peu plus de temps devant vous. Vous avez mon numéro.

— Pouvez-vous m'en dire un peu plus ? lui demanda-t-elle, curieuse.

— C'est très simple, déclara Grayson. J'ai besoin de quelqu'un pour prendre la tête de mon équipe chargée de la lutte contre la cybercriminalité. J'ai passé en revue les dossiers des gens qui paraissaient qualifiés en interne et le vôtre me semble être de très loin le plus prometteur. Je me suis renseigné à votre sujet et je n'ai entendu que des louanges. Si cela vous convient, j'aimerais vous rencontrer en personne pour que nous discutions de cette opportunité. Qu'en dites-vous ?

— À vrai dire, je tombe un peu des nues, reconnut-elle. J'ai toujours vécu au Texas et je n'avais jamais vraiment envisagé la possibilité d'être affectée dans une autre région.

— Est-ce que ce serait un problème pour vous ?

Kendall réfléchit à la question. D'un point de vue professionnel, une telle mutation constituait une superbe opportunité. Elle lui permettrait non seulement de prendre du galon mais aussi de découvrir un nouvel environnement de travail.

À titre personnel, cependant, les choses étaient nettement plus compliquées. Elle ne pouvait envisager de s'éloigner de sa fille mais ne pouvait imposer à Heath d'aller s'installer dans l'Oregon — a fortiori si leur séparation devenait définitive.

Heath était un Texas Ranger. Il aimait cette région qui l'avait vu naître et où il avait grandi. Jamais il n'accepterait de la quitter.

— Kendall ?

— Je suis désolée, monsieur…

— Lou.

— Je suis désolée, Lou, se reprit-elle. Mais il faut vraiment que je réfléchisse avant de vous donner une réponse. Ce serait un profond changement de vie.

— J'imagine, concéda Grayson. Mais rassurez-vous : vous avez le temps de vous décider. La personne qui occupe le poste actuellement ne prendra sa retraite que d'ici trois mois. Si vous êtes intéressée, l'idéal serait que vous arriviez un mois avant, de façon que vous puissiez opérer une forme de tuilage…

— Dans combien de temps voulez-vous que je vous donne une réponse ? demanda-t-elle.

— Prenez une semaine pour réfléchir, lui dit-il. Si vous êtes intéressée, rencontrons-nous à Portland où vous pourrez visiter nos bureaux et rencontrer votre future équipe. Si ce que vous voyez vous plaît, vous aurez encore un mois et demi pour organiser votre transfert.

— D'accord, répondit Kendall. Je vais réfléchir et je vous donnerai une réponse de principe d'ici quelques jours.

— Parfait. J'espère que vous accepterez. Ce serait une opportunité extraordinaire pour vous comme pour nous.

Grayson prit congé d'elle et Kendall raccrocha. Dehors, Heath l'attendait au soleil.

— J'ai demandé à la police de Dallas d'envoyer une voiture de patrouille surveiller le domicile de Marrone. S'il revient chez lui, ils l'appréhenderont.

— Il y a des chances pour qu'il soit en route pour le Mexique, à l'heure actuelle, objecta Kendall.

— Ou pour Del Rio.

— Del Rio, au Texas ? demanda-t-elle. Près de la frontière ? Qu'est-ce qui te fait dire cela ?

— J'ai entendu Saundra discuter avec une de ses voisines chez qui elle s'était cachée pour tenter de m'échapper. Elle disait qu'elle comptait s'y rendre très bientôt. Je ne sais pas si Marrone était censé l'y rejoindre ou l'accompagner.

— Intéressant, murmura Kendall, pensive. C'est là que se trouve le siège social de Public Exposure. Brantley Lourdes, le P-DG de la compagnie, possède une propriété dans le coin. Il paraît qu'elle est très sécurisée.

— Une fois de plus, tes intuitions semblent se vérifier, remarqua Heath. Public Exposure a bel et bien quelque chose à cacher.

Kendall hocha la tête. Pour la première fois depuis des semaines, elle tenait le début d'une preuve. Public Exposure employait deux personnes qui avaient cherché à se débarrasser d'eux. Elle était plus décidée que jamais à découvrir pourquoi. Et elle commençait à penser qu'avec l'aide de Heath elle finirait par y parvenir.

— Si Marrone est bien en route pour Del Rio, la police de la route le coincera. À moins qu'il n'emploie que des voies secondaires, bien sûr…

— Si Saundra comptait elle aussi se rendre à Del Rio, cela signifie qu'elle nous a menti, remarqua Kendall.

— Exact.

— Alors pourquoi l'as-tu laissée partir ? s'enquit-elle, curieuse. Tu aurais pu l'arrêter et l'emmener au poste pour l'interroger.

— Je ne pense pas qu'elle nous aurait dit grand-chose de plus. Et nous ne pouvons pas prouver de façon irréfutable que Marrone et elle ont cherché à nous tuer. En la laissant libre de ses mouvements, en revanche, nous lui donnerons l'occasion de commettre une erreur et de nous mener jusqu'aux véritables commanditaires.

— Tu comptes la faire surveiller ?

Heath hocha la tête.

— C'est déjà fait, répondit-il. J'ai mis quelqu'un sur le coup et il nous tiendra au courant du moindre de ses faits et gestes.

— Eh bien ! s'exclama Kendall d'un ton appréciatif. On dirait que tu n'as pas perdu ton temps pendant que j'étais au téléphone.

Heath ne répondit pas mais, dans ses yeux, elle lut une question muette. Mais s'il était curieux de savoir qui avait cherché à la joindre, il se garda bien de lui poser la question. Kendall ne pouvait que s'en féliciter car elle ne se sentait pas encore prête à lui parler de l'offre d'emploi que l'on venait de lui faire. Ainsi qu'elle l'avait dit à Grayson, elle avait besoin de temps pour y réfléchir.

Lorsqu'ils arrivèrent aux bureaux du FBI, Kendall suggéra à Heath de s'installer dans son bureau tandis qu'elle allait faire son rapport à Jerry.

Là, il put constater qu'elle conservait une photographie de lui sur sa table de travail. Ce détail lui mit un peu de baume au cœur et il se prit à songer que la situation de leur couple n'était peut-être pas encore complètement désespérée.

Cela le rassura légèrement au sujet de l'appel que Kendall avait pris lorsqu'ils étaient au café. Elle avait semblé préoccupée en sortant, et un peu coupable aussi. Il s'était demandé alors si elle avait rencontré un autre homme. L'idée lui était intolérable, bien sûr. Mais après tout, cela faisait près de six mois qu'ils ne se voyaient plus…

Il écarta cette pensée qui lui donnait la nausée et se concentra sur leur enquête. Il était convaincu que, par l'intermédiaire de Saundra et de Marrone, ils parviendraient à incriminer Public Exposure. Toute la question était de savoir s'ils auraient le temps de le faire avant que les supérieurs de Kendall ne décident de classer l'affaire.

Comme il se faisait cette réflexion, l'homme qu'il avait chargé de surveiller le domicile de Saundra l'appela.

— Jason ? Quoi de neuf ?

— Je voulais juste te signaler que la fille avait reçu plusieurs visiteurs. Je t'ai envoyé leurs photos, au cas où. En revanche, je n'ai pas vu le type que vous cherchiez, ni la voiture que tu as signalée.

— Je te remercie beaucoup, Jason. Je te dois une fière chandelle.

— Tu auras peut-être l'occasion de t'acquitter de cette

dette plus vite que tu ne le penses, répondit son ami. Ma fille voudrait prendre des leçons d'équitation.

— Je serais ravi de lui en donner, lui assura Heath. Pourquoi ne l'amènerais-tu pas au ranch, un week-end ? Elle pourra essayer et voir si ça lui plaît vraiment.

— Génial, s'exclama Jason avec enthousiasme. Je suis sûr qu'elle va adorer. Je te tiens au courant s'il y a du nouveau, chez Rosa. Combien de temps veux-tu que je la tienne à l'œil ?

— Jusqu'à la fin de la journée, ce serait parfait. En identifiant ses visiteurs, nous aurons peut-être une idée plus précise de ce qu'elle mijote.

— Pas de problème. À bientôt, Heath.

— Merci encore, Jason.

Après avoir raccroché, Heath fit suivre à Wade les images que son ami venait de lui envoyer. Il l'appela dans la foulée.

— Merci pour les photos, dit-il d'un ton facétieux. J'imagine que tu veux que je les identifie ?

— Si tu as le temps, répondit Heath.

— Je m'en occupe tout de suite. Mais dis-moi, comment se passe cette collaboration avec Kendall ?

— C'était un peu tendu, au début, concéda Heath. Mais cela va un peu mieux, à présent.

— Excellente nouvelle ! s'exclama Wade. Quand est-ce que tu comptes rentrer à la maison ?

— Ce n'est pas aussi simple, malheureusement.

— Je ne vois pas pourquoi.

— C'est normal : tu n'es pas marié. Et à ma connaissance, cela fait des mois que tu es célibataire. Je ne suis pas sûr que tu sois le plus qualifié pour me donner des conseils matrimoniaux…

— Tu n'as peut-être pas tort, concéda Wade en riant. Tiens, j'ai les informations que tu voulais. Apparemment, ces hommes sont tous membres du conseil d'administration de Public Exposure. Je vais t'envoyer toutes les informations les concernant. Ce qui est curieux, ajouta-t-il pensivement, c'est qu'ils viennent des quatre coins du pays…

— Intéressant.

— Je suis curieux de savoir ce qu'ils sont venus faire ici.

— Pas autant que moi, répondit Heath. Mais je compte le découvrir très vite.

Il raccrocha et consulta rapidement les données que Wade avait réunies. Quelques instants plus tard, il fut rejoint par Kendall.

— Du nouveau ? lui demanda-t-elle.

— Oui. Notre amie Saundra a reçu pas mal de visites, aujourd'hui. Des membres du CA de Public Exposure parmi lesquels Brantley Lourdes en personne.

— Incroyable, s'exclama Kendall. Cela fait moins d'une heure que nous avons discuté avec elle. Lourdes doit avoir peur qu'elle ne nous ait dit quelque chose de compromettant.

— C'est probable, acquiesça Heath. Toute cette histoire est de plus en plus louche…

Il ne pouvait s'empêcher d'éprouver une certaine exaltation. Son instinct lui soufflait qu'ils étaient sur la bonne voie. Et il lui semblait aussi que Kendall et lui formaient une équipe exceptionnelle.

Il retrouvait les sensations qu'il avait éprouvées lorsque tous deux avaient fait équipe pour la première fois. C'était sur l'une des toutes premières affaires dont Kendall avait eu la responsabilité. Il avait été chargé de l'accompagner et de veiller à sa sécurité tandis qu'elle enquêtait sur un trafic d'armes dans la région de Burleson.

Les longues heures passées en planque leur avaient permis de faire connaissance. Et lorsque l'investigation avait pris fin, ils s'étaient revus régulièrement et avaient fini par sortir ensemble.

Le fait de se retrouver aujourd'hui dans des circonstances

assez semblables avait quelque chose de troublant. Ils étaient redevenus des étrangers l'un pour l'autre, de simples collègues de travail. Mais paradoxalement, cette distance lui faisait prendre conscience du fait que l'attirance que Kendall avait toujours exercée sur lui ne s'était pas tarie.

Il la trouvait toujours aussi séduisante, aussi désirable. Elle le fascinait tout autant que lorsqu'il avait fait sa connaissance, plusieurs années auparavant.

— Heath ? Tu rêves ? lui demanda-t-elle, le tirant brusquement de sa songerie. Nous devrions nous remettre au travail.

— Tu as raison. Il va nous falloir un mandat. Je pense qu'il vaut mieux que je le demande en tant que ranger. Ce sera moins long que si nous passons par le FBI.

— D'accord, acquiesça-t-elle. Je regrette juste que nous n'ayons pas une preuve plus solide à apporter à ma hiérarchie. Cela nous permettrait de disposer de toutes les ressources nécessaires.

— Nous finirons par trouver quelque chose, lui assura Heath. Les gens de chez Public Exposure savent que nous sommes sur leur piste et ils finiront bien par commettre une erreur.

— J'espère…

Kendall parut hésiter avant d'ajouter :

— Tu sais, ce serait peut-être plus simple si tu revenais t'installer à la maison le temps de l'enquête…

Heath la considéra avec étonnement. Il ne s'était pas du tout attendu à une telle proposition. Cette perspective lui plaisait, bien sûr, mais, étant donné leurs relations, il n'était pas certain que ce fût une bonne idée.

— Je ne voudrais pas que ça complique les choses entre nous, remarqua-t-il.

— Je pense que cela ferait du bien à Skylar Dawn. Elle a besoin de toi.

Heath se demanda si c'était aussi le cas de Kendall ou si celle-ci cherchait uniquement à protéger leur fille. Mais il n'osa pas lui poser la question. Tout ce qui importait, au fond, c'était le fait que cette cohabitation leur donnerait une occasion inespérée de combler la distance qui s'était installée entre eux.

— C'est d'accord, répondit-il. Je m'occuperai même de la cuisine, si tu veux…

12

L'avis de recherche qu'ils avaient lancé contre Marrone finit par porter ses fruits. Un policier en patrouille sur l'autoroute identifia sa voiture sur une aire de repos située juste au sud de Waco.

Il procéda à l'arrestation du suspect qui serait détenu à la prison du comté de Dallas en attendant de comparaître pour violation des conditions de sa liberté probatoire. Le juge avait accepté sans hésiter de les laisser l'interroger.

Cette nouvelle victoire n'avait fait que renforcer l'admiration de Kendall pour le professionnalisme et l'efficacité de Heath. En l'espace de quelques jours, il avait réellement fait passer cette enquête à la vitesse supérieure.

Mais si leur collaboration professionnelle s'avérait aussi harmonieuse que productive, leur relation personnelle s'avérait bien plus délicate à gérer. Heath était revenu s'installer chez eux mais dormait dans la chambre d'amis. Tous deux se montraient d'une politesse et d'une cordialité sourcilleuses. Mais la gêne qu'ils éprouvaient l'un et l'autre était manifeste.

Kendall avait l'impression que tous deux étaient plus de simples colocataires qu'un véritable couple. Ils marchaient sur des œufs, évitant toute manifestation de tendresse ou même de complicité. Mais paradoxalement, cette retenue ne faisait qu'accentuer le trouble qu'elle éprouvait.

Elle se rendait compte qu'elle n'avait jamais cessé de

désirer Heath. Sa présence dans la maison avait renforcé ce manque, s'apparentant à un véritable supplice de Tantale. Cette nuit encore, elle avait rêvé de lui et s'était réveillée à plusieurs reprises, le cœur battant à tout rompre et l'esprit empli d'images terriblement érotiques.

Elle avait fini par se rendormir au petit matin et avait été tirée de ce sommeil par la délicieuse odeur de café qui flottait dans la maison. Cela aussi, c'était nouveau. Sa mère ne buvait que du thé et Kendall avait pris l'habitude d'acheter un café sur le chemin du bureau.

Mais chaque matin, Heath leur en préparait un pot tout en s'occupant de Skylar Dawn. Depuis que son père était rentré à la maison, leur fille était radieuse. Et si Kendall s'en réjouissait, elle ne pouvait se départir d'une certaine inquiétude.

Car le retour de Heath n'était peut-être que temporaire. Pour le moment, ils avaient soigneusement évité d'aborder la question de leur avenir commun. Et la proposition de Lou Grayson ne faisait que compliquer les choses…

Après avoir pris une douche rapide, Kendall s'habilla et descendit à la cuisine. Elle pensait y trouver Heath et Skylar Dawn mais sa fille se trouvait en fait en compagnie de Naomi.

— Bonjour, lui dit-elle, surprise.

— Heath m'a demandé de venir, expliqua sa mère. Il avait un impératif de travail. Il m'a demandé d'emmener Skylar Dawn à l'école. Apparemment, il t'a laissé un message sur ton portable et il tenait à ce que tu le consultes dès que tu serais réveillée.

Kendall hocha la tête et, après avoir embrassé sa fille, elle alla récupérer son téléphone dans sa chambre. En découvrant le message que Heath lui avait laissé, elle sentit un frisson glacé la parcourir de part en part.

— On vient de retrouver le corps de Saundra dans

l'appartement de Marrone, lui disait-il. Prends une voiture du bureau et rejoins-moi là-bas.

Sans attendre, Kendall alla récupérer son arme de service dans le coffre-fort où elle la conservait. Elle attrapa ses clés et son portefeuille, et repassa par la cuisine pour prendre congé de Skylar Dawn et de Naomi.

— Il faut que je file, leur dit-elle. Passez une bonne journée, toutes les deux. On se voit ce soir.

— On dirait que ce message était vraiment important, remarqua sa mère.

— Très, répondit Kendall avant de filer.

Ce ne fut que lorsqu'elle eut démarré qu'elle se rendit compte qu'elle avait oublié de prendre une tasse de café.

Heath jeta un coup d'œil à sa montre et se tourna vers le médecin légiste.

— L'agent spécial Barlow ne devrait plus tarder, lui dit-il.

— Je ne suis pas pressé, lui assura l'homme. En revanche, dès que les ambulanciers arriveront, ils voudront emmener le corps.

Heath hocha la tête et contempla pensivement la scène de crime.

— Qu'est-ce que vous en pensez, docteur ? s'enquit-il enfin.

— C'est assez simple, répondit le légiste. La victime est venue ici de son plein gré. Il n'y a aucune trace de lutte. Et quelqu'un lui a injecté quelque chose qui l'a tuée — l'autopsie nous dira quoi, précisément.

— Vous êtes sûr qu'il s'agit d'une injection ?

— J'ai d'abord cru à un empoisonnement mais il y a une marque d'aiguille au bras droit qui a été faite peu de temps avant la mort de la victime.

Jerry Fisher, le patron de Kendall, était convaincu que

Rosa avait été assassinée par Marrone. Mais cela ne cadrait pas avec les informations dont Heath disposait. Marrone n'avait pas pris le temps de repasser chez lui pour prendre des affaires et était parti directement vers le sud. Lorsqu'il avait été arrêté, leur second suspect portait les mêmes vêtements que la veille. Et les policiers que Heath avait chargés de surveiller son domicile ne l'avaient jamais vu passer.

Malheureusement, ils avaient mis un terme à leur surveillance dès que Marrone avait été interpellé. Ils n'avaient donc pas vu qui s'était introduit chez lui par la suite pour piéger Saundra.

Le coupable s'était-il fait passer pour Marrone ? Ou était-ce quelqu'un qu'elle connaissait ? Brantley Lourdes, peut-être, ou l'un des membres du conseil d'administration qui étaient venus lui rendre visite ?

Heath ne pouvait s'empêcher de se sentir un peu coupable. Qui sait ? S'il n'avait pas parlé à Saundra, peut-être serait-elle encore en vie, à cette heure.

Il se répéta qu'il n'avait fait que son travail, que Saundra était surtout victime de ses mauvaises fréquentations et de ses agissements plus que douteux. Tout ce qu'il pouvait faire pour elle, désormais, c'était retrouver ceux qui étaient responsables de sa mort et veiller à ce qu'ils soient punis.

Comme il se faisait cette réflexion, il entendit Kendall s'adresser à l'un des policiers qui se trouvaient dans la pièce voisine. Lorsqu'elle pénétra dans le salon et avisa la forme affaissée de Saundra, elle accusa le coup. Mais le choc fut de courte durée, bientôt remplacé par le professionnalisme qui la caractérisait.

Il lui rapporta tout ce que le médecin légiste venait de lui dire.

— Tu crois que ce sont les gens de Public Exposure qui l'ont tuée ? lui demanda-t-elle lorsqu'il eut terminé son exposé.

— Rien ne permet de l'affirmer, répondit-il prudemment.

Mais vu les visiteurs qu'elle a reçus hier, je dirais que oui. Cela explique peut-être aussi pourquoi Bryan Marrone était si pressé de disparaître.

— Est-ce que tu as envoyé une équipe au domicile de Saundra ?

— Oui, répondit-il.

— A-t-on trouvé quoi que ce soit d'intéressant ?

— En réalité, c'est ce que l'on n'a pas trouvé qui l'est, répondit-il. Il n'y a plus ni téléphone portable, ni ordinateur, ni disques durs externes. Rien qui serait susceptible de nous en apprendre plus sur ses récents agissements.

— J'imagine qu'il ne s'agit pas d'un simple cambriolage.

— Peu probable. Ceux qui ont fait ça ont laissé la télévision et les bijoux.

Kendall se mordilla pensivement la lèvre. Tandis qu'il l'observait, Heath se prit à songer une fois de plus qu'elle était l'une des femmes les plus séduisantes qu'il lui eût été donné de rencontrer.

— Nous devrions peut-être jeter un coup d'œil à la voiture rose, déclara-t-elle enfin.

— Celle qu'elle a utilisée pour provoquer l'accident ?

Kendall hocha la tête.

— D'après ce qu'elle m'a dit, la voiture se trouve actuellement chez un garagiste, du côté de Kessler.

— Allons-y, déclara Kendall. Les meurtriers n'auront peut-être pas pensé à fouiller son véhicule…

Tandis qu'ils roulaient en direction de McKinney, Kendall se demanda pourquoi quelqu'un qui habitait en centre-ville était allé aussi loin pour faire réparer sa voiture.

Lorsqu'ils atteignirent enfin le garage, ils interrogèrent le propriétaire des lieux qui leur expliqua qu'il n'avait jamais vu

Saundra avant qu'elle ne lui confie son véhicule. En avisant leurs badges, il ne fit aucune difficulté pour le leur montrer.

Tous deux enfilèrent des gants en latex et entreprirent de procéder à une fouille approfondie.

— Il y a des papiers dans la boîte à gants, indiqua Heath. Apparemment, la voiture lui appartenait depuis plusieurs années. Cela confirme qu'elle nous mentait en prétendant qu'elle ne lui était pas familière.

— En tout cas, elle aimait vraiment le rose, constata Kendall qui avait ouvert un sac de sport contenant une tenue de gym et des baskets de cette couleur. As-tu autre chose ?

— Quelques papiers de bonbons, vingt-sept cents et une gomme.

— Une gomme ?

— Une gomme Betty Boop, pour être plus précis.

Il fronça les sourcils et tira sur la tête du personnage qui se détacha du corps.

— Ce n'est pas une gomme, reprit-il. C'est une clé USB.

— Avec un peu de chance, elle contient les preuves que nous cherchons, déclara Kendall.

— Voyons ça tout de suite, répondit Heath.

Il posa son téléphone portable sur le capot de la voiture et sortit de la poche intérieure de son blouson un petit appareil permettant d'y raccorder divers périphériques.

— Je vois que tu es bien équipé, remarqua Kendall.

— Malheureusement, répondit-il au bout de quelques instants, cette clé est protégée par un système de cryptage.

— Est-ce que tu penses pouvoir le décoder ?

— Très franchement, le mieux serait de la transmettre aux informaticiens de la police ou du FBI.

— Mieux vaut utiliser ceux du FBI, déclara-t-elle. L'enquête est déjà ouverte de notre côté et nous perdrons moins de temps. Évidemment, si les données qui se trouvent là-dessus confirment l'implication de Public Exposure, il se pourrait que l'affaire me soit retirée pour être confiée directement au siège.

— J'espère qu'ils te laisseront continuer, déclara Heath. Tu as mérité d'aller jusqu'au bout de cette enquête.

Kendall lui adressa un pâle sourire. Elle ne pouvait nier le fait qu'elle s'était consacrée corps et âme à cette affaire depuis que Jerry la lui avait confiée. Elle n'avait pas ménagé sa peine en dépit des réserves émises par sa propre hiérarchie.

Rétrospectivement, elle se demanda pourquoi ce dossier avait pris une telle importance à ses yeux. N'était-ce pas une façon pour elle de se prouver qu'elle avait fait le bon choix en faisant passer sa carrière avant son couple ?

Une chose était sûre : si on lui retirait cette enquête, Heath n'aurait plus aucune raison d'être détaché auprès du FBI. Et tous deux risquaient de se perdre de nouveau de vue. Et cette idée lui était intolérable.

— Avant d'envoyer cette clé USB à nos spécialistes, nous pourrions peut-être nous en servir pour faire pression sur Marrone, déclara-t-elle enfin.

— Quand veux-tu l'interroger ?

— Il ne devrait pas tarder à arriver à Dallas, répondit-elle en jetant un coup d'œil à sa montre. Peut-être est-il même déjà là…

— Est-ce que tu veux que je t'accompagne ? lui demanda-t-il.

— Bien sûr ! s'exclama Kendall sans hésiter. Nous sommes partenaires, n'est-ce pas ?

Le regard qu'il lui lança lui fit prendre conscience de l'ambiguïté de sa question.

— Je trouve que nous travaillons très bien ensemble, reprit-elle.

— Je suis d'accord, acquiesça Heath. J'ai toujours su que tu étais une excellente professionnelle mais notre collaboration n'a fait que renforcer cette impression.

— Merci, lui dit-elle, touchée.

Il hésita, paraissant chercher ses mots.

— Écoute… Je pense vraiment que ce serait dommage que tu renonces à un métier pour lequel tu es si douée.

Kendall le considéra avec étonnement.

— Je sais que je t'ai dit le contraire, il y a six mois… Mais je crois que c'était surtout parce que j'avais peur. Pour toi et pour Skylar Dawn. Tu sais que mon père était policier et qu'il a été blessé durant son service. J'ai bien vu à quel point ma mère en a souffert et je ne tiens vraiment pas à traverser une telle épreuve.

Il soupira.

— Je crois que je commence tout juste à comprendre à quel point ce métier est important pour toi. Et je sais que t'en priver reviendrait à te priver d'une partie de toi. Simplement, je ne sais pas encore si je suis prêt à vivre avec cette peur…

13

Durant le trajet qui les conduisait du garage à la maison d'arrêt où Marrone avait été transféré, Heath et Kendall étaient demeurés silencieux. Elle ne cessait de repenser à ce qu'il lui avait dit, refusant de se laisser aller à l'espoir que ces paroles avaient fait renaître en elle.

Comme ils approchaient de la prison, elle se força à se concentrer sur l'interrogatoire qui les attendait. Elle avait conscience du fait que Heath et elle manquaient cruellement d'informations. Ils ne savaient pas ce que projetait Public Exposure et ignoraient le rôle que Marrone avait joué dans cette histoire.

Tout ce qu'ils avaient, c'était cette clé USB cryptée qu'ils n'avaient pas encore déchiffrée et la certitude que Saundra avait été assassinée.

— Il vaut mieux que tu entres la première, déclara Heath tandis que l'un des gardiens de la prison les conduisait à la salle qui avait été affectée à leur interrogatoire. Je te rejoindrai pour lui mettre la pression.

Tandis qu'il allait s'installer derrière la vitre sans tain, Kendall prit une profonde inspiration et pénétra dans la pièce. Marrone s'y trouvait déjà, assis derrière une table en plastique. Elle alla s'asseoir en face de lui et posa ses mains sur la table, les doigts croisés devant elle.

Durant quelques instants, elle demeura parfaitement silencieuse, se contentant de le fixer en silence.

— Qu'est-ce que vous voulez ? lui demanda-t-il enfin.

— Vous aider, répondit-elle d'un ton posé.

Il lui jeta un regard incrédule.

— Votre amie est morte, reprit-elle.

Marrone tressaillit violemment et son assurance parut brusquement s'envoler.

— Quelle amie ? articula-t-il.

— Saundra Rosa. C'était bien votre amie, n'est-ce pas ?

Il avala difficilement sa salive.

— Elle est vraiment morte ?

— J'ai bien peur que oui. Quelqu'un l'a assassinée. La plupart de mes collègues pensent que c'est vous, que vous l'avez attirée chez vous pour la tuer avant de fuir en direction du Mexique.

— Ce n'est pas vrai ! protesta vivement Marrone.

— Je vous crois, acquiesça-t-elle en posant doucement sa main sur la sienne. Je pense que quelqu'un a tué Saundra et essaie de vous coller ce meurtre sur le dos. Mais je n'ai pas la moindre preuve…

On frappa alors à la porte. Kendall retira vivement sa main, comme si elle avait peur d'être prise en faute. L'instant d'après, Heath entra à son tour.

— Agent Barlow, lui dit-il, vous perdez votre temps. Les enquêteurs ont trouvé ceci dans la voiture de Rosa.

Il lança négligemment sur la table le sac en plastique dans lequel était rangée la clé USB qu'ils avaient trouvée dans la voiture de Saundra.

Kendall, qui observait attentivement la réaction de Marrone, le vit tressaillir de nouveau. Il était évident qu'il connaissait cet objet. Il se força pourtant à dissimuler ses émotions, feignant une nonchalance qu'il était loin d'éprouver.

— Qu'est-ce que c'est ? demanda Kendall d'un ton faussement étonné.

— Demandez-le-lui, rétorqua Heath avec un rictus mauvais.

Elle se tourna vers le prisonnier qu'elle interrogea du regard. Mais ce dernier semblait s'être ressaisi.

— Vous ne déchiffrerez jamais les données qui se trouvent sur cette clé, déclara-t-il. Le temps que vous veniez à bout de l'algorithme, il sera trop tard.

— Trop tard pour quoi ? demanda Heath.

Marrone haussa les épaules.

— Vous préférez réellement être condamné pour meurtre plutôt que de nous aider ? demanda Kendall.

— Vos menaces sont inutiles. Et vous ne pourrez jamais rien prouver pour la simple et bonne raison que je suis innocent de ce crime.

— Vous ne seriez pas le premier à être condamné par erreur, objecta Heath.

Marrone le regarda droit dans les yeux.

— Je n'ai rien à ajouter, déclara-t-il. Si vous voulez continuer à me parler, il faudra faire venir mon avocat.

Kendall pesta intérieurement. C'était précisément ce qu'elle avait espéré éviter. Malheureusement, s'ils continuaient à l'interroger, rien de ce qu'il pourrait leur dire ne serait recevable devant un tribunal. Pire encore, Heath et elle risqueraient d'être poursuivis pour avoir outrepassé leurs prérogatives.

— Comme vous voudrez, conclut-elle. Mais vous regretterez un jour de ne pas avoir collaboré avec nous lorsque vous en aviez l'occasion.

Elle quitta la pièce, suivie par Heath qui faisait grise mine.

— Alors ? lui demanda-t-il lorsqu'ils furent hors de portée de voix. Qu'en penses-tu ?

— Je me demande ce qu'il a voulu dire par « il sera trop tard », répondit-elle.

— Je ne sais pas, concéda Heath. Mais cela ne me dit vraiment rien de bon…

En rentrant de la prison, Kendall laissa Heath prendre le volant. Et tandis qu'il conduisait, elle se plongea dans l'étude des notes qu'elle avait prises tout au long de l'enquête. Il se garda d'interrompre ses réflexions. Lui-même se sentait passablement découragé par le tour qu'avaient pris les événements.

Après la mort de Saundra, il avait espéré qu'ils parviendraient à rallier Bryan Marrone. Mais ce dernier avait refusé de collaborer et il avait l'impression de se retrouver à la case départ.

Il ne leur restait plus qu'à espérer que, contrairement à ce que leur avait assuré Marrone, ils parviendraient à percer le code qui protégeait les données enregistrées sur la clé USB qu'ils avaient trouvée.

Lorsqu'ils arrivèrent enfin chez eux, Skylar Dawn était déjà rentrée de l'école et les attendait avec impatience. En avisant la présence de son père, elle se fendit d'un large sourire et se jeta dans ses bras.

Heath avait presque oublié la blessure que lui avait infligée son dernier rodéo mais il ne put réprimer une grimace douloureuse. Il souleva pourtant sa fille dans les airs et la fit tourner sur elle-même en faisant un bruit d'hélicoptère. Puis il la reposa précautionneusement.

— Laisse-moi le temps de me changer et nous irons jouer dans le jardin, lui dit-il.

Tandis que Skylar Dawn courait pour aller embrasser sa mère, il pénétra dans la maison et se dirigea vers la chambre d'amis. En chemin, il croisa Naomi qui le considéra avec un mélange d'étonnement et de réprobation.

— Qu'est-ce que vous faites ici ? lui demanda-t-elle. Nous sommes mercredi.

— Je suis chez moi, répondit-il, vexé.

— Ce n'est plus votre maison, objecta sa belle-mère. Est-ce que Kendall sait que vous êtes ici ?

— Nous sommes rentrés ensemble, répondit-il un peu sèchement.

Jusqu'à présent, il s'était toujours efforcé de traiter Naomi avec respect, par égard pour sa fille. Mais le mépris avec lequel elle le traitait commençait à le fatiguer.

— C'est contraire à l'arrangement que vous avez passé avec ma fille, objecta Naomi.

— Il n'y a jamais eu d'arrangement, objecta-t-il. Kendall et moi n'avons pas encore divorcé, vous savez.

— Cela ne saurait tarder.

— Écoutez, articula-t-il d'une voix glaciale, avec tout le respect que je vous dois, ce qui se passe entre mon épouse et moi ne vous concerne pas.

Naomi tressaillit et recula, comme si elle craignait qu'il ne lève la main sur elle.

— Je suis désolé que nous ne nous entendions pas, vous et moi, reprit-il. Jusqu'à présent, je me suis efforcé d'ignorer ces différends mais je vous préviens : je ne vous laisserai pas vous mettre en travers d'une réconciliation entre Kendall et moi.

Naomi lui jeta un regard noir mais il se détourna sans lui laisser le temps de lui répondre. De retour dans la chambre d'amis, il troqua son costume contre un jean et un T-shirt avant de revenir au salon.

— Tu t'es fêlé des côtes, n'est-ce pas ? lui demanda Kendall qui se trouvait là.

— Comment le sais-tu ? demanda-t-il.

— Je t'ai vu grimacer lorsque Skylar Dawn t'a sauté dessus. Est-ce que c'était un taureau ou un bronco ?

— Un taureau, répondit-il. Il n'était pas particulièrement sauvage mais j'avais l'esprit ailleurs.

— J'imagine que tu étais distrait par l'une de ces groupies de rodéo…

Le ton moqueur de Kendall cachait mal sa réprobation.

— Je t'assure que non, répondit-il.

— Cela ne me regarde pas, lui assura-t-elle.

— Au contraire, insista Heath. Je tiens à ce que tu saches que, depuis que nous sommes sortis ensemble, je n'ai jamais regardé une autre femme.

Avisant le regard qu'il posait sur elle, elle s'empourpra légèrement et détourna les yeux.

— Et toi ? lui demanda-t-il sans trop savoir s'il voulait réellement connaître la réponse à cette question.

— Je n'ai jamais regardé une autre femme non plus, répondit-elle avec un sourire malicieux.

— Tu sais très bien ce que je veux dire, protesta-t-il.

— Non, répondit-elle en le regardant droit dans les yeux. Il n'y a jamais eu personne d'autre.

Cet aveu éveilla en lui un profond soulagement. Il comprit alors que, jusqu'à cet instant, il avait été rongé par une angoisse sourde — celle qu'elle ait pu trouver quelqu'un d'autre. Tous deux demeurèrent longuement silencieux, incapables de se quitter des yeux.

Mais Skylar Dawn ne tarda pas à les rejoindre en brandissant l'un de ses jeux de société préférés. Tous trois allèrent s'installer au salon où ils disputèrent une partie endiablée.

Naomi s'éclipsa avant le dîner et ils mangèrent en famille. Puis Heath alla coucher Skylar Dawn tandis que Kendall se préparait une tisane. En s'emparant de l'exemplaire fatigué du *Magicien d'Oz* qui était posé sur la table de nuit, il se demanda comment il avait pu passer tous ces mois loin des deux personnes qu'il aimait plus que tout au monde.

Lorsqu'il eut terminé sa lecture, Heath borda sa fille, l'embrassa et lui souhaita une bonne nuit. De retour au salon, il constata que Kendall s'était endormie sur le canapé. Précautionneusement, il la souleva et l'emporta jusqu'à la chambre à coucher.

Lorsqu'il l'eut allongée sur le lit, il la contempla longuement, frappé par le mélange de beauté et de sérénité qui émanait d'elle en cet instant. Il aurait dû regagner la chambre d'amis, bien sûr, pour y passer une nouvelle nuit solitaire. Mais il ne put résister à la tentation de s'allonger à ses côtés — juste pour quelques instants.

Mais avant d'avoir pu se relever pour regagner sa chambre, il sombra dans un profond sommeil.

14

Lorsque Kendall ouvrit les yeux, elle sentit une présence familière à ses côtés. Heath était étendu sur le lit, habillé tout comme elle.

Elle fouilla son esprit pour tenter de comprendre comment ils s'étaient retrouvés là. La dernière chose dont elle se souvenait, c'était de s'être allongée sur le canapé pour lire le journal. Puis, plus rien. Heath avait dû la porter jusque dans sa chambre.

Elle se redressa précautionneusement et quitta son lit pour aller jeter un coup d'œil à la chambre de Skylar Dawn qui dormait à poings fermés. Elle rajusta sa couverture, déposa un petit baiser sur son front et regagna sa chambre. Heath s'était réveillé entre-temps et il était assis sur le lit.

— Je suis désolé, lui dit-il. Tu avais l'air si bien que je n'ai pas pu résister à l'envie de m'allonger un moment à côté de toi. Apparemment, je me suis endormi.

Kendall hocha la tête.

— Je ferais mieux de retourner dans la chambre d'amis, ajouta-t-il en faisant mine de se lever.

— Tu n'es pas obligé, tu sais, lui dit-elle sans réfléchir.

Il se rassit et la considéra d'un air attentif, comme s'il voulait être certain de bien la comprendre.

— C'est toujours ton lit, reprit-elle.

— Tu es sûre ? lui demanda-t-il.

Elle haussa les épaules.

— Je ne suis sûre de rien, lui avoua-t-elle. Mais cela fait plusieurs jours que nous travaillons ensemble en faisant semblant d'être de simples collaborateurs…

— Je croyais que c'était ce que tu voulais, remarqua Heath. Que nous nous conduisions en professionnels.

— C'est vrai, concéda-t-elle. Mais c'est absurde. Je ne sais pas pour toi mais, lorsque je te regarde, je ne vois pas qu'un collègue. Tu es l'homme que j'ai épousé, le père de mon enfant… Et nous ne nous sommes jamais vraiment séparés…

— Tu veux dire que tu as du mal à faire la part des choses entre le professionnel et le personnel ? lui demanda-t-il.

Elle considéra quelques instants la question puis secoua la tête.

— Curieusement, non, répondit-elle. Je n'ai aucun mal à dissocier les deux. En revanche, je vois bien qu'il y a justement deux dimensions très différentes dans notre relation. Et j'ai de plus en plus l'impression de me mentir en ignorant celle qui est peut-être la plus importante…

Heath la regarda droit dans les yeux.

— Il y a beaucoup de choses que nous n'avons pas réglées, remarqua-t-il. Beaucoup de questions en suspens…

— Je sais, soupira-t-elle. Mais ce n'est pas non plus de cela qu'il s'agit…

Elle s'avança lentement vers le lit et vint s'immobiliser juste devant lui.

— Il ne s'agit pas seulement d'une question de couple, de mariage et de vie commune, lui dit-elle en plongeant ses doigts dans ses cheveux.

Elle le sentit frissonner à ce contact.

— Nous étions amants avant d'être mari et femme, lui rappela-t-elle. Et ça me manque aussi. Terriblement…

Heath leva la main et la posa doucement sur sa hanche.

À travers le tissu de sa jupe, elle sentait le contact à la fois ferme et léger de sa paume.

— J'ai toujours autant envie de toi, lui dit-elle. Et toi ?

— Je n'ai jamais cessé de te désirer, Kendall, répondit-il d'une voix rauque. Passer toutes ces heures à tes côtés sans pouvoir te toucher ou t'embrasser est un véritable supplice de Tantale.

Cette réponse et, plus encore, l'envie qu'elle percevait dans son regard achevèrent de la rassurer. Au cours des dernières semaines, elle s'était demandé si Heath n'avait pas fini par se lasser de l'attendre, s'il n'avait pas tourné la page.

Un homme comme lui ne manquait certainement pas d'être sollicité. Et s'il l'avait voulu, il n'aurait probablement eu aucun mal à la remplacer par une autre femme.

— Il n'y a jamais eu personne d'autre, lui dit-il comme s'il avait lu dans ses pensées. Je n'ai jamais cessé d'espérer que nous nous retrouverions, en fin de compte…

Elle laissa glisser sa main sur sa joue et, se penchant vers lui, elle l'embrassa tendrement. C'était un baiser chaste et doux mais, lorsque Heath le lui rendit, elle sentit son corps tout entier s'embraser sous l'effet du désir qu'elle avait de lui.

Elle avait oublié avec quelle facilité déconcertante il était capable de réveiller en elle ce besoin impérieux, primal. Au début de leur relation, elle avait été prise de court par l'intensité de ses propres réactions.

Elle s'était toujours considérée comme quelqu'un de cérébral, capable de maîtriser ses émotions et de contrôler ses réactions. Mais Heath avait libéré une facette de sa personnalité qui lui était jusqu'alors inconnue. Il savait l'entraîner au-delà d'elle-même et, entre ses bras, elle devenait cette autre femme, ardente et sensuelle.

En cet instant, au contact de ses lèvres, elle sentait cette transformation désormais si familière s'opérer en elle. Et elle prit soudain conscience du manque qu'elle avait éprouvé depuis qu'il était parti. Il avait creusé en elle un vide immense, vertigineux, que lui seul pouvait aujourd'hui combler.

Elle brûlait de le sentir de nouveau en elle, de retrouver la magie de leurs étreintes. Et leur baiser se faisait plus passionné, plus exigeant, ajoutant encore à son trouble. D'incoercibles frissons dévalaient le long de son échine, s'insinuaient en elle, se réverbéraient au plus profond de son être.

Jamais personne ne l'avait embrassée de cette façon. Heath avait le don de la faire fondre intérieurement, d'allumer au creux de son ventre une fournaise qui la consumait totalement. Elle s'abandonnait à ce feu intérieur, se laissant dévorer tout entière.

Pourtant, Heath s'arracha alors à leur étreinte, la repoussant doucement. Kendall sentit son désir se muer en une frustration presque insoutenable. Mais lorsqu'elle fit mine de revenir vers lui, il la tint doucement mais fermement à l'écart.

— Kendall, lui dit-il. Si tu veux que ça n'aille pas plus loin, il faut que tu me le dises maintenant…

Elle le considéra avec stupeur.

— Pourquoi voudrais-je une chose pareille ? lui demanda-t-elle.

— Parce que cela pourrait compliquer les choses entre nous.

— Les choses n'ont jamais été simples entre nous, Heath Murray, objecta-t-elle.

Il lui décocha un sourire qui la fit fondre.

— Je ne suis pas d'accord, objecta-t-il. J'ai toujours su que nous étions faits l'un pour l'autre…

— Prouve-le-moi, rétorqua-t-elle d'un ton plein de défi.

Heath l'attira alors en arrière et tous deux basculèrent sur le lit, enlacés. Elle pouvait sentir son corps ferme et puissant sous le sien. Elle avait presque oublié l'impression de force qui émanait de lui. C'était le corps d'un homme capable de dompter des chevaux sauvages et de chevaucher des taureaux furieux.

Ses mains couraient sur elle, ajoutant encore à sa confusion, dessinant sur sa peau des arabesques de pur désir. Elle tremblait à présent de façon convulsive, incapable de contenir l'envie qu'elle avait de lui. Pourquoi l'aurait-elle fait alors que ce besoin impérieux n'était que le prélude à un plaisir plus grand encore ?

Comme les doigts de Heath glissaient sous son chemisier, effleurant sa peau nue, elle s'entendit gémir contre sa bouche. Il déboutonna le bas du vêtement et ses lèvres se détachèrent des siennes. Descendant le long de son corps, il couvrit de baisers son ventre frémissant.

Renversant la tête en arrière, elle s'abandonna à ses caresses. Prenant tout son temps, il remonta jusqu'à sa poitrine en continuant de déboutonner le chemisier. Il jouait avec ses nerfs, prolongeant volontairement ce délicieux prélude pour attiser encore l'envie qu'ils avaient l'un de l'autre.

Lorsqu'il dégrafa son soutien-gorge, elle sentit sa poitrine gorgée de désir se dresser.

— Tu es si belle, murmura-t-il d'une voix si basse et si rauque qu'elle était presque méconnaissable.

Ses lèvres capturèrent l'un de ses mamelons et l'extrémité de sa langue agaça le bout de son téton, achevant de faire vaciller sa raison. Plus rien n'existait que cet instant, que le plaisir qu'il faisait monter en elle, inexorablement.

L'une de ses mains glissa le long de son flanc, de sa jambe, pour venir se glisser sous sa jupe de tailleur et remonter le long de sa cuisse. Le simple contact de sa paume légèrement calleuse la rendait folle. Et lorsque ses doigts se posèrent entre ses cuisses pour la caresser à travers sa culotte, elle perdit tout contrôle.

Le plaisir qui déferla en elle lui coupa littéralement la

respiration et ses doigts se crispèrent de façon spasmodique sur les draps. Son corps s'arqua, comme pour mieux s'offrir à la bouche de Heath qui continuait de rendre hommage à son sein, à ses doigts qui la massaient avec douceur et insistance.

Elle n'eut su dire combien de temps elle demeura ainsi en proie à cette transe. Mais lorsqu'elle reprit conscience de son environnement immédiat, la main de Heath s'était retirée, laissant au creux de ses cuisses une sensation de manque et de frustration. Elle avait plus que jamais besoin de lui mais, lorsqu'elle ouvrit la bouche pour le lui dire, son plaidoyer se perdit dans un gémissement approbateur.

Car il avait entrepris de dégrafer sa jupe et de la faire glisser le long de ses jambes. Elle les replia pour l'aider à la débarrasser de ce vêtement qui la gênait. Elle voulait être entièrement nue, pleinement offerte à ses regards et à ses caresses.

Heath prit le temps de se défaire de ses propres vêtements et elle put admirer à loisir ses larges épaules, son torse magnifiquement dessiné, son ventre plat et ses bras aux muscles magnifiquement déliés. Il était magnifique.

Mais ce qui l'excitait bien plus encore, c'était l'intensité du désir qu'elle voyait briller dans son regard. Se sentir admirée de cette façon lui donnait un vertigineux sentiment de puissance. Elle n'aurait su l'expliquer. Mais il lui avait toujours semblé que, de façon mystérieuse, l'amour de Heath la rendait plus forte.

Il se pencha de nouveau vers elle et la reprit dans ses bras. Tandis qu'ils échangeaient un baiser, plus ardent encore que les précédents, elle sentait son corps fiévreux se presser contre le sien. Le désir qu'il avait d'elle était manifeste, dur et brûlant contre son propre sexe. Il ne faisait qu'ajouter à son excitation et elle avait désormais beaucoup de mal à conserver un semblant de self-control.

— Si tu savais comme j'ai envie de toi, Kendall, murmura-t-il d'une voix très rauque.

— Je suis à toi, souffla-t-elle.

Pour toujours, ajouta-t-elle en silence. Car elle savait à présent que, même s'ils devaient se séparer, Heath emporterait avec lui un petit fragment de son âme qui était devenu sien, tout comme elle portait en elle un morceau de son cœur.

Ce n'était pas une question de serments, d'engagements ou de mariage. C'était une réalité bien plus élémentaire que cela, bien plus profonde. Ils faisaient partie l'un de l'autre. Et cette étreinte ne faisait que réaffirmer l'évidence de cette merveilleuse alchimie.

Leurs mains couraient à présent sur leurs corps dénudés, retrouvant les sentiers qui les mèneraient tous deux vers le plaisir. Ils prenaient tout leur temps, avides de retrouver ces sensations qui leur avaient tant manqué au cours de ces derniers mois.

Mais chacun de ces gestes alimentait le brasier qui faisait rage en eux, menaçant à tout instant de les consumer totalement. Enfin, n'y tenant plus, Heath pénétra en elle. L'envie qu'elle avait de lui était si impérieuse qu'il ne rencontra aucune résistance.

Kendall noua ses jambes autour de sa taille, l'attirant au plus profond d'elle-même. Heath laissa échapper un gémissement inarticulé et demeura quelques instants immobile, luttant pour ne pas perdre la maîtrise de lui-même.

Elle ferma les yeux, se concentrant pour le sentir enfoui en elle, niché au creux de sa chair. Il lui semblait qu'ils ne faisaient plus qu'un. Puis il se remit à bouger, d'abord très lentement puis de plus en plus vite à mesure que tous deux s'élevaient toujours plus haut.

Comment avait-elle pu oublier la beauté de ces moments ? Comment avait-elle pu vivre tous ces mois sans cette extase que lui seul pouvait lui procurer ? Comment avait-elle pu seulement douter du fait qu'ils étaient faits l'un pour l'autre ?

Il y avait dans leur union quelque chose qui relevait de l'évidence.

Heath bascula sur lui-même, de façon à ce qu'elle se retrouve à cheval sur lui. C'était une position qu'elle affectionnait, non seulement parce qu'elle lui donnait la possibilité de contrôler le rythme de leur étreinte mais aussi parce qu'elle lui permettait de regarder Heath, de lire sur son visage le plaisir qui montait en lui. Il n'y avait rien de plus grisant que cela.

Elle posa ses mains sur sa poitrine et ralentit, amplifiant ses mouvements pour mieux sentir chaque centimètre de lui glisser en elle. Lorsqu'il fut enfoui au cœur de ce fourreau brûlant, elle imprima un léger mouvement des hanches qui décupla cette sensation.

Les mains de Heath se crispèrent sur le haut de ses cuisses et il renversa la tête en arrière, s'abandonnant totalement à elle. Son corps s'arqua pour se porter à la rencontre du sien. Incapable de réprimer l'urgence dévorante qui menaçait de la rendre folle, Kendall se remit à bouger.

Les mains sur ses hanches la guidaient tandis que tous deux s'envolaient plus loin encore, perdant le sens du temps et de l'espace. Plus rien n'existait en dehors d'eux-mêmes. Les deux amants semblaient se fondre l'un en l'autre. Ils auraient désormais été incapables de dire où s'arrêtait le corps de l'un, où commençait celui de l'autre.

Puis la digue fragile qu'ils opposaient à l'extase se désintégra, laissant déferler en eux un torrent de sensations bien trop intenses pour qu'ils puissent espérer les comprendre. Incapables de lutter, ils s'abandonnèrent à ce flot rugissant qui les entraîna tous deux plus loin qu'ils n'étaient jamais allés.

*
* *

Après avoir fait l'amour, ils demeurèrent longuement enlacés en silence. Randall écoutait le souffle ample et régulier de Heath et les battements de son cœur qui l'emplissaient d'une sensation de paix immense.

Au-dehors, la pluie s'était mise à tomber, conférant à la scène une atmosphère délicieusement ouatée. Cela faisait une éternité qu'elle ne s'était pas sentie aussi bien, aussi en paix avec elle-même et avec le monde qui l'entourait.

— Tu préférerais peut-être que je retourne dans la chambre d'amis, murmura Heath d'une voix qui manquait singulièrement de conviction.

— Si tu t'avises de quitter ce lit, Heath Murray, je te tue de mes propres mains, lui dit-elle.

Il rit doucement contre sa gorge.

— J'espérais que tu dirais cela, lui avoua-t-il. Je veux rester, Kendall.

— Je veux que tu restes, répondit-elle.

Aucun d'eux ne prit la peine de préciser ce qu'ils entendaient par là. Une partie de Kendall savait bien sûr que ce qui venait de se passer ne changeait rien, qu'ils devraient tôt ou tard discuter de leurs choix de vie et de leur avenir.

Mais en cet instant, tout ce qu'elle désirait, c'était profiter de ce moment. Elle aurait voulu qu'il dure toujours, qu'il se prolonge à l'infini.

Elle sombra lentement dans le sommeil entre les bras de l'homme qu'elle aimait.

Ce matin-là, Heath se réveilla beaucoup plus tôt que d'ordinaire. Durant de longues minutes, il demeura étendu aux côtés de Kendall, profitant de la joie toute simple que lui procurait le fait de la sentir contre lui. Il se gorgeait de sa chaleur et de son odeur, réalisant combien elle lui avait manqué durant tous ces mois.

À contrecœur, il finit par s'arracher à elle pour regagner la chambre d'amis sur la pointe des pieds. Là, il prit une douche et s'habilla. En ressortant, il entendit Skylar Dawn qui lisait à haute voix dans sa chambre.

Bien sûr, elle était encore trop jeune pour savoir véritablement déchiffrer le texte de son livre préféré. Mais elle le connaissait par cœur et était capable de réciter l'ensemble des dialogues. Elle contrefaisait même sa voix pour imiter successivement les différents personnages.

Heath attendit sur le seuil qu'elle ait terminé avant de pénétrer dans sa chambre.

— Papa ! s'exclama-t-elle en sautant au bas de son lit pour venir l'embrasser.

Il la serra affectueusement contre lui, prenant conscience une fois de plus de la solitude qui avait été la sienne au cours de ces six derniers mois. Kendall et Skylar Dawn étaient devenues des parties intégrantes de son être et s'éloigner d'elles revenait à perdre une partie de lui-même.

— Je suis contente que tu sois là, déclara-t-elle d'une voix très sérieuse. Est-ce que tu vas rester ici toute la journée ?

— Malheureusement non, ma chérie. Il faut que maman et moi allions travailler. En revanche, j'ai le temps de te préparer un super petit déjeuner. Est-ce que ça te dirait, des pancakes ?

— Super ! s'exclama Skylar Dawn.

Il lui choisit ses habits avant de descendre à la cuisine pour s'occuper du repas. Quelques minutes plus tard, sa fille dévala l'escalier pour venir le retrouver.

— Dis, papa, est-ce que tu pourras m'emmener voir mon poney, aujourd'hui ?

— Si tu veux, lui dit-il. Mais il faut d'abord que nous allions travailler, tous les trois.

— Je ne travaille pas, moi ! protesta-t-elle.

— L'école, c'est un peu comme le travail, objecta-t-il.

Sur la poêle brûlante, il étala une louche de la pâte qu'il venait de préparer. Une délicieuse odeur se répandit aussitôt dans la cuisine.

— Qu'est-ce que tu voudras sur ton pancake ? lui demanda-t-il.

— De la confiture d'haricots !

Heath ne put s'empêcher de sourire en entendant ce surnom familier. Il alla chercher la confiture d'abricot dans le réfrigérateur et en étala une couche généreuse sur le pancake de sa fille.

Lorsque Kendall les rejoignit, quelques minutes plus tard, elle en avait déjà avalé deux.

— Vous êtes bien matinaux, tous les deux, remarqua-t-elle.

— Papa a préparé le petit déjeuner des champions, déclara sentencieusement Skylar Dawn.

— Je vois ça, acquiesça Kendall en souriant.

Heath remarqua cependant que son regard trahissait un certain trouble. Il se demanda brusquement si elle regrettait ce qui s'était passé cette nuit-là.

Elle s'approcha de Skylar Dawn pour la débarbouiller avant de déposer un petit baiser sur son front. Puis elle alla remplir une tasse de café. Heath constata qu'elle fuyait son regard.

— Tout va bien ? lui demanda-t-il, inquiet.

— Skylar Dawn, va te laver les dents et les mains. Tu pourras regarder un dessin animé avant que nous ne partions pour l'école.

— Super ! s'écria la fillette qui décampa sans demander son reste, craignant sans doute que ses parents ne changent d'avis.

— Tu as faim ? s'enquit Heath lorsqu'elle eut disparu.

Kendall secoua la tête. Il attendit patiemment qu'elle lui

dise ce qu'elle avait sur le cœur mais elle demeura résolument silencieuse.

— Tu sais que je ne peux pas lire tes pensées, lui dit-il. S'il y a quelque chose que tu veux me dire, tu ferais mieux d'utiliser des mots.

Elle lui décocha un pâle sourire.

— Je suis désolée, s'excusa-t-elle. C'est juste que… Je ne sais plus très bien où j'en suis.

— Écoute, Kendall, je ne veux pas faire pression sur toi. Ce qui s'est passé cette nuit ne change rien. Si tu ne te sens pas encore prête à ce que je revienne vivre à la maison, je le comprendrais…

— Ce n'est pas ça, protesta-t-elle.

Il lui jeta un regard interrogateur.

— On m'a offert une promotion, expliqua-t-elle enfin. J'ai l'occasion de prendre la tête d'une unité de lutte contre la cybercriminalité.

— Je te l'ai dit : je comprends que tu veuilles continuer à travailler.

Elle secoua la tête.

— Cette unité…, reprit-elle d'un ton hésitant. Elle est basée à Portland.

Heath se figea brusquement. Rien ne l'avait préparé à cela. Mais il repensa au coup de téléphone que Kendall avait reçu juste après avoir interrogé Saundra. Il se rappela son expression préoccupée et se demanda si c'était à ce moment-là qu'elle avait appris la nouvelle.

— Est-ce que tu comptes accepter ? articula-t-il.

— Je ne sais pas, avoua-t-elle.

— Est-ce une question ou une affirmation ?

Elle lui jeta un regard interdit.

— Qu'est-ce que tu veux dire ?

— Est-ce une décision que tu comptes prendre seule ou à deux ? reformula-t-il. Es-tu en train de me dire que tu comptes partir vivre à deux mille kilomètres de moi et que tu vas demander le divorce ? Es-tu en train de me demander si je veux que tu restes ici avec moi ? Ou bien es-tu en train de me demander si j'aimerais aller vivre à Portland avec toi ?

— Je… Je ne sais pas, répéta-t-elle.

Cette réponse lui fit l'effet d'une gifle.

— Il va falloir que tu te décides, tu sais, déclara-t-il.

Il prit une profonde inspiration pour tenter de dominer la déception et la colère qui menaçaient de le submerger.

— Quand comptais-tu m'en parler ? reprit-il. Si rien ne s'était passé, cette nuit ?

— Je ne sais pas, avoua-t-elle une fois de plus. J'avais… J'ai besoin de temps pour réfléchir à tout ça.

Heath demeura sans voix. Il prenait brusquement conscience de la disparité qui existait entre eux. Au cours de ces six derniers mois, il n'avait cessé d'espérer que Kendall et lui parviendraient à se réconcilier et recommenceraient à vivre ensemble.

De toute évidence, elle, au contraire, avait intégré le fait que leur séparation était peut-être définitive. Et l'idée ne lui paraissait visiblement pas si intolérable que cela.

— Je ferais mieux d'y aller, articula-t-il. Je crois que j'ai besoin de prendre un peu de distance…

Une idée lui vint alors.

— Écoute, lui dit-il, je devais prendre Skylar Dawn, ce week-end. Pourquoi ne l'emmènerais-je pas dès aujourd'hui ? Après tout, ce n'est pas bien grave si elle rate un jour d'école. Et de cette façon, ta mère aura trois jours de tranquillité.

Kendall hésita. Il était évident que l'idée de voir Skylar Dawn faire l'école buissonnière ne l'enthousiasmait que très modérément. Mais après ce qu'elle venait de lui dire, elle n'était pas précisément en position de protester.

— D'accord, finit-elle par concéder.

Au moins, songea Heath avec une pointe de rancœur, elle aurait trois jours entiers pour réfléchir et remettre de l'ordre dans ses priorités…

15

Skylar Dawn talonna les flancs de son poney pour rattraper l'avance qu'avait prise la jument de Heath.

— Dis, papa, lui demanda-t-elle, est-ce que je vais passer tout le week-end au ranch ?

— Oui, répondit-il.

— Et maman ?

— Elle ne se sentait pas très bien, répondit-il. Elle a préféré rester tranquillement à la maison.

Ce n'était qu'un demi-mensonge. Heath était convaincu que Kendall se sentait coupable. Mais il était trop en colère contre elle pour compatir.

— Est-ce que je pourrai monter Stardust tous les jours ? demanda sa fille.

— Bien sûr, répondit-il. C'est ton poney, après tout.

— Et on commandera des pizzas, ce soir ?

— Excellente idée, approuva-t-il.

— Génial ! s'enthousiasma Skylar Dawn. Quand même, ajouta-t-elle, c'est dommage que maman soit malade. Ça aurait été encore mieux avec elle.

— Je suis bien d'accord, acquiesça Heath avec une pointe d'aigreur.

Ils étaient arrivés au ranch suffisamment tôt pour nourrir les chevaux. Heath avait également chargé Skylar Dawn de distribuer du grain aux poules.

— Dis, papa, est-ce que Mamy Thompson est ma grand-mère, elle aussi ?

— Non, ma chérie. C'est la maman de Slate. Mais elle t'aime autant que si tu étais sa petite-fille.

— Moi aussi, je l'aime bien, déclara Skylar Dawn. Et j'aime bien le ranch.

Heath était du même avis. L'endroit était charmant et avait été préservé des promoteurs immobiliers. C'était un véritable paradis de calme et de verdure situé à quelques kilomètres seulement de Dallas. Au beau milieu des pâturages, on trouvait même un grand étang plein de poissons-chats, de perches et de carpes.

C'était un lieu magique où il faisait bon se promener à pied ou à cheval. Heath fit ralentir sa monture, laissant à Stardust l'occasion de pousser un petit galop. Soulevant son stetson, il rabattit les cheveux qui lui tombaient dans les yeux en songeant qu'il irait peut-être chez le coiffeur avec Skylar Dawn, cet après-midi-là.

À moins qu'ils n'aillent pêcher, tous les deux. Sa fille adorait cela. Et pour une enfant de quatre ans, elle savait faire preuve d'une patience impressionnante. Jetant un coup d'œil dans sa direction, il vit qu'elle l'imitait, rabattant ses longues mèches sous son chapeau de paille.

— On pourrait aller chez le coiffeur, tous les deux, suggéra-t-il. Ça ne nous ferait pas de mal.

Un sourire malicieux se dessina sur les lèvres de Skylar Dawn.

— Le coiffeur est juste à côté du magasin de M. Craig, remarqua-t-elle d'un ton faussement innocent.

Heath éclata de rire. La joie qu'il éprouvait à se trouver en compagnie de sa fille parvenait presque à lui faire oublier la discussion qu'il avait eue avec sa mère, ce matin-là.

Mais il savait que, si Kendall décidait de partir pour

Portland tandis qu'il restait ici, il verrait Skylar Dawn beaucoup moins souvent.

Si elle acceptait cette promotion et lui proposait de l'accompagner, sa situation ne serait guère plus réjouissante. Il devrait chercher un nouvel emploi, probablement au sein de la police locale. Cela signifiait qu'il devrait probablement suivre une nouvelle formation et qu'il redémarrerait au bas de l'échelle.

Ses revenus ne lui permettraient peut-être pas de conserver ses chevaux — d'autant qu'il devrait payer le prix fort pour leur pension et leur nourriture. Cette idée le déprimait profondément.

Skylar Dawn couvrit la distance qui les séparait et le considéra avec attention.

— Est-ce que tu t'es encore disputé avec ma mère ? lui demanda-t-elle enfin de but en blanc.

Heath la considéra avec stupeur.

— Qu'est-ce qui te fait dire une chose pareille ? lui demanda-t-il.

— Tu fais cette drôle de tête chaque fois que ça arrive, répondit sa fille.

Elle fit la moue, fronçant les sourcils et plissant sa bouche de façon exagérée.

— Je fais vraiment cette tête-là ? lui demanda-t-il.

Elle acquiesça gravement. Heath ne savait que lui répondre. Il n'aimait pas lui mentir. Et elle l'avait percé à jour avec une perspicacité diabolique. Mais il ne tenait pas non plus à ce qu'elle s'inquiète trop.

— Tu sais, ma puce, lui dit-il, les adultes sont comme les enfants. Il leur arrive de se disputer et ça les rend tristes. Mais cela ne signifie pas pour autant qu'ils ne s'aiment plus. Tu t'es déjà disputée avec ta meilleure amie Stacy, n'est-ce pas ?

— Oui. Elle avait dit que Bouboule était débile.

— Et cela ne vous a pas empêchées de vous réconcilier ensuite.

Skylar Dawn hocha la tête. L'analogie paraissait la convaincre.

— Alors maman et toi, vous resterez amis, vous aussi ?

— Toujours, lui assura-t-il. Quoi qu'il arrive.

— C'est bien, déclara sobrement Skylar Dawn.

Hélas, Heath était très loin de partager ce diagnostic. Au cours de ces dernières années, Kendall et lui avaient été tout l'un pour l'autre : des amis, bien sûr, mais aussi des amants, des parents, des complices… Pourrait-il réellement se contenter de n'être plus qu'un ami ?

— Papa ?

Il se tourna vers elle, se forçant à ravaler sa tristesse et son amertume et à plaquer sur ses lèvres un courageux sourire.

— Qu'est-ce qu'il y a, ma chérie ?

— C'est quoi, ça, là-bas ? lui demanda-t-elle en tendant le doigt vers la gauche.

Heath regarda dans cette direction et aperçut un nuage de poussière au loin. Il paraissait se rapprocher d'eux.

— Je ne sais pas, répondit-il.

Mais un ronronnement de moteur se faisait entendre à présent. Et bientôt, il distingua la forme de plusieurs 4x4 qui semblaient effectivement se diriger vers eux. C'était d'autant plus étrange que les Thompson ne possédaient qu'un véhicule de ce genre.

Son instinct l'avertit que quelque chose n'allait pas.

— Skylar Dawn, je vais te prendre avec moi, lui dit-il en se rapprochant de son poney.

Se penchant vers elle, il la souleva et l'installa sur la selle juste devant lui. Il l'entoura de son bras pour l'empêcher de tomber.

— Accroche-toi bien au pommeau, d'accord, ma puce ? On va aller très vite !

— Super ! s'exclama-t-elle en se cramponnant comme il le lui avait demandé.

Heath se demanda quelle était la meilleure direction à prendre. Il n'y avait aux alentours aucun portail permettant de quitter la propriété. Et il n'avait aucune chance de traverser la clôture sans une paire de tenailles. Le seul moyen d'éviter les véhicules était de les contourner pour se diriger vers le ranch.

Il talonna sa jument qui s'élança en avant. Elle se mit à galoper à toute vitesse, paraissant voler au-dessus de la prairie. Skylar Dawn éclata d'un rire ravi.

— Tiens-toi bien ! lui conseilla-t-il.

Ce n'était pas la première fois qu'ils chevauchaient de cette façon mais jamais encore ils n'étaient allés aussi vite. Heath la serra un peu plus contre lui. Il remarqua alors que les véhicules avaient infléchi leur trajectoire pour se porter à leur rencontre.

Fort heureusement, Heath avait passé des heures à parcourir ces terres en tous sens. Il connaissait l'endroit comme sa poche et emprunta la partie la plus boueuse du terrain. Ses poursuivants auraient ainsi une chance de s'embourber alors que sa jument ne courait pas un tel risque.

— Arrêtez-vous avant que votre fille ne soit blessée ! lui cria alors un homme qui se penchait à la portière d'une des voitures.

Se retournant à demi sur sa selle, il eut tout loisir de constater que les 4x4 s'étaient rapprochés et le talonnaient désormais de près. Alors qu'il se tournait de nouveau vers l'avant, un coup de feu claqua dans l'air, faisant frémir sa jument.

Il ignorait si ses poursuivants avaient vraiment cherché à l'atteindre ou s'ils voulaient juste l'effrayer. Mais il n'avait pas l'intention de s'arrêter pour en avoir le cœur net. Il se mit donc à zigzaguer à toute allure.

— Papa ! Tu vas trop vite !

— Je n'ai pas le choix, ma puce, répondit-il, luttant contre l'angoisse qui l'étreignait.

L'idée que sa fille puisse être blessée l'emplissait d'une panique quasiment irrépressible. Il était évident que les responsables de Public Exposure avaient fini par comprendre qui enquêtait sur leurs agissements et avaient décidé d'employer la manière forte pour les faire taire. Il ne voyait personne qui soit susceptible de s'en prendre à lui de cette façon.

Il encouragea sa jument de la voix. Il aurait voulu pouvoir sortir son téléphone portable de la poche de son jean mais ne pouvait se permettre de lâcher ni les rênes ni la taille de sa fille.

Si seulement il pouvait atteindre la maison…

Mais alors même qu'il se faisait cette réflexion, il vit surgir sur sa gauche l'un des véhicules. L'autre se trouvait juste sur sa droite. Il envisagea un instant de sauter l'une des clôtures qui délimitaient les pâturages. Mais sa jument n'était pas entraînée à cela et risquait fort de leur faire vider les étriers.

Les 4x4 se rapprochaient rapidement, comme s'ils comptaient prendre sa monture en sandwich. Une chose était sûre : si l'un de ces hommes décidait d'ouvrir de nouveau le feu, il n'aurait désormais aucune peine à l'atteindre.

Comprenant qu'il n'avait aucune alternative, il tira sur les rênes pour arrêter sa monture. Les véhicules s'immobilisèrent de chaque côté de lui et il constata que les occupants étaient tous cagoulés. Deux d'entre eux étaient armés de fusils à pompe.

— Papa ? articula Skylar Dawn. Qu'est-ce qui se passe ?

— Jetez votre téléphone portable à terre, s'exclama l'un des hommes d'un ton autoritaire. Et pas de bêtise. Je ne voudrais pas que votre fille assiste à une scène traumatisante.

Heath n'avait d'autre choix que de s'exécuter. Il sortit

donc l'appareil de sa poche et le lança sur le sol. L'homme descendit de voiture et s'avança. De quelques coups de talon, il détruisit le portable. Puis il se pencha pour récupérer la carte SIM qu'il lança dans un taillis.

Pendant ce temps, les deux hommes armés étaient sortis à leur tour des 4x4 et les tenaient en joue.

— Descendez de cheval, ordonna celui qui paraissait être le chef.

La seule chance qu'il lui restât, c'était que les Thompson aient aperçu les voitures et se soient inquiétés de leur présence sur leur propriété. S'ils avaient prévenu la police, il allait lui falloir gagner du temps.

— Je ne sais pas qui vous êtes mais cessez de braquer ces armes sur ma fille, dit-il d'une voix glacée.

— Si vous m'obéissez, nous n'aurons pas besoin de la menacer, déclara l'homme. Mais vous n'êtes vraiment pas en position de me menacer. Maintenant, cessez de me faire perdre mon temps et descendez !

— Papa, j'ai peur, murmura Skylar Dawn en serrant son bras. Pourquoi ils se cachent ?

— Tout va bien se passer, ma chérie, lui assura-t-il.

— Seulement si vous faites ce que je vous demande, lui rappela leur agresseur. Soyez raisonnable, Heath. Pensez au traumatisme qu'éprouverait votre fille en voyant son père se faire tuer sous ses yeux…

— Il ne faut pas traumatiser les enfants, renchérit l'un des hommes équipés de fusils. Regarde le résultat que ça a eu pour nous…

Les autres éclatèrent d'un rire mauvais. Skylar Dawn, quant à elle, se mit à sangloter. Heath comprit que personne n'arriverait à temps pour empêcher ces hommes de faire d'eux ce qu'ils voulaient.

Il n'avait plus d'autre choix que d'obéir en espérant qu'ils ne les tueraient pas de toute façon. Heath souleva donc Skylar Dawn et la retourna de façon à ce qu'elle se trouve face à lui.

— Accroche-toi à mes épaules et tiens-toi bien, lui dit-il.

Elle s'exécuta et il se releva sur ses étriers, la soulevant légèrement de la selle. Il ramena alors l'une de ses jambes par-dessus la jument et, en se tenant à la selle, il mit pied à terre.

Il se demandait ce que ces hommes pouvaient bien lui vouloir. S'agissait-il uniquement de l'effrayer ? De le convaincre de renoncer à cette enquête ?

Il observa les trois hommes qui l'entouraient ainsi que les deux qui se trouvaient au volant des voitures. Tous étaient intégralement vêtus de noir et munis de cagoules qui ne laissaient apparaître que leurs yeux. Tous portaient un pistolet à la ceinture et deux d'entre eux brandissaient un fusil.

— Je vois que nous nous comprenons, déclara leur chef. Nous avons la supériorité numérique et nous sommes armés. Il serait vain de résister. Toi, ajouta-t-il à l'intention de l'un de ses hommes, prends la fille.

— Ne faites pas ça ! protesta Heath en serrant la fillette contre lui. Ne lui faites pas de mal ! Que voulez-vous, exactement ?

— Ta fille, répondit le chef sans hésiter.

— Nous pouvons peut-être nous arranger…, plaida-t-il.

— Avec un Texas Ranger aussi intègre que toi ? répliqua le chef. Marié à un agent du FBI, qui plus est ? Tu n'es pas sérieux. Repose ta fille, sinon nous commencerons par tuer vos chevaux. Cela vous remettra peut-être les idées en place…

Voyant que Heath ne faisait pas mine de lui obéir, le chef se tourna vers l'un de ses acolytes armés.

— Commence par descendre le poney, lui ordonna-t-il.

L'homme leva son arme et Skylar Dawn poussa un cri d'effroi.

— Non ! Papa, ne les laisse pas faire de mal à Stardust ! Papa, s'il te plaît…

Profitant de cette diversion, un autre homme ceintura Heath tandis qu'un troisième le frappait à la tempe de la crosse de son fusil. Il vacilla légèrement et sentit son étreinte sur sa fille se desserrer.

Le chef du commando s'avança pour se saisir d'elle. Et tandis que le monde paraissait vaciller autour le lui, il la vit se débattre de toutes ses forces, bourrant son ravisseur de coups de pied et de coups de poing. Mais elle n'était pas de taille à lui résister, bien sûr.

Il fit mine de s'avancer vers elle mais un nouveau coup de crosse à la tête eut raison de sa résistance. Ses jambes se dérobèrent brusquement sous lui et il s'effondra dans la boue. Sa vue se troubla tandis qu'il tentait de protester d'une voix pâteuse.

Luttant contre l'inconscience, il vit l'homme emporter vers sa voiture la fillette qui continuait de lutter de toutes ses forces. Heath tenta de se redresser mais un nouveau coup de crosse le cueillit au creux des reins, suivi d'un autre dans les côtes. Une douleur fulgurante le traversa et il poussa un gémissement inarticulé.

Les hommes regagnèrent leur véhicule qui ne tarda pas à démarrer. Le bruit du moteur lui parvenait de façon atténuée et étrangement déformée. Une quinte de toux accentua encore la souffrance que lui infligeait à présent sa blessure aux côtes.

Il se raccrocha à cette sensation, luttant de toutes ses forces contre les ténèbres qui menaçaient de l'engloutir. À force de volonté, il se redressa péniblement sur ses coudes et suivit des yeux le 4x4 qui s'éloignait déjà.

— Skylar Dawn, articula-t-il d'une voix saturée de désespoir.

Il prit alors conscience que l'autre voiture se trouvait

toujours là. L'un des deux hommes qui étaient restés en arrière s'avança vers lui d'un pas presque nonchalant. Se penchant vers lui, il l'agrippa par le col de sa chemise et lui décocha un violent crochet en plein visage. Un autre suivit, puis un autre encore et le goût du sang envahit la bouche de Heath.

Il perdit le compte des coups mais, au moment où il s'apprêtait à perdre connaissance, l'homme le lâcha brusquement et il s'affala de nouveau sur le sol.

— Nous te recontacterons, lui dit-il. Tâche de faire exactement ce que nous te demanderons alors ou tu ne reverras jamais ta fille.

Sur ce, l'homme lui décocha un dernier coup de pied puis regagna son véhicule qui démarra à son tour. Faisant appel à toute la force de sa volonté, Heath tenta de se redresser. Si seulement il pouvait atteindre sa jument et se hisser en selle, il atteindrait le ranch avant que les 4x4 n'aient complètement disparu.

Mais il comprit vite qu'il n'avait strictement aucune chance de réussir. Son corps tout entier n'était plus que souffrance. Il était incapable de se lever, incapable de crier. Il avait même du mal à respirer.

— Je te retrouverai, mon ange, articula-t-il à grand-peine. Je te le promets. Et ces salopards le paieront très cher…

16

— Heath ? Mais qu'est-ce que tu fabriques ? marmonna Kendall qui venait une fois de plus de tomber sur son répondeur. Pourquoi est-ce que tu ne décroches pas ?

Elle était sur le point d'appeler Slate pour lui demander s'il avait aperçu son mari ou sa fille. Mais Jerry pénétra alors dans son bureau.

— Je suis content que tu aies pu venir aussi vite, lui dit-il. Tout va bien ?

Elle hocha la tête, songeant qu'elle n'avait aucune raison d'ennuyer Jerry avec ses problèmes conjugaux.

— Est-ce qu'on a trouvé quelque chose sur la clé USB ? demanda-t-elle.

— Rien du tout, pour le moment, soupira Jerry. Mais nos techniciens sont toujours dessus. J'espère toujours qu'ils finiront par trouver quelque chose.

— Que puis-je faire pour toi ?

— Tu es sûre que ça va ?

— Oui, lui assura-t-elle. C'est juste que je n'arrive pas à joindre Heath.

— Tu ne m'as pas dit qu'il était chez Slate avec Skylar Dawn ?

Elle hocha la tête.

— Ils sont probablement en train de s'amuser comme

des fous au ranch, déclara-t-elle. Que voulais-tu me dire, exactement ?

— Qu'une réunion est sur le point de commencer en salle de conférences. Nous aurons besoin de toi.

— J'arrive tout de suite, lui assura-t-elle.

Mais son instinct continuait à la tarauder, Elle était convaincue que quelque chose n'allait pas. Après avoir vainement tenté d'appeler de nouveau, elle se rendit dans la salle de conférences où l'attendait Steve Woods, le directeur adjoint de l'antenne texane du FBI.

— Merci d'être venue aussi vite, agent spécial Barlow, lui dit-il. Le ranger Murray n'est pas avec vous ?

— Non, monsieur, répondit-elle. Heath avait des obligations aujourd'hui.

— Bien, acquiesça Woods. Vous lui transmettrez les informations lorsque vous le verrez. Laissez-moi vous présenter l'agent Therese Ortis, ajouta-t-il en désignant la jeune femme qui se trouvait déjà dans la pièce. C'est elle qui va reprendre l'enquête concernant Bryan Marrone. Apparemment, vos investigations rejoignent celles que l'agent Ortis mène au niveau national.

— Sur Public Exposure ? s'enquit Kendall, surprise.

C'était la première fois qu'elle entendait parler d'une telle investigation. Jusqu'à présent, il lui avait semblé être la seule à s'intéresser à la firme de Brantley Lourdes.

— En effet, répondit l'agent Ortis. Je ne peux malheureusement pas entrer dans les détails. J'en suis vraiment désolée et je sais combien cela doit vous paraître frustrant.

Kendall ne savait pas si elle se sentait plus frustrée par cette absence d'explications ou soulagée d'obtenir enfin la confirmation qu'elle ne s'était pas trompée au sujet de Public Exposure.

— Marrone a été relâché hier soir, ajouta Woods. Son

avocat a convaincu le juge qu'il s'agissait d'une arrestation abusive.

— Abusive ? s'exclama Kendall, choquée. Dois-je vous rappeler que Marrone avait violé les conditions de sa libération probatoire ?

— Personne ne vous adresse le moindre reproche, intervint Ortis d'un ton conciliant. Mais l'affaire est plus délicate que vous ne le pensez.

— J'aurais bien aimé que l'on me signale que je marchais sur les plates-bandes de quelqu'un au lieu de me laisser croire que mon enquête était une impasse, répliqua Kendall un peu sèchement. Cela m'aurait évité de perdre mon temps. Dois-je comprendre que ce dossier m'est retiré ? ajouta-t-elle.

Woods jeta un coup d'œil interrogatif en direction d'Ortis. Cet échange muet confirma l'intuition de Kendall : cette fille ne travaillait pas pour le FBI. Et l'organisme auquel elle appartenait avait visiblement l'ascendant sur le bureau.

— Si vous en êtes d'accord, déclara Ortis, j'aimerais travailler avec vous, agent spécial Barlow. Mais vous devez savoir qu'il y a certaines informations sensibles que je ne pourrai vous communiquer pour des raisons de sécurité nationale. Seriez-vous prête à collaborer avec moi dans de telles conditions ?

Kendall hésita quelques instants. L'idée de jouer les figurants ne lui plaisait guère mais celle d'être mise purement et simplement sur la touche lui paraissait plus insupportable encore.

— D'accord, répondit-elle.

— Très bien, acquiesça Ortis en souriant. Dans ce cas, je passerai vous voir dans l'après-midi et nous discuterons de la suite des événements.

Kendall comprit qu'elle venait d'être congédiée. Elle prit donc congé de Woods et d'Ortis en se demandant ce que ces deux-là pouvaient bien mijoter.

Mais à peine eut-elle quitté la salle de conférences que son téléphone se mit à sonner. Avisant l'identité de celui qui cherchait à la joindre, elle décrocha aussitôt.

— Slate ? fit-elle. Est-ce que tu as des nouvelles de Heath ?

— Justement, c'est à ce sujet que je t'appelais. Il était parti faire une balade à cheval avec Skylar Dawn. Mais maman a vu revenir la jument de Heath et le poney de votre fille sans leurs cavaliers. Elle m'a appelé immédiatement. Je suis sur place pour l'aider à les chercher. Je te rappelle dès que j'ai du nouveau…

Le cœur battant à tout rompre, Kendall s'était figée sur place. Il lui semblait que tout s'était arrêté autour d'elle. Prise d'un brusque vertige, elle laissa échapper son téléphone et dut prendre appui contre le mur le plus proche de peur de s'écrouler.

L'idée qu'il ait pu arriver quelque chose à Heath ou à Skylar Dawn l'emplissait d'une terreur si profonde, si primale qu'elle balayait toute pensée rationnelle. Son corps tout entier était glacé et parcouru de tremblements.

— Kendall ? s'exclama Jerry qui venait de sortir de son bureau. Saperlotte ! Quelque chose ne va pas ?

Il s'avança rapidement vers elle et la prit par les épaules pour la conduire jusqu'à la chaise la plus proche sur laquelle il l'aida à s'asseoir.

— Est-ce que tu veux que j'appelle un médecin ? lui demanda-t-il.

Elle secoua la tête, se forçant à articuler quelques mots.

— Skylar Dawn et Heath… Ils ont disparu… Je ne sais pas ce qui s'est passé… Il faut que j'aille au ranch.

Ce simple constat l'aida à recouvrer ses esprits. Elle devait impérativement rejoindre Slate et l'aider à chercher sa fille et son mari.

Elle se leva brusquement, renversant la chaise sur laquelle elle venait de prendre place.

— Kendall, calme-toi, plaida Jerry.

Mais elle ne tint aucun compte de ses admonestations. Chaque minute comptait.

— Mon Glock, murmura-t-elle avant de se diriger à grands pas vers son bureau.

Là, elle ouvrit le tiroir de son bureau et prit son pistolet qu'elle glissa dans son holster.

— Il n'est pas question que tu y ailles seule, protesta Jerry qui l'avait suivie jusque-là.

La prenant par le bras, il l'entraîna en direction des ascenseurs. Ils gagnèrent le garage et empruntèrent la première des voitures qui se présenta. Jerry démarra sur les chapeaux de roues. Kendall avait pourtant toujours l'impression que le temps s'écoulait au ralenti.

Elle aurait voulu pouvoir faire quelque chose — n'importe quoi plutôt que de rester assise là tandis qu'ils se frayaient difficilement un chemin au cœur des embouteillages typiques d'un vendredi après-midi.

Son téléphone se mit soudain à vibrer.

— Slate ? s'exclama-t-elle en décrochant. Est-ce que tu les as retrouvés ?

— J'ai retrouvé Heath. Il a été salement tabassé et il est inconscient. J'ai appelé une ambulance.

— Et Skylar Dawn ?

— Elle n'est pas là.

— Est-ce que tu as organisé une battue ?

— Ça ne servirait à rien. Heath s'est fait agresser. Quelqu'un a sciemment détruit son portable. Et il y a des traces de pneus qui arrivent et repartent de l'endroit où je l'ai découvert…

— Tu penses qu'elle a été enlevée, articula Kendall.

À ces mots, Jerry se pencha pour récupérer le gyrophare qui se trouvait dans la boîte à gants. Il le fixa sur le toit et enclencha la sirène.

— J'ai bien peur que oui, soupira Slate.

Assis sous le porche, Heath luttait contre la douleur atroce qui pulsait en lui, ne lui laissant aucun répit. La migraine qui lui taraudait le crâne l'empêchait de se concentrer, de même que la souffrance qui rayonnait depuis ses côtes chaque fois qu'il prenait une inspiration. Il avait pourtant refusé de se laisser conduire à l'hôpital.

À quelques mètres de lui, Jerry Fisher et le major Clements se querellaient à mi-voix. Chacun d'entre eux tenait à être en charge de l'enquête qui impliquait leurs agents respectifs.

Heath se moquait bien de qui assumerait la responsabilité de cette investigation. Skylar Dawn avait disparu. Elle avait été kidnappée par Public Exposure. Deux heures s'étaient écoulées depuis lors et ils n'avaient pas la moindre nouvelle.

À l'heure actuelle, ils étaient peut-être en train de lui faire du mal. Et cette idée le rendait fou d'angoisse et de rage. Chaque fois qu'il revoyait en pensée le visage paniqué de sa fille, il sentait son corps se mettre à trembler convulsivement. Et il était parfaitement incapable de contrôler cette réaction.

Non loin de là, Slate était au téléphone — probablement avec l'un des responsables de la police de Dallas.

— Ils portaient des cagoules... Non, Murray n'a pas eu le temps de relever le numéro des plaques... Deux 4x4 noirs...

Il précisa la marque et le modèle ainsi que tous les détails qui étaient revenus à l'esprit de Heath depuis qu'il avait repris connaissance.

— Les ambulanciers ont dit que tu ferais mieux de te rendre à l'hôpital, lui dit alors le père de Slate en posant doucement une main sur son épaule.

— Je vais bien, objecta-t-il.

— Ils disent que tu devrais passer des radios. Ces types t'ont salement amoché. Tu ne seras d'aucune aide à ta fille si tu t'es perforé un poumon ou si tu souffres d'une hémorragie interne…

— Je vais bien, répéta-t-il. Est-ce que vous avez récupéré son chapeau ?

Curieusement ce détail lui semblait soudain d'une importance primordiale. Skylar Dawn adorait ce chapeau de paille qu'il lui avait offert et elle serait très déçue si elle venait à le perdre.

— Le chapeau est avec les autres preuves que Slate a récupérées sur les lieux, répondit Kendall.

Elle était enrouée d'avoir trop pleuré. Une fois de plus, Heath sentit renaître en lui cette insoutenable culpabilité : il n'était pas parvenu à protéger leur fille. Il avait manqué à son devoir de père.

— Ils ont fait des relevés des empreintes de pas et de pneus, ajouta Kendall. Mais rien ne s'est avéré concluant.

— Je ne comprends pas, soupira Heath. Personne ne pouvait savoir que nous nous trouvions là. J'ai pris la décision ce matin même, sur un coup de tête, alors que nous étions censés travailler ensemble comme d'habitude… Comment les gens de Public Exposure l'ont-ils appris ?

— Tu es vraiment sûr que ces hommes travaillaient pour Public Exposure ?

— Je ne vois pas de qui d'autre il pourrait s'agir, répondit-il sans hésiter. Aucune des enquêtes sur lesquelles j'ai pu travailler récemment ne justifierait un tel déploiement de force. Ces types étaient organisés et disciplinés. C'étaient des professionnels. Je crois qu'ils veulent faire pression sur nous, nous forcer à mettre un terme à nos investigations, peut-être même à leur rendre la clé USB que nous avons trouvée…

Le téléphone de Slate sonna de nouveau. Il décrocha et se figea en entendant ce que lui disait son interlocuteur.

— Oui, répondit-il. Il est là. Je vous le passe.

Masquant le combiné de la paume, il rejoignit Heath.

— C'est le kidnappeur, lui dit-il. Il ne veut parler qu'à toi.

Heath tendit la main et lui prit le combiné. Il se força à dominer la colère qui bouillonnait en lui. S'il voulait avoir la moindre chance d'aider Skylar Dawn, il allait devoir garder la tête froide.

— Murray ? fit la voix de l'homme qui avait dirigé le commando.

— Qu'est-ce que vous voulez ?

— Votre fille ou votre épouse. C'est à vous de choisir.

— Qu'est-ce que vous voulez dire ?

— Que, si vous voulez récupérer votre fille, il va vous falloir nous livrer Kendall Barlow. Je vous laisse réfléchir à ce dilemme. Je vous rappellerai plus tard.

Sur ce, l'homme raccrocha.

— Qu'est-ce qu'il a dit ? lui demanda Kendall. Est-ce qu'elle va bien ?

Il aurait voulu lui assurer que tout allait bien, qu'ils trouveraient une solution. Mais en cet instant, il ne distinguait aucune issue.

— Il m'a demandé de choisir entre Skylar Dawn et toi. Mais je ne peux pas, murmura-t-il vaincu. Je ne veux pas avoir à choisir entre vous.

— Tu n'as pas à le faire, répondit-elle sans hésiter. C'est à moi de faire ce choix. Et je l'ai déjà fait. Nous allons faire exactement ce qu'il demande. Le plus important est que tu récupères Skylar Dawn et que tu la mettes à l'abri. Ensuite, tu pourras contre-attaquer.

Une fois de plus, elle venait de faire la démonstration du courage et de la force de caractère qui la caractérisaient et qu'il admirait tant chez elle. Et comme il était sur le point de la perdre, il prit soudain conscience de l'intensité de l'amour qu'il n'avait jamais cessé d'éprouver pour elle.

*
* *

Heath pénétra dans l'écurie en boitillant. Cela faisait près de deux heures que Jerry, le major Clements, Slate et une dizaine de rangers et d'agents du FBI étaient enfermés dans le salon du ranch, passant en revue les différentes options tactiques qui se présentaient à eux.

Ils avaient interrogé Heath des dizaines de fois sur ce qui s'était passé dans la prairie et sur ce que le ravisseur lui avait dit précisément. Mais en réalité, tous savaient pertinemment à quel point ces interrogatoires étaient vains. La vérité, c'était que les kidnappeurs avaient tous les atouts en main.

— Qu'est-ce que tu fais ?

Heath se retourna et aperçut Kendall dont la silhouette se découpait en contre-jour.

— Je suis venu desseller nos chevaux, répondit-il. Le père de Slate m'a dit que personne n'avait pensé à le faire. Et j'avais besoin de me changer les idées.

— Tu n'y es pour rien, tu sais.

— J'aurais dû la protéger, objecta-t-il.

— Ils étaient sept, équipés de véhicules bien plus rapides que vos montures et armés de fusils. Il n'y a rien que tu aurais pu faire.

C'était une analyse parfaitement objective de la situation. Mais elle ne suffisait pas à exorciser la honte et la culpabilité qu'il éprouvait.

— Si seulement je ne l'avais pas amenée ici… Elle était censée aller à l'école avec ta mère.

— Cela n'aurait rien changé, objecta Kendall. En fait, ils auraient eu encore moins de mal à l'enlever. Et ma mère serait bien plus traumatisée que toi, à l'heure actuelle. Elle n'a pas été formée pour faire face à ce genre de situations.

— Personne ne l'est.

— C'est vrai, concéda-t-elle d'une voix très douce. Quoi

qu'il en soit, nous n'avions aucun moyen de les empêcher de kidnapper Skylar Dawn. Nous ne savions même pas qu'ils étaient capables d'aller aussi loin.

— Nous aurions pu le deviner, soupira Heath. Ils avaient déjà essayé de nous tuer.

— Écoute, lui dit-elle gravement, il est trop tard pour ce genre de regrets. Tout ce qui compte, à présent, c'est de retrouver Skylar Dawn, même si toi ou moi devons prendre des risques pour cela. Tu es d'accord ?

Heath hocha la tête à contrecœur. Tous deux savaient que ce serait elle qui courrait le plus de risques s'ils obéissaient aux ravisseurs de leur fille.

— Promets-moi que tu feras tout ce que tu pourras pour la tirer de là, lui demanda Kendall.

— Je te le promets, soupira-t-il.

Incapable de soutenir son regard, il se détourna et alla desseller le poney de Skylar Dawn. Au bout de quelques instants, Kendall le rejoignit et l'aida en silence. Ils passèrent ensuite à la jument de Heath.

Mais lorsque ce dernier souleva la selle pour aller la ranger, il perçut une vibration qui provenait de l'une des fontes. Posant la selle sur un madrier destiné à cet effet, il ouvrit la pochette de cuir et en tira un téléphone portable.

— Je croyais que ces types avaient détruit ton portable, remarqua Kendall, étonnée.

— Ce n'est pas le mien, répondit-il. Et je suis quasiment certain qu'il ne se trouvait pas là lorsque j'ai sellé ma jument…

— Puisque personne n'a dessellé les chevaux lorsqu'ils sont revenus, cela signifie que ce téléphone a probablement été glissé là par les ravisseurs, conclut Kendall.

— C'est probable. Mais pourquoi ?

— Parce qu'ils savaient qu'une fois l'alerte donnée nos propres portables seraient surveillés en permanence. Ce téléphone leur permet de nous joindre et de nous donner des instructions sans qu'elles ne soient interceptées.

La sonnerie s'était arrêtée.

— Est-ce qu'un numéro s'est affiché ?

Heath secoua la tête.

— Le correspondant a-t-il laissé un message ?

— Apparemment, non. Mais il rappellera sans doute. Toute la question est de savoir si d'ici là nous devons signaler l'existence de ce téléphone à nos collègues respectifs.

Kendall ne répondit pas immédiatement.

— Qu'est-ce que tu en penses ? lui demanda-t-elle enfin.

Il hésita avant de lui dire ce qu'il avait sur le cœur.

— Tout dépend de ce qui nous importe le plus, déclara-t-il. Si nous voulons coincer ces types, nous aurons besoin de tout le soutien disponible. Si nous voulons retrouver Skylar Dawn, en revanche, mieux vaut suivre les instructions des ravisseurs. D'autant que je pense qu'ils nous surveillent…

— Qu'est-ce qui te fait dire cela ?

— Le fait que le téléphone se soit mis à sonner au moment où nous avons commencé à nous occuper des chevaux, répondit-il. Le fait aussi que ces 4x4 nous soient tombés dessus alors que nous étions au beau milieu de la propriété…

Comme pour confirmer ce qu'il venait de dire, le téléphone se remit à sonner. Heath interrogea Kendall du regard et elle hocha la tête. Tous deux savaient pertinemment qu'en décrochant ils contreviendraient à leur devoir de policiers. Mais en cet instant, ils étaient surtout des parents qui craignaient pour la vie de leur enfant.

Heath accepta l'appel et enclencha le haut-parleur.

— J'ai cru que vous ne vous décideriez jamais, fit la voix du chef du commando. Je suis heureux que vous l'ayez fait. Cela nous fera gagner à tous un temps précieux. J'ai une première mission à vous confier. Est-ce que vous êtes prêts ?

— Oui, répondirent-ils simultanément.

— Bien. Tout d'abord, gardez constamment ce téléphone sur vous et veillez à ce qu'il soit chargé. Je vous rappellerai ce soir pour vous donner de nouvelles instructions. En attendant, procurez-vous un costume noir et une robe de soirée rouge. Il y a une soirée de mariage organisée à l'hôtel Anatole, ce soir. Soyez-y.

Sur ce, l'homme raccrocha. Heath et Kendall s'entre-regardèrent.

— Le kidnappeur nous envoie assister à un mariage, murmura Heath. Étant donné notre situation conjugale, voilà qui ne manque pas d'une certaine ironie…

17

Kendall passa en revue les articles qu'elle avait posés sur son lit. Une robe rouge, un sac à main assorti, un tube de rouge à lèvres. Elle avait aussi rassemblé des vêtements de rechange plus confortables pour Heath, pour elle et pour Skylar Dawn, en cas de besoin.

Il ne manquait que ses chaussures à talons rouges qu'elle avait confiées à Heath pour que les rangers de la compagnie B y placent un mouchard qui lui permettrait de la suivre.

— Il manque des bijoux, remarqua Naomi.

Kendall se tourna vers Naomi et avisa l'inquiétude qui se lisait dans ses yeux.

— Je ne connais pas beaucoup de femmes qui assisteraient à une soirée de mariage sans porter un ou deux bijoux, ajouta-t-elle.

— Je ne tiens pas à ce que les kidnappeurs les volent, objecta Kendall d'un ton faussement léger.

Elle n'avait pas vraiment le cœur à sourire mais elle savait que sa mère était folle d'inquiétude et ne tenait pas à rajouter à sa détresse.

— Tu crois vraiment qu'ils te dépouilleraient ? murmura Naomi d'une voix blanche.

— J'ignore ce qu'ils ont l'intention de faire, exactement, reconnut-elle.

— Vous n'auriez jamais dû accepter ce marché, soupira sa mère.

— La vie de Skylar Dawn est en jeu, objecta-t-elle. Qu'aurions-nous pu faire d'autre ?

Naomi ne répondit pas. Qu'aurait-elle bien pu dire ? Au lieu de cela, elle commença à ranger leurs vêtements de rechange dans un sac de sport. Kendall alla se poster devant sa coiffeuse et entreprit de se maquiller. Puis elle enfila sa robe rouge.

Un coup d'œil à sa montre lui apprit que le ranger qui devait venir les chercher ne tarderait plus. Elle se demanda si elle ne ferait pas mieux d'aller réveiller Heath. Mais elle jugea qu'il avait besoin de repos après le passage à tabac dont il avait été victime. D'autant qu'il refusait de prendre le moindre médicament antalgique qui aurait pu compromettre sa lucidité…

— Kendall, lui dit alors Naomi. Il y a quelque chose dont j'aimerais que nous parlions.

Elle jeta un coup d'œil interrogatif en direction de sa mère. Celle-ci paraissait chercher ses mots, ce qui était toujours mauvais signe. Généralement, cela signifiait qu'elle était sur le point de soulever un sujet de discorde.

— Tu ne crois pas que cela pourrait attendre mon retour ? demanda-t-elle en soupirant intérieurement.

— Je voudrais que tu me promettes quelque chose, ma chérie.

L'emploi de ce terme ne fit que renforcer son mauvais pressentiment.

— Je t'écoute, dit-elle.

— Eh bien… Je voudrais que tu me promettes que, dès que Skylar Dawn et toi serez de retour à la maison, tu demanderas que les visites de Heath soient réduites au strict minimum.

Durant quelques instants, Kendall se contenta de la

fixer d'un air interdit, se demandant ce qui pouvait bien motiver un tel conseil — et tout particulièrement en de telles circonstances. Elle ne savait même pas si elle reverrait sa fille saine et sauve et si elle-même survivrait à la soirée qui les attendait.

— Je ne comprends pas, avoua-t-elle enfin.

— Il est évident que tu ne peux pas faire confiance à cet homme, déclara Naomi. Tout cela ne serait jamais arrivé si Skylar Dawn était restée avec moi comme c'était prévu initialement.

— Tu te trompes, objecta Kendall. Ces hommes auraient tout aussi bien pu l'enlever alors qu'elle se trouvait ici avec toi ou même à l'école maternelle. Et dans ce cas, Dieu sait combien de personnes innocentes auraient pu être blessées. Heath n'est absolument pas responsable de ce qui s'est produit.

— Il n'y a pas que cela, renchérit Naomi. Je sais qu'il n'a pas passé la nuit dans la chambre d'amis, hier soir.

— Le moment est vraiment très mal choisi pour discuter de cela, déclara Kendall, embarrassée. Mais de toute façon, je ne vois pas très bien en quoi cela te concerne. Je te rappelle que Heath et moi sommes toujours mariés.

— Tu n'aurais jamais dû l'épouser !

Kendall s'était toujours efforcée de se montrer patiente et compréhensive à l'égard de sa mère. Elle savait que c'était quelqu'un de profondément insatisfait qui n'avait jamais complètement assumé ses propres choix de vie.

Mais cette fois, Naomi avait dépassé les bornes.

— Je ne regrette pas de l'avoir fait, déclara-t-elle d'une voix glacée. Heath est l'homme que j'ai choisi. Il est le père de mon enfant. Et s'il m'arrivait quelque chose, ce soir, ce serait à lui que reviendrait la garde de Skylar Dawn. Et très franchement, je ne lui en voudrais pas s'il décidait de te tenir à distance.

Naomi la considérait d'un air interdit. C'était la première

fois de sa vie que Kendall lui tenait tête de façon si frontale. Celle-ci prit une profonde inspiration avant de poursuivre.

— Je ne comprends même pas comment tu peux t'en prendre à quelqu'un qui a failli se faire tuer pour défendre sa fille, déclara-t-elle. Si cela s'était produit, je ne me le serais jamais pardonné. Je te rappelle que c'est moi qui ai demandé qu'il soit affecté à cette enquête.

L'idée qu'il aurait pu mourir par sa faute lui était intolérable.

N'avait-elle pas déjà tout sacrifié pour sa carrière ? Durant des années, elle n'avait pensé qu'à cela. Alors que les camarades de son âge dévoraient la vie à belles dents, elle avait travaillé sans relâche, accumulant les diplômes et les mentions.

Même ses loisirs avaient été conditionnés par l'ambition qu'elle avait de rejoindre le FBI. Elle avait pratiqué assidûment le tir et les arts martiaux. Et elle avait totalement négligé sa vie affective.

Jusqu'au jour où elle avait rencontré Heath.

À ses côtés, elle avait appris à devenir vraiment elle-même, à baisser la garde pour profiter de ce que l'existence avait à lui offrir. Elle avait appris à se détendre et à rire. Et lorsque Skylar Dawn était née, elle avait découvert une forme de bonheur auquel rien ne l'avait jamais préparée.

Qu'avait-elle cherché à se prouver en repoussant si durement Heath ?

Rétrospectivement, elle comprenait qu'elle avait surtout eu peur de se perdre, de renier tout ce qu'elle avait toujours considéré comme primordial. Mais cette position de principe inflexible lui avait coûté son couple, sa joie de vivre et même sa fille.

Peut-être était-il temps pour elle de revoir une fois pour toutes ses priorités de vie…

— Je ne veux pas les perdre, murmura-t-elle, plus pour elle-même que pour sa mère.

— Tu retrouveras Skylar Dawn, lui assura sa mère. J'en suis certaine.

— Pas moi, répondit-elle en toute franchise.

Avec une pointe de stupeur, Kendall vit apparaître au coin des yeux de sa mère deux grosses larmes qui roulèrent silencieusement le long de ses joues. Il lui fallut quelques instants pour revenir de sa surprise. Car ce devait être la première fois de toute son existence qu'elle voyait Naomi pleurer.

— Maman, lui demanda-t-elle alors, pourquoi papa t'a-t-il quittée ?

Naomi tressaillit, prise de court par cette question à laquelle elle ne s'attendait probablement pas.

— Le moment est vraiment mal choisi pour parler de cela, répondit-elle enfin.

Kendall ne fut pas surprise par cette réponse — elle ne s'attendait pas réellement à ce que sa mère lui en donne une. Lorsqu'elle était plus jeune, elle s'était souvent demandé si ce n'était pas à cause d'elle que son père était parti.

Mais aujourd'hui, elle était convaincue que ce qu'il avait fui, c'était l'amertume et la dureté de sa mère. Kendall et Skylar Dawn étaient les seules à trouver grâce à ses yeux, peut-être parce qu'elles étaient de son propre sang. Encore devait-elle pour cela se soumettre aux diktats de Naomi…

— Écoute, maman, reprit-elle d'une voix très douce, j'apprécie tout ce que tu as fait pour nous…

— C'est normal, répondit sa mère.

— Laisse-moi finir, protesta Kendall. Je sais que tu as toujours essayé de me protéger. Mais en suivant tes conseils, j'ai bien failli perdre la personne la plus importante de mon existence.

— Je te rappelle que c'est lui qui est parti, objecta Naomi. Il t'a quittée parce qu'il n'était pas parvenu à te convaincre de renoncer à ta carrière.

— Il est parti parce que je l'ai repoussé. Et je l'ai repoussé parce que, au lieu de lui expliquer pourquoi cette carrière était si importante pour moi, j'ai surréagi et je me suis braquée.

— Tu avais raison, soupira sa mère. Je n'aurais pas dû parler de tout cela en un moment pareil. Tu n'es pas en état de prendre ce genre de décisions. Nous en rediscuterons à tête reposée.

— Je crois au contraire que je suis plus lucide que je ne l'ai été depuis longtemps, objecta Kendall. Quoi qu'il en soit, je te rappelle que Skylar Dawn est la fille de Heath. S'il venait à m'arriver malheur, tu ferais bien de le traiter avec plus d'égards. Si tu ne le fais pas, il aura beau jeu de couper les ponts.

— Ne parle pas comme cela, protesta vivement sa mère. Tu reviendras.

— Je l'espère, répondit-elle. Mais si tel est le cas, je peux déjà te dire que certaines choses changeront à mon retour. Et je ne tolérerai plus que tu dises du mal de Heath à tout bout de champ.

Heath n'avait dormi qu'une vingtaine de minutes avant de se réveiller en sursaut d'un terrible cauchemar au cours duquel il avait revécu l'enlèvement de Skylar Dawn. Il était demeuré immobile sur le lit de la chambre d'amis, les yeux fixés au plafond, s'efforçant d'apprivoiser la souffrance lancinante qui pulsait toujours à travers tout son corps.

Mais, au fond, elle était bien moins handicapante que la détresse et la sensation d'impuissance qui l'habitaient. Personne n'aurait dû avoir à choisir entre son enfant et la femme qu'il aimait…

Au bout d'un moment, il avait été tiré de ses sombres réflexions par des éclats de voix dans le couloir qui menait à la chambre de Kendall — à leur chambre.

Tendant l'oreille, il avait suivi la dispute qui opposait son épouse à sa belle-mère. Et il s'était senti touché par la ferveur avec laquelle Kendall avait pris sa défense.

Mais il connaissait suffisamment Naomi Barlow pour savoir que ce plaidoyer était vain. Aux yeux de sa belle-mère, il ne serait jamais à la hauteur. Il n'était que le descendant de petits ranchers, un simple policier qui ne pouvait se prévaloir d'aucun diplôme ou d'aucun titre susceptible de l'impressionner.

L'amour qu'il vouait à sa fille et à sa petite-fille n'y changeait rien. Elle l'avait déjà jugé et condamné. La seule chose qui le réconfortait un peu, en fait, c'était qu'elle aurait traité la plupart des hommes de la même façon, quels que puissent être leurs mérites. N'était-ce pas ce qu'elle avait fait avec ses propres époux ?

Au fond, il se souciait peu de ce que Naomi pouvait bien penser de lui. Seule comptait Kendall. Et il était bien décidé à faire tout ce qui serait en son pouvoir pour la ramener vivante.

Mais pour cela, il allait devoir faire preuve de courage, d'intelligence et de créativité.

Lorsque le silence retomba sur la maison, Heath se redressa péniblement sur son lit et gagna la penderie de la chambre d'amis dans laquelle il avait accroché la chemise blanche et le costume noir qu'il était censé porter ce soir-là. Il les enfila, ainsi qu'une paire de chaussures de ville qu'il avait choisies pour le confort qu'elles offraient.

En avisant son reflet dans le miroir, il ne put réprimer un sourire plein d'autodérision. Il aurait pu paraître élégant si son visage n'avait pas été aussi tuméfié. En l'état, il ressemblait plus à un boxeur au lendemain d'un combat difficile. Et au fond, cela correspondait bien à son état mental.

Heath avait perdu le premier round. Il était sonné mais pas encore K-O. Et il était bien décidé à contre-attaquer.

Après s'être habillé, Heath sortit de la maison pour aller s'entretenir avec Bryce Johnson, l'un des rangers de la compagnie F de Waco qui s'était portée volontaire pour soutenir leurs collègues de Dallas.

— Slate ne devrait pas tarder à arriver, lui annonça ce dernier.

— Parfait, répondit Heath. Est-ce que tu as remarqué quoi que ce soit d'anormal ?

— Rien pour le moment. Mais nous restons aux aguets. J'ai deux hommes postés de chaque côté de la maison et deux autres qui font des rondes dans le quartier.

— Est-ce que vous avez besoin de quoi que ce soit ? À boire ? À manger ?

— Ne t'en fais pas pour nous, répondit Bryce. Ne pense qu'à ta fille. En revanche, si ton épouse ou toi avez besoin de nous, n'hésitez pas à nous le dire. Nous sommes là pour ça.

— Merci encore pour ce que vous faites.

— Vous étiez là quand les enfants du major Parker ont été kidnappés, lui rappela Bryce. Entre rangers, nous devons nous serrer les coudes.

— C'est vrai, acquiesça Heath. À ce propos, tu as bien les coordonnées de tous les membres de la compagnie B ?

— Ne t'en fais pas pour ça. Wade a tout organisé. Ce type est vraiment le roi de la logistique. Nos deux équipes seront en contact constant, de façon à ce que nous puissions nous porter en renfort, en cas de besoin. En attendant, tu peux être sûr que personne n'entrera dans cette maison sans avoir affaire à nous.

— Je vois que vous avez la situation bien en main. Bonne chance à vous.

— Et à vous, surtout, répondit Bryce en serrant vigoureusement la main qu'il lui tendait.

Heath regagna l'intérieur de la maison. Leur mission était sur le point de commencer. Il alla rejoindre Kendall qui l'attendait au salon. En dépit des circonstances tragiques, il ne put s'empêcher d'admirer la façon dont sa robe mettait en valeur sa silhouette athlétique et sensuelle à la fois. Hélas, l'expression inquiète qui se peignait sur le visage de son épouse lui rappela cruellement la gravité de la situation.

— Nous voilà partis pour jouer un remake de *la Belle et la Bête*, lui dit-il.

Elle lui décocha un pâle sourire.

— Si tu veux, je peux te prêter du fond de teint, suggéra-t-elle. Cela cacherait un peu tes bleus.

— Je crois que je vais m'en passer, répondit-il. Au moins, ta mère a dû se réjouir de me voir rentrer dans cet état.

— Elle ne te déteste pas à ce point-là, protesta Kendall d'une voix qui manquait singulièrement de conviction.

— Ce n'est pas ce que j'ai cru comprendre, objecta-t-il.

— Tu as entendu notre conversation ?

Il haussa les épaules.

— Je pense que tu avais raison. Le moment est mal choisi pour avoir ce genre de conversation. Nous devons nous concentrer sur la tâche qui nous attend.

— Es-tu sûr d'être suffisamment en forme pour cela ? lui demanda-t-elle d'un ton inquiet. Ne vaudrait-il pas mieux que tu te fasses remplacer ?

— Pas question, répondit-il sans hésiter. Ma fille est en danger et je ne compte pas rester sur la touche. Si quelque chose tournait mal, je ne me le pardonnerais jamais. Je suis sûr que tu ferais la même chose à ma place.

— Probablement, concéda-t-elle. Mais j'imagine que ça valait la peine d'essayer. En tout cas, sache que, quoi qu'il puisse se passer ce soir, je ne t'en voudrai jamais. Ce qui s'est passé est dû à l'enquête dans laquelle je t'ai entraîné.

— Tu sais, lui dit-il pensivement, je me rappelle toutes ces conversations que nous avons eues au sujet des enfants que nous pourrions avoir. Nous pensions faire des métiers trop dangereux pour cela…

— Crois-tu que nous ayons eu tort de changer d'avis ? lui demanda-t-elle d'une voix où perçait une pointe d'angoisse.

— Non, répondit-il sans hésiter un seul instant. Rien de ce qui pourrait se passer ne me fera jamais regretter d'avoir donné naissance à Skylar Dawn.

— Moi non plus, opina Kendall.

Ils étaient si proches l'un de l'autre, en cet instant, tellement liés par la souffrance qui les habitait qu'il aurait voulu la prendre dans ses bras et la serrer contre lui.

Mais avec son sens de l'à-propos habituel, Slate pénétra dans le salon sans même prendre la peine de frapper.

— Salut, la compagnie, s'exclama-t-il avec une bonne humeur un peu forcée. Est-ce que vous êtes prêts à entrer en scène ?

Heath et Kendall s'écartèrent précipitamment l'un de l'autre et se tournèrent vers le nouveau venu.

— Est-ce que tu as apporté les téléphones ? lui demanda Heath.

— Je croyais que nous ne prendrions que celui de l'écurie, objecta Kendall.

— Le ravisseur vous demandera certainement de vous en débarrasser pour s'assurer qu'il n'est pas sur écoute, expliqua Slate. Nous avons pensé que nous pourrions avoir besoin de communiquer ensemble après ce moment. Sans compter le fait que vous pourriez aussi avoir besoin de communiquer entre vous. Au pire, vous pourrez jeter ces appareils à tout moment, ce qui vous évitera de prendre les vôtres et de les perdre.

— Excellente idée, approuva Kendall.

— C'est Heath qui y a pensé après avoir perdu son propre appareil, précisa Slate. J'ai aussi tes chaussures, ajouta-t-il en lui tendant le sac en papier qu'il tenait à la main. Elles sont équipées.

— Espérons seulement que les ravisseurs n'auront pas un détecteur de mouchards, remarqua-t-elle.

— Si nous partons du principe qu'ils ont pensé à tout, nous n'avons aucune chance, objecta Heath. Ils ont forcément commis au moins une erreur. À nous de découvrir laquelle.

— Bien, fit Slate en regardant sa montre. La réception doit commencer à 19 heures. Est-ce que vous êtes prêts à partir ?

— Donne-nous juste une minute, lui demanda Heath.

— Bien sûr ! Je vous attends dans la camionnette.

Sur ce, il s'éclipsa, les laissant seuls. L'espace de quelques instants, ils se contemplèrent en silence. Rien de ce qu'ils auraient pu se dire en cet instant n'aurait pu traduire l'intensité de leurs regards.

Ce fut Kendall qui fit le premier pas et s'avança vers lui. Sans un mot, il la prit dans ses bras et la serra très fort contre lui.

18

— Que dirais-tu de danser, histoire de tuer le temps ? suggéra Heath.

Tous deux étaient arrivés à l'hôtel à l'heure prévue. Le personnel de l'hôtel avait dû recevoir des instructions car on les avait laissés entrer sans la moindre difficulté. Ne sachant que faire, ils avaient déambulé dans la salle de réception, s'attirant les regards intrigués des convives qui devaient se demander qui était cet homme au visage meurtri.

Kendall noua ses bras autour de sa taille et ils évoluèrent lentement au rythme de la musique. En dépit de la douleur qui le taraudait toujours, Heath avait l'impression qu'après tous ces mois il avait retrouvé sa véritable place.

L'espace de quelques pas de danse, plus rien n'existait que cette femme qu'il aimait plus que tout au monde. Il comprit qu'en dépit de leurs disputes, de leurs différends et de leur séparation ils demeuraient faits l'un pour l'autre.

Il se promit alors que, si elle voulait encore de lui, il la suivrait où elle le voudrait — que ce soit à Portland ou à l'autre bout du monde.

Se penchant vers elle, il posa doucement ses lèvres au creux de son cou et la sentit frissonner violemment contre lui. Elle tourna son visage vers lui, les yeux mi-clos, et il l'embrassa tendrement, prenant soin de modérer l'ardeur qu'elle lui inspirait.

Mais Kendall ne l'entendait visiblement pas de cette oreille et elle lui rendit son baiser avec passion. Incapable de résister, il s'abandonna au plaisir de cet instant, oubliant tout le reste. Les lèvres de Kendall étaient douces et chaudes contre les siennes et elles éveillaient en lui un désir lancinant.

— Tu ne devrais pas m'embrasser de cette façon, lui dit-il lorsqu'ils se séparèrent enfin. Tout le monde nous regarde.

— Qu'est-ce que cela peut faire ? répliqua-t-elle. Je suis ta femme et je t'aime, Heath. Et lorsque tout ceci sera terminé, je veux que tu reviennes vivre à la maison. J'ai besoin de toi.

— Moi aussi, souffla-t-il, le cœur battant à tout rompre.

Avait-il vraiment fallu que leur monde s'effondre pour qu'ils trouvent enfin la force de s'avouer ce qu'ils ressentaient l'un pour l'autre ?

— Si seulement Skylar Dawn dormait tranquillement à la maison, reprit-il, la gorge serrée par l'émotion. Nous danserions jusqu'au bout de la nuit et nous oublierions tous nos problèmes.

— Je n'ai pas besoin de danser pour cela, objecta-t-elle. Je sais maintenant ce que je veux : retrouver ma famille. Je veux que tout redevienne comme avant.

Alors qu'il s'apprêtait à répondre, il sentit vibrer dans sa poche le téléphone qu'ils avaient trouvé dans l'écurie.

— C'est l'heure, dit-il à Kendall.

Il sortit l'appareil et tous deux quittèrent la piste pour répondre.

— Ici Murray, fit-il.

— Il y a une fontaine dans le hall de l'hôtel. Jetez ce téléphone dedans ainsi que les vôtres si vous les avez pris. Sur la margelle, vous en trouverez un autre. Prenez-le et je vous rappellerai.

Le chef des ravisseurs raccrocha sans lui laisser le temps de poser la moindre question. Heath poussa un juron.

— Nous devons jeter nos portables, expliqua-t-il à Kendall.

Il la prit par la main et l'entraîna en direction de la sortie.

— Nous nous y attendions, remarqua-t-elle.

Ils gagnèrent la fontaine du hall dans laquelle Heath déposa le portable. Il trouva celui qui avait été déposé à leur intention caché dans les plantes vertes qui ornaient le bord du bassin. Dès qu'il eut mis la main dessus, l'appareil se mit à sonner.

— N'oubliez pas de déposer aussi vos propres portables, lui rappela le ravisseur d'un ton légèrement goguenard.

Réprimant un nouveau juron, Heath lança le sien et fit signe à Kendall de l'imiter.

— Parfait, reprit l'homme. Vous avez maintenant quatre minutes pour sortir par la porte principale. Ne raccrochez pas, gardez le portable à portée de votre bouche et ne parlez à aucun des agents que vous avez sans doute chargés de vous baby-sitter tous les deux.

Heath parcourut des yeux le hall, cherchant la personne qui devait être en train de l'espionner pour le compte de leurs ennemis. Il y avait forcément quelqu'un. Dans le cas contraire, ils n'auraient jamais disposé d'informations aussi précises en temps réel.

— Ne perdez pas votre temps, lui conseilla son interlocuteur. En ratant le véhicule qui vous attend, vous exposeriez votre fille à des souffrances parfaitement inutiles. Je ne tiens pas plus que vous à ce qu'il lui arrive malheur. Il vous reste trois minutes et trente secondes.

Heath prit la main de Kendall et tous deux se dirigèrent vers la sortie.

— C'était lui ? lui demanda-t-elle.

Heath acquiesça.

— Tu ne peux pas parler ?

Il secoua la tête.

Ils sortirent de l'hôtel et se dirigèrent vers la sortie que le ravisseur leur avait indiquée.

— Il y a un taxi qui vous attend. Demandez au chasseur de vous l'indiquer.

— Excusez-moi, fit Heath à l'intention de l'homme en livrée qui se trouvait près de la porte. Y a-t-il un taxi pour nous ?

— Vous êtes Heath et Kendall ? demanda le chasseur.

— Oui.

— Il est garé juste là.

Suivant son indication, ils dévalèrent l'escalier pour rejoindre le véhicule qui stationnait.

— Bonsoir, leur dit le chauffeur. Votre ami m'a dit que vous arriviez mais il n'a pas précisé où vous alliez.

— Au croisement de Elm et Houston, lui dit le ravisseur.

— Au croisement de Elm et Houston, répéta Heath. Nous sommes pressés, ajouta-t-il pour faire bonne mesure.

— Alors, c'est parti ! s'exclama le chauffeur en démarrant aussitôt.

Il se fraya habilement un chemin dans la circulation qui commençait à se densifier en ce début de soirée. Ils finirent par arriver en vue de Dealey Plaza où se croisaient Elm Street et Houston Street.

Même à cette heure, des dizaines de touristes déambulaient là, curieux de découvrir l'endroit où Kennedy avait été abattu, plus de cinquante-cinq ans auparavant. C'était probablement pour cette raison que ce lieu avait été choisi. Dans cette foule, il serait plus dur de repérer un suspect.

— Demandez à votre taxi de s'arrêter juste après le pont sur lequel passent les voies ferrées.

Heath s'exécuta.

— Mais c'est dangereux, protesta le chauffeur. La visibilité est très mauvaise.

— Dans ce cas, mettez-vous carrément sur le trottoir, lui conseilla Kendall.

— Je vais avoir des problèmes avec les flics !

— Ne vous inquiétez pas pour ça, répondit-elle en brandissant sa plaque du FBI.

Le chauffeur immobilisa donc son véhicule en maugréant, juste de l'autre côté des rails.

— Descendez, ordonna le ravisseur.

Ils se retrouvèrent au pied d'un escalier qui permettait d'accéder au pont sur lequel passaient les voies ferrées.

— Montez !

Ils gravirent les marches. En haut, sur la rambarde, était posé un nouveau téléphone.

— Lancez le portable du haut du pont. Je vous rappelle tout de suite.

Heath projeta l'appareil qui alla s'écraser sur l'asphalte en contrebas. Quelques instants plus tard, l'autre téléphone se mit à sonner.

— Parfait, déclara le ravisseur. Vous vous en tirez très bien. Maintenant traversez les voies et suivez les rails en direction du nord. Et tâchez de ne pas vous faire écraser par un train.

Heath ne put s'empêcher d'admirer le petit jeu de piste que leur avait concocté leur adversaire. Il était désormais certain que la ligne était sécurisée.

De plus, en les faisant passer par les rails, il perdrait toutes les voitures qui les avaient suivis depuis l'hôtel. Il ne leur restait plus qu'à espérer que certains agents avaient décidé de les filer à pied

Malheureusement, c'était peu probable car le taxi qui les avait déposés avait dû redémarrer presque aussitôt. Slate et les autres penseraient donc qu'ils se trouvaient toujours à bord. Le temps qu'ils se rendent compte de leur erreur, Heath et Kendall seraient déjà loin.

En l'espace de quelques minutes, leur situation était devenue critique.

Les voies de chemin de fer qu'ils suivaient redescendaient en tournant vers l'est.

— Continuez votre chemin et vous déboucherez sur un parking, leur indiqua leur guide. Restez sur sa droite et enfoncez-vous dans Pacific Avenue. Marchez jusqu'à West End Station et ne vous avisez surtout pas d'emprunter le portable d'un passant, par exemple. Nous vous suivons toujours des yeux…

Pacific Avenue était bordée d'immeubles qui offraient autant de postes d'observation d'où leurs ennemis pouvaient les surveiller à leur guise. Ils pouvaient également se trouver parmi les passants qui étaient assez nombreux, par cette belle soirée de printemps.

En d'autres circonstances, ça aurait été une promenade très agréable en compagnie de son épouse, une occasion unique de discuter de leur avenir, de parler de son retour à la maison, du poste qu'on lui avait proposé à Portland et de leur éventuel déménagement.

Mais les paroles du ravisseur continuaient de résonner en lui : « Si vous voulez récupérer votre fille, il va vous falloir nous livrer Kendall Barlow. »

Il s'était promis de ne jamais faire un tel choix mais leur adversaire les avait guidés de main de maître et ils ne tarderaient pas à se retrouver totalement acculés. Les chances pour que leurs anges gardiens les aient suivis jusque-là paraissaient désormais dérisoires.

— Tournez sur la gauche dans Lamar Street, lui ordonna le ravisseur.

Heath sentait confusément que ce jeu de piste touchait à sa fin. L'angoisse qui l'habitait croissait à chaque pas et son esprit s'efforçait désespérément de trouver une échappatoire. En vain.

— Prenez à droite, sur Hord Street, juste après la cave à vin, lui indiqua son guide.

Ils remontèrent cette rue sur une cinquantaine de mètres avant de parvenir au croisement suivant.

— Arrêtez-vous, exigea le ravisseur. Nous voici parvenus au moment de vérité, ranger. C'est maintenant que vous allez devoir choisir entre votre femme et votre fille. Êtes-vous prêt ?

— Où est Skylar Dawn ? s'enquit Heath en scrutant les alentours.

— Elle est en sécurité pour vingt minutes encore. Au-delà de ce délai…

Son interlocuteur laissa sa phrase en suspens.

— Que voulez-vous, bon sang ? s'écria rageusement Heath.

— C'est très simple. Je vous vois, tous les deux. Vous n'avez qu'à rester sur place et demander à votre épouse d'avancer jusqu'à l'Aquarium international. Je vous appellerai dès que nous l'aurons interceptée et je vous dirai où se trouve votre fille.

— Qu'est-ce qu'il dit ? lui demanda Kendall.

Heath hésita, le temps de comprendre qu'il n'avait pas le choix. Ainsi qu'elle le lui avait dit, ce n'était pas à lui de prendre la prochaine décision.

— Il te demande d'aller jusqu'à l'aquarium, expliqua-t-il. Quant à moi, je dois rester ici et attendre qu'il me dise où se trouve Skylar Dawn.

— D'accord, acquiesça-t-elle.

— Non, s'exclama-t-il. Qu'est-ce qui l'empêchera de tuer Skylar Dawn, une fois qu'il t'aura, toi ?

— S'il avait voulu le faire, il ne se serait pas embarrassé de toutes ces précautions, objecta-t-elle. Tu dois être courageux, Heath. Pour notre fille. Elle ne mérite pas de souffrir à cause de nous.

Il faillit répondre qu'elle non plus ne méritait pas cela.

Mais la résolution qu'il lisait dans les yeux de Kendall indiquait qu'elle était parvenue à la même conclusion que lui. Ils n'avaient pas le choix.

— Kendall, je ne veux pas te perdre, articula-t-il, luttant contre l'émotion qui l'étreignait.

Elle lui adressa un petit sourire et, une fois de plus, il fut frappé par le courage incroyable de cette femme qu'il aimait plus que sa propre vie. En cet instant, il aurait tout donné pour pouvoir prendre sa place.

— Prends soin de Skylar Dawn, souffla-t-elle avant de se mettre en marche en direction de l'aquarium.

Et tandis qu'il la regardait s'éloigner de lui, Heath avait l'impression que quelqu'un lui arrachait le cœur.

19

Heath demeura immobile, rivé sur place, jusqu'à ce que Kendall ait disparu à l'intérieur du bâtiment abritant l'aquarium. Il comprit alors que, s'il n'acceptait pas de courir un risque, il perdrait toute chance de revoir son épouse vivante.

Avisant un couple qui venait vers lui, il les aborda en s'efforçant de dominer la panique qui l'habitait.

— Excusez-moi, leur dit-il, est-ce que je pourrais vous emprunter un téléphone portable ? Le mien n'a plus de batterie.

Le couple le considéra d'un air légèrement méfiant et il sortit de sa poche son insigne de ranger.

— C'est une question de vie ou de mort, insista-t-il.

— Pas de problème, répondit l'homme en lui tendant son appareil.

— Merci beaucoup.

Heath composa le numéro de Wade et ce dernier décrocha à la première sonnerie.

— Wade ? s'exclama-t-il. C'est Heath.

— Heath ! Bon sang mais où êtes-vous passés ? Tout le monde vous cherche partout !

— Le kidnappeur nous a séparés. Kendall vient d'entrer dans l'enceinte de l'Aquarium international. Je suis juste devant. Il doit me rappeler dès qu'il l'aura capturée et il me dira alors où se trouve Skylar Dawn. Venez me rejoindre ici le plus vite possible.

— Nous serons là d'ici quelques minutes.

— Je ne bouge pas.

Heath raccrocha et rendit le téléphone au couple qui l'observait à présent avec un mélange de stupeur et d'effroi. Il était évident qu'ils n'avaient pas perdu un mot de sa conversation avec Wade.

— Merci pour votre aide, leur dit-il.

Quelques minutes plus tard, un SUV déboucha de Lamar Street dans Hord Street et vint s'immobiliser juste à côté de lui. Slate lui ouvrit la portière.

— Monte, lui dit-il. D'après le mouchard, Kendall doit se trouver à bord d'un véhicule. Ils se dirigent vers le nord.

— L'un de nous doit rester ici pour attendre le coup de téléphone du ravisseur, répondit Heath. Je suis prêt à parier qu'il localise le portable qu'il m'a donné. S'il se rend compte que nous le suivons, il comprendra que Kendall est équipée d'un mouchard.

Wade laissa échapper un juron.

— Tu as raison, dit-il. Tu n'es pas obligé de rester, cependant. Quel que soit celui d'entre nous qui reste ici, il pourra faire rebasculer l'appel sur ton portable.

— Sur qui pouvons-nous compter, exactement ? s'enquit Heath.

— Tout le monde, répondit Jack sans hésiter. Jerry Fisher attend nos instructions avec un groupe d'agents du FBI. Les autres rangers sont prêts à intervenir. Et il y a aussi la police de Dallas… C'est à toi de décider, Heath. C'est de ta fille et de ta femme qu'il s'agit. Dis-nous comment tu veux gérer la situation et nous agirons en fonction.

Une fois de plus, Heath devait choisir entre sa femme et sa fille : il pouvait confier le portable à l'un de ses amis qui irait récupérer Skylar Dawn ou aller chercher lui-même la fillette en laissant ses amis délivrer Kendall.

Pendant qu'il réfléchissait, Slate lui tendit une oreillette et un pistolet.

— Il va falloir que tu te décides, lui indiqua Wade, les yeux rivés sur l'écran de contrôle du mouchard. Nous ne pouvons pas nous permettre de prendre trop de retard sur Kendall et ses ravisseurs.

Heath savait que son ami avait raison. Rien ne leur garantissait que leurs ennemis ne lui tireraient pas une balle dans la tête dès qu'elle sortirait du véhicule qui l'emportait vers le nord. Après tout, leurs adversaires n'avaient pas hésité à assassiner Saundra, qui était pourtant une des leurs.

Ils couraient aussi le risque que les kidnappeurs ne finissent par trouver le mouchard. Ou bien encore que Kendall ne décide de s'en débarrasser. Après tout, elle n'avait pas été très enthousiaste à l'idée d'en porter un.

Il songea alors à ce qu'elle lui avait dit : elle comptait sur lui pour retrouver leur fille et la ramener saine et sauve. Mais comment sa fille pourrait-elle lui pardonner si, pour la sauver, il abandonnait sa mère ?

— Slate, dit-il enfin, tu connais bien Skylar Dawn et elle aura confiance en toi. Je te la confie.

Il lui tendit le portable que le ravisseur devait utiliser pour le contacter.

— Je ne te laisserai pas tomber, déclara Slate, bien conscient de la confiance que Heath plaçait en lui.

Ce dernier grimpa à bord du SUV. Jack prit le volant et démarra aussitôt. Moins d'un quart d'heure plus tard, ils se garaient devant la Galleria, l'un des plus grands centres commerciaux de Dallas.

Jack sortit pour se poster devant l'une des entrées pendant que Wade faisait le tour de l'immense bâtiment pour déposer Heath devant une autre. Lui-même comptait entrer par une troisième. Une fois à l'intérieur, ils devraient demeurer en contact pour coordonner leurs déplacements.

Mais alors que Heath venait de mettre pied à terre, son téléphone se mit à sonner.

— Murray, répondit-il, ne sachant à qui appartenait le numéro masqué.

— Kendall est bien arrivée, fit la voix du ravisseur. Je suis un homme de parole. Aussi vais-je vous donner un indice : votre fille aime les roses et le café autant que vous. Espérons que cela lui réussisse mieux…

Un cliquetis lui indiqua que son interlocuteur venait de raccrocher.

— Est-ce que tu sais ce qu'il a voulu dire par là ? demanda Slate au bout de quelques instants.

Heath fronça les sourcils.

— Je crois que c'était une allusion au café où nous avons interrogé Saundra Rosa, déclara-t-il. Il se trouve sur Vandelia Street, à deux pas de Wycliff. L'auvent est orange. Tu ne peux pas le rater.

— Je file, répondit Slate. Je prendrai une patrouille de police avec moi au cas où.

— Si Skylar Dawn se trouve vraiment là-bas, tu peux être sûr que ses ravisseurs seront loin quand tu arriveras. Ces types-là sont de vrais professionnels.

— Je m'occupe de ta fille. Concentre-toi sur Kendall. On se retrouve très vite.

Heath raccrocha et activa son oreillette.

— Kendall est bien arrivée à destination, signala-t-il à ses deux amis. Slate est en route pour récupérer Skylar Dawn. À nous de jouer.

— C'est parti ! s'exclama Wade.

Heath prit tout juste le temps d'accrocher son insigne de ranger à la poche de sa veste avant de sortir son arme.

S'il devait s'en servir pour libérer Kendall, il n'hésiterait pas un seul instant.

Heath ne s'était pas trompé. Les hommes qui avaient capturé Kendall étaient des professionnels. Ceux qui l'avaient interceptée dans le hall de l'aquarium pour la conduire à une voiture qui les attendait à proximité de l'issue opposée avaient à peine échangé trois mots avec elle.

Ses tentatives pour meubler ce silence et leur arracher quelques bribes d'information s'étaient heurtées à une indifférence glacée. Avant de descendre de voiture, ils avaient pris soin de lui rappeler que, tant qu'elle ne serait pas en présence de leur chef, sa fille demeurerait prisonnière.

Elle les avait donc suivis sagement à travers le centre commercial, jusqu'à une boutique située au quatrième étage dont le rideau de fer était abaissé. L'un de ses ravisseurs l'avait ouvert, le temps de les laisser entrer.

À l'intérieur du magasin désert, Kendall avait été accueillie par Bryan Marrone.

— On dirait que nous nous sommes enfin retrouvés, s'exclama-t-il en replaçant dans sa poche le téléphone portable qu'il tenait à la main.

Il se tourna vers les deux hommes qui l'avaient escortée jusque-là.

— Attendez-moi à la voiture, leur dit-il. Kendall et moi n'en aurons pas pour très longtemps. Je vous rejoins dès qu'elle aura répondu à mes questions…

Ils ressortirent en silence, la laissant seule avec Marrone. Elle se prit à songer qu'elle avait peut-être une chance de s'en sortir vivante. Si elle parvenait à le convaincre de son innocuité, elle aurait peut-être l'occasion de le mettre au combat avant qu'il n'ait le temps de se servir de l'arme qu'il avait glissée à sa ceinture.

— Je suis ravi de vous revoir, déclara-t-il lorsqu'ils furent seuls. D'autant que vous êtes vraiment très en beauté, ce soir…

— Où est ma fille ? s'exclama Kendall. Vous aviez promis de la libérer dès que je serais entre vos mains.

— Ce n'est pas moi qui suis chargé de cette partie du contrat, répondit-il. Mais ne vous en faites pas pour elle. Je suis sûr que les gens avec lesquels je travaille auront restitué votre précieuse petite fille à son papa.

— Comment pouvez-vous faire confiance à des gens qui n'ont pas hésité à tuer votre petite amie ? répliqua Kendall. Croyez-vous qu'ils hésiteront à vous traiter de la même façon ?

— Je suppose que vous voulez parler de Saundra ? Ce n'était pas à proprement parler ma petite amie. Juste une collègue de travail qui avait le défaut de ne pas savoir tenir sa langue. Dans notre métier, ce genre d'erreurs peut se révéler mortel.

Il s'avança vers elle avec un sourire torve.

— Désolé, ma jolie, mais je vais devoir vous fouiller.

Kendall serra les dents et le laissa promener ses mains sur elle. Elle réprima difficilement un haut-le-cœur lorsqu'elles se posèrent sur sa poitrine et sur ses fesses. Mais elle tint bon, refusant de se laisser déstabiliser.

— Vous savez, lui dit-il, si vous êtes gentille avec moi, je pourrais peut-être vous laisser partir, une fois que vous aurez répondu à mes questions…

Kendall serra les dents. Marrone inspecta alors son sac à main mais n'y trouva rien d'intéressant. Enfin, à son grand désarroi, il sortit de son sac à dos un détecteur de champs électromagnétiques qu'il alluma. Il ne lui fallut que quelques instants pour découvrir le mouchard que les rangers avaient dissimulé dans le talon de sa chaussure.

Son attitude se modifia du tout au tout. Le masque du séducteur faussement affable disparut et, dans ses yeux, elle perçut un mélange de colère et de peur. Il lui décocha une gifle si violente qu'elle faillit tomber à la renverse.

— Je vais te faire regretter ça, lui dit-il d'un ton menaçant.

Il lui ôta ses chaussures et les jeta rageusement dans un coin de la boutique. La prenant par le bras, il l'entraîna sans ménagement vers la porte.

Il s'arrêta juste le temps d'ôter sa veste pour dissimuler le pistolet qu'il tenait à la main. Kendall en profita pour s'emparer de son tube de rouge à lèvres qu'elle dissimula au creux de sa main.

— Tu me le paieras chèrement, sale garce, lui dit-il tandis qu'ils se dirigeaient vers les escalators.

Fort heureusement, Marrone était très occupé à scruter les alentours pour s'assurer qu'aucun policier ne les avait encore retrouvés. Elle en profita pour laisser à intervalles réguliers des marques à l'aide de son rouge à lèvres.

— Vous avez tort, lui dit-elle tandis qu'ils descendaient l'escalator. Si vous collaborez avec la police, vous pourrez obtenir une réduction de peine, voire une annulation pure et simple. Après tout, ce n'est pas vous qui avez tué Saundra. Dites-nous ce que mijote Brantley Lourdes et je vous promets que je vous obtiendrai l'impunité...

— Vous ne connaissez pas ces gens-là, rétorqua Marrone en secouant la tête. Si je les trahis, je suis un homme mort.

— Il existe des programmes de protection pour les témoins, insista-t-elle. Vous pourriez en bénéficier.

— Il est trop tard, décréta-t-il.

Kendall se demanda ce qu'il savait réellement. Était-il seulement l'exécuteur des basses œuvres de Public Exposure ? Ou connaissait-il les projets que l'entreprise cherchait si désespérément à cacher ?

Une chose était sûre : s'il ne l'avait pas tuée dans la boutique, c'est qu'il pensait avoir encore besoin d'elle. Elle devait se servir de cela pour le retarder autant que possible. Peut-être serait-ce suffisant pour que les rangers les retrouvent, Marrone et elle…

Heath et Wade pénétrèrent dans la boutique en se couvrant l'un l'autre. Ils s'attendaient à ce que les ravisseurs leur opposent une certaine résistance. Mais ils eurent la surprise de ne trouver personne à l'intérieur.

Wade désigna le sac à main de Kendall posé sur le comptoir du magasin et sa paire de chaussures qui gisait sur le sol. Heath poussa un juron sonore.

— Ils ont trouvé l'émetteur, signala-t-il à Jack qui était demeuré au rez-de-chaussée. À l'heure qu'il est, ils peuvent être n'importe où.

— Pas n'importe où, objecta Wade. Nous savons qu'il ne s'est pas écoulé plus de vingt minutes depuis que Kendall est entrée dans cette pièce. Cela signifie qu'ils sont peut-être encore dans le centre commercial.

— Malheureusement, cet endroit est immense, répondit Jack. Et il y a des tas de sorties. Nous n'avons pas le temps de faire boucler le site par la police de Dallas.

Heath lutta contre la panique qui montait en lui, s'efforçant désespérément de trouver une solution.

— Les caméras de sécurité ! s'exclama-t-il. Il doit y en avoir des dizaines réparties un peu partout. Jack, cherche le poste de sécurité et demande à voir les écrans de contrôle.

— Je m'en occupe.

— Que veux-tu que nous fassions, pendant ce temps ? s'enquit Wade.

— Gagne la sortie la plus proche, lui demanda Heath. C'est probablement ce qu'ont fait les ravisseurs lorsqu'ils ont trouvé le mouchard. Avec un peu de chance, tu les rattraperas.

— Et toi ?

— Je connais Kendall. Elle s'est sûrement débrouillée pour nous laisser un indice. Je vais essayer de le trouver.

Wade hocha la tête et se précipita vers la sortie tandis que Heath inspectait attentivement les lieux. Ce fut vite fait : le magasin était flambant neuf et, en dehors des affaires de sa femme qu'il récupéra au passage, il n'y avait strictement rien.

Il s'apprêtait à ressortir lorsqu'il avisa sur le mur un trait rouge qui retint son attention. Dans cet endroit immaculé, la présence de cette marque paraissait étrangement déplacée. S'en approchant, il l'effleura du bout du doigt et constata qu'il ne s'agissait ni de peinture ni de feutre.

— Du rouge à lèvres, murmura-t-il. Bien joué, Kendall !

Il ne lui restait plus qu'à trouver les marques suivantes. Ce fut hélas moins évident qu'il ne l'avait espéré. Sa femme devait se trouver sous bonne garde et elle n'avait pu laisser que quelques traces çà et là.

La foule qui se pressait dans le centre commercial ne facilitait pas les choses, lui masquant certains de ces indices. Il parvint pourtant à les suivre jusqu'aux escalators.

— Tu n'as toujours rien, Jack ? s'enquit-il.

— Pas de trace d'eux, pour le moment, confirma son ami.

— Je suis sur leur piste, déclara-t-il. Mais impossible de savoir depuis combien de temps ils sont passés.

— Je te préviens dès que je vois une robe rouge, répondit Jack.

— Quant à moi, je vais me placer en hauteur de façon à pouvoir observer l'ensemble du rez-de-chaussée, leur annonça Wade. Je vous tiens au courant.

Parvenu au bas de l'escalier mécanique, Heath chercha la marque suivante. Il lui fallut un moment pour la découvrir et, à sa grande surprise, elle indiquait que Kendall et ses ravisseurs ne se dirigeaient pas vers les portes mais vers la partie la plus centrale du complexe.

Il fronça les sourcils. Était-ce une façon de déjouer une éventuelle poursuite ?

— Je pense qu'ils vont passer par le parking, signala-t-il à ses amis.

— OK, fit Jack, je me concentre sur ces caméras.

— Changement de programme, leur dit Wade. Je vais essayer de me poster à la barrière de sortie.

— En espérant qu'ils ne comptent pas ressortir par l'un des accès piétons du quartier, objecta Heath en pressant le pas.

Plus que jamais, il avait le sentiment que la vie de son épouse ne tenait qu'à un fil.

Kendall avait d'abord pensé que Marrone comptait gagner le parking souterrain. Mais au dernier moment, il obliqua sur la droite et se dirigea vers les ascenseurs qui permettaient d'accéder aux étages supérieurs. Elle eut tout juste le temps de tracer un trait de rouge à lèvres avant de le suivre dans la cabine.

Il pressa le bouton correspondant au dernier niveau, celui où se trouvaient les bars et les restaurants. À cette heure, c'était probablement là qu'il y aurait le plus de monde.

— Vous semblez être un homme intelligent, lui dit-elle en se plaçant dos aux boutons, de façon à pouvoir marquer discrètement celui sur lequel Marrone venait d'appuyer. Comment vous êtes-vous retrouvé mêlé aux affaires de Public Exposure ?

— Ils ont de l'argent, répondit-il en haussant les épaules. Énormément d'argent. Et si ce n'est pas ce qui les intéresse le plus, je suis nettement plus pragmatique. Peu m'importent les croyances et les idéologies des uns et des autres : ce que je sais, c'est que les gens riches s'en sortent toujours, en fin de compte.

— À condition d'être encore en vie, objecta-t-elle.

Un sourire mauvais se dessina sur ses lèvres.

— L'avantage d'être amoral, c'est que ce n'est jamais moi qui hésite lorsque vient le moment d'appuyer sur la gâchette. Vos amis cherchent à vous protéger plus qu'à me tuer. C'est ce qui me donne un avantage stratégique majeur…

Kendall se prit à songer que Heath et elle avaient grandement sous-estimé Marrone. Ce n'était pas un simple petit truand mais un véritable sociopathe. Et il n'en était que plus dangereux.

En quittant l'ascenseur, il la fit se diriger vers les toilettes des hommes. Non loin de là, elle pouvait entendre les basses sourdes qui provenaient d'un bar où l'ambiance battait son plein.

Le seul homme qui se trouvait dans les toilettes finit de se laver les mains et quitta les lieux en leur lançant un regard amusé. Il était visiblement convaincu qu'ils étaient venus là pour coucher ensemble. Kendall espéra que cela ne donnerait pas de mauvaises idées à Marrone.

Fort heureusement, ce dernier devait savoir que les rangers n'étaient pas loin derrière eux et qu'il n'avait pas de temps à perdre. Il fouilla dans son sac à dos et en sortit une robe bleue qu'il lui lança.

— Enfilez ça ! lui ordonna-t-il. Ici, ajouta-t-il comme elle faisait mine de se diriger vers l'une des cabines. Pas de fausse modestie entre nous, ma jolie.

Elle hésita un instant avant de se retourner pour ôter sa robe rouge et enfiler la bleue le plus rapidement possible.

— Quel gâchis, commenta Marrone. Dire que d'ici quelques heures tout au plus vous nourrirez les vers… Remarquez, ajouta-t-il, cela vaut peut-être mieux que ce qui attend les habitants de cette ville. Au moins, vous échapperez à l'hécatombe qui se prépare…

Kendall frissonna violemment. De toute évidence, ce que

Public Exposure préparait était pire encore que ce qu'elle avait pu imaginer.

— Mettez ça, reprit Marrone en lui lançant une perruque blonde.

Elle obéit tout en cherchant désespérément comment se sortir de ce mauvais pas. Il ne s'agissait plus à présent uniquement de sa propre survie mais de celle de milliers de ses concitoyens.

— Et ça, ajouta Marrone en lui lançant une paire de menottes.

— Est-ce vraiment nécessaire ?

— Nécessaire ? répéta-t-il. Non, sans doute pas. Mais disons que c'est un prêté pour un rendu. Vous m'avez fait arrêter et, sans l'excellent avocat de Public Exposure, je serais de nouveau derrière les barreaux, à l'heure actuelle. Utilisez ce gilet pour couvrir les menottes, ajouta-t-il en lui tendant un nouveau vêtement.

Cela aurait au moins le mérite de dissimuler totalement le tube de rouge à lèvres qu'elle était parvenue à garder à la main. Malheureusement, il n'était pas inépuisable et, d'ici peu de temps, elle l'aurait entièrement utilisé.

Marrone posa une main sur son épaule et la guida hors des toilettes, en direction du bar dont elle avait entendu la musique. Il était bondé et ils eurent du mal à se frayer un chemin au milieu de la foule de gens qui buvaient, parlaient et dansaient.

Kendall comprit que c'était l'endroit idéal pour passer à l'action. Avec un peu de chance, il se trouverait quelques âmes charitables pour voler à son secours. Levant les bras, elle les agita comme pour attirer l'attention de quelqu'un.

— Par ici ! cria-t-elle.

Marrone rabattit violemment ses bras vers le bas. C'était précisément ce qu'elle avait espéré et elle décocha un violent coup de genou en direction de son entrejambe.

Malheureusement, quelqu'un la bouscula et, au lieu d'atteindre sa cible, elle percuta l'aine.

Le coup était tout de même suffisamment puissant pour que Marrone se plie en deux. Projetant ses coudes de haut en bas, elle le cueillit en plein menton. Il bascula en arrière mais, au tout dernier instant, s'agrippa aux menottes qui lui liaient les poignets.

Déséquilibrée, Kendall bascula en avant et tous deux s'écroulèrent sur le sol. Autour d'eux, les clients s'étaient figés pour les regarder avec une pointe de stupeur, se demandant visiblement ce qui était en train de se passer.

Kendall essaya d'attraper le pistolet qui se trouvait à la ceinture de Marrone mais il fut plus rapide qu'elle. Un coup de crosse l'atteignit à la tempe et la pièce se mit à tourner à toute vitesse autour d'elle tandis qu'elle luttait pour demeurer consciente.

Marrone en profita pour se redresser et colla le canon de son arme contre son front.

— Ce n'était pas très gentil, lui dit-il avec un sourire haineux. Ni très malin d'ailleurs.

Tirant sur ses menottes, il la força à se redresser. Mais plusieurs hommes s'étaient avancés dans leur direction. Ils portaient des T-shirts frappés du logo du bar et Kendall comprit qu'ils devaient tenir lieu de videurs.

— Ne vous approchez pas ! les avertit-elle. Cet homme est armé et dangereux.

— Laissez la fille tranquille ! ordonna un barbu à la carrure impressionnante.

De toute évidence, il n'était pas impressionné plus que cela par l'arme que brandissait Marrone. Ce dernier se tourna vers lui et fit mine de le mettre en joue. Mais avant même qu'il ait pu le faire, une autre silhouette fonça sur lui et le percuta si violemment qu'il fut projeté contre une table en travers de laquelle il s'écroula, renversant les consommations de clients tétanisés.

— Heath ! s'exclama Kendall, éperdue de soulagement.

Il était parvenu à la retrouver. Mais il ne perdit pas de temps à lui répondre, préférant se jeter sur son adversaire. Il agrippa son avant-bras à deux mains et l'abattit de toutes ses forces sur la table, le forçant à lâcher son pistolet qui atterrit par terre, aux pieds de l'un des videurs. Ce dernier s'en empara.

Avant que Marrone ait eu le temps de se ressaisir, Heath lui décocha un atémi en pleine gorge. Son adversaire n'avait aucune chance et il s'effondra en râlant sous l'effet de la souffrance.

— Heath ? articula Kendall. Où est Skylar Dawn ?

— Est-ce que tu vas bien ? lui demanda-t-il, ignorant sa question.

Elle tenta de se relever mais en fut incapable et préféra s'adosser à l'une des banquettes, le temps de récupérer. La pièce tournait toujours autour d'elle mais moins rapidement.

Heath, quant à lui, s'était agenouillé près de Marrone. Il le fouilla rapidement mais ne trouva rien d'autre qu'un trousseau de clés et un téléphone portable. L'un des videurs s'approcha de lui et avisa l'insigne qui ornait la poche de Heath. Il lui tendit l'arme de Marrone.

— Il est sonné, dit-il en désignant le corps étendu à leurs pieds. Je le tiens à l'œil Vous devriez vous occuper de la fille.

Heath hocha la tête et tira de sa poche une paire de menottes qu'il lui lança. Tandis que le videur les passait aux poignets de Marrone, Heath vint s'agenouiller auprès d'elle.

— Comment te sens-tu ? lui demanda-t-il.

— Un peu groggy, concéda-t-elle en tendant la main vers sa tempe.

Elle grimaça sous l'effet de la douleur.

— Nous voilà assortis, lui dit Heath avec un sourire sans joie. Pas d'autres bobos ?

— Non. Mais tu ne m'as pas répondu, Heath. Est-ce que tu as retrouvé Skylar Dawn ? Est-ce qu'elle est en sécurité ?

En avisant l'expression de Heath, elle sentit resurgir la terreur qu'elle était parvenue à juguler depuis qu'elle était arrivée au centre commercial. L'idée qu'il puisse être arrivé quelque chose à Skylar Dawn la rendait malade.

— Le ravisseur m'a appelé comme prévu, lui expliqua Heath. Il m'a dit où je pouvais trouver Skylar Dawn et j'ai envoyé Slate la récupérer.

— Est-ce qu'elle est avec lui ?

— Je ne sais pas encore, reconnut Heath. Je suis parti immédiatement à ta recherche. Je te l'ai dit, Kendall : je ne pouvais pas choisir entre vous. Je veux que nous formions de nouveau une famille, peu importe où nous vivrons, que ce soit à Dallas ou à Portland.

20

Bryan Marrone était toujours inconscient lorsque les agents de la police de Dallas prévenus par Wade l'emmenèrent pour le conduire au poste le plus proche.

Le videur du bar avait alors conduit Heath et Kendall dans une arrière-salle, loin de l'agitation qui régnait dans la pièce principale. Là, ils s'apprêtaient à passer ce qui serait probablement le coup de téléphone le plus important de toute leur existence. Mais ils furent rejoints par Wade et Jack.

— Rien de neuf du côté de chez vous, signala ce dernier. Les hommes de la compagnie F n'ont vu personne de suspect.

— Quant à moi, j'ai fait le tour du centre commercial avec la police de Dallas et je n'ai trouvé aucune trace de la voiture qui t'a amenée ici, indiqua Wade à Kendall.

— Cela ne m'étonne pas, opina Jack. En voyant que Marrone ne les appelait pas, ils ont dû comprendre que quelque chose avait mal tourné.

Heath hocha la tête et composa le numéro de Slate. Le cœur battant à tout rompre, il enclencha le haut-parleur et attendit que son ami décroche.

— Heath ? s'exclama ce dernier. Tu avais raison ! Skylar Dawn était bien dans ce café. Elle est un peu choquée mais elle va bien.

Heath ne put réprimer un gémissement de soulagement tandis que Kendall fondait en larmes.

— Bien joué, Slate, le félicita Wade. De notre côté, nous avons retrouvé Kendall. Elle est saine et sauve. Heath a également arrêté Bryan Marrone qui était censé la réceptionner…

— J'adore quand un plan se déroule sans accroc, déclara Slate en riant.

— On se retrouve tous à la maison, suggéra Heath. Nous ferons le point là-bas.

— D'accord, répondit Slate. À tout à l'heure.

— Wade, tu ferais mieux d'aller chercher la voiture et de nous attendre dans le garage. Ces deux-là ne sont pas en état de marcher pendant dix minutes.

— C'est comme si c'était fait, répondit Wade. J'en profiterai pour faire mon rapport au major Clements.

— Parfait, approuva Jack. Quant à moi, je vais vous chercher de la glace. Cela vous évitera peut-être de faire peur à votre fille, quand vous la retrouverez.

— Merci, les gars, leur dit Heath, d'une voix enrouée par l'émotion. Sans vous, nous n'aurions eu aucune chance.

— Il faut bien que les amis servent à quelque chose, répliqua Jack en haussant les épaules. Je reviens tout de suite.

— Pourquoi n'es-tu pas allé chercher Skylar Dawn ? demanda Kendall lorsque leurs deux amis eurent disparu.

— Je n'aurais rien pu faire de plus que Slate, expliqua-t-il. Ici, en revanche, je pouvais être utile. Je sais comment ton esprit fonctionne, Kendall. Et si je n'avais pas été là, Wade et Jack n'auraient peut-être pas remarqué tes traces de rouge à lèvres.

— Moi qui n'en mets quasiment jamais…

— Il faut croire que c'est plus utile que tu ne le penses, plaisanta-t-il.

Elle sourit et se serra contre lui, l'entourant de ses bras.

— Je suis désolée, lui dit-elle. Au lieu de te faire des reproches, je devrais te remercier. Tu nous as sauvé la vie à toutes les deux. Nous sommes sains et saufs et nous serons bientôt réunis. C'est tout ce qui compte.

Tous deux restèrent tendrement enlacés jusqu'à ce que Jack revienne avec deux serviettes emplies de glace pilée. Quelques minutes plus tard, Wade les appela pour leur signaler qu'il les attendait juste devant les ascenseurs.

Le trajet de retour jusque chez eux leur parut durer une éternité. Dès qu'ils furent arrivés, Kendall se précipita hors de la voiture pour aller serrer Skylar Dawn dans ses bras. Heath la suivit en boitant légèrement.

— Papa, lui dit sa fille d'un air désolé, j'ai perdu mon chapeau à cause des méchants.

— Ne t'en fais pas pour ça, la rassura-t-il en souriant. Maman l'a retrouvé à l'endroit où ils nous ont attaqués.

— Ils n'ont pas fait de mal à Stardust, n'est-ce pas ?

— Non. Ton poney est en pleine forme, tout comme ma jument.

— Tu sais, déclara-t-elle sentencieusement, tu m'avais promis qu'on commanderait des pizzas, ce soir.

Heath ne put s'empêcher d'éclater de rire. La résilience des enfants était sans pareille. Kendall et lui conserveraient sans doute bien plus longtemps que leur fille les séquelles psychologiques de cette atroce journée.

Naomi, elle aussi, paraissait être en état de choc. Elle eut beaucoup de mal à contenir ses émotions en retrouvant sa fille et sa petite-fille. Elle se garda cependant de tout commentaire au sujet de son gendre.

— Je ne peux quand même pas lui dire de partir, souffla Kendall à Heath tandis que Naomi entraînait Skylar Dawn en direction de la salle de bains.

— Je ne te le demande pas, lui assura-t-il. Elle sera plus en sécurité ici, ce soir. J'ai demandé aux rangers de la compagnie F de rester toute la nuit, au cas où nos adversaires décideraient de se venger.

— Tu crois que c'est possible ? articula Kendall d'une voix légèrement étranglée.

— Pas vraiment, lui dit-il. Ils savent que nous avons remporté cette manche. Malheureusement, la partie est loin d'être terminée.

— Tu crois que Skylar Dawn ira bien ?

— D'après ce que m'a expliqué Slate, ses ravisseurs l'ont emmenée au café, lui ont offert des tasses de chocolat et des pâtisseries, et elle a dessiné pendant la majeure partie de l'après-midi. Nous irons voir un psychologue avec elle, au cas où. Tu sais comme moi que c'est la procédure recommandée, dans ce genre de cas de figure. Mais honnêtement, je pense qu'elle aura tout oublié d'ici quelques semaines.

Fidèle à la promesse qu'il avait faite à sa fille, Heath commanda des pizzas pour tout le monde — rangers compris. Ceux-ci se réunirent au salon pour débriefer en détail ce qui s'était passé ce soir-là.

Kendall leur relata notamment tout ce que lui avait dit Marrone.

— Quoi que prépare Public Exposure, conclut-elle, cela devrait se produire d'ici peu de temps. Et il y aura de nombreuses victimes. Marrone en sait peut-être plus à ce sujet et nous devons l'interroger au plus vite.

— Je pense que ni toi ni moi ne sommes en état de le faire ce soir, déclara Heath. Nous sommes beaucoup trop impliqués dans ce qui s'est passé et nous manquerons forcément de recul. Le mieux serait sans doute que Jerry procède à cet interrogatoire. C'est le plus gradé de nous tous et il a la préséance sur le major Clements.

— Je suis d'accord, acquiesça Wade. Il n'est pas dans mes habitudes de vouloir me défausser sur le FBI mais il est évident qu'il s'agit d'une question de sécurité nationale et pas seulement d'un problème propre à Dallas ou même au Texas.

Jack et Slate signifièrent leur assentiment. Kendall appela donc Jerry pour lui faire son rapport, lui soumettre leurs pistes de réflexion et lui suggérer de questionner Marrone.

— Saperlotte, quelle soirée ! s'exclama son supérieur. Enfin, l'essentiel, c'est que vous alliez bien, tous les trois. Reposez-vous bien. Vous aurez besoin de toute votre énergie au cours des jours à venir. Si Marrone ne t'a pas menti et que Public Exposure est bien impliqué dans une entreprise terroriste, nous allons avoir du pain sur la planche…

— Tu penses qu'il pourrait avoir menti ? s'enquit Kendall, étonnée.

— Ce type est un arnaqueur professionnel, tu sais. S'il t'a entendue mentionner Public Exposure, il a très bien pu inventer cette histoire de toutes pièces, histoire de te déstabiliser…

Heath fronça les sourcils. Curieusement, il n'avait jamais envisagé que Marrone puisse leur avoir menti à ce sujet. Pourtant, Jerry avait raison : cet homme vivait d'escroqueries et d'abus de confiance.

Il réfléchit à cette hypothèse et finit par en conclure que, dans ce cas de figure précis, Marrone semblait n'avoir aucune bonne raison de leur mentir.

Il n'avait pas demandé de rançon en échange de la restitution de leur fille. Il travaillait bel et bien pour Public Exposure. Et il n'avait pas agi seul mais en collaboration avec un homme capable d'embaucher de véritables mercenaires.

Pourtant, en de telles circonstances, la prudence était de mise. Ils décidèrent donc que Jerry superviserait l'interrogatoire de Marrone dès le lendemain. Et qui sait ? Peut-être y verraient-ils alors plus clair sur ses motivations et celles de ses mystérieux employeurs…

Tandis que Heath prenait sa douche, Kendall aida Skylar Dawn à enfiler son pyjama.

— Est-ce que je peux dormir avec vous ? lui demanda alors la fillette.

D'ordinaire, Kendall aurait insisté pour que Skylar Dawn reste dans sa chambre. Mais étant donné ce qui s'était produit ce soir-là, elle estima pouvoir faire une exception. Tandis que Heath s'installait aux côtés de leur fille pour lui lire un passage du *Magicien d'Oz*, Kendall alla prendre sa douche à son tour.

Pour conjurer le souvenir haïssable des mains de Bryan Marrone sur son corps, elle s'étrilla vigoureusement. Mais cela ne suffit pas complètement à lui faire oublier l'impression d'impuissance et d'humiliation qu'elle avait éprouvée ce soir-là.

Heath avait eu raison : elle n'était pas encore prête à interroger cet homme avec la distance et le professionnalisme nécessaires. La colère et la rancœur qui bouillonnaient toujours en elle auraient obscurci son jugement. Elle n'était cependant pas certaine qu'une nuit suffirait à lui faire ravaler toute la haine qu'elle vouait à cet homme.

Après avoir natté ses cheveux et enfilé une chemise de nuit, Kendall rejoignit son mari et sa fille. Skylar Dawn s'était déjà endormie entre les bras de son père. Elle se nicha contre ce dernier, regrettant qu'il ne puisse pas lui faire l'amour, ce soir-là. Cela l'aurait peut-être aidée à chasser le terrible sentiment de culpabilité qu'elle éprouvait.

— Tu n'as rien à te reprocher, lui murmura Heath qui paraissait avoir deviné ses pensées. Tout ce qui compte, c'est que nous sommes réunis et en bonne santé.

— Tu as raison, soupira-t-elle.

— Tâche de dormir. Nous aurons besoin de toute notre énergie, demain.

Malheureusement, le sommeil paraissait la fuir. Elle

demeura longuement allongée, les yeux fixés sur le plafond qu'elle pouvait à peine discerner dans l'obscurité. La respiration douce et régulière de Heath et de Skylar Dawn aurait probablement dû la bercer. Mais il n'en était rien.

De guerre lasse, elle finit par allumer la télévision dont elle coupa le son. Elle reconnut l'un des films qui passaient ce soir-là et tenta de le suivre. Mais les images qui défilaient devant elle lui semblaient dépourvues de toute signification. Elle finit par renoncer et éteindre le poste.

Mais lorsque les images se dissipèrent et que la pièce fut engloutie par les ténèbres, une peur panique monta en elle, envahissant chaque synapse de son esprit, chaque fibre de son corps. Il lui semblait qu'une présence maléfique planait là, quelque part dans cette chambre, prête à fondre sur elle.

Kendall se redressa brusquement sur son lit et se força à respirer profondément. Pour chasser les fantômes qui faisaient vaciller sa raison, elle se raccrocha à la partie la plus rationnelle de son esprit, celle à laquelle elle faisait le plus confiance.

Et elle comprit alors que ce qui la terrifiait le plus, c'était que Marrone ait pu lui dire la vérité. Car cela signifiait qu'une catastrophe de grande ampleur se préparait, qui pourrait s'étendre à l'ensemble de la ville. Et dans ce cas, la victoire qu'ils avaient remportée ce soir-là paraîtrait bien dérisoire.

Une telle calamité pouvait parfaitement les tuer tous les trois — ainsi que tous les gens qu'ils connaissaient et qu'ils aimaient. Et s'il fallait en croire Marrone, ce n'était plus qu'une question de jours, d'heures peut-être.

N'auraient-ils pas mieux fait de se rendre directement à la maison d'arrêt ? De tenter de négocier avec lui comme elle avait essayé de le faire au centre commercial ?

Incapable de fermer l'œil, Kendall passa en revue tout ce qu'elle savait de Public Exposure, de ses objectifs affichés, de ses pratiques et de ses manquements à l'éthique. Elle repensa à ce que lui avaient confié les témoins qu'elle avait interrogés, à ce que leur avait avoué Saundra Rosa, aux vantardises et aux allusions qu'avait proférées Marrone.

À travers ce réseau inextricable de mensonges et de faux-semblants, de mystères et d'inconnues, elle tenta de comprendre ce qui était en train de se jouer sous leurs yeux. Il en allait peut-être de la vie des deux êtres qu'elle aimait le plus au monde et de l'avenir qu'elle était bien déterminée à bâtir à leurs côtés.

21

Une fois de plus, Kendall fut réveillée par une alléchante odeur de café. Et la première chose qu'elle entendit en ouvrant les yeux, ce furent les rires étouffés de Skylar Dawn et de Heath en provenance du couloir.

— Chut ! murmura son mari à mi-voix. Tu vas la réveiller.

— Mais c'est ce qu'on veut, non ? demanda la fillette.

— Oui, mais c'est pour lui faire une surprise.

Kendall referma les yeux, se forçant à réprimer le sourire qui lui venait aux lèvres. Les deux conspirateurs pénétrèrent à pas de loup dans la chambre et s'approchèrent de son lit.

— Prête ? murmura Heath. À la une, à la deux et à la trois !

— Surprise ! hurla Skylar Dawn à tue-tête.

Kendall se redressa brusquement, feignant la stupeur.

— On t'a préparé le petit déjeuner au lit, déclara fièrement Skylar Dawn. Il y a des toasts et des œufs au plat.

Heath déposa précautionneusement un plateau chargé de victuailles sur ses genoux. Il prit soin de transférer sa tasse de café sur la table de nuit voisine avant de s'asseoir au bord du lit.

Pendant ce temps, Skylar Dawn s'était installée confortablement au creux des coussins. Heath et elle commencèrent à picorer allègrement dans l'assiette qu'ils venaient de lui apporter.

— Papa, tu as oublié nos boissons, remarqua alors la fillette.

— C'est vrai, reconnut-il en se redressant.

Il disparut quelques minutes et revint avec deux mugs. Il tendit à leur fille celui qui était rempli de chocolat chaud et avala une gorgée de café du sien.

— Est-ce que tu veux une tartine à la confiture « d'haricot » ? suggéra Kendall.

— Oui, s'il te plaît, maman.

Kendall entreprit d'étaler un morceau de beurre sur l'un des toasts qu'elle couvrit ensuite d'une généreuse couche de confiture à l'abricot. Elle le tendit alors à Skylar Dawn qui le prit du bout des doigts. Malheureusement, la tartine trop lourde se déchira et tomba sur la couette.

— Oh ! saperlotte ! s'exclama Skylar Dawn.

Kendall lui jeta un regard étonné. Se tournant vers Heath, elle constata qu'il était tout aussi surpris. Skylar Dawn et Jerry ne s'étaient quasiment jamais rencontrés et il était le seul à leur connaissance à utiliser cette expression totalement démodée.

— Skylar Dawn, où as-tu entendu ce mot ? lui demanda Kendall.

— Quel mot ? s'enquit la fillette qui essayait d'essuyer la confiture mais ne faisait que l'étaler un peu plus.

— Saperlotte, répondit Kendall.

Sa fille s'empourpra brusquement.

— Ce n'est pas un gros mot, j'espère, murmura-t-elle, un peu penaude.

— Non, lui assura Kendall. Mais où l'as-tu entendu ?

— C'est l'un des messieurs avec les capuches qui disait ça quand il était énervé, expliqua Skylar Dawn avant de mordre dans sa tartine.

— Quelles capuches ? s'enquit Kendall.

— Les cagoules, tu veux dire, suggéra Heath d'une voix blanche.

Skylar Dawn opina du chef.

— Oui, les gens avec les cagoules qui voulaient tuer mon poney. Il y en a un qui disait tout le temps ça et ça faisait bien rigoler les autres…

Heath et Kendall échangèrent un nouveau regard, nettement plus inquiet, cette fois-ci.

— Tu es sûre que c'est là que tu as entendu ce mot ? lui demanda Kendall. Ce n'est pas Jerry qui te l'a dit.

— Jerry ? répéta Skylar Dawn, surprise. C'est qui, Jerry ?

Kendall lutta contre une brusque sensation de vertige. Ce n'était pas possible. C'était forcément une erreur — une coïncidence malheureuse. Jamais Jerry n'aurait fait une chose pareille.

— Kendall ? la héla Heath.

Levant les yeux vers lui, elle vit qu'il lui indiquait la porte de la chambre. Elle hocha la tête et se glissa hors du lit.

— Je reviens tout de suite, ma chérie, dit-elle à Skylar Dawn. Tu peux regarder un petit dessin animé si tu veux, en nous attendant.

Leur fille ne se fit pas prier et s'empara de la télécommande pour allumer la télévision.

— Ce n'est pas possible, dit-elle à Heath lorsqu'ils se retrouvèrent dans le couloir, hors de portée de voix de la fillette.

— Est-ce que tu connais beaucoup de personnes qui emploient le mot « saperlotte » de nos jours ? lui demanda-t-il gravement.

— Juste une, concéda-t-elle. Mais je connais Jerry depuis des années…

— Justement, depuis que tu le connais, est-il venu souvent à la maison ?

— Quasiment jamais, reconnut-elle. Jamais, à vrai

dire. Nous avons toujours conservé des relations purement professionnelles. Cela évitait les malentendus…

— C'est bien Jerry qui est responsable de cette enquête, n'est-ce pas ?

— Oui.

— Si tu étais Brantley Lourdes et que tu comptais mettre un terme à ces investigations, qui tenterais-tu de corrompre ?

— Jerry, souffla-t-elle. Mais il ne ferait jamais une chose pareille…

— La plupart des gens ont un prix, objecta Heath. Et ceux qui ne peuvent être achetés peuvent être menacés…

— Tu crois qu'ils se servent de sa famille commc ils ont essayé de le faire avec nous ?

— Je l'ignore. Mais nous allons devoir le découvrir très rapidement si nous voulons résoudre cette affaire.

— Mais nous n'avons aucune preuve, objecta Kendall. Nous ne pouvons pas aller voir un juge et lui expliquer que, parce que notre fille a dit « saperlotte », l'un de nos meilleurs agents est corrompu. Il nous rirait au nez !

— Il va nous falloir des preuves plus solides que cela, concéda Heath. Mais je connais au moins trois personnes sur qui on peut compter.

22

Pour rien au monde, il n'aurait voulu l'avouer à qui que ce soit. Mais Wade était suffisamment honnête envers lui-même pour reconnaître qu'il avait le cafard. Il aurait voulu lui aussi avoir quelqu'un avec qui partager ses états d'âme et ses préoccupations, ses victoires comme ses déroutes.

C'était peut-être parce que ses trois meilleurs amis avaient tous trouvé quelqu'un, récemment. Ou tout simplement parce que lui-même en avait assez de se sentir éternellement seul…

— Heath va démissionner, vous savez, déclara soudain Slate.

Ses deux amis relevèrent brusquement la tête et le considérèrent d'un air interdit.

— Mais qu'est-ce que tu racontes ? lui demanda Jack.

— Que mon coéquipier va démissionner sous peu, répéta Slate.

— Il a dû se rendre enfin compte que tu étais un boulet, opina Wade, moqueur.

— Ou alors il a trouvé que le jeu n'en valait pas la chandelle après avoir failli perdre sa femme et sa fille dans la même soirée, suggéra Jack.

— Ce n'est pas cela. En fait, on a proposé à Kendall un poste à Portland et il l'a encouragée à accepter.

— Et comment se fait-il que tu sois au courant avant moi ? s'enquit le major Clements en pénétrant dans le bureau.

— Je les ai entendus en discuter hier soir.

— Devant toi ? demanda Wade. Ça me paraît bizarre…

— À vrai dire, Heath n'avait pas éteint son oreillette.

— Et tu ne crois pas que tu aurais dû le faire, toi, au lieu de l'espionner ?

— Je ne l'ai pas fait exprès, répliqua Slate d'une voix qui manquait singulièrement de conviction.

— Quoi qu'il en soit, nous ne sommes pas censés le savoir, déclara le major. Tant qu'il n'a pas présenté sa démission, Heath est un ranger comme les autres.

— Bien sûr, acquiesça Slate. Mais je préférais vous prévenir que vous voir tous tomber des nues. Ton plan a fonctionné au-delà de tes espérances, Wade. Le jour où tu en auras assez de chasser les criminels, tu pourras toujours te reconvertir en marieuse.

— Très drôle, grommela Wade.

— En tout cas, tu ne devrais pas te plaindre, déclara Jack. S'il part pour Portland, Vivian et toi aurez enfin la maison pour vous tout seuls.

— C'est vrai, concéda Slate. Mais il va quand même me manquer…

Wade leva les yeux au ciel.

— Tu es un tissu de contradictions ! s'exclama-t-il.

— Messieurs, si cela ne vous ennuie pas, au lieu de jouer les pipelettes, vous feriez bien de vous concentrer sur votre travail, intervint le major, sonnant la fin de la récréation. Nous ne savons toujours pas ce que mijote Public Exposure et il est urgent de le découvrir. Nous devons aussi comprendre pourquoi ils tenaient tant à mettre la main sur Kendall. Qu'a-t-elle découvert qui les inquiète à ce point ?

— Ce qu'a laissé échapper Marrone semble indiquer un danger proche et de grande ampleur, remarqua Slate. Ce pourrait être un attentat, par exemple.

— Nous n'avons strictement aucune piste, objecta Jack.

— Quelqu'un sait-il si Kendall en avait une ? s'enquit le major.

— Je l'ignore, répondit Wade, mais vous pourriez peut-être lui poser directement la question.

Suivant son regard, les trois autres s'aperçurent que Heath et Kendall venaient de pénétrer dans l'*open space*.

— Mais qu'est-ce que vous faites là, tous les deux ? s'exclama Clements d'un ton réprobateur. Il me semblait t'avoir dit de prendre quelques jours de congé pour t'occuper de ta famille, ajouta-t-il à l'intention de Heath. Vous devriez être à la maison auprès de votre petite fille.

— Elle va très bien, lui assura Heath. Et elle est en excellente compagnie. Josh et Tracey Parker sont venus s'occuper d'elle et ils ont amené les jumeaux. Ainsi que trois rangers de la compagnie F pour sécuriser la maison. Ils comptent rester chez nous tant que notre affaire ne sera pas réglée.

— Vous pensez vraiment que nous ne sommes pas capables de résoudre cette enquête sans vous ? s'enquit Clements d'un ton faussement réprobateur.

Il jeta un regard amusé en direction de Kendall.

— Sans compter le fait qu'aux dernières nouvelles vous n'êtes pas ranger, Kendall…

— En temps normal, je serais retournée directement au FBI, concéda-t-elle. Malheureusement, nous avons acquis la certitude que le bureau est compromis dans cette affaire.

Cette déclaration fit l'effet d'une bombe. Le silence qui s'ensuivit était aussi lourd qu'une chape de plomb.

— Tout le monde dans mon bureau, ordonna enfin Clements.

Quelques instants plus tard, ils se trouvèrent tous réunis face au major qui était perché sur le bord de son bureau. Heath et Kendall étaient assis alors que tous les autres, debout, formaient un demi-cercle autour d'eux.

Jack, le dernier à être entré, referma doucement la porte derrière lui.

— Je pense que vous devriez tout reprendre depuis le début, déclara Clements. Après tout, nous n'avons une connaissance que très parcellaire de ce dossier.

Kendall s'éclaircit la gorge avant de commencer son récit.

— Il y a quelques mois, j'ai commencé à enquêter sur Public Exposure, l'entreprise de Brantley Lourdes. Plus je m'y intéressais et plus j'étais convaincue que cette entreprise cachait quelque chose de très suspect. Mais chaque fois que je croyais pouvoir le démontrer, mes preuves s'envolaient comme par magie : les témoins se rétractaient, les documents disparaissaient des serveurs... Public Exposure semblait avoir toujours un coup d'avance sur moi. Mais ce n'est pas tout : chaque fois que j'essayais d'obtenir le soutien de ma hiérarchie, il m'était refusé. On ne m'accordait quasiment aucune ressource...

Wade jeta un coup d'œil en direction du major. Il écoutait très attentivement ce que racontait Kendall et il était évident que, pas plus que les autres rangers présents, il ne doutait de ce qu'elle leur disait.

Tous la connaissaient depuis des années. Ils l'avaient vu tomber amoureuse de Heath, ils avaient assisté à leur mariage et étaient venus à l'hôpital, juste après la naissance de Skylar Dawn. Personne n'aurait imaginé mettre en doute la parole de la jeune femme. Mais ils attendaient des preuves.

— La seule fois où ma hiérarchie a soutenu une demande de personnel, c'est lorsque j'ai demandé l'aide des rangers. Jerry Fisher, mon supérieur hiérarchique, m'a alors proposé de recruter Heath. Rétrospectivement, je crois qu'il pensait que nous nous disputerions tellement que l'enquête finirait par s'enliser.

Kendall ne put réprimer un sourire plein de tendresse.

— Ce qu'il n'avait pas pris en compte, c'était le fait que

Heath est un excellent enquêteur. Depuis son arrivée, j'ai fait plus de progrès qu'au cours de tous les mois précédents. Nous avons tellement mis la pression sur Public Exposure qu'ils ont essayé de nous tuer en mettant en scène un faux accident. Ce sont Saundra Rosa et Bryan Marrone qui s'en sont chargés. Non seulement nous avons échappé à ce piège mais, de plus, Heath a réussi à identifier ceux qui nous l'avaient tendu.

Kendall parcourut la petite assemblée des yeux.

— À partir de là, tout s'est accéléré. L'un des responsables a été assassiné et l'autre a participé à l'enlèvement de Skylar Dawn dont le véritable objectif était de me faire taire une fois pour toutes…

— Tout cela tendrait effectivement à prouver que Public Exposure cache bien quelque chose, intervint Clements. Si j'ai bien compris, c'est d'ailleurs ce qu'a reconnu Bryan Marrone. Ce que je ne comprends pas, en revanche, c'est comment vous en êtes venus à la conclusion que le FBI était potentiellement impliqué.

— Nos preuves sont plus circonstancielles, concéda Heath. Malheureusement, elles sont assez convaincantes.

— À nos yeux, en tout cas, précisa Kendall.

— Skylar Dawn a l'habitude de réutiliser les mots et les expressions qu'emploient les adultes autour d'elle, expliqua Heath. Elle adopte ainsi des façons de parler de sa grand-mère, par exemple.

— Elle fait pareil avec mes parents lorsqu'elle vient au ranch, confirma Slate. C'est très drôle.

— Ce matin, nous l'avons entendu dire « saperlotte », reprit Heath.

— C'est une expression de Jerry Fisher, remarqua aussitôt le major Clements.

— Exact, confirma Heath. Il est la seule personne que nous connaissions qui emploie ce mot.

— Et alors ? s'enquit Wade qui se demandait où ils voulaient en venir.

— Il faut que vous sachiez que Skylar Dawn n'a quasiment jamais vu Jerry, précisa Kendall. Il ne vient pas à la maison et je n'emmène jamais ma fille au bureau.

— Il aura suffi qu'elle l'entende une fois, objecta Jack. Ce n'est pas le genre d'expression qui s'oublie facilement.

— C'est exactement ce que nous nous sommes dit, acquiesça Heath. Mais lorsque nous lui avons demandé où elle avait appris ce mot, elle nous a expliqué que c'était l'un des hommes masqués qui l'avaient enlevée qui le disait tout le temps.

Un silence pesant s'ensuivit.

— C'est assez troublant, concéda enfin Clements. Mais j'imagine qu'il est inutile de vous dire qu'une telle preuve ne tiendra pas cinq minutes devant un tribunal.

— Nous en avons bien conscience, acquiesça Kendall. Et c'est la raison pour laquelle nous sommes venus vous trouver.

— Si ce que nous pensons est exact, notre famille est en danger, poursuivit Heath. Et nous ne sommes pas les seuls. Car, si Jerry est corrompu ou si Public Exposure le fait chanter, il est en position de faire énormément de mal. A fortiori si, comme l'a laissé entendre Marrone, un coup de force se prépare.

— Vous pensez que Marrone pourrait témoigner contre lui ? s'enquit Clements.

— Très franchement, j'en doute, répondit Kendall. J'ai tenté de le convaincre de parler. Je lui ai dit qu'il pourrait obtenir un pardon et même une protection policière. Mais il m'a plus ou moins ri au nez. Je pense qu'il est convaincu de disposer d'alliés suffisamment puissants pour le tirer d'affaire. C'est d'ailleurs ce qui s'est produit la dernière fois que nous l'avons arrêté.

— Nous en avons discuté avec Kendall, poursuivit

Heath. Et nous sommes convaincus d'être les seuls à pouvoir arracher des aveux à Jerry.

— À part Slate, ses parents et moi, il était la seule personne à savoir que Heath et Skylar Dawn se trouvaient au ranch, vendredi matin. Normalement, Skylar Dawn aurait dû être à l'école et Heath en train de travailler. Mais nous nous sommes disputés et il a décidé sur un coup de tête de prendre une journée avec sa fille.

— Une fois de plus, cette preuve est entièrement circonstancielle et ne serait pas recevable, remarqua Clements. N'importe lequel d'entre vous — à commencer par Jerry lui-même — aurait pu mentionner ce détail dans une conversation.

— C'est exact, concéda Heath. C'est pour cette raison que nous ne pouvons nous contenter d'accuser Jerry. Nous devons le piéger.

— Et j'imagine que vous avez un plan pour cela ? leur demanda Jack.

Ils hochèrent la tête. Kendall tendit la main à Heath qui la serra dans la sienne. Tous ceux qui se trouvaient là se réjouirent probablement de cette marque d'affection.

Si cette déplorable affaire avait eu un unique mérite, c'était celui de les avoir rapprochés ainsi que Wade l'avait espéré dès le départ. Évidemment, il aurait préféré que cela se fasse dans des circonstances moins tragiques.

— Kendall et moi comptons nous introduire dans son appartement, déclara Heath. Nous essaierons de trouver le programme de décryptage correspondant à la clé trouvée dans la voiture de Saundra.

— N'importe lequel d'entre nous pourrait s'en charger, objecta Wade.

— Non, répondit Heath. Nous n'obtiendrons jamais de mandat pour une telle fouille, ce qui signifie qu'elle sera parfaitement illégale. Nous sommes prêts à courir ce risque parce qu'il en va de la sécurité de Kendall et de notre fille. Mais il n'est pas question que l'un d'entre vous perde sa plaque à cause de ça.

— Il n'y a qu'un problème, objecta Clements. Si Jerry est bien l'agent double que vous dites, il ne vous laissera jamais récupérer la clé USB en question. Après tout, c'est lui qui supervise officiellement cette enquête…

— Plus maintenant, objecta Kendall. Une autre agence gouvernementale a repris la main dans cette histoire. Je n'ai pas eu le temps de vous en parler parce que c'est arrivé juste avant que Skylar Dawn ne soit enlevée.

— Quelle agence ? s'enquit Jack, curieux.

— CIA, NSA, département de la défense… ? suggéra Kendall. Je n'en ai aucune idée. J'ai eu nettement l'impression que je n'avais pas l'accréditation nécessaire pour être mise au courant. Mais l'agent qui est désormais chargée de l'enquête m'a dit qu'elle désirait travailler avec moi. Et je dois dire qu'elle m'a plutôt inspiré confiance.

— Parfait, déclara Clements, et savez-vous comment contacter ce mystérieux agent ?

— Elle m'a dit de m'adresser directement à Steve Woods, le directeur adjoint de l'antenne texane du FBI. Normalement, lui pourra ensuite entrer en contact avec l'agent Ortis.

— Ortis ? s'exclama Wade, stupéfait. Tu veux parler de *Therese* Ortis ?

— Oui, répondit Kendall, tout aussi surprise. Tu la connais ?

— Oui… Enfin, non… Je veux dire qu'elle m'a sauvé la vie au cours d'une opération. Elle travaillait alors sous couverture. Mais je ne sais pas non plus pour qui.

— Décidément, commenta Heath, cette fille est partout.

— En tout cas, le fait qu'elle s'intéresse à Public Exposure tendrait à prouver que Bryan Marrone a dit vrai et que cette menace n'est pas à prendre à la légère.

— Mais nous ne connaissons toujours pas la nature de la menace en question, remarqua Slate.

— Qui sait ? Si nous parvenons à trouver le logiciel de décryptage chez Jerry, la clé USB nous en apprendra peut-être un peu plus à ce sujet.

— Espérons-le, acquiesça Jack. J'avoue que ce que Kendall nous a dit à ce sujet me rend plutôt nerveux.

— Si nous sommes tous d'accord, je vais appeler Woods dès à présent, déclara celle-ci. Cela nous fera gagner un temps précieux.

Un rapide tour de table confirma qu'ils étaient unanimes. Kendall se rendit dans la pièce voisine, le temps de passer son coup de téléphone. Lorsqu'elle revint, une expression médusée se lisait sur son visage.

— Alors ? lui demanda Heath ? Qu'a-t-il dit ?

— Qu'il allait transmettre immédiatement nos informations à Therese Ortis. Mais ce qui m'a étonnée, c'est qu'il ne paraissait pas particulièrement surpris d'apprendre que Jerry était peut-être un traître. C'est à se demander s'ils n'étaient pas déjà au courant.

— Si c'est le cas, je donnerais vraiment cher pour savoir pour qui cette fille travaille, déclara Jack.

— Et moi donc …, murmura Wade.

Cela faisait des mois qu'il s'interrogeait à ce sujet. Mais aucune de ses recherches ne lui avait permis de découvrir quoi que ce soit au sujet de cette femme qui lui avait sauvé la vie avant de disparaître complètement.

— Ce n'est pas tout, reprit Kendall. Woods m'a laissé entendre qu'il parviendrait peut-être à obtenir un mandat de perquisition qui nous permettrait de fouiller l'appartement de Jerry en toute légalité.

— Excellente nouvelle, approuva Clements. Je dois bien reconnaître que c'était la partie de votre plan qui me mettait le plus mal à l'aise. Et quand aurons-nous des nouvelles de la mystérieuse Miss Ortis ?

— Très rapidement, apparemment, répondit Kendall avant de se tourner vers Wade. Dis-moi, si elle me rappelle, veux-tu que je lui dise que tu aimerais prendre contact avec elle ?

Wade se sentit brusquement rougir, ce qui ne lui arrivait quasiment jamais. Le regard amusé de ses amis ne lui échappa pas.

— Ce n'est pas la peine, répondit-il un peu trop précipitamment. Si elle voulait me parler, elle l'aurait déjà fait depuis longtemps…

23

Woods ne leur avait pas menti. En l'espace d'une journée, il avait obtenu un mandat de perquisition en bonne et due forme. Apparemment, il avait aussi obtenu la bénédiction de Therese Ortis pour que Kendall et Heath se chargent de cette mission.

Ils se présentèrent donc de bon matin au concierge de Jerry et, après lui avoir montré leur mandat, ils lui demandèrent de leur ouvrir sa porte. Bien qu'elle fût à présent convaincue de la culpabilité de son supérieur hiérarchique, Kendall avait toujours du mal à croire qu'il ait pu se laisser acheter.

— Je te rappelle les instructions d'Ortis, dit-elle à Heath tandis qu'ils suivaient le concierge à travers les couloirs de l'immeuble. Pas de vagues. Nous entrons, nous récupérons le programme et nous sortons. Si jamais il rentre avant que nous ayons fini, nous attendons les renforts. Pas d'acte héroïque. Pas de vengeance personnelle. Si cette affaire va jusqu'au procès, nous devons être irréprochables.

— Oui, chef, répondit Heath en souriant.

De fait, c'était elle qui était en charge de l'opération. Mais cela n'avait jamais paru poser le moindre problème à Heath. Il avait toujours accepté de bonne grâce de se soumettre à sa supériorité hiérarchique.

— Je ne parlais pas seulement pour toi, lui avoua-t-elle.

Après ce qu'il a fait à notre famille, je t'avoue que je ne serais pas contre lui loger une balle entre les deux yeux.

Le concierge lui jeta un regard inquiet et Heath lui décocha un sourire qui se voulait rassurant.

— Ne vous en faites pas, lui dit-il malicieusement. Elle aboie plus qu'elle ne mord. J'en sais quelque chose : nous sommes mariés depuis des années.

L'homme garda pour lui les réflexions que lui inspirait cette révélation. Il leur ouvrit la porte et s'effaça pour les laisser pénétrer dans l'appartement de Jerry. Ils trouvèrent rapidement le bureau sur lequel était posé son ordinateur portable.

Trouver le mot de passe permettant d'accéder au contenu fut un peu plus difficile. Heath fouilla les différents tiroirs, inspectant rapidement divers objets jusqu'à ce qu'il trouve un carnet à la couverture fatiguée.

— Bingo ! s'exclama-t-il. Voilà qui devrait nous faire gagner du temps.

— Comment savais-tu que Jerry gardait son code par écrit ? s'étonna Kendall. La plupart des gens se contentent de le mémoriser.

— Mais la plupart d'entre eux utilisent des codes relativement simples. Si nous avons vu juste, Jerry a des choses à cacher. Je me suis dit qu'il avait dû employer un mot de passe très complexe. Or ce n'est pas le genre de personne à retenir une séquence alphanumérique aussi compliquée.

— Ce n'est plus du piratage, remarqua Kendall en riant, c'est de la psychanalyse.

— Que veux-tu ? La plupart des gens ont un rapport très étrange à leurs ordinateurs, répondit Heath en entrant la séquence de chiffres et de lettres.

Il commença alors à passer en revue méthodiquement le contenu du portable, commençant par les emplacements les plus évidents avant d'inspecter les plus improbables.

— Nous y voilà, déclara-t-il alors qu'il venait d'ouvrir un obscur sous-dossier perdu au milieu de ceux du système d'exploitation.

— On dirait que ce sous-dossier contient les copies de ses échanges mails avec Brantley Lourdes, remarqua Kendall.

— Voilà qui est intéressant, commenta Heath.

Dans le répertoire principal, il désigna un programme intitulé d-crypt.

— C'est probablement ce que nous cherchons, déclara-t-il en double-cliquant sur la petite icône.

Une interface apparut.

— Voilà qui a le mérite d'être simple, commenta Heath en cliquant sur l'une des fonctions qui proposait de décoder un fichier.

Une nouvelle interface apparut, leur permettant de choisir le fichier en question. Heath inséra la clé USB et la sélectionna à l'écran. Deux options s'affichèrent alors : « décoder » ou « lire ».

Il fit mine de cliquer sur la seconde. Mais à cet instant précis, ils furent interrompus par un bruit de clé tournant dans la serrure de la porte principale.

Heath poussa un juron et appuya sur « décoder ».

— Passe l'appel, lui demanda alors Kendall.

Il s'exécuta immédiatement, se mettant en relation avec Wade. Il venait de rempocher son portable lorsque Jerry pénétra dans le bureau. En les découvrant là, il ne put réprimer une exclamation de stupeur. Et Kendall crut discerner dans son regard un bref moment de panique.

— Puis-je savoir ce que vous faites là, tous les deux ? leur demanda-t-il en recouvrant presque aussitôt son sang-froid. Et ce que vous trafiquez avec mon ordinateur ?

Kendall se sentait submergée par un flot d'émotions contradictoires. Elle se sentait blessée, déçue et très en colère. Mais surtout, elle ne parvenait pas à comprendre comment cet homme qui avait été un collègue, un supérieur, un mentor et un ami avait pu trahir à ce point tout ce en quoi ils croyaient.

— Pourquoi ? lui demanda-t-elle.

— Pourquoi quoi ? répondit Jerry d'un ton faussement innocent.

Mais elle n'était pas dupe. Il savait pertinemment de quoi elle voulait parler.

— Vous n'avez pas le droit d'entrer chez moi de cette façon, leur dit-il.

— Au contraire, répondit-elle d'une voix faussement décontractée. Nous avons un mandat nous permettant d'inspecter ton appartement, le contenu de ton ordinateur et celui de ton téléphone portable. Une équipe est actuellement en train de fouiller ton bureau. Je vais aussi devoir te demander de nous remettre ton arme de service.

— Attends une minute, Kendall. Si vous avez l'intention de m'arrêter, j'aimerais savoir pour quel motif. Et quelles preuves vous avez contre moi.

— Donne-moi ton arme, Jerry, ordonna-t-elle de nouveau en avançant d'un pas vers lui. Ne me donne pas une excuse pour te maîtriser physiquement. Heath et moi avons tiré au sort pour savoir qui le ferait en cas de nécessité et, malheureusement pour toi, c'est moi qui ai gagné. Et après ce que tu as fait, je t'assure que je me ferais un plaisir de te réduire en bouillie.

D'un geste fluide, Heath tira son arme qu'il braqua sur Jerry.

— Du calme, plaida ce dernier en levant les mains. Il ne sert à rien de s'énerver.

— Tu t'es trahi, Jerry, reprit Kendall. Hier matin, tu m'as demandé où se trouvait Heath. Tu étais le seul à connaître cette information. Comme par hasard, c'est précisément à ce moment qu'un commando a enlevé ma fille qui aurait dû se trouver à son école à l'autre bout de la ville. Et ensuite, tu as insisté pour me conduire au ranch. C'est là que tu as caché le téléphone qui devait permettre aux ravisseurs de nous contacter.

— Toutes ces preuves ne sont que circonstancielles, remarqua Heath. Malheureusement pour toi, nous avons retrouvé une empreinte sur ce fameux téléphone.

— Oh ! je te rassure, ce n'est pas la tienne, poursuivit Kendall en avisant son expression dubitative. C'est celle du gamin qui a inséré la carte SIM et a activé le téléphone. Malheureusement pour toi, il avait un casier judiciaire. Rien de très grave mais suffisamment pour figurer au fichier central. Et il se souvenait parfaitement de la personne qui était venue acheter ce téléphone. Il nous a dit que c'était la première fois qu'il entendait quelqu'un utiliser le mot « saperlotte ». Et il est prêt à témoigner.

En réalité, Heath et Kendall étaient très fiers de cette découverte. Ils auraient pu se contenter de rester chez eux, de prendre du repos en bénissant le ciel d'avoir échappé au pire. Mais ce n'était pas dans leur nature. Ils étaient retournés travailler, plus décidés que jamais à faire tomber Public Exposure et tous ses complices.

La découverte de cette empreinte était probablement l'élément clé qui avait permis à Woods d'obtenir les mandats de perquisition dont ils avaient besoin.

— Nous savons que tu étais l'un des kidnappeurs, objecta Kendall en s'emparant du revolver. Skylar Dawn aussi t'a entendu utiliser le mot « saperlotte ». C'est cette stupide expression qui a causé ta perte, Jerry.

Elle fit un pas de plus dans sa direction et tendit la main.

— Donne-moi ton arme ou je considérerai que tu as tenté de résister.

— Inutile d'en venir aux mains, protesta Jerry.

Il écarta un pan de sa veste et souleva son arme entre le pouce et l'index. Kendall s'empara du revolver.

— Je ne comprends pas comment tu as pu accepter de travailler pour de tels salopards, déclara Kendall. Ni comment tu as pu prendre part à un plan qui visait à enlever ma fille et à me faire tuer…

— Tu te trompes, objecta Jerry. C'est grâce à moi que votre fille est encore vivante. Les ravisseurs voulaient se débarrasser d'elle et j'ai insisté pour qu'elle vous soit rendue.

— Et tu crois peut-être que cela excuse le fait de travailler pour une ordure comme Brantley Lourdes ?

— Au moins, grâce au décodeur qui se trouve sur ton ordinateur, nous allons peut-être enfin comprendre ce que mijote Public Exposure…

— Cela ne vous servira à rien, objecta Jerry. Vous ne savez pas à quoi vous avez affaire ! Ce n'est pas parce que vous m'arrêtez ou que vous arrêtez Brantley Lourdes que vous aurez gagné. Au contraire, même…

— Tu auras tout le temps de nous expliquer ça, déclara Kendall en sortant de sa poche une paire de menottes. Et nous n'aurons même pas besoin de ton témoignage pour cela. Tourne-toi et mets les mains dans le dos.

Jerry s'exécuta mais ne plaça qu'une seule de ses mains derrière lui. Avant que Kendall ait eu le temps de dire « saperlotte », il pivota sur lui-même tout en dégainant un petit pistolet qu'il braqua vers la tête de la jeune femme.

— Lâche ton arme, Heath, ordonna-t-il. Je n'ai plus rien à perdre et je n'hésiterai pas à tirer, même si tu m'abats dans la foulée.

Il était évident qu'il ne s'agissait pas d'une menace proférée à la légère et Heath laissa tomber son pistolet à terre.

— Bien, reprit Jerry. Rejoins ta femme et gardez bien les mains en l'air, tous les deux.

Tandis que Heath s'exécutait, Jerry alla débrancher la clé

USB qu'il glissa dans la poche de son pantalon. De l'un des placards du bureau, il sortit un sac à dos bien rempli dans lequel il glissa son ordinateur portable avant de le mettre sur ses épaules.

— Je savais que tôt ou tard viendrait pour moi le moment de tout quitter, déclara-t-il en parcourant la pièce des yeux. Mais j'avoue que je regretterai cet endroit.

Il haussa alors les épaules.

— Comme vous ne tarderez pas à le découvrir, tout a une fin, conclut-il d'un ton philosophique. Nous allons sortir tous ensemble d'ici. Au premier geste suspect de l'un d'entre vous, j'abats Kendall.

Ils quittèrent l'appartement et se dirigèrent vers le fond du couloir.

— Comment as-tu pu trahir tout ce en quoi tu croyais ? demanda Kendall à Jerry tandis qu'ils attendaient l'arrivée de l'ascenseur.

— L'argent aide à tout relativiser, répondit-il en riant. Surtout lorsqu'il y en a beaucoup à la clé. Et puis, j'ai la chance de connaître la liste de tous les pays avec lesquels nous n'avons pas d'accord d'extradition. Certains sont de véritables petits paradis. Croyez-moi, je me réserve une retraite dorée pendant que vous serez encore là à vous demander ce qui va vous arriver.

Les portes de l'ascenseur s'ouvrirent alors devant eux.

— Entrez, ordonna-t-il. Et placez-vous contre la paroi du fond, les mains bien visibles.

Kendall se fustigea intérieurement pour ne pas avoir pensé à le fouiller. C'était une erreur de débutant — impardonnable. Mais curieusement, alors même qu'il les tenait en joue, elle avait toujours du mal à croire que Jerry puisse être un criminel.

Il pénétra à son tour dans la cabine et pressa la touche correspondant au sous-sol.

— Que comptes-tu faire de nous ? lui demanda Kendall.

Jerry se mordilla pensivement la lèvre.

— Je regrette vraiment que tu n'aies pas renoncé à cette enquête, déclara-t-il. Ce n'est pas faute de t'en avoir donné l'occasion…

— Tu n'aurais pas dû m'adjoindre Heath, remarqua-t-elle. C'est grâce à lui que cette investigation a autant progressé au cours de ces derniers jours.

— C'est vrai, reconnut Jerry. J'ai commis une grossière erreur d'appréciation. Je pensais que vous passeriez plus de temps à vous disputer ou à vous réconcilier. Au lieu de cela, vous avez fait paniquer Lourdes et ses collègues. J'ai essayé de leur expliquer qu'ils n'avaient pas à s'inquiéter, qu'en se débarrassant de Saundra vous perdriez votre seule véritable piste. Mais ils ont insisté pour organiser cet enlèvement absurde…

Jerry haussa les épaules d'un air fataliste.

— C'est ce qui arrive lorsqu'on travaille avec des guignols comme Marrone. Si tout le monde s'était comporté de façon professionnelle dans cette histoire, nous n'aurions eu à tuer et à enlever personne. Vous seriez toujours en train de courir après des ombres et je ne serais pas obligé de partir en catastrophe pour les Caraïbes…

Un tintement se fit alors entendre et la porte s'ouvrit derrière Jerry, révélant le parking de l'immeuble.

— Pour répondre à ta question, Kendall, conclut-il en retenant la porte, vous en savez beaucoup trop, tous les deux. J'aurais aimé ne pas en arriver là mais vous ne me laissez pas le choix.

Il braqua son arme vers le visage de Heath. Mais avant qu'il ne presse la détente, une voix se fit entendre derrière lui.

— Jerry Fisher ! Vous êtes en état d'arrestation.

Jerry se retourna en direction des deux policiers qui venaient de sortir de leur voiture et s'avançaient vers lui. Il ouvrit le feu sur le plus proche d'entre eux et lâcha le bouton qui retenait la porte.

Sachant qu'ils ne disposaient que de quelques secondes pour agir, Kendall décocha un coup de pied fouetté dans le dos de Jerry. Elle avait espéré le pousser hors de l'ascenseur juste avant que les portes ne se referment mais il avait déjà amorcé son demi-tour et alla percuter la paroi latérale de l'ascenseur.

Sa main glissa sur le panneau de contrôle, pressant cinq boutons en même temps. Un nouveau coup de feu retentit alors, tiré par l'un des policiers. Le miroir qui recouvrait le fond de l'ascenseur vola en éclats et s'effondra sur Kendall et Heath, leur infligeant plusieurs coupures.

Les portes s'étaient refermées et l'ascenseur se mit à monter. Déjà, Jerry était en train de se redresser, l'arme à la main. Heath ne lui en laissa pas le temps et se rua vers lui, attrapant le bras qui tenait le pistolet. De toutes ses forces, il l'écrasa contre la paroi de l'ascenseur, forçant Jerry à lâcher prise.

Ce dernier poussa un juron rageur et frappa Heath au visage : un crochet suivi d'un uppercut qui rappelait qu'avant d'être le supérieur de Kendall Jerry avait passé de longues années sur le terrain. Sonné, Heath marqua le coup. Kendall tenta de lui venir en aide mais le sang qui coulait de son cuir chevelu entaillé l'aveuglait à moitié.

Jerry la frappa à son tour, la projetant contre la paroi qu'elle heurta violemment de l'arrière du crâne. Mais sa diversion avait donné à Heath les quelques secondes dont il avait besoin pour se reprendre. L'un de ses coups de poing cueillit Jerry sous le menton, le second percuta sa tempe avec un bruit mat.

Il s'effondra sur le sol comme un pantin désarticulé. Heath s'agenouilla aussitôt pour récupérer son arme et vérifier que

Jerry était bien hors de combat. Puis il aida Kendall à se redresser. Tous deux étaient couverts de sang.

— Ça va ? lui demanda-t-il d'une voix inquiète.

— Je suis en pleine forme, articula-t-elle d'une voix pâteuse. Et toi ?

— Je ne me suis jamais senti aussi bien, ironisa-t-il en se massant la mâchoire.

— Joli travail d'équipe, Murray.

— J'en ai autant à ton service, Barlow.

La porte de l'ascenseur s'ouvrit alors, révélant le rez-de-chaussée où se tenait Wade entouré de cinq ou six policiers de Dallas.

— Vous en avez mis du temps, s'exclama Heath en traînant Jerry hors de l'ascenseur.

— Vous vous êtes bien amusés avec l'ascenseur ? répliqua Wade d'un ton réprobateur. Il n'arrêtait pas de monter et de descendre.

— Très drôle. Est-ce qu'au moins tu as enregistré notre conversation avec Fisher ?

— De la première à la dernière ligne, acquiesça Wade. S'il subsistait le moindre doute, il est levé. Cette pourriture va croupir en prison pour très très longtemps.

24

Ce ne fut que lorsque l'adrénaline commença à s'estomper dans son système que Heath prit conscience de l'état de faiblesse dans lequel il se trouvait. Son accident de rodéo, le passage à tabac qu'il avait subi et les combats contre Marrone et Jerry avaient fini par éroder sa résistance.

Tandis que les ambulanciers traitaient ses diverses ecchymoses et les multiples coupures bénignes que la chute du miroir leur avait infligées, à Kendall et à lui, il décida qu'il était grand temps pour lui de s'accorder quelques jours de repos.

— Tiens, lui dit Kendall qui avait terminé de se faire soigner. Les secouristes m'ont donné ces antalgiques et je crois que tu en as plus besoin que moi. Ils voulaient nous conduire à l'hôpital, tu t'en doutes…

— Que leur as-tu répondu ?

— Que les flics n'allaient à l'hôpital que lorsqu'ils n'avaient plus la force de se lever de leur civière, répondit-elle en riant.

Heath sentit son cœur se serrer dans sa poitrine. Pouvait-on vraiment être plus amoureux de sa femme ?

— Comment va le policier qui s'est fait tirer dessus, au sous-sol ? demanda-t-il.

— Son gilet a arrêté la balle. Il aura juste une histoire impressionnante à raconter aux bleus de son district.

— Dieu merci, soupira Heath. On dirait que nous avons tous eu beaucoup de chance.

— Tu n'as pas vu ta tête, répliqua-t-elle d'un ton goguenard.

Heath sourit. Ils avaient libéré leur fille, il avait sauvé Kendall, ils avaient identifié et arrêté deux des responsables de l'enlèvement et ils étaient parvenus à prouver l'implication de Public Exposure. Qui sait ? Ils allaient peut-être avoir le droit à un peu de repos, à présent…

— Est-ce que Jerry a fait une déposition ? demanda-t-il à Kendall.

— Je ne sais pas. C'est Wade qui a supervisé l'intervention coordonnée des rangers et de la police locale. Je crois qu'il est en train d'interroger Jerry.

Quelques minutes, plus tard, ils furent rejoints par leur ami qui arborait une mine réjouie.

— Salut, les amoureux, leur dit-il d'une voix joyeuse. On peut dire que vous vous êtes surpassés, cette fois-ci.

— Est-ce qu'il a dit quelque chose ? s'enquit Heath.

Le sourire qui se dessina sur les lèvres de Wade évoquait celui d'un chat ayant capturé une souris.

— Ce pauvre vieux Jerry était un peu groggy lorsque je l'ai interrogé. Il m'a confirmé qu'il avait été payé par Public Exposure pour enterrer l'enquête les concernant. Il a également reconnu avoir été mêlé à l'enlèvement de Skylar Dawn. Malheureusement, avant que je n'aie pu l'interroger au sujet de Brantley Lourdes, l'un des avocats de Public Exposure s'est pointé et a invoqué le droit de son client à garder le silence…

— Classique, commenta Heath.

— Mais nous ne savons donc toujours pas ce que mijote Public Exposure, remarqua Kendall.

— Ça ne devrait pas tarder, lui assura Wade. Grâce à vous, nous tenons Jerry et Marrone. Il nous suffira de leur faire comprendre que le premier à parler bénéficiera d'une réduction de peine.

— Et s'ils refusent ?

— Nous avons déjà suffisamment d'éléments pour impliquer Brantley Lourdes et Public Exposure dans l'enlèvement de votre fille et l'assassinat de Saundra Rosa. Quoi qu'ils aient pu imaginer pour la suite, il n'y aura bientôt plus personne pour le mettre en œuvre. Et c'est entièrement grâce à vous !

Wade frappa dans ses mains.

— Bon, conclut-il, je suis chargé de vous ramener à la maison. Vous êtes prêts à lever le camp ?

— Je préférerais retourner au bureau, objecta Kendall. Il faut que je fasse mon rapport.

— Impossible ! objecta Wade. Clements et Woods m'ont explicitement demandé de vous reconduire chez vous. Et je ne tiens pas à être de nouveau condamné à trier de la paperasse pendant un mois ! Évidemment, vu votre état, je pourrais aussi vous conduire à l'hôpital. Mais quelque chose me dit que vous préférerez rentrer auprès de votre fille.

— D'accord, acquiesça Kendall à contrecœur. Mais inutile de t'embêter à jouer les chauffeurs. Contrairement à Heath, je suis en état de conduire.

— Tu es sûre ?

— Certaine. À bientôt, Wade.

Durant le trajet de retour, tous deux demeurèrent silencieux. Les yeux mi-clos, Heath devait être en train de récupérer. Quant à Kendall, elle s'efforçait vainement de remettre de l'ordre dans ses pensées et ses émotions.

Mais ce qui s'était passé au cours de ces derniers jours avait ébranlé toutes ses certitudes : ses retrouvailles avec Heath après des mois de séparation, l'enlèvement de Skylar Dawn, les menaces qui avaient pesé sur sa propre vie, la trahison de son mentor, la proposition que lui avait faite Lou Grayson…

Elle se sentait totalement perdue.

Lorsqu'elle se gara enfin devant chez elle, Heath se redressa sur son siège et se frotta les yeux.

— Je suis désolé, s'excusa-t-il. Je crois que j'ai sombré…

— Cela ne fait rien, lui dit-elle.

Il perçut aussitôt le désarroi qui perçait dans sa voix et se tourna vers elle.

— Quelque chose ne va pas ? lui demanda-t-il.

— Je crois que j'ai juste besoin d'un peu de temps pour assimiler tout ça, soupira-t-elle.

— Je comprends, acquiesça Heath.

— Je ne sais plus trop où j'en suis…

— C'est parfaitement normal, lui assura-t-il. Tout a été si précipité. J'ai l'impression que c'est hier que nous nous sommes retrouvés sur ce parking pour aller interroger Mme Pelzel…

Il secoua la tête d'un air incrédule.

— Prends tout le temps dont tu auras besoin, lui dit-il. Mais sache que quoi que tu décides, je te soutiendrai. Que tu partes pour Portland ou que tu restes à Dallas, je serai là pour toi.

Il sourit tristement.

— Lorsque nous nous sommes disputés, j'étais convaincu que c'était parce que je voulais préserver Skylar Dawn. Mais je me mentais. Je crois que ce qui me faisait surtout peur, c'était qu'il puisse t'arriver quelque chose. Une partie de moi espérait qu'en renonçant à ce métier tu serais en sécurité…

Elle fit mine de lui répondre mais il l'interrompit d'un geste.

— En travaillant à tes côtés, au cours de ces derniers jours, j'ai redécouvert quelque chose que j'avais fini par oublier. Ce métier n'est pas un simple travail pour toi. Tu l'as dans le sang. Il fait partie intégrante de toi. Et tu le fais bien. Si tu devais y renoncer, tu renoncerais par la même occasion à une partie de toi. Et je refuse d'en être responsable. Je t'aime telle que tu es. Je ne veux pas que tu changes.

— Même si cela me met en danger ? lui demanda-t-elle d'une voix mal assurée.

— Oui, répondit-il sans hésiter. C'est ce que j'ai compris lorsque Marrone t'a enlevée. J'étais terrifié à l'idée de te perdre. Mais si c'est possible, je t'aime encore plus aujourd'hui pour le courage dont tu as fait preuve à ce moment-là.

Il prit sa main et la serra doucement dans la sienne.

— Je suis désolé de t'avoir fait du mal, Kendall, lui dit-il. Je n'aurais jamais dû douter de toi, douter de nous.

Elle le considéra pendant ce qui lui parut durer une éternité, fascinée par l'amour et la tendresse inconditionnels qui se lisaient dans son regard.

— Tu as vraiment le chic pour parler aux femmes, lui dit-elle en luttant contre les larmes qui lui montaient aux yeux.

— Quelqu'un a dit un jour que c'était du désespoir que naissait l'inspiration, répondit-il. Je ne veux pas te perdre, Kendall. C'est aussi simple que ça.

Cette fois, elle ne put réprimer la larme qui roula doucement le long de sa joue. Tendant la main vers son visage, Heath l'essuya doucement du bout du pouce.

— Je ferais mieux de te laisser, lui dit-il. Prends tout ton temps mais, quoi que tu décides, n'oublie pas que je t'aimerai toujours.

Il tendit la main vers la poignée de la portière mais elle posa la sienne sur son bras.

— Heath Murray ! Ne t'avise pas de descendre de cette voiture !

Il se tourna vers elle, surpris.

— J'ai peut-être besoin de temps pour décider ce que je vais faire de ma vie. Mais je n'ai pas besoin de temps pour savoir que, moi aussi, je t'aime. Et que nous décidions ensemble de partir pour l'Oregon ou de rester au Texas, je veux vivre avec toi.

— Tu en es sûre ? lui demanda-t-il, visiblement pris de court par cette réponse.

— De toute mon existence, je n'ai jamais été plus sûre de quoi que ce soit, déclara-t-elle sans la moindre hésitation.

Le sourire qui se dessina alors sur les lèvres de Heath illumina le cœur de Kendall, dissipant les derniers doutes qu'elle aurait pu avoir.

Et comme il se penchait vers elle pour l'embrasser avec une tendresse infinie, elle eut l'impression qu'après des mois d'errance elle était enfin de retour à la maison.

JULIE MILLER

La double menace

Traduction française de
PASCALE DOMÉJEAN

BLACK ROSE

HARLEQUIN

Titre original :
RESCUED BY THE MARINE

Prologue

Jason Hunt était suspendu à plus de deux mille mètres au-dessus du vide, retenu par la seule force de ses doigts… Et son téléphone sonnait.

S'il s'était trouvé seulement vingt mètres plus haut, il n'aurait plus eu de réseau.

Sûr de la solidité de sa prise et de la force de ses bras, il savourait les instants de silence entre chaque sonnerie. Le soleil d'été était haut dans le ciel. Il sentait ses rayons lui réchauffer la peau et sa chaleur se réverbérer sur les rochers de granit qu'il escaladait depuis une heure. Il aurait pu rester sur le chemin balisé, comme les touristes, mais, s'il l'avait fait, il n'aurait pas eu la possibilité de contempler cette vue à couper le souffle.

L'immensité du ciel… L'espace qui séparait cette montagne de la montagne voisine… Les sommets couronnés de neige, puis la roche aux reflets argentés, et enfin toute la richesse de la palette de verts et de bruns de l'étage arboré… Il aperçut même au loin le bleu acier du lac Jenny. Il changea de prise pour regarder de l'autre côté, emplissant ses poumons de cet air qui était plus pur et vivifiant que nulle part ailleurs… Et il avait assez voyagé pour pouvoir le dire. D'ici, il pouvait même voir Jackson Hole, cette vallée située entre le massif de Grand Teton et la chaîne de Wind River, qui était l'endroit où il avait grandi.

Mais son téléphone sonnait.

Il chercha du regard la prise suivante sur la paroi de granit et poursuivit son ascension. Sa respiration était devenue un peu bruyante mais il puisait sa force dans la solidité de la roche, et continua à escalader la falaise. Ces montagnes avaient su résister aux intempéries et elles lui communiquaient toute leur énergie.

Il savourait les instants de silence entre les sonneries stridentes. Si l'on exceptait le sifflement du vent dans la grotte étroite située à quelques mètres sur sa gauche, il avait trouvé ici le calme dont il avait besoin. On n'entendait ni les détonations des tirs de mortiers, ni le crissement des tanks et camions progressant sur le sol pierreux, ni les ordres d'aller au combat ou les appels à l'aide…

Jason trouva un appui et se hissa d'environ un mètre, se rapprochant de la crête de la paroi. Il vivait dans ces montagnes. Il y travaillait. Il y trouvait un moyen d'échapper à des souvenirs que ni le temps ni la thérapie ne pourraient complètement effacer. Il avait besoin de ce silence… De cette solitude… De cet espace… Ici, pas de chambres exiguës. Pas de rues étroites et dangereuses envahies de fumée, et où se bousculaient trop de véhicules et de personnes pour que l'on puisse distinguer ses alliés de ses ennemis.

Ici, il n'était plus le témoin impuissant de la mort de la femme qu'il aimait.

À chaque sonnerie, la sérénité de Jason se dissipait un peu plus. Il menait une vie solitaire ici, dans le Wyoming, et cela lui convenait.

Il se prépara mentalement à répondre, et se hissa au sommet de la falaise.

Il fit glisser de ses épaules le petit sac à dos qu'il portait, et en sortit une bouteille d'eau et son téléphone. Il ne fut pas surpris en constatant que le numéro qui s'affichait était familier… Tout comme le fut le sentiment de responsabilité qui s'empara immédiatement de lui. Les jambes pendant dans le vide, il but une gorgée d'eau et décrocha.

— Oui.

— Capitaine Hunt ?

Il ôta ses lunettes de soleil, versa un peu d'eau sur son visage, et se frotta avec la paume de sa main.

— Nous sommes démobilisés depuis deux ans, Marty. Tu peux m'appeler Jason.

Marty Flynn n'avait que quelques années de moins que lui, et tous les deux avaient quitté l'armée juste après leur dernière mission. Mais Marty s'adressait encore à Jason comme la jeune recrue qu'il était lorsqu'il avait rejoint son unité dans l'enfer du Moyen-Orient.

— Euh… D'accord, Jason.

— Que se passe-t-il, lieutenant ?

La question était inutile : il le savait déjà. Ces montagnes n'étaient pas seulement son havre de paix : elles étaient son monde.

— Très amusant !

Jason aurait eu besoin de rire plus souvent. Sa vie solitaire lui en offrait trop peu l'occasion.

— Je sais que c'est votre jour de repos. Je me suis dit que vous étiez peut-être dans votre chalet, en compagnie de cette jolie fille qui s'était jetée à votre tête quand…

— Qu'avais-tu à me dire ?

Comment aurait-il pu à nouveau nouer une relation, alors qu'Elaine était morte dans ses bras à Kilkut ! D'ailleurs, comment aurait-il pu être intéressé par une écervelée qui ne savait parler que de la taille du 4x4 dont il venait de faire l'acquisition, ou se plaindre qu'il était impossible de trouver des vêtements sexy dans la boutique du coin ! Il avait rencontré la jeune femme lorsque son équipe de secouristes était allée fêter la retraite prochaine de leur patron au Kitty's Bar, à Moose dans le Wyoming, et il n'avait pas voulu la blesser. Elle semblait penser que passer la nuit avec un ancien officier était une chance. Il en doutait fort… et il avait quitté la soirée seul.

— Alors, vous n'êtes pas sorti avec Lynelle ? Ça vous embêterait si je…

Jason l'interrompit avec un soupir d'impatience.

— Marty ! Tu m'as appelé. Je suppose qu'il y a une urgence ?

— Oui.

Marty était un coureur de jupons invétéré, mais cela ne l'empêchait pas d'être un pilote hors pair. Il avait sauvé la vie de Jason et de ses hommes en réussissant à les évacuer de l'endroit où ils s'étaient retrouvés piégés, et à les ramener à la sécurité de leur camp de base. C'était la raison pour laquelle Jason supportait l'admiration inconditionnelle et maladroite que Marty avait pour lui, et avait accepté de travailler avec lui dans une équipe de secouristes : il lui devait la vie.

— Un promeneur a disparu. Il s'agit d'un jeune garçon qui était parti avec sa famille faire la boucle allant jusqu'au lac String. Il s'est égaré au niveau du lac Leigh. Cela fait maintenant quatre heures que les recherches ont été lancées. Les parents nous ont appelés une heure après sa disparition.

Jason se mit debout, et regarda les montagnes autour de lui. Il évalua quel était le chemin le plus rapide, puis vérifia la météo, et la position du soleil dans le ciel.

— La journée est déjà bien avancée…

— Et c'est l'été. Le gamin n'a pas de spray pour éloigner les ours. Il a seulement un T-shirt sur lui, pas de veste. Les prédateurs vont sortir dès que la nuit sera tombée. Il faut que nous le trouvions avant eux.

Jason remit la bouteille d'eau dans son sac, et en sortit un gilet avec la grande croix verte des secouristes.

— Sans compter qu'il court le risque de se déshydrater ou de se noyer dans le lac.

— Exactement. Une équipe est déjà partie à sa recherche, mais nous avons besoin de votre connaissance du terrain. Si quelqu'un peut arriver à le retrouver, c'est vous.

Oui. C'était son métier, et il le faisait mieux que tout autre.

Jason remit ses lunettes de soleil, ajusta la visière de sa casquette, et se mit en route.

— Je suis à un quart d'heure de la clairière du lac Solitude. Tu pourras venir me chercher en hélicoptère là-bas, puis me déposer au départ du chemin de randonnée. Je partirai de là pour chercher le gamin.

— Entendu !

Jason enfila son gilet de secouriste sur son T-shirt et démarra au pas de course.

— C'est parti !

1

Neuf mois plus tard… Hôtel Midas Lodge, dans les environs de Jackson, Wyoming

— Samantha, que fais-tu ?

Je cherche un moyen — n'importe lequel — d'échapper à cette situation.

En entendant la voix de son père par-dessus le brouhaha des conversations et des rires de la foule assemblée dans la salle de réception de l'hôtel Midas Lodge, Samantha Eddington essaya de réprimer le sentiment de malaise qui s'était emparé d'elle. Elle était juchée sur une chaise, et se haussa sur la pointe des pieds pour pouvoir refermer le boîtier de la pendule qui trônait au-dessus de l'immense cheminée.

— C'est toi, papa ! La pendule était arrêtée à 16 h 20. Heureusement, il s'agissait seulement des piles.

Elle lui montra les traces de rouille sur la serviette en papier qu'elle avait à la main.

— Je les ai essuyées et remises en place, mais ça ne durera pas longtemps. Il va falloir les changer.

Walter Eddington était un homme solide, trapu, aux traits rudes, et son apparence énergique contrastait avec l'élégance du costume sur mesure qu'il portait. Cet ancien militaire qui avait fait fortune en bâtissant un empire hôtelier était aussi à l'aise dans les salons du Midas Lodge qu'un fusil à la main, à chasser dans les forêts du Wyoming. Malheureusement, Samantha n'avait hérité ni de ses talents d'homme d'affaires, ni de son expertise de chasseur, et elle n'avait aucun goût pour les mondanités… Et ce soir, elle ne se sentait pas à sa place dans cette cérémonie organisée pour célébrer des événements à la fois familiaux et professionnels.

Mais elle aimait son père. Elle l'adorait en vérité. Lorsque sa mère était morte alors qu'elle n'avait que sept ans, ils étaient devenus une équipe, partageant douleur et réconfort, s'aidant l'un l'autre à reprendre goût à la vie. Elle n'avait jamais été le garçon manqué qu'il aurait aimé avoir, et elle ne possédait pas non plus cette aisance en société qui lui aurait permis d'être l'hôtesse et l'assistante dont un homme d'affaires de l'envergure de son père avait besoin. Et, même si elle comprenait mieux que la plupart de ses employés les chiffres et les statistiques concernant les perspectives d'évolution de l'industrie hôtelière, elle n'avait jamais eu envie de diriger un grand groupe. Elle s'intéressait à la conception des bâtiments, aux aspects techniques de leur construction, mais son aversion pour les conseils d'administration, les conférences de presse et les soirées comme celle qui allait marquer ce soir l'inauguration du Midas Lodge l'empêchait d'être l'héritière à laquelle il aurait aimé laisser un jour la direction du groupe Midas. Mais Walter Eddington l'aimait de tout son cœur, elle le savait. C'était son père, le premier homme qui avait eu une place dans son cœur, et, à vingt-neuf ans, elle était toujours sa petite fille chérie.

— Viens, lui dit-il en lui tendant sa grosse main calleuse.

Elle la prit et sourit alors qu'il l'aidait à descendre de son perchoir. Il déposa un baiser sur sa joue.

— C'est *ta* soirée. Peut-être que j'ai eu tort d'insister pour que tes fiançailles avec Kyle et l'inauguration du nouvel hôtel aient lieu le même jour… Mais tu sais à quel point je voudrais changer l'image que la presse donne de toi : celle d'une excentrique qui préfère vivre en recluse, et qui ne s'est jamais vraiment remise du meurtre de sa mère. Si tu évites nos invités, je ne pense pas que cela puisse changer la perception qu'ils ont de toi !

— Je ne suis pas une recluse. J'ai seulement l'esprit occupé par des choses différentes.

Trop de choses, comme le sentiment de culpabilité qui pesait sur elle lorsqu'elle voyait cette ride se creuser entre les sourcils de son père.

— Je le sais bien. Mais la dernière fois que tu as fait la une des journaux, tu n'avais que sept ans. Tu étais si courageuse… et si triste !

Il lui saisit les deux mains et recula pour la regarder de la tête aux pieds. Il sourit.

— Tu es très belle ce soir. Une vraie femme du monde !

Ses yeux d'un vert éclatant, dont elle avait hérité, se teintèrent soudain de mélancolie. Samantha comprit qu'il se perdait dans le passé, et elle lui serra les mains pour le ramener au présent.

— Maman me manque à moi aussi… Surtout ce soir.

Walter hocha la tête, et la serra contre sa large poitrine, dans une de ces étreintes qui la réconfortaient toujours. Puis il s'éloigna avec un petit rire.

— Je sais que tu me ressembles beaucoup mais…

Il écarta de son visage une mèche de cheveux qui s'était coincée dans ses lunettes, et la replaça derrière son oreille.

— C'est ta mère que je vois en toi ce soir… Ses longs cheveux blonds… J'aimerais tellement qu'elle soit là pour partager ce moment avec nous.

Samantha resserra le nœud de la cravate de son père et tapota les revers de sa veste, même si cela n'était pas nécessaire.

— Moi aussi.

— Cela fait vingt-deux ans ce soir que cette ordure l'a tuée…

Il marmonna un juron et cligna des yeux pour retenir les larmes qui brillaient dans ses yeux. Puis il sortit un petit objet de sa poche.

— Je voudrais te montrer quelque chose…

Samantha sourit lorsqu'elle reconnut le médaillon en argent pendant au bout d'une chaîne.

— Le collier de maman ! Celui que tu lui as offert le jour de votre mariage.

— Ça sera le tien un jour. Mais ce soir, je le porte comme un talisman… Pour que tout se passe bien, et que Kyle te rende aussi heureuse que nous l'avons été… Même si cela n'a pas duré longtemps. Je voulais que tu saches qu'elle est avec nous.

Elle caressa du doigt le médaillon gravé comme elle le faisait lorsqu'elle était enfant et que sa mère le portait à son cou. Puis Walter approcha le bijou de ses lèvres et y déposa un baiser avant de le remettre dans sa poche.

— Ne le dis pas à Joyce.

— Ne dis pas quoi à Joyce ? demanda la belle-mère de Samantha en s'approchant d'eux dans un frou-frou de satin. Tous les invités sont là-bas, déclara-t-elle en désignant le hall derrière eux.

Avec un clin d'œil de connivence à Samantha, Walter saisit la main de sa seconde épouse et la porta à ses lèvres avant de lui prendre le bras.

— Il va falloir que tu donnes tes instructions à l'équipe des serveurs, ma chérie. Sammie a réparé cette horloge. Elle était en panne.

— Bien sûr que je vais aller voir le personnel, répondit Joyce. Je voudrais que tout soit parfait ce soir.

— L'horloge ne marchait plus. J'ai ouvert le boîtier et nettoyé les piles, expliqua Samantha.

— Nettoyé avec quoi ?

Le ton de sa belle-mère était plein de reproches, même si son visage demeurait — comme à l'ordinaire — imperturbable. Lorsque Samantha lui montra la serviette en papier tachée, Joyce la lui arracha des mains et la jeta dans l'âtre.

Contrairement à Samantha, Joyce était une femme d'affaires née, qui soutenait Walter dans toutes ses entreprises. Samantha avait eu du mal à trouver sa place dans la famille lorsque son père s'était remarié et avait adopté Taylor, la fille de Joyce.

— Tu es l'invitée d'honneur de la soirée, pas une employée du service de maintenance ! J'espère que tu n'as pas oublié que j'ai demandé aux photographes d'être là à 20 heures ? Ton père accueillera les invités avec un petit discours de bienvenue, puis Kyle fera sa demande en mariage, comme lors de la répétition.

Parce que rien n'était aussi romantique qu'une demande en mariage habilement mise en scène…

Samantha sentit des démangeaisons à l'endroit où les baleines de sa robe bustier appuyaient sur sa peau. Elle sortait avec Kyle depuis plus longtemps qu'avec aucun de ses petits amis précédents — non qu'il y en ait beaucoup sur la liste. Elle se considérait comme la fille timide et d'apparence quelconque d'un homme riche, ce qui l'amenait à douter des sentiments de tous ceux qui semblaient s'intéresser à elle. Mais Kyle avait persisté. Joyce les avait présentés l'un à l'autre et ils étaient devenus amis. Puis son père avait proposé au jeune homme un poste de manager dans l'entreprise, et leur relation avait évolué.

Alors, tant pis si elle ne ressentait pas cette euphorie dont on parlait dans les romans… En toute objectivité, Kyle et elle étaient faits pour s'entendre : il aidait Samantha à sortir de sa coquille, et elle lui offrait un peu de réconfort après une rupture sentimentale douloureuse, et des relations familiales difficiles avec son père. De plus, Kyle s'était montré d'une patience infinie devant son manque d'expérience : il encourageait ses efforts pour apprendre à embrasser et à développer son pouvoir de séduction, et lui avait assuré que leurs rapports sexuels s'amélioreraient si elle prenait confiance en elle.

D'ailleurs, Kyle Grazer venait lui-même d'une famille riche : son père possédait une chaîne d'hôtels sur la côte Est. Il ne s'intéressait donc pas à elle uniquement pour mettre la main sur une partie de la fortune de Walter Eddington. Et ce dernier lui avait promis que la fusion qui allait être annoncée peu de temps après leurs fiançailles n'aurait pas lieu, s'il doutait ne serait-ce qu'un seul instant que Kyle allait prendre soin d'elle et faire son bonheur. Même si leur relation n'était pas tout à fait celle qu'elle aurait espérée, elle était heureuse, non ?

Elle frotta la main sur la plaque qui la démangeait depuis le jour où son père lui avait demandé de faire de leurs fiançailles un événement public, et de les annoncer le jour anniversaire de la mort de sa mère.

« Je veux que cette date soit pour toi associée à un événement heureux », lui avait-il dit.

Que ce soit pour le groupe Midas, pour son père, ou pour son avenir, Samantha avait bien l'intention de répondre oui lorsque Kyle la demanderait en mariage face aux caméras ce soir. Et ce jour ne serait plus celui où sa mère avait été enlevée puis assassinée. Ce serait celui où elle s'était fiancée et avait donné à son père une raison d'être heureux.

— Je n'ai pas oublié l'heure, répondit Samantha à sa belle-mère. Mais je suis un peu nerveuse, et c'est normal. Je ne savais pas où Kyle était passé, et je commençais à ne plus avoir assez d'inspiration pour faire la conversation. La salle était tellement bondée que j'étouffais, alors je suis venue ici pour vérifier l'heure, regarder le paysage par la fenêtre, et me reposer un peu.

— Regarder quoi par la fenêtre ? Il pleut des cordes ! répliqua Joyce en désignant les larges baies vitrées. On ne voit même pas les montagnes tellement le ciel est bas.

Elle réajusta le bustier de la robe de Samantha, d'un air réprobateur.

— Comment ça, tu ne savais pas où Kyle était passé ? poursuivit-elle. Et où sont tes chaussures ?

Samantha remonta ses lunettes sur l'arête de son nez et jeta un coup d'œil vers les sandales à talons hauts qu'elle avait enlevées pour pouvoir grimper sur la chaise. Elle les enfila et ajusta la fine lanière à la cheville, tout en grimaçant de douleur.

— Tes manies de professeur Nimbus étaient peut-être charmantes chez une adolescente, mais elles deviennent pénibles chez une adulte.

Ses manies de professeur Nimbus ? Lorsqu'elle serait mariée, Samantha avait la ferme intention d'enseigner à l'université. Elle avait déjà son doctorat en poche. Du moins, elle l'aurait lorsqu'elle aurait soutenu sa thèse sur le traitement des déchets dans les régions montagneuses… Si d'autres soirées comme celle-ci ne la tenaient pas loin de son ordinateur et de ses graphiques.

— Joyce, intervint Walter en s'approchant d'elle, tu pourrais être un peu plus indulgente ! C'est un grand jour pour Sammie.

— Je le sais bien. C'est un grand jour pour nous tous.

Elle donna une petite tape sur les doigts de Samantha qui faisait mine de se gratter là où la démangeaison persistait.

— J'ai tout prévu dans les moindres détails, de la liste des invités au déroulement de la soirée, en passant par la robe de Samantha.

Une petite ride que le chirurgien esthétique avait dû

oublier de botoxer se creusa près de la commissure des lèvres de Joyce.

— Pourquoi ne portes-tu pas la robe rouge que Taylor et moi avions choisie pour toi ? Ma fille a un goût plus sûr que nous deux réunies. L'autre robe est beaucoup plus photogénique que celle-là.

D'une part, Taylor était petite et menue, alors que Samantha avait des formes pleines. D'autre part, le moindre vêtement, lorsqu'il était porté par Taylor, semblait venir de chez le dernier couturier à la mode alors que Samantha avait déjà du mal à assortir ses chaussures avec sa tenue. Mais surtout…

— C'est Taylor qui m'a aidée à choisir cette robe.

— Elle est mignonne, mais tu as plus l'air d'une première communiante que d'une femme qui va bientôt se marier.

— Elle me plaît.

Elle ne pouvait pas en dire autant des sandales à hauts talons qui lui broyaient les orteils.

— J'ai toujours aimé les tons de bleu et de gris, ajouta-t-elle.

— Je trouve Sammie très belle, répliqua Walter. Et en comparaison de la blouse blanche qu'elle porte pour travailler dans son laboratoire ou de la combinaison qu'elle enfile pour aller sur le terrain, on peut dire qu'elle est très habillée !

— Tu as raison, mon chéri. C'est une belle robe, c'est certain.

Le sourire de Joyce s'effaça vite de son visage.

— Tu ne pourrais pas au moins mettre tes lentilles ? La lumière des flashs va se refléter sur les verres de tes lunettes lorsque les photographes prendront des clichés.

De la main, elle lui fit signe de partir avant de reprendre le bras de Walter.

— Va t'arranger. Je vais essayer de trouver Kyle pendant que Walter va accueillir le lieutenant-gouverneur.

Joyce se tourna vers son père.

— C’est pour cela que je te cherchais : pour te dire qu’elle vient d’arriver avec son époux.

— Je ferais mieux de ne pas les faire attendre, répondit son père en haussant les épaules.

Peut-être n’aimait-il pas plus ces mondanités que Samantha.

— N’oublie pas que tu dois être dans la salle de réception à 20 heures.

Samantha réussit à sourire.

— J’y serai, papa.

— Walter, je suis désolé de vous interrompre…

Un grand homme aux cheveux bruns et à la moustache impeccablement taillée apparut derrière son père. Il avait une carrure imposante, et l’arme qu’il portait à la ceinture, sous la veste de son costume, lui donnait une apparence plus redoutable encore. Comme à l’accoutumée, le chef de la sécurité du groupe Midas avait l’air impassible, et il était difficile de déterminer s’il s’agissait d’une urgence, ou s’il ne faisait que transmettre des informations.

— Madame… Mademoiselle Eddington…, ajouta-t-il en saluant Samantha et sa belle-mère. Je peux vous parler un instant, Walter ?

— Est-ce vraiment nécessaire, Dante ? demanda Joyce. Nous avons un planning à respecter. Walter doit accueillir nos invités jusqu’à 19 h 45, puis il doit faire un discours de bienvenue.

— Je crains que oui, madame. Nous avons un petit problème.

Joyce demeura imperturbable et balaya la foule des invités du regard.

— Je vais aller parler quelques instants au lieutenant-gouverneur.

Même si Dante Pellegrino faisait deux fois sa taille, elle ajouta d’un ton menaçant :

— Ne le gardez pas trop longtemps !

— Non, madame.

Alors que Joyce s'éloignait dans un bruissement de satin, Dante se pencha vers son père pour lui murmurer quelques mots à l'oreille. Samantha resta auprès d'eux, se demandant ce qui se passait.

Elle vit l'expression du visage de son père se durcir.

— Assurez-vous qu'un de vos hommes reste avec Sammie. Elle doit aller quelques instants dans sa chambre pour se préparer.

— Oui, monsieur.

Samantha tira sur la manche de son père.

— Il y a un problème ?

— Rien que je ne puisse gérer. Sois bien à l'heure. Je veux que tu sois la star de cette soirée !

Il déposa un baiser sur son front et s'éloigna pour aller régler le problème dont Dante venait de lui faire part.

Soit son père pensait qu'elle ne comprendrait pas ce qui se passait, soit il ne voulait pas l'inquiéter. Dante serait peut-être plus disposé à partager ses informations.

Elle leva les yeux vers lui.

— Que se passe-il ?

Il mâcha le chewing-gum qu'il semblait avoir en permanence à la bouche. Peut-être avait-il arrêté de fumer, ou était-ce une façon de réguler son stress… Mais quoi qu'il en soit, depuis que son père avait confié la sécurité du groupe Midas à son entreprise il y avait deux ans de cela, elle ne l'avait jamais vu sans.

— Une tempête se prépare. Il va encore pleuvoir ce soir, et neiger en montage.

Elle leva les sourcils, perplexe.

— C'est pour cela que vous vouliez voir mon père ? Pour lui parler du temps ?

— Cela change les plans.

— Quels plans ?

— Un temps comme celui-ci fait venir des personnes qui n'étaient pas invitées.

Samantha sourit.

— Nous sommes dans un hôtel !

— Un hôtel qui n'est pas encore ouvert.

Dante la regarda d'un air indifférent tout en tapotant sur l'émetteur-récepteur miniature qu'il portait au poignet. Il appela un des membres de son équipe de sécurité.

— La fille numéro 1 va se déplacer. Metz ? À toi.

La voix du garde du corps chargé de sa protection lors des cérémonies officielles s'éleva de l'oreillette de Dante Pellegrino.

— Bien reçu. J'arrive.

Dante poursuivit en mâchonnant son chewing-gum.

— C'est mon travail de m'assurer que tout se passe comme prévu. Si vous n'êtes pas redescendue à 20 heures, je viendrai vous chercher.

Était-ce une menace ? Ou le simple rappel que, pour Dante Pellegrino, protéger sa personne n'était qu'un aspect supplémentaire de sa tâche ? Il veillait sur elle tout comme il veillait sur les diamants que portait Joyce ce soir. En marmonnant un juron, Samantha se retourna et partit aussi vite que ses sandales à talons hauts le lui permettaient.

La fille numéro 1. Même si c'était maintenant pour elle une expression familière — c'était son nom de code pour les communications de l'équipe de sécurité, et Taylor était la fille numéro 2 —, ce surnom ne faisait qu'ajouter à son malaise. Elle avait l'impression de n'être qu'un numéro ce soir, un objet que l'on exhibait devant un groupe de riches investisseurs, de cadres dirigeants et de journalistes bavards soucieux de remplir la une de la prochaine publication. Joyce espérait probablement que, lorsque Samantha serait mariée, l'intérêt des médias se reporterait sur sa fille, et qu'un des invités fortunés conseillerait à un fils ou à un neveu de faire la cour à Taylor. Samantha en avait peut-être assez des mondanités, mais Taylor les adorait, et n'était jamais plus heureuse que lorsqu'elle réussissait à attirer l'attention sur elle.

Samantha ne cherchait pas à briller en société et ne comblait pas les attentes de sa belle-mère. Son père se faisait trop de souci pour elle. Et elle n'était qu'un objet pour le chef de la sécurité.

— Vivement que je puisse partir loin d'ici en vacances avec Kyle ! murmura-t-elle en se dirigeant vers les ascenseurs.

Elle ne pensait pas pouvoir gravir les marches de l'escalier, tant ses pieds lui faisaient mal. Même si Kyle n'était pas dans la chambre en train de se préparer pour affronter les caméras, Samantha avait besoin d'un moment de répit, loin de la foule et du bruit. Mais elle espérait qu'elle l'y trouverait : un baiser et quelques paroles d'encouragement lui prouveraient qu'elle allait faire le bon choix en acceptant sa demande en mariage.

Le garde du corps que Pellegrino avait appelé apparut soudain dans le hall. Brandon Metz était certainement la seule personne qu'elle aurait pu qualifier d'ami ce soir. Il faisait partie de l'équipe que son père avait embauchée pour assurer la sécurité de sa famille et de l'entreprise, et c'était en général lui qui veillait sur elle. Il était tenu à la discrétion mais connaissait ses petites manies, et savait qu'elle aurait préféré être n'importe où que d'avoir à parler devant un micro et des caméras.

Samantha appela l'ascenseur alors que Brandon s'approchait d'elle à longues enjambées.

— Samantha ? demanda-t-il alors qu'un tintement résonnait et que les portes s'ouvraient. Attends-moi !

Si elle parvenait à entrer dans la cabine et à refermer les portes avant qu'il ne la rejoigne, elle pourrait gagner quinze secondes de tranquillité.

Mais Brandon réussit à se glisser dans l'ascenseur avant que les portes ne se referment.

— Tu ne m'as pas entendu ?

Elle s'adossa à la paroi de la cabine.

— Désolée. J'avais seulement besoin d'être seule.

Il plissa les paupières d'un air réprobateur.

— Je sais à quel point il est difficile pour toi de parader devant les caméras ce soir. Mais c'est mon travail de ne pas te quitter des yeux !

Comme pour contredire cette affirmation, il lui tourna le dos et se mit à parler dans son micro.

— La fille numéro 1 est en sécurité. Elle se dirige vers sa chambre.

Il jeta un coup d'œil par-dessus son épaule et lui demanda :

— Le fait que ce soit le jour anniversaire de la mort de ta mère te rend les choses pénibles ?

— Oui, un peu, admit Samantha.

Même si le chagrin s'était atténué avec les années, l'amour inconditionnel d'une mère continuerait toujours à lui manquer. Mais si elle commençait à penser à tous les moments où elle aurait aimé avoir sa mère auprès d'elle, alors, elle redeviendrait cette petite fille qui se frayait un chemin parmi les journalistes, les yeux remplis de larmes. Elle était maintenant adulte, et ne pouvait plus se permettre d'être aussi vulnérable. Comme souvent lorsqu'elle voulait se protéger, elle choisit l'autodérision.

— Ainsi que me l'a conseillé Joyce, je vais aller *m'arranger*. Je préférerais que mon père n'ait pas honte de moi lorsque les flashs se mettront à crépiter.

Brandon eut un petit rire, et termina son rapport au moment où l'ascenseur s'arrêtait.

— Je te tiendrai au courant lorsqu'elle repartira. Oui, je connais le programme, ajouta-t-il d'un air agacé.

Il sortit le premier, vérifia qu'elle pouvait s'engager dans le couloir, et la suivit jusqu'à la suite qu'elle partageait avec Kyle.

— Et moi qui pensais que tu quittais la réception pour un tête-à-tête avec ton fiancé !

— J'aimerais bien !

Elle glissa la main sous sa robe pour attraper la carte magnétique qu'elle avait coincée sous son soutien-gorge.

— Cela fait une demi-heure que je cherche Kyle. Tu sais où il est ?

— Le surveiller ne fait pas partie de mes attributions.

Elle glissa la carte dans la serrure et ouvrit la porte de leur suite. Des bruits de voix étouffés lui parvinrent. Peut-être Kyle était-il retourné dans leur chambre pour surveiller les derniers cours de la Bourse, ou pour écouter un de ses podcasts de coaching émotionnel. S'il l'avait abandonnée pour regarder la télévision ou se mettre en condition mentale pour le show de ce soir, elle serait en colère, mais au moins elle comprendrait pourquoi il avait disparu. Samantha désigna le canapé et les fauteuils installés dans le couloir privé, devant une immense baie vitrée qui surplombait l'entrée de l'hôtel.

— Installe-toi ici, dit-elle à Brandon. Je serai rapide.

— Je te donne cinq minutes. Après, je viendrai te chercher.

Avec un sourire en coin, il sortit son téléphone portable de la poche de sa veste et s'assit.

Lorsque Samantha fut dans sa chambre, elle referma la porte, et s'y adossa en poussant un long soupir. Les voix qu'elle avait entendues s'étaient tues. Ce n'était donc pas la télévision. Kyle n'était pas là, mais elle vit ses chaussures impeccablement lustrées abandonnées sur la moquette, et la veste de son costume posée en boule sur l'édredon froissé, à côté de son sac. Elle alla frapper à la porte de la salle de bains. D'ordinaire, son fiancé était soigneux avec ses vêtements. Peut-être avait-il renversé quelque chose sur son costume, et était-il en train de se changer ? Ou peut-être se sentait-il mal ?

— Kyle ? Ça va ?

La salle de bains était vide. Samantha alluma la lumière et étudia son reflet dans le miroir. Elle ajusta ses lunettes sur son visage puis farfouilla dans sa trousse de toilette pour en sortir un boîtier de blush, et rosir ses pommettes. Elle allait devoir prendre sur elle pour faire de cette soirée le succès que son père escomptait.

Lorsqu'elle eut réussi à se convaincre que, malgré ses efforts, elle ne serait jamais la beauté de la famille, elle se mit en quête de ses lentilles. Mais elle s'interrompit soudain et garda ses lunettes, songeant qu'au lieu de chercher Kyle dans tout l'hôtel ou d'espérer qu'il ferait son apparition auprès d'elle au moment voulu il serait plus efficace de lui envoyer un message en lui demandant où il se trouvait. Elle alla s'asseoir sur le lit, et sortit son téléphone de son sac.

Lorsqu'elle eut envoyé le message, elle entendit un bourdonnement provenant de la veste de Kyle.

Elle fronça les sourcils. S'il était inhabituel que Kyle jette sa veste en boule sur un lit, il était encore plus étrange qu'il n'ait pas son téléphone avec lui. Elle attrapa sa veste et la tira vers elle. Un écrin en velours noir tomba d'une poche. Avec une curiosité bien féminine qui l'étonna elle-même, elle ouvrit la petite boîte en se mordant la lèvre. Elle ne put s'empêcher de ressentir un pincement de déception : la bague marquise avec son énorme diamant entouré d'émeraudes et de brillants était bien trop voyante à son goût. Jamais elle ne pourrait la porter dans son laboratoire ou sur le terrain ! Elle referma l'écrin, essayant de ne pas se sentir trop contrariée par ce choix si peu judicieux. Pourquoi Kyle ne lui avait-il pas acheté le simple solitaire qu'elle lui avait montré ?

Puisque sa curiosité l'avait entraînée aussi loin, elle n'hésita pas à déplier la feuille de papier qu'elle trouva dans sa poche lorsqu'elle y replaça l'écrin. Il s'agissait probablement d'un poème et de notes pour son discours… Elle aurait préféré quelques mots venant du cœur.

Elle resta bouche bée, le souffle coupé par la surprise et l'humiliation. Sur le papier figuraient des références et des chiffres. Il ne s'agissait pas d'un poème : c'était la facture de la bague… encore plus onéreuse qu'elle ne l'aurait cru… et payée par sa belle-mère, Joyce !

Pourquoi avait-elle acheté sa bague de fiançailles ?

Si Kyle n'avait pas assez d'argent pour ce bijou si tape-à-l'œil, alors il aurait dû acheter une bague plus petite et de meilleur goût… Un cadeau dont la valeur sentimentale aurait été inestimable pour elle. Mais peut-être avait-il demandé à sa belle-mère d'aller choisir la bague, parce qu'il était très occupé ces derniers temps et qu'il n'avait pas eu le temps de le faire lui-même ?

Elle froissa la facture dans sa main. Peut-être ne s'agissait-il ni d'un problème de temps ni d'un problème d'argent. C'était pour son père et pour Joyce qu'elle avait accepté que ses fiançailles aient lieu devant une assistance aussi nombreuse. Mais cette cérémonie familiale s'était-elle transformée en une simple opération de relations publiques ? Quelle part tenaient les sentiments dans tout ce décorum ?

Samantha ressortit l'écrin de velours et le serra dans son poing. Elle bouillait d'envie de partir à la recherche de Kyle et de lui lancer cette bague à la figure, en lui demandant ce qu'il avait bien pu négocier avec Joyce et son père.

Elle fut tirée de ses pensées vengeresses par un coup sourd frappé contre le mur. Ce bruit lui permit de se ressaisir, et d'envisager sa découverte de manière plus rationnelle. Non, elle ne doutait pas de Kyle… Elle regrettait seulement que leurs fiançailles n'aient pas été célébrées dans l'intimité.

Ce fut alors qu'elle entendit un éclat de rire.

2

Samantha eut un bref instant de frayeur, aussitôt balayé par une rage folle lorsqu'elle comprit ce qui se passait. Elle aurait dû faire confiance à son instinct : ce n'était pas la mise en scène de ses fiançailles qui la mettait mal à l'aise. C'était l'idée d'épouser Kyle.

Un autre coup porté contre le mur la fit sursauter, et elle se leva pour aller voir ce qui se passait. La porte qui donnait sur la chambre voisine et qui pouvait être déverrouillée lorsqu'on voulait agrandir la suite était entrebâillée.

Elle aurait bien aimé croire que les voix qu'elle avait entendues provenaient de la télévision ou d'un podcast de développement personnel, mais elle savait déjà que ce n'était pas le cas lorsqu'elle pénétra dans la chambre. Même si les sons étaient étouffés, les soupirs, les rires et les gémissements lui parvenaient nettement maintenant. Elle alla jusqu'à la porte du dressing, s'accrochant malgré tout à l'espoir que son audition soit aussi mauvaise que sa vue.

Le rire d'une femme s'éleva de l'autre côté de la porte.

— Arrête de faire *chut* ! Tu m'as assuré que personne ne pouvait nous entendre !

Oh ! combien elle aurait aimé ne pas savoir qui parlait !

— Vas-y, ma chérie. Vas-y maintenant !

Elle eut l'impression qu'on lui transperçait le cœur lorsqu'elle reconnut la voix haletante de Kyle.

— Arrête de parler et…

Samantha ouvrit brusquement la porte et vit Kyle adossé contre les étagères du dressing, la braguette ouverte. Sa sœur Taylor était agenouillée devant lui.

Kyle poussa un juron.

Samantha vit sa sœur tomber à la renverse lorsque Kyle s'éloigna du mur. Elle recula en secouant la tête.

Taylor était écarlate.

— Samantha ? Oh mon Dieu ! Je suis désolée ! Je ne voulais pas…

Faire une fellation à mon fiancé ? Ou être prise sur le fait ?

Kyle reboutonna sa chemise dans un effort dérisoire pour regagner un peu de dignité.

— Je peux t'expliquer.

— Moi aussi. Apparemment, tu ne savais plus l'heure qu'il était… Ni à laquelle des deux sœurs tu devais faire ta demande en mariage.

Kyle l'attrapa par le poignet et l'obligea à pivoter pour lui faire face.

— Ma chérie, tu sais que je t'aime !

Il la prit par les épaules et chercha son regard. Ne venait-il pas tout juste d'appeler Taylor « ma chérie » ? Il aurait au moins pu varier son vocabulaire !

— Je voulais seulement faire ça une fois pour ne plus y penser, avant de sauter le pas et de m'engager avec toi.

— Faire ça ? Tu veux dire avoir une relation sexuelle avec ma sœur !

Samantha se débattit et il resserra les doigts sur ses épaules.

Taylor se releva et les suivit en tirant sur l'ourlet de sa robe relevée.

— Faire ça une fois pour ne plus y penser ! Que veux-tu dire ? Tu m'avais promis que…

— Tais-toi !

Lorsque Kyle se retourna vers sa sœur, Samantha trouva

enfin une utilité à ses talons aiguilles de neuf centimètres, et lui en planta un dans le pied. Il poussa un cri et la lâcha sous l'effet de la douleur, pour aller atterrir dans les bras de Taylor. Alors qu'il perdait l'équilibre, Samantha le poussa dans le dos, et il emporta Taylor dans sa chute. Ils tombèrent tous les deux à terre, entraînant avec eux des vêtements et des cintres, pendant que Samantha leur jetait l'écrin contenant la bague à la tête et qu'elle claquait la porte. Ignorant leurs cris et leurs excuses, elle poussa la chaise du bureau sous la poignée pour la bloquer. Aveuglée par la rage, le chagrin, et l'humiliation de ne pas avoir vu plus tôt ce qui se passait, elle retourna dans sa chambre et referma la porte de communication derrière elle. Elle voulait seulement s'enfuir. Si, quelques instants plus tôt, elle avait ressenti le besoin de s'éloigner de la foule des invités, après ce qu'elle venait de vivre, c'était d'un isolement complet qu'elle avait besoin.

Mais elle ne le trouverait pas ici. Elle prit un instant pour placer le repose-bagage supportant sa valise devant la porte de communication afin de la bloquer, et de retenir Kyle et sa sœur un peu plus longtemps. Puis elle attrapa son sac, et enfila un manteau.

Des cris auxquels s'ajoutaient des coups frappés contre la porte et des jurons s'élevaient toujours dans le dressing.

— Tu disais que tu n'étais pas avec la sœur que tu voulais, que c'était moi que tu aimais ! C'était seulement pour que je…

— Tais-toi, Taylor !

Elle entendit que l'on secouait la poignée de la porte.

Kyle se mit à hurler :

— Samantha, ouvre cette porte ! Il faut que nous parlions. Ne te conduis pas comme une enfant !

Puis il ajouta :

— Je t'aime !

Il prononçait ces mots avec le ton le plus hypocrite et étudié qu'elle puisse imaginer.

— Je te le dis tout le temps !

— Mais tu ne l'as jamais pensé, murmura-t-elle avant d'enfiler son manteau et de sortir dans le couloir.

Elle remarqua à peine Brandon qui se leva d'un bond. Elle détestait savoir qu'elle pleurait et qu'elle était profondément blessée. Mais son cerveau semblait encore fonctionner, même si elle ne parvenait pas à maîtriser ses émotions. Elle songea soudain que, lorsque Kyle aurait réussi à ouvrir la porte du dressing, il n'aurait aucun mal à sortir de la chambre de Taylor pour se lancer à sa poursuite. Inutile de lui faciliter la tâche : elle renversa une console pour mettre un obstacle supplémentaire entre eux.

— Hum… Il y a un problème ? demanda Brandon en faisant un pas de côté pour éviter le fauteuil de cuir qu'elle traînait devant la porte de la chambre de Taylor. Ta mère m'a demandé de te rappeler que…

— Ma belle-mère, Brandon ! Joyce est ma belle-mère. Ma mère est morte !

Elle essuya rageusement les larmes qui perlaient à ses yeux et se dirigea vers les ascenseurs, ignorant les appels et les coups provenant de la chambre de Taylor.

— Dis à Joyce et à mon père qu'il s'est passé quelque chose et que je pars.

Brandon ne la quittait pas d'une semelle.

— Qu'a fait cet enfoiré ? Il t'a encore trompée ?

Samantha s'arrêta net.

— Encore ? Tu savais que… Ce n'est pas la première fois ?

Elle se retourna et lut dans ses yeux une commisération qui lui fit mal.

Tu peux être en colère, mais tu ne peux pas être triste !

— Je savais que quelque chose n'allait pas entre nous. Mais j'avais réussi à me persuader que je me faisais des idées, et je voulais à tout prix que les choses marchent. J'étais vraiment stupide !

— Où vas-tu ? Je ne peux pas te laisser partir seule. Surtout dans cet état !

— Dans quel état ? Enfin consciente de la réalité ? Décidée à me défendre et à sauver ce qu'il me reste de dignité ?

Elle fouilla dans son sac.

— D'accord. Alors, tu vas venir avec moi. Voici mes clés.

Elle entra dans l'ascenseur, en tendant le trousseau au garde du corps déconcerté.

— Va chercher ma voiture. Je t'attendrai devant la porte située à l'arrière du bâtiment, près de la cuisine. Je ne veux pas avoir à traverser le hall et à faire face à tous ces gens.

— Pellegrino va vouloir connaître ta destination. Il n'aime pas les changements de dernière minute quand tout son dispositif de sécurité est déjà mis cn place. Il pleut à verse…

— Je ne sais pas où je vais aller. Et je me moque complètement d'être mouillée ! Il faut seulement que je parte d'ici !

Elle sursauta en entendant un craquement venant du bout du couloir, et appuya sur le bouton du rez-de-chaussée.

— Immédiatement.

Brandon empêcha la porte de se refermer.

— Et que dois-je dire à Pellegrino et à ton père ?

— Que je ne me sens pas bien. Que je pars sur la lune. Je m'en moque !

— Samantha !

La voix de Kyle lui parvint nettement. Il avait réussi à défoncer la porte du dressing.

Brandon dégagea le revers de sa veste et posa la main sur l'étui qu'il portait à la ceinture.

— Tu veux que je l'arrête ?

Au moins, quelqu'un était de son côté. Mais elle avait besoin que Brandon fasse ce qu'elle lui demandait.

— Soit tu vas chercher la voiture, soit je pars toute seule.

Il hocha la tête et se précipita vers l'escalier en courant.

— Je te retrouve à l'arrière de la cuisine, devant l'entrée des livraisons.

Elle l'entendit parler dans son micro alors que l'ascenseur commençait à descendre.

— Ici Metz. Je t'informe que la fille numéro 1 est…

Sans un seul regard en direction du hall, Samantha se dirigea vers la cuisine. Les employés étaient tous occupés à faire le service, et elle ne vit que le chef et son second lorsqu'elle poussa les portes battantes et pénétra dans la pièce. Elle ignora leurs regards curieux et leurs propositions d'aide, et hâta le pas, se dirigeant vers l'entrée arrière. Lorsqu'elle entendit la porte battante s'ouvrir à nouveau et le second pousser un cri de surprise, elle se mit à courir aussi vite que ses sandales à talons aiguilles et sa robe étroite le lui permettaient.

— Samantha ! Il faut que nous parlions !

Kyle n'avait pas pris le temps de mettre ses chaussures, et il avançait derrière elle sans faire de bruit. Elle poussa un cri lorsqu'il l'attrapa et la força à se retourner vers lui, la coinçant contre une table en inox. Après l'effort qu'il venait de fournir pour enfoncer la porte et la poursuivre, son visage aux pommettes hautes était tout rouge, et il haletait.

— Samantha, je pensais que tu étais adulte. Tu réagis comme une gamine ! Tu dois au moins m'écouter. Tu n'as pas le droit de me refuser cela !

— Je n'ai pas le droit ?

Elle sentait ses doigts s'enfoncer dans sa peau, et elle le repoussa.

— Lâche-moi !

— Sortez d'ici ! ordonna-t-il au chef et à son second.

Comme les deux hommes restaient immobiles, médusés

par la scène dont ils étaient témoins, il balaya de la main un plateau de petits-fours qui atterrit par terre, et se mit à hurler :

— Sortez !

Samantha aurait donné cher pour pouvoir les accompagner lorsque la porte se referma sur eux. On entendit les plats et les casseroles posés sur la table cliqueter alors qu'elle se tordait pour échapper à l'emprise de Kyle.

— Lâche-moi !

Il lui prit alors le visage entre ses mains, et l'obligea à le regarder.

— Nous allons nous marier. Nous avons conclu un accord. Ta famille m'apprécie.

— Certains plus que d'autres, apparemment.

— Inutile d'être sarcastique ! Oui, j'ai fait une erreur. Tu dois me pardonner.

— Ah bon ?

— Tu crois que je te trouve parfaite ? Qu'il n'y a rien en toi que j'aimerais changer ?

Et maintenant, il allait lui dire que c'était sa faute ? Elle refoula les larmes qui lui piquaient les yeux, et tenta de contrôler ses émotions pour trouver les mots justes.

— Ce n'est pas moi qui t'ai trompé.

— D'accord, je suis faible…

— Tu n'as même pas choisi la bague de fiançailles toi-même ! Tu n'avais pas assez de temps à me consacrer ?

— J'ai été très occupé…

— Je veux bien le croire !

— Par le travail ! J'étais un peu à sec et je n'avais pas assez d'argent pour t'offrir la bague que je voulais. Alors Joyce m'a aidé.

Kyle avait un père millionnaire et était un des cadres dirigeants du groupe Midas. Comment pouvait-il manquer d'argent ? Avant qu'elle ne puisse lui poser la question, il posa son front plein de sueur contre le sien, dans un geste supposé être tendre, et Samantha se demanda comment elle avait pu le trouver beau et charmant.

— Je veux t'épouser. Tu sais que je suis bien pour toi. Nous formons une bonne équipe.

Il ne lui dit pas qu'il avait besoin d'elle. Ni qu'il l'aimait… Et soudain, elle n'eut plus du tout envie de pleurer. Elle le laissa lui caresser le visage de ses lèvres, mais, au moment où il pensait l'avoir gagnée à nouveau, elle se dégagea.

Il poussa un juron avant de se lancer à sa poursuite.

— C'est un malentendu ! Il faut que tu arrêtes de vivre dans un monde enchanté et que tu te rendes compte de ce qu'est la vraie vie ! J'ai des besoins !

Elle se retourna, furieuse.

— Et toi, il faut que tu arrêtes de baisser ta braguette devant toutes les femmes ! Si tu voulais faire l'amour, tu aurais pu me le demander. Jamais je n'ai refusé que tu m'en apprennes un peu plus…

Il eut le culot de sourire, et lui posa la main sur la joue.

— C'est donc ça ? Ma chérie, je t'aime trop pour faire ça en vitesse avec toi.

Elle le força à retirer sa main.

— Mais avec ma sœur, ça va ?

— Taylor est jeune et amusante. Mais elle n'est rien pour moi. Tu es tout.

— Menteur. Il y en a eu combien d'autres ?

Il eut au moins la décence d'avoir l'air coupable. Pendant un quart de seconde.

— Écoute, je vais être franc. Tu es en train d'apprendre. Bientôt, nos relations sexuelles seront satisfaisantes. Mais en attendant que tu prennes confiance en toi…

— Il n'y a pas que le sexe dans une relation ! Il y a aussi l'amour, la confiance et le respect. Tu es complètement à côté de la plaque !

Lorsqu'elle sentit la main de Kyle se poser à nouveau sur

son bras, Samantha saisit la première arme qu'elle trouva : une lourde poêle posée sur la table. Elle la brandit et lui assena un coup sur l'épaule. Il poussa un cri de douleur en saisissant son bras blessé. Elle se sentit soudain fautive, et songea un instant qu'elle était allée trop loin.

— Je t'interdis de rompre nos fiançailles ! s'écria Kyle.

Lorsqu'elle comprit que c'était de la fureur qu'elle lisait sur son visage, et non de la douleur, la compassion qu'elle avait ressentie un instant plus tôt s'évanouit.

Elle frappa Kyle à l'abdomen, et le força à reculer. Puis elle lui ordonna d'ouvrir la porte de la chambre froide.

— Entre là-dedans ! Entre ou je te jure que je vais voir mon père pour lui raconter que je viens de te surprendre en train de faire l'amour avec Taylor !

Kyle leva les mains et fit un pas vers elle.

— Tu ne veux tout de même pas contrarier ton père ce soir !

— Entre là-dedans ou je vais lui parler !

Le mépris qu'elle avait pour lui ne fit qu'augmenter lorsqu'elle vit la promptitude avec laquelle il s'exécuta. Visiblement, la seule chose qui lui importait était que Walter ne soit au courant de rien. Les sentiments de Samantha, eux, le laissaient totalement indifférent.

Elle referma la porte derrière lui, et bloqua la serrure.

Au lieu de l'insulter ou d'appeler à l'aide, Kyle la regarda par la petite fenêtre vitrée, et lui montra qu'il avait son portable.

Avait-il pris le temps de retourner dans leur chambre pour prendre son téléphone avant de se lancer à sa poursuite ? Ou en avait-il un deuxième ? Qui appelait-il ?

— C'est Kyle Grazer. J'ai besoin d'aide.

Le crépitement de la pluie sur l'auvent de toile qui protégeait l'entrée de service empêcha Samantha d'entendre le reste de la conversation… jusqu'à ce que Kyle se mette à hurler :

— Immédiatement ! Elle est en train de partir, par l'entrée située près de la cuisine ! C'est le plan B !

Elle ne savait pas à qui Kyle s'adressait, mais il était hors de question qu'elle attende pour le savoir. Un peu essoufflée après sa bagarre avec lui, elle parcourut du regard les voitures des employés garées de l'autre côté de l'allée, pour voir si sa BMW gris métallisé était parmi elles. La pluie formait un rideau de part et d'autre de l'auvent de toile, réduisant tout son monde au rectangle lumineux du porche éclairé. Où était Brandon ? Il avait largement eu le temps d'aller chercher sa voiture garée devant l'hôtel et de venir la retrouver ici.

Même si elle était protégée de la pluie, l'humidité de l'air déposait de fines gouttelettes sur sa peau. Elle frissonna, en partie à cause de la fraîcheur de cette soirée de printemps, mais aussi parce qu'elle était pleine d'appréhension. Elle sortit son téléphone et chercha le numéro de Brandon. Devait-elle l'appeler ? Ou attendre encore un peu ?

Elle entendit soudain le rugissement d'un moteur puissant… Trop puissant pour qu'il s'agisse de sa voiture. Des pneus crissèrent sur l'asphalte mouillé. Deux phares s'approchèrent, trouant la pénombre d'une lueur aveuglante. Samantha se protégea les yeux et se poussa sur un côté de l'allée pour ne pas être renversée.

Juste au moment où elle appelait son garde du corps, un gros monospace noir déchira le rideau de pluie et s'arrêta en dérapant à quelques centimètres d'elle, l'aspergeant d'eau sale.

— Hé !

Une porte coulissa sur le côté et deux hommes portant des treillis noirs et des cagoules sortirent du véhicule. L'un d'eux avait à la main ce qui lui sembla être une mitrailleuse.

Samantha se mit à hurler.

— Faites-la taire ! s'exclama l'un d'eux d'une voix mauvaise.

Elle se retourna brusquement et se retrouva face à

un troisième homme. D'où venait-il ? Des bras musclés l'enserrèrent comme un étau, et lui enlevèrent brutalement le téléphone des mains.

— Lâchez-moi !

Quelqu'un lui arracha son sac de l'épaule. Elle se mit à donner des coups de pied, à griffer, à se tordre.

— Brandon ! Au secours ! Ky…

Une main gantée lui appliqua un chiffon imprégné d'un liquide à l'odeur forte sur le nez et la bouche. Elle eut un étourdissement et commença à s'affaisser. Des mains solides la soulèvent. Elle sentit ses genoux heurter le marchepied du monospace avant qu'on ne la pousse à l'intérieur.

— Au secours ! dit-elle avec peine.

Elle roula sur le plancher du monospace, et se cogna sur le côté opposé.

— Que se passe-t-il ? Qui êtes-vous ?

Soudain, une voix s'éleva.

— Samantha !

C'était Brandon. Il venait l'aider !

Elle entendit deux détonations et son sang ne fit qu'un tour.

L'homme installé derrière le volant sortit la main par la fenêtre et fit feu à plusieurs reprises. Son arme avait un silencieux. Brandon ne pourrait pas l'entendre.

Elle se redressa, déterminée à avertir son garde du corps.

— Brandon !

La porte se referma dans un claquement et le monospace démarra.

— Les lunettes !

Quelqu'un les lui arracha du visage, et elle eut l'impression d'être soudain plongée dans le brouillard.

— Je vous en prie… Je ne vois rien !

— Tais-toi !

Elle sentit qu'on lui enfonçait une petite aiguille dans le cou.

— Regarde si elle porte un dispositif de repérage.

Elle sentit qu'on tirait sur son manteau. Puis l'homme qui semblait diriger les opérations ordonna :

— Pars ! Vite !

Tout autour d'elle se brouilla. Le crissement des pneus se mêla aux ombres qui se mouvaient autour d'elle.

Elle avait été enlevée… Comme sa mère, Michelle Eddington vingt-deux ans plus tôt… Ce soir-là comme aujourd'hui, la tempête faisait rage, songea Samantha avant de perdre connaissance.

La trahison de Kyle serait un coup dur pour son père, mais il parviendrait à la surmonter.

Cela, en revanche, le briserait.

3

Une bouteille de bière vola à travers la salle. Jason réussit à éviter le projectile et le vit s'écraser contre l'encadrement de la porte du Kitty's Bar.

Il s'arrêta un instant pour essuyer quelques gouttes de bière qui s'étaient déposées sur sa veste, et évalua rapidement la situation. Visiblement, il arrivait en pleine bagarre entre quelques jeunes du coin — il en reconnaissait certains — et un groupe d'hommes vêtus de costumes sombres. Situé dans la banlieue de Moose, dans le Wyoming, le Kitty's Bar était d'ordinaire un endroit tranquille où l'on venait boire un verre et retrouver ses amis. Mais passé minuit le vendredi soir, l'endroit était bondé et les empoignades fréquentes.

— Ça suffit ! s'écria Kitty Flynn lorsqu'une table fut renversée, et que des cartes à jouer et des jetons de poker tombèrent sur le parquet aux planches disjointes.

Jason vit une casquette portant le logo familier de son équipe de secouristes qui glissait sur le sol, et remarqua une chevelure rousse et bouclée. Bien entendu, Marty Flynn, son collègue — et neveu de Kitty —, était au cœur de la bagarre. Il le vit assener un coup de poing sur un type blond portant un costume trois-pièces avant de sortir une serveuse des bras de cet homme, et de la pousser vers le comptoir, derrière lequel se trouvait sa tante.

— Reste en dehors de tout ça, Cathy. Je ne veux pas que tu sois blessée.

Puis Marty retint un jeune homme brun d'une vingtaine d'années qui portait un jean et une chemise à carreaux. C'était un des jumeaux de Murphy. Ils travaillaient tous les deux avec leur père, qui possédait un magasin d'armes à feu. Jason ne parvenait jamais à savoir lequel des deux était Cy, et lequel était Orin. Le gamin se dégagea et tenta de s'en prendre à un grand homme en costume, qui avait déjà un œil au beurre noir. Jason ôta sa casquette et secoua la pluie qui avait ruisselé sur son col. Il n'aurait jamais dû répondre à l'appel de Marty.

— Hé, capitaine. On vient de m'appeler pour retrouver une femme dans le massif de Grand Teton.

— C'est une randonneuse ? avait demandé Jason, en songeant que cette femme était inconsciente de s'être aventurée dans la montagne au printemps, avant que la neige n'ait fondu sur les sommets.

Mais il était déjà en train d'attraper le sac qu'il tenait toujours prêt pour le charger dans son 4x4. La nuit était le pire moment lorsqu'on était perdu dans les montagnes. Et avec cette pluie torrentielle — ou cette tempête de neige, suivant l'altitude — les choses étaient encore plus compliquées.

— Pas vraiment…

Jason avait attendu que Marty lui explique la situation.

— Rejoignez-moi au Kitty's Bar. Vous êtes le seul de l'équipe que je préviens, parce que le type qui m'a contacté insiste pour que cette opération de recherche reste secrète. Je ne ferai même pas un rapport pour le patron. Je vais simplement lui demander une autorisation de vol. Je ne pense pas que nous ayons besoin d'être plus nombreux. Et il y a beaucoup d'argent à la clé…

L'argent n'était pas important pour Jason. C'était sa conscience qui comptait. Et il ne pouvait laisser quelqu'un en détresse dans ces montagnes alors qu'il les connaissait mieux que quiconque. Il avait retrouvé le petit garçon de cinq ans qui s'était éloigné de ses parents l'été dernier. Il était venu à l'aide d'un cycliste qui avait fait une mauvaise rencontre avec un cougar, et avait porté le type sur son dos jusqu'à une clairière pour qu'un hélicoptère puisse l'emmener à l'hôpital. Des skieurs avaient eu besoin d'être secourus, eux aussi… Et il avait été là pour eux.

Mais cela ne suffisait pas : il avait toujours une dette à payer. Trop de vies avaient été perdues à Kilkut. Et même s'il aurait aimé vivre loin du monde, ce besoin de redresser la balance — une vie sauvée pour chaque vie perdue — faisait qu'il ne pouvait pas ignorer un appel de Marty Flynn. Peut-être un jour se sentirait-il en paix, libéré de sa colère et de sa culpabilité.

Alors, il était venu. Il s'était rendu au Kitty's Bar à minuit passé, et il se retrouvait au beau milieu d'une rixe.

Apparemment, Marty essayait justement d'y mettre un terme, ce qui lui attirait coups et insultes. Quatre jeunes gens du coin s'en prenaient à quatre hommes en costume, qui leur rendaient coup pour coup. Le plus âgé d'entre eux, qui avait un visage carré et des cheveux argentés, se tenait derrière un grand type et un malabar qui avait une moustache noire bien caractéristique. Même s'il semblait assez raisonnable pour éviter d'en découdre avec des hommes bien plus jeunes que lui, cela ne l'empêchait pas de donner des ordres ou de répondre à ceux qui lui criaient qu'il n'avait rien à faire ici. Quant au type à la moustache, il était visiblement entraîné : il arrêtait tous les coups, se campait sur ses pieds lorsqu'un adversaire se précipitait sur lui, et utilisait sa force pour le repousser.

Le blond en costume que Marty avait frappé essuya un filet de sang qui coulait du coin de sa bouche, et attrapa le bras de l'homme plus âgé, l'éloignant de deux jeunes qui bousculèrent des tabourets de bar avant de tomber par terre.

— Restez à l'écart, Walter. Laissez-nous nous occuper de ces péquenauds.

— Je n'ai pas peur de me battre !

Le vieil homme ne se lança pas au cœur de la bagarre, mais il força celui qui essayait de le retenir à le lâcher.

Les efforts de Marty pour ramener un peu de calme dans le bar semblaient voués à l'échec, d'autant que personne ne paraissait décidé à arrêter de se battre. Mais la priorité de Jason était d'aider cette randonneuse perdue, pas de mettre un terme à une rixe qui devait avoir pour origine une blague douteuse, ou un geste déplacé d'un homme en costume envers une serveuse.

Certes, Jason savait se battre… Et plutôt bien, grâce à son entraînement de marine. Si l'on ajoutait à cela qu'il était grand, musclé, et large d'épaules, il fallait être particulièrement soûl ou stupide pour oser commencer une bagarre avec lui.

Mais cela ne l'intéressait pas, même pour venir en aide à Marty. Il commença à rebrousser chemin.

— Capitaine ! Jason ! C'est le…

Un autre jeune du coin se lança sur le vieil homme, tentant de l'empoigner. Jason reconnut Richard Cordes Jr. Son père dirigeait autrefois une milice installée sur un domaine isolé dans les montagnes.

— Bon sang, Richard, hurla Marty, je t'ai dit d'arrêter !

— Et toi, Marty, occupe-toi de tes affaires !

On entendit un bruit de verre brisé.

— Capitaine Hunt !

C'était Marty qui l'appelait à l'aide. Jason ferma les yeux, prit sa respiration, et se lança dans la bataille.

Il saisit au collet un jeune homme qui se relevait péniblement, et l'installa de force sur une chaise en l'avertissant de rester tranquille. Il s'agissait de Kane Windisch, un cousin de Richard Cordes Jr. Puis il attrapa par le cou un autre garçon et le força à dégager le passage pour qu'il puisse s'approcher de Marty et de Cordes, qui brandissait une bouteille cassée, menaçant de s'en servir contre tous ceux qui oseraient s'approcher de lui.

Et c'est alors qu'il remarqua les renflements sous les vestes de l'homme à la moustache et de l'homme qui avait déjà un œil au beurre noir : ils portaient tous les deux des armes.

— Tu n'aurais pu dû venir ici, mon vieux ! gronda Cordes. Tu n'aurais pas dû lancer de fausses accusations contre moi !

Il menaçait de son tesson de bouteille l'homme plus âgé qui devait être Eddington. C'est alors que celui qui avait une moustache écarta le revers de sa veste et dégaina son arme.

Lorsque Cordes fit mine de se lancer sur lui, Jason l'attrapa par-derrière, le souleva et, lui coinçant le bras, le tordit jusqu'à ce que le jeune homme ouvre la main et laisse tomber le morceau de verre qu'il tenait. Jason l'éloigna d'un coup de pied et mit Cordes à terre. Le gamin sentait la fumée et la bière à plein nez. Jason le menaça du doigt :

— Toi, tu as besoin de dessoûler et de te calmer !

— Qui êtes-vous ? demanda l'homme à la moustache d'un air méprisant. La cavalerie ? Nous avions la situation en main.

Jason se retourna vers lui et désigna du menton l'arme qu'il avait à la main.

— Vous devriez ranger ça.

— Et vous devriez vous mêler de ce qui vous regarde.

— Ces gamins ne sont pas armés.

C'était sans compter les fusils que Richard Cordes et ses amis avaient certainement dans leurs véhicules. Mais Jason supposait que l'homme à la moustache était au courant. Cet homme était un pro, vraisemblablement un ancien militaire devenu le garde du corps du vieil homme et du blond. Comme Jason, il savait probablement que Kitty avait une arme derrière le comptoir pour se protéger et mettre un terme à des bagarres comme celle-ci. Mais cela ne signifiait pas pour autant que Jason allait lui permettre de conserver cet avantage injuste sur un groupe de jeunes hommes qui étaient trop ivres pour avoir les idées claires.

— Je peux me débrouiller seul, Jason ! Je n'ai pas besoin d'aide ! s'écria Richard Cordes.

Il se tordait pour échapper à Marty qui, avec un des jumeaux, tentait de le retenir.

— Je n'ai pas peur de toi, Eddington, poursuivit Cordes, ni des hommes qui sont venus ici avec toi !

Le vieil homme aux cheveux blancs posa la main sur l'épaule de son garde du corps.

— Dante, range ton arme.

Mais il continuait à fixer Richard Cordes du regard.

— Cela fait deux ans que je vous surveille, monsieur Cordes, et croyez-moi, je n'ai aucune envie d'avoir affaire à vous. Je fais partie de ceux qui pensent que justice a été rendue le jour de l'exécution de votre père, et j'ai été heureux de pouvoir rester à distance. Mais si vous vous en êtes pris à ma fille, je vais m'occuper personnellement de vous !

Richard Cordes Jr. poussa un juron.

— La justice est pourrie !

Il envoya un coup de coude dans l'estomac de Marty, et se dégagea.

— Tu es venu pour me prendre mes terres, Eddington ? Comme tu as pris celles de mon père ?

Il se rua sur le vieil homme.

— Tu vas voir comment on rend justice par ici !

Jason ne s'était pas trompé : Dante était bien le garde du corps d'Eddington. Il s'avança pour intercepter Cordes. Comme si de rien n'était, il attrapa le bras du jeune homme et le lui tordit derrière le dos. Puis il poussa le jeune homme contre le comptoir et lui écrasa le visage dessus.

Un des jumeaux s'élança à l'aide de son camarade. Mais il s'arrêta net et leva les mains lorsque l'homme à la moustache sortit à nouveau son arme et la pointa sur son visage en lui disant d'un air menaçant :

— Recule !

C'en était assez. Jason poussa le jeune homme de côté et s'interposa. C'était maintenant sur lui que l'arme était fermement pointée. L'homme à la moustache plissa les paupières.

— Respirez un bon coup, déclara Jason d'une voix calme.

Le grand homme en costume sortit son arme, lui aussi, et la braqua sur lui. C'était un pistolet semi-automatique à viseur laser. Jason n'en avait plus vu depuis qu'il avait quitté l'armée. Ces types ne plaisantaient pas.

L'homme à la moustache appuya le visage de Cordes un peu plus fermement sur le comptoir. Mais de l'autre main, il continuait à braquer son arme sur Jason.

— Vous avez perdu, lui dit-il. Nous sommes deux et vous n'êtes pas armé. Je suis Dante Pellegrino, le patron de Pellegrino Security.

— Tant mieux pour vous.

Jason n'était pas impressionné.

Marty Flynn apparut soudain aux côtés de Jason, brossant sa casquette de la main avant de la remettre à l'envers.

— Je vous présente Jason Hunt, monsieur Eddington. C'est le type dont je vous ai parlé. J'ai servi sous ses ordres quand j'étais dans l'armée.

— Dante…

Celui qui répondait au nom de « M. Eddington » parlait avec l'autorité d'un homme habitué à se faire obéir.

— Laisse Cordes partir. J'ai des choses à lui dire. Et range ton arme toi aussi, Brandon.

Pellegrino lâcha Cordes, non sans effectuer délibérément une dernière pression sur son visage, puis il rengaina son arme. Son compagnon fit de même. Lorsque Cordes se jeta sur Pellegrino, Jason lui fit un croche-pied pour éviter qu'il se jette dans la gueule du loup, et lui signifier d'arrêter la bagarre.

— Toi aussi, range ton arme, Kitty, dit-il à la propriétaire du bar, d'un ton plus doux.

La vieille femme lui rappelait sa mère, qu'il n'avait pas vue depuis deux ans.

— Jason Hunt, si tu ne ressemblais pas tant à ton père…

En grommelant qu'elle n'aimait pas qu'on lui dise ce qu'elle devait faire dans son propre établissement, elle retourna derrière le comptoir et rangea à nouveau son pistolet dans un tiroir fermé à clé.

— Cathy, va chercher une pelle et un balai dans la remise.

La jeune serveuse s'éloigna rapidement pour faire ce que sa patronne lui demandait.

— Et passe-toi un peu d'eau sur le visage tant que tu y es !

— Oui, madame.

Jason ne quitta Pellegrino du regard que lorsque toutes les armes furent rangées. Il jeta un coup d'œil en direction de Richard Cordes qui descendait d'un trait un petit verre empli d'une liqueur sombre, et souriait béatement.

— Rentre chez toi.

Les compagnons de Cordes étaient déjà en train de remettre leurs vestes et leurs chapeaux.

— L'un de vous est-il encore en état de conduire ?

Un des jumeaux — Orin, lui sembla-t-il — hocha la tête.

— Oui, monsieur.

Mais Richard Cordes Jr. — communément appelé Junior — était le digne fils d'un chef de milice qui ne supportait aucune manifestation d'autorité. Non seulement il avait hérité de ce trait de caractère, mais il était trop soûl pour se taire et agir raisonnablement. Il posa son chapeau taché et déformé sur sa tête.

— Tu vas payer, Eddington ! Tu vas payer pour ce que tu as fait à ma famille ! Tu ne sais pas à qui tu as affaire !

Kitty sortit de derrière le comptoir avec un plateau et un chiffon humide, et commença à nettoyer la table.

— S'il te plaît, Richard, pars. C'est la maison qui offre les consommations. Je ne sais pas ce que tu as contre ces types mais…

— Ce n'est pas la peine de me faire des cadeaux : je ne suis pas fauché à ce point !

Il lança quelques billets sur le comptoir avant de se retourner pour descendre un dernier verre.

— Tu m'as pris mon père, Eddington. Alors, fais attention…

— Va te faire voir, Cordes ! répliqua le vieil homme. Si c'est toi qui t'en es pris à ma fille, je t'assure que tu vas le regretter ! Je suis prêt à te donner l'argent tout de suite si tu me la ramènes.

— Vous ne pouvez pas faire ça ! intervint Pellegrino en faisant mine de s'avancer.

Jason le retint par l'épaule pour l'empêcher de recommencer à se battre, d'autant plus que Kitty se trouvait au milieu d'eux. Pellegrino se dégagea et lui lança un regard furieux.

Kitty vint se placer devant le plus âgé des hommes en costume.

— Je vous l'ai dit : Richard Cordes a passé la soirée ici à jouer aux cartes. Il ne peut pas avoir enlevé votre fille !

Enlevé ? Jason n'aimait pas du tout ce mot. Dans quoi Marty l'avait-il embarqué ?

— Je m'en vais, Kitty. Je m'en vais, déclara Cordes.

Il enfila sa veste, et ses compagnons le guidèrent vers la porte. Lorsqu'il passa devant Jason, il s'arrêta et le regarda comme s'il venait tout juste de remarquer sa présence.

— J'aurais pu le battre, tu sais.

Non, il n'en aurait pas été capable. Il avait beaucoup trop bu pour avoir les idées claires et les gestes précis… Surtout contre des hommes armés et aguerris comme l'étaient Pellegrino et son compagnon.

— Tu as parlé à ton père récemment ? continua Cordes. Tu as de la chance de pouvoir le faire. J'ai entendu dire que Nolan avait eu des ennuis de santé ces derniers mois. Tu devrais aller le voir parfois, au lieu de passer tes journées à construire ce chalet dans les bois… ou à te mêler de mes affaires.

Jason fut saisi d'une inquiétude fugace : son père était-il vraiment malade ? Il était également mécontent que Richard Cordes ait choisi de lui rappeler ses problèmes maintenant, juste parce que sa fierté avait été blessée. Mais Jason décida de ne pas se laisser déstabiliser, et se recentra sur le présent. S'il se tenait à l'écart de sa famille et préférait la solitude des grands espaces, il y avait une raison. Et ce n'étaient pas les piques d'un gamin ivre qui allaient la lui faire oublier.

— Rentre bien, Richard.

Lorsque la porte se referma sur Cordes et Orin, le plus âgé des hommes en costume s'avança pour lui serrer la main.

— Monsieur Hunt, je suis Walter Eddington. Je vous remercie de vous être déplacé à cette heure-ci. Vous voulez boire quelque chose ?

Kitty reprit son plateau et retourna derrière le bar.

— Je viens de faire du café, Jason. Je vais t'en apporter une tasse.

Il hocha la tête pour la remercier et commença à suivre Marty et Eddington, qui allèrent rejoindre l'homme blond et s'installèrent avec lui à une grande table au fond du bar. Il s'immobilisa lorsque Dante Pellegrino et son compagnon vinrent se placer à côté de lui, refusant d'approcher tant qu'ils ne lui laisseraient pas un peu d'espace. Pellegrino se caressa la moustache, lui faisant clairement comprendre que l'on devait passer par lui pour accéder à son patron. Mais comme Jason ne bougeait plus, Walter Eddington poussa un juron et ordonna à Pellegrino de venir s'asseoir avec eux. Avant de lui obéir, Pellegrino lança un coup d'œil à son compagnon et désigna la porte d'entrée du bar.

— Brandon, va vérifier que Cordes et ses amis sont bien partis. Je ne veux pas de mauvaises surprises.

— J'y vais.

C'est alors que la porte des toilettes des femmes s'ouvrit et que la scène prit une tournure nouvelle. On se serait soudain cru dans une mauvaise série télévisée.

Deux femmes — qui, par leur tenue, semblaient aussi déplacées dans ce bar où s'élevaient des effluves de bière que des orchidées dans un carré de mauvaises herbes — s'avancèrent. L'une d'elles, une jeune fille blonde d'une vingtaine d'années vêtue d'une robe en lamé argent, portait un sac de voyage pendant que l'autre, plus âgée mais tout aussi sophistiquée, parlait au téléphone d'un ton sec et mécontent. Marty tira une chaise pour que la jeune fille puisse s'asseoir, pendant que l'autre femme prenait place à côté d'Eddington.

— Je suppose que nous pouvons apporter l'argent, maintenant que M. Cordes et ses amis sont partis ?

Elle pressa la main de Walter. Ce geste ainsi que l'alliance sertie de diamants qu'elle portait au doigt apprirent à Jason qu'il devait s'agir de l'épouse d'Eddington.

— Tu es certain qu'ils ne sont pas à l'origine de ce qui est arrivé à Samantha ?

— Je ne suis plus certain de rien…, répondit Eddington en portant la main de sa femme à ses lèvres pour y déposer un baiser.

Ellc tendit la main pour écarter une mèche de cheveux blancs de son front d'un doigt impeccablement manucuré. Ce geste tendre attira l'attention de Jason sur le visage du vieil homme. Lors de son altercation avec Cordes, il avait les joues rouges de colère. Mais maintenant, son visage gris trahissait son épuisement, et toute l'énergie dont il avait fait preuve semblait l'avoir quitté.

— Monsieur Hunt, je vous présente mon épouse, Joyce. Et ma fille cadette, Taylor. Et je suppose que vous ne connaissez pas Kyle Grazer, ajouta-t-il en désignant l'homme blond. Il travaille avec moi dans le groupe Midas. Il devait se fiancer ce soir avec ma fille aînée.

— Devait ? intervint Grazer. Ce qui s'est passé ne change en rien mes projets ! Ils sont seulement retardés.

Il souleva le lourd sac de voyage et le posa au milieu de la table, faisant trembler tous les verres et s'attirant un regard courroucé du vieil homme.

— Ce n'est même pas la totalité de la somme que les ravisseurs ont demandée ! s'écria Grazer. Oubliez un instant vos principes, Walter. Si nous faisons ce qu'ils demandent, ils vont la relâcher. Sinon…

— Kyle…, déclara Joyce Eddington en lançant au jeune homme un regard qui lui intimait le silence.

Elle ne voulait visiblement pas qu'il exprime ses craintes à voix haute. Mais la menace laissée en suspens par Kyle semblait avoir bouleversé la jeune fille, qui se mit à pleurer. Joyce lui lança un regard réprobateur mais lui passa le bras autour de l'épaule. Ses yeux étaient rouges, même si elle avait vraisemblablement essayé de se rafraîchir le visage dans les toilettes.

— Taylor, ma chérie, il faut que tu sois plus forte. Kyle, tu peux nous donner ton mouchoir ?

Comme Kyle hésitait, Marty sortit un bandana bleu de la poche de son jean et le tendit à la jeune femme, tout en s'asseyant sur la chaise en face d'elle. Elle le remercia d'une voix éteinte et se tamponna les yeux.

— Je vais bien, maman. Je suis seulement inquiète pour Samantha… Elle doit avoir si peur ! Et nous sommes assis ici, à parler de ce que nous devons faire alors qu'elle est peut-être déjà…

Joyce lui pressa la main en secouant la tête, pour la dissuader de terminer sa phrase.

Soudain, Jason tendit la main et ouvrit le sac posé sur la table. Il n'eut pas à tirer beaucoup la fermeture Éclair pour voir apparaître des liasses de billets soigneusement rangées.

Il sentit son sang se glacer dans ses veines alors que les souvenirs l'assaillaient. Cette fois-ci, le prix à payer n'était pas des armes de haute technologie et des informations sensibles, mais la situation était semblable : la vie d'une femme était en jeu. Il n'était pas certain qu'il puisse supporter cela à nouveau. Marty pensait qu'il y avait de l'argent à gagner facilement, mais il ne savait pas ce à quoi ils s'engageaient… Ni le prix qu'ils auraient à payer s'ils échouaient.

Mais Jason était un homme de devoir. Il était toujours prêt à s'engager lorsqu'il s'agissait de sauver quelqu'un. Il referma le sac, prit une chaise, la retourna, et s'assit à califourchon près de Walter Eddington.

— Qui a été enlevé ?

— Droit au but. Cela me plaît. J'ai servi moi-même dans l'armée. Entre autres choses, j'ai été en mission au Vietnam.

Pendant un bref instant, Walter Eddington sembla très âgé. Puis il prit une inspiration qui élargit son torse déjà imposant, sortit son téléphone de sa poche, et le poussa sur la table devant Jason.

— Voici le message que j'ai reçu à minuit. C'est ma fille aînée, Samantha.

Eddington détourna les yeux, manifestement incapable de regarder l'écran. Il sortit une chaîne en argent de la poche de sa veste, et passa son pouce sur chaque maillon, comme s'il comptait les perles d'un rosaire. Ce n'était pas bon signe. Se préparant à voir des choses pénibles, Jason prit le téléphone et lança le message vidéo.

Une main appartenant à quelqu'un qui n'apparaissait pas sur l'écran ôta une cagoule noire de la tête d'une femme. Elle se cacha les yeux avec ses poignets liés et plissa les paupières pour se protéger de la lumière vive dirigée sur elle. Tout le reste de la scène était plongé dans l'ombre, et on ne parvenait à distinguer ni ses geôliers ni l'endroit où elle se trouvait. Des cheveux blonds cascadaient d'un côté sur son cou alors que d'autres mèches étaient encore maintenues par des épingles. Lorsqu'une main gantée lui ôta les mains de son visage, elle grimaça, mais ne dit rien.

La voix d'une personne qui n'était pas dans le champ de la caméra murmura des paroles inintelligibles, et elle cligna des yeux. Elle se passa la langue sur la lèvre inférieure et s'éclaircit la gorge, comme si elle avait soif et devait faire un effort pour parler.

— Je ne peux pas voir la caméra sans mes lunettes, et encore moins lire vos gribouillis.

— Donne-les-lui, ordonna la voix étouffée.

Elle regarda dans le vague jusqu'à ce que des mains gantées apparaissent à nouveau sur l'écran et lui mettent brutalement une paire de lunettes sur le nez. Alors, elle murmura :

— Merci.

Jason dut combattre son envie de partir. Tout dans la scène lui rappelait Kilkut. La femme sur l'écran avait les yeux et les cheveux d'une couleur différente, mais avec ses lunettes elle ressemblait tellement à… Le souvenir de verres de lunettes brisés par une balle vint se superposer au visage de Samantha Eddington. Il serra les poings, essayant de chasser les images du passé et de se concentrer sur le présent, sur ces grands yeux verts.

— Lis.

La voix n'était plus étouffée maintenant, mais sèche et dure.

Samantha replaça correctement ses lunettes, et regarda la caméra.

— Papa ? J'ai des ennuis. Je n'aurais jamais dû quitter cette soirée. Je suis désolée ! Brandon va bien ? Il a essayé de m'aider. Je sais que tout cela te rappelle ce qui est arrivé à maman.

— Ça suffit ! Lis.

— Vous allez m'emmener aux toilettes dehors si je vous obéis ? Ma vessie est sur le point d'éclater.

Pour toute réponse, on entendit le bruit caractéristique d'un fusil que l'on armait.

— Lis.

Elle écarquilla les yeux et fixa du regard quelqu'un qui n'apparaissait pas sur l'écran, et qui très certainement la menaçait d'une arme. Samantha Eddington était pâle, effrayée, vêtue d'une robe ridiculement sophistiquée qui épousait les formes de sa poitrine, et dans laquelle elle frissonnait de froid… À moins que ce ne soit de peur. Mais, malgré le bandage qui dépassait de la bretelle de sa robe, sur l'épaule gauche, elle ne semblait pas blessée.

Elle dirigea ensuite son regard vers la droite de la caméra et se mit à lire.

— Nous — ces hommes, bien entendu, pas moi — voulons cinq millions de dollars. Cela fait un million par personne ! Vous devez croire que…

— Pas de commentaires !

On vit apparaître dans le champ de la caméra le canon d'un fusil pointé sur Samantha. Celui qui le tenait l'approcha de sa tête.

— Contente-toi de lire sans rien ajouter.

Même si la scène était pénible à regarder, Jason en apprit plus en quelques secondes qu'il ne l'avait fait auparavant en écoutant la famille et les employés de Walter Eddington. Il y avait au moins cinq hommes, bien armés, qui retenaient

Samantha Eddington prisonnière dans un endroit où il y avait des toilettes extérieures. Donc elle n'était pas emprisonnée en ville. Il y avait encore des flocons de neige sur la veste de celui qui tenait l'arme. Ils se trouvaient donc en altitude. Samantha Eddington était intelligente, peut-être un peu trop pour son bien : il ne fallait surtout pas que ses ravisseurs s'aperçoivent de tous les détails qu'elle avait réussi à faire passer dans la vidéo, et qu'ils la punissent pour cela.

Elle acquiesça nerveusement, et baissa les yeux vers le message qu'elle devait lire.

— Si vous ne nous payez pas cette rançon, vous ne reverrez jamais votre fille…

Elle hésita, se mordit la lèvre, et cligna des paupières pour retenir ses larmes. Puis elle continua sa lecture.

— … comme vous n'avez jamais revu votre femme. Je suis désolée, papa. Je sais à quel point tout cela est dur pour toi. S'il m'arrive quelque chose, promets-moi que tu ne te culpabiliseras pas.

— Lis !

Le canon du fusil se posa sur sa tempe, et elle s'immobilisa. Puis elle écarta la tête et poursuivit sa lecture.

— Nous téléphonerons demain matin à 8 heures pour donner le numéro d'un compte où vous déposerez l'argent. Lorsque cet argent sera viré et que nous aurons quitté le pays, nous vous appellerons à nouveau pour vous indiquer l'endroit où est retenue votre fille. Si l'argent n'est pas sur notre compte à midi, vous ne trouverez que son cadavre.

Jason vit sa gorge trembler, et elle déglutit.

— À moins que… les charognards ne le fassent avant vous.

Elle se ressaisit, et reprit :

— N'appelez pas la police. N'appelez pas le FBI. N'utilisez pas les services de votre entreprise de sécurité. Payez la rançon : cinq millions contre la vie de votre fille.

Elle fixa la caméra de ses grands yeux verts.

— J'ai essayé de me battre, papa. Mais je suis frigorifiée ici, comme le jour où tu as essayé de m'apprendre à chasser. Tu te souviens ?

— Fais-la taire !

La main gantée ôta les lunettes de son visage.

— Je vous en prie, laissez-moi mes lunettes. J'ai lu ce que vous aviez écrit. Vous ne savez pas ce que mon père a déjà enduré. Il ne paiera pas.

— Il ferait mieux de le faire.

Elle essayait de lutter contre ses ravisseurs maintenant… sans succès. Les hommes la poussèrent à terre et la caméra la suivit.

— Arrêtez ! Je vous en prie… Non !

— Nous la tuerons si tu refuses de coopérer, Eddington, conclut quelqu'un qui n'apparaissait pas sur l'écran.

Une autre paire de mains écarta ses cheveux de son visage, découvrant son cou à la peau laiteuse. Quelqu'un en approcha une seringue. Elle grimaça lorsque l'aiguille la piqua. Elle parlait déjà d'une voix pâteuse alors qu'elle déclarait en direction de la caméra :

— Je t'aime, papa.

L'écran devint noir avant qu'un triangle ne se dessine dessus, invitant Jason à revoir la vidéo. Mais il avait déjà repéré et mémorisé tous les éléments qu'il pouvait en tirer. Son sang bouillonnait dans ses veines alors que ses souvenirs éclairaient les événements présents d'une lumière très menaçante, et lui faisaient craindre le pire pour Samantha Eddington. Il craignait de ne pas parvenir à contenir sa colère s'il regardait à nouveau cette vidéo… S'il n'arrivait pas à dominer ses émotions, il ne serait d'aucune utilité pour personne. Et clairement, Samantha avait désespérément besoin de l'aide qu'il pouvait lui apporter.

Mais Jason n'était plus sûr d'avoir encore la force mentale

qu'il fallait pour mener à bien ce genre d'opération de sauvetage. Il rendit le téléphone au père de Samantha.

— Vous avez cinq millions de dollars ?

— Oui.

— Alors payez la rançon.

C'était en toute sincérité le meilleur conseil qu'il pouvait lui donner.

Il se leva, et s'apprêta à partir.

— Je refuse de céder à leurs menaces, déclara Eddington.

Par principe, Eddington choisissait de condamner sa fille à la mort ?

Le vieil homme se leva pour retenir Jason.

— Vous ne me connaissez peut-être pas, capitaine Hunt, mais ce n'est pas la première fois que j'ai à subir une telle épreuve. J'ai donné un million de dollars à Richard Cordes Sr. et ses hommes pour sauver la vie de ma femme Michelle, il y a vingt-deux ans. Ses ravisseurs l'ont tout de même tuée.

Vingt-deux ans auparavant, Jason était un écolier qui découvrait que les filles n'étaient pas si ennuyeuses que ça, et qui comptait les jours qui le séparaient du retour de son père, en mission à l'étranger. Il ne s'intéressait pas à l'actualité. Mais malgré tout, il se souvint vaguement que l'on avait retrouvé le corps d'une femme dans un fossé, près de la propriété où était basée la milice de Richard Cordes. Il jeta un coup d'œil vers la table où son fils, Richard Cordes Jr., jouait aux cartes quelques instants plus tôt.

— Vous êtes venu ici parce que vous pensiez que Cordes avait enlevé votre fille…

— Oui. Le jour où son père a été exécuté pour le meurtre de Michelle, il a été très menaçant… Je sais qu'il me tient pour responsable de la mort de son père. Il prétend que j'ai escroqué sa famille lorsque j'ai acheté le terrain où était installée la milice de son père pour y construire un complexe hôtelier. Bien entendu, Cordes Sr. ne possédait pas ces terres : elles appartenaient au gouvernement, et il s'y était établi sans la moindre autorisation. J'ai acheté cet endroit en toute légalité, et j'ai payé un bon prix pour chaque hectare de terrain. Mais je suis certain que son père a fini par le convaincre que je l'avais spolié. Je ne voulais pas me battre avec Cordes. Je voulais seulement…

— Que Samantha revienne.

Joyce apparut aux côtés de son époux alors que le vieil homme se voûtait. Elle reprit la conversation pendant qu'Eddington tentait de se ressaisir.

— J'ai dit à Walter que nous devions venir ici prêts à négocier. Il a réussi à mettre la main sur plus de cent mille dollars en liquide. Mais M. Cordes s'est senti insulté par cette offre. Il faut ajouter à cela qu'il était soûl et a essayé de draguer ma fille…

— Maman !

Taylor Eddington semblait embarrassée d'attirer l'attention sur elle.

Mais cela ne semblait pas poser le moindre problème à Kyle Grazer. Il se leva et frappa la table du poing.

— Payez la rançon, Walter ! En totalité ! Votre entêtement va la tuer !

Cette accusation fit frémir le vieil homme, et ses joues s'empourprèrent. Il poussa sa femme et vint se placer devant le jeune homme.

— Vous n'avez pas droit à la parole. Si vous étiez resté près de Samantha ce soir…

— C'est moi qui ai tenté de l'empêcher de partir !

Taylor éclata en pleurs et se précipita vers les toilettes, pendant que Joyce Eddington engageait les deux hommes à se conduire en gentlemen et que Pellegrino s'interposait entre eux, forçant Grazer à reculer d'un pas. Le jeune homme leva le menton pour défier le garde du corps, et poussa un juron. Mais, ainsi que Jason pensait qu'il le ferait, Grazer obtempéra.

Pellegrino ne quitta pas Grazer des yeux lorsqu'il approcha de ses lèvres la petite radio qu'il portait au poignet, et qu'il appela son employé.

— Brandon ? Si tout va bien, j'ai besoin que tu reviennes chercher M. Grazer et que tu l'escortes jusqu'à la limousine.

— Je peux y aller tout seul, grommela Grazer. Vous pouvez vous permettre de perdre cinq millions, Walter. Mais pouvez-vous perdre à nouveau quelqu'un que vous aimez ? S'il arrive quelque chose à Samantha, vous en porterez l'entière responsabilité !

La tête haute, il sortit du bar. Il lança un regard noir à Brandon Metz, lorsqu'il croisa le jeune homme qui était venu le chercher.

Metz haussa les épaules, perplexe, mais obéit à Pellegrino lorsqu'il lui fit signe de venir vers lui.

— Grazer peut se débrouiller seul, déclara-t-il.

Puis il tira vers lui le sac rempli de billets.

— J'ai besoin que tu mettes ça en sécurité.

— Oui, chef.

Mais Eddington reprit les choses en main. Il arracha le sac des mains de Pellegrino et le tendit à Jason.

— M. Flynn dit que vous êtes le meilleur. Considérez cela comme une avance. C'est à vous que je donnerai les cinq millions si vous me ramenez Samantha vivante.

Pellegrino intervint immédiatement, et reprit l'argent.

— Voyons, Walter ! Je vous ai dit que mes hommes et moi irions chercher Samantha. Ce type sera notre guide. Vous ne pouvez pas payer un étranger pour la sauver !

— Le message était explicite : ni la police, ni le FBI, ni l'entreprise qui assure ma sécurité.

Mme Eddington tint à donner son point de vue.

— Je pense que Kyle a raison. Nous devrions payer la

rançon, nous assurer d'abord que Samantha va bien. Et ensuite, traîner ces hommes devant la justice.

Walter éleva la voix.

— Je veux qu'elle soit à la maison avant le prochain coup de fil. Avant qu'il ne soit trop tard.

Jason jeta un rapide coup d'œil à Marty Flynn, et surprit une grimace d'excuse sur son visage. Bon sang, pourquoi Marty l'avait-il mêlé à tout cela ? Mais il ne pouvait pas refuser. Il ne supporterait pas d'avoir la mort d'une autre femme sur la conscience.

— C'est d'accord. Je m'en occupe.

Il soupira, et se prépara mentalement à redevenir ce soldat qu'il avait été, uniquement concentré sur la réussite de sa mission.

— Racontez-moi tout ce que vous savez sur l'enlèvement de votre fille, et aidez-moi à comprendre les allusions qu'elle a faites dans la vidéo.

Jason avait le sentiment qu'il fallait agir très vite, et en tout état de cause avant 8 heures du matin, l'heure à laquelle les ravisseurs devaient appeler Walter pour lui donner des instructions concernant le paiement de la rançon.

— Vous avez déjà emmené Samantha à la chasse ? Vous étiez dans un chalet avec des toilettes extérieures ?

— Oui. Elle n'avait pas pris les chaussures adéquates pour ce voyage..., commença Eddington. Lorsqu'elle avait douze ans, je l'ai emmenée près du lac Marion, et je lui ai appris à utiliser un fusil. Elle refusait de viser des oiseaux ou d'autres animaux, mais elle tirait sur des cibles en carton. Elle voulait comprendre le fonctionnement d'une arme : elle a toujours aimé bricoler, réparer... Elle a passé plus de temps à démonter son fusil et à le nettoyer qu'à tirer avec. J'avais loué un chalet pour le week-end. Je n'avais pas remarqué qu'elle avait mis ses chaussures de sport au lieu des bottes que je lui avais achetées. Elle avait les pieds trempés et gelés.

— Où était ce chalet ?

— Sur le chemin de Teton Canyon.

Walter secoua la tête.

— Le bâtiment a été démoli il y a six ans. Elle ne peut pas se trouver là.

— Mais si elle a reconnu l'endroit, c'était peut-être une manière de nous aider.

Le parc national de Grand Teton faisait plus de mille deux cents kilomètres carrés. Il était indispensable de préciser la zone de recherche s'ils voulaient avoir la moindre chance de retrouver Samantha avant le prochain contact des ravisseurs.

— Il y a quelques refuges et plusieurs chalets le long de ce chemin. Elle se trouve peut-être dans l'un d'eux.

— Au moment où la vidéo a été filmée…, fit remarquer Pellegrino. Ils peuvent avoir bougé depuis.

Et elle pouvait être déjà morte…

Un plan commença à se former dans l'esprit de Jason. Il fallait maintenant qu'il se mette en route le plus rapidement possible. Il n'allait pas attendre qu'il soit trop tard pour sauver Samantha Eddington. Même s'il avait été forcé d'accepter cette mission, il ne pouvait pas se permettre d'échouer.

— Comment ont-ils réussi à l'enlever ?

— C'est ma faute.

Brandon Metz jeta un coup d'œil vers la porte avant de répondre.

— J'espérais que Grazer en parlerait lui-même. Mais puisqu'il a choisi de ne rien dire… Samantha et lui se sont disputés, et elle a décidé de partir au lieu de retourner auprès des invités.

Il poussa un soupir.

— Je suis presque certain qu'elle n'a plus l'intention de se fiancer avec lui.

— Et dire que ce type a le culot de se présenter devant moi ! s'écria Eddington d'une voix pleine de colère.

— Walter…

Joyce retint son mari avant qu'il ne se lève d'un bond.

— Nous ne savons pas encore ce qui s'est passé. Nous tirerons les choses au clair avec Kyle.

Brandon Metz hocha la tête sans conviction.

— Grazer a été la dernière personne à voir Samantha. Il prétend qu'elle a soudainement piqué une crise, et qu'elle s'est mise à agir de manière totalement irrationnelle. Il a appelé l'équipe de sécurité pour avoir de l'aide.

Pellegrino confirma ce que Metz venait de dire.

— C'est moi qui ai ouvert l'armoire réfrigérante où elle l'avait enfermé.

Cette femme avait de l'énergie ! Tant mieux : il allait en falloir à Jason pour se sortir de cette situation. Elle était également débrouillarde, si elle parvenait à se sortir d'une dispute en enfermant son interlocuteur. Et même avec une arme pointée sur la tête, elle avait eu les idées assez claires pour leur fournir un maximum de renseignements.

Mais s'il commençait à penser à ces beaux yeux verts ou à admirer l'intelligence de la personne qu'il devait sauver, Jason courait le risque de ne pas être efficace. Il devait se concentrer sur sa mission s'il voulait réussir.

— Revenons-en à l'enlèvement.

Metz poursuivit.

— Des hommes attendaient sur le parking.

— Ils étaient en embuscade ?

Apparemment, Samantha était sortie de l'hôtel sur un coup de tête. La façon dont s'était déroulé l'enlèvement suggérait donc que ses allées et venues étaient surveillées de près… Par un fiancé par exemple… Ou un membre de la famille… Ou un garde du corps.

— Je ne les ai pas remarqués à cause de la pluie. J'étais

au volant de la voiture de Samantha. Deux hommes m'ont forcé à en sortir et m'ont assommé. Lorsque j'ai réussi à me relever, ils ont tiré sur moi. Les coups de feu venaient d'un monospace noir. Ils sont partis vers l'ouest, sur l'autoroute 22. J'ai appelé Pellegrino et nous avons essayé de les suivre.

— Ils se sont dirigés vers la forêt nationale de Bridger-Teton, remarqua Jason qui connaissait bien l'endroit.

Mais la zone de recherche était encore beaucoup trop vaste.

— Vous avez relevé un numéro d'immatriculation ?

— Partiel…

Metz désigna la bosse qu'il avait sur la tempe.

— J'avais la vision un peu brouillée.

Pellegrino fit signe à Metz qu'ils n'avaient plus besoin de lui.

— Va surveiller Grazer. Il n'en fait qu'à sa tête. Je n'ai aucune confiance en lui.

— Je voudrais faire partie de l'équipe qui ira à la recherche de Samantha, déclara Metz. Elle a été enlevée sous ma surveillance…

— Va surveiller Grazer. Tout de suite.

Metz ouvrit la bouche comme s'il s'apprêtait à protester… Mais il la referma sans rien dire et se dirigea vers la sortie.

Pellegrino le regarda partir avant de reprendre la parole.

— Vous ne pouvez pas lui en vouloir. Ces types sont des pros. Le portable de Samantha a été désactivé juste après son enlèvement. Pour envoyer la vidéo, les ravisseurs ont utilisé un téléphone prépayé que l'on ne peut pas localiser.

— Vous voulez partir dans la montagne dès maintenant, capitaine Hunt ? demanda soudain Marty. Je ne peux pas utiliser l'hélicoptère pour une recherche visuelle avant le lever du soleil. Cela laisse très peu de temps jusqu'à 8 heures !

Pellegrino se dirigea vers l'endroit où Jason était toujours assis.

— Ceci pourra peut-être vous aider : par mesure de sécurité, Walter et tous les membres de sa famille portent une puce électronique pour pouvoir être retrouvés.

Il chercha une image sur son téléphone et la montra à Jason.

— Nous avons repéré un signal à cet endroit : une station-service près de Snake River. Là, nous avons découvert le monospace noir. Les ravisseurs l'avaient abandonné là, avec la puce de Samantha Eddington à l'intérieur.

Jason serra les dents en découvrant la photo d'un sac en plastique dans lequel se trouvait une petite puce électronique. Dessus, on voyait du sang et des résidus de peau. Cela expliquait certainement le bandage qu'il avait remarqué sur l'épaule de Samantha.

— Nous avons interrogé les gens du coin, et l'un d'eux dit avoir vu un petit groupe d'hommes sortir du monospace. Ils ont transféré du matériel dans un 4x4, qui tirait une remorque avec quatre motoneiges. Il n'a pas regardé la plaque minéralogique.

Des motoneiges… Totalement inutilisables dans la boue ou sur des routes bitumées. Tant d'hommes et de matériel laissaient des traces : cela allait pouvoir aider Jason dans ses recherches… si seulement l'information fournie par Pellegrino était fiable.

— Cet homme a-t-il vu Samantha ? Ce témoignage pourrait être une tentative pour nous mettre sur une mauvaise piste.

Pellegrino remit son téléphone dans sa poche.

— Il a aperçu des caisses, des fusils, des jerricans d'essence… et un tapis enroulé. Tout le reste était du matériel dernier cri. Je suppose que Samantha était cachée dans le tapis.

Jason hocha la tête.

— Je ne suis pas policier, leur rappela-t-il. Je n'ai pas le pouvoir d'arrêter ces hommes… Et il se peut que je doive enfreindre quelques règles pour pouvoir vous ramener votre fille.

— J'ai des relations haut placées, lui assura Eddington. S'il y a des problèmes, je me débrouillerai pour les résoudre.

Jason n'était pas certain de pouvoir lui faire confiance… Mais il avait pris sa décision. Il remit sa casquette sur la tête. Puis il ouvrit le sac contenant l'argent, et y prit une liasse de billets qu'il tendit à Marty.

— Mets du kérosène dans l'hélicoptère. Je t'appellerai dès que j'aurai déterminé le lieu du rendez-vous. Tu devras partir aux premières lueurs du jour.

Marty remit sa casquette à l'endroit. C'était le signe qu'il était sérieux.

— Je serai prêt. Vous pouvez compter sur moi.

Alors que Marty se dirigeait vers la sortie, Eddington se leva et tendit le sac avec les billets à Jason.

— Prenez-le.

— Je ne veux pas d'argent. Faites un don pour les vétérans, et pour les familles des soldats morts au combat.

— C'est d'accord, répondit Walter en lui tendant la main.

Jason s'apprêta à la serrer. Il fut surpris de sentir que le vieil homme déposait dans sa paume la chaîne qu'il tenait.

— Prenez ce collier. Samantha saura que c'est moi qui vous l'ai donné, et elle vous fera confiance. Ramenez-moi ma fille.

Sans répondre, Jason prit le bijou, sortit du bar, et se dirigea vers son 4x4. Il pleuvait tellement que son champ de vision était très limité. Mais il put constater que les véhicules de Richard Cordes et de ses amis n'étaient plus là, ce qui ne le surprit pas. Il fut en revanche étonné de ne voir ni Metz, ni Grazer. S'étaient-ils mis à l'abri dans la limousine de Walter Eddington ? Pour deux hommes si concernés par le bien-être de Samantha Eddington, il était étrange qu'ils n'aient pas attendu de voir s'il allait accepter la mission de recherche proposée par Walter Eddington. Jason s'immobilisa avant d'entrer dans son véhicule. Deux personnes aussi difficiles à contrôler qu'un fiancé rongé par la culpabilité et un garde du corps désireux de plaire pouvaient l'empêcher de se concentrer sur sa mission et d'agir efficacement.

Mais il n'avait pas besoin de ces deux hommes pour être perturbé : cette fois, il affrontait la neige et le froid au lieu du sable et de températures suffocantes, mais il avait l'impression que l'histoire se répétait… Et il n'avait pas pu sauver la vie d'Elaine.

Il ferma les yeux, comme pour effacer le souvenir de cette journaliste que son unité avait été chargée de sauver. Elaine et lui avaient passé beaucoup de temps ensemble, à parler du travail tout d'abord, puis de leurs espoirs et du destin qui leur avait permis de trouver l'amour ici, dans cet enfer. Elle ne lui avait pas caché qu'elle sortait avec le chef de son agence de presse, à Stuttgart, et que, lorsqu'elle était partie faire un reportage sur l'unité que Jason dirigeait, elle n'aurait jamais cru qu'elle tomberait amoureuse d'un marine. Mais pendant les quelques semaines et les précieuses nuits qu'ils avaient passées ensemble, ils avaient oublié la guerre et le reste du monde… Si Elaine n'avait pas été prête à prendre des risques pour bien faire son travail, elle n'aurait pas été capturée. Et si, en soldat respectueux de sa hiérarchie, il n'avait pas attendu qu'on lui donne officiellement l'ordre d'aller la délivrer…

— Monsieur Hunt ? Un instant…

Jason chassa ces souvenirs pénibles et se retourna. Dante Pellegrino s'approchait de lui.

— Metz n'est pas le seul à vouloir participer à cette opération de sauvetage. C'est mon métier de protéger cette famille. C'est moi qui ai monté cette entreprise de sécurité, et ma réputation est en jeu ce soir. Si nous ne retrouvons pas Samantha Eddington, je peux mettre la clé sous la porte.

Pellegrino poursuivit :

— Que puis-je faire pour vous ?

— Rien.

Jason voulait agir seul. Il ne s'intéressait pas à la réputation de Pellegrino, ni à la solvabilité de son entreprise. Seuls comptaient pour lui le besoin de venir en aide à une femme effrayée, et celui de calmer les démons du passé.

— Moins j'ai de monde avec moi, plus je peux aller vite.

— Vous n'avez pas besoin de soutien ? D'armes ? De lunettes de vision nocturne ? D'un véhicule plus récent pour parcourir ces chemins ?

— Mon 4x4 ne m'a jamais lâché, quel que soit le temps ou le terrain.

Pellegrino pointa le pouce par-dessus son épaule, désignant le bar.

— Vous pouvez leur faire croire là-bas que cette opération est de la routine, mais je sais les risques que vous prenez. Vous allez affronter des hommes dangereux, qui n'hésitent pas à tirer.

Jason regarda les gouttes de pluie se déposer sur sa moustache noire.

— Il y avait au moins cinq hommes impliqués dans l'enlèvement et l'attaque contre Brandon. Peut-être plus. Dès qu'ils apprendront que vous êtes à leurs trousses, vous êtes un homme mort.

Jason ouvrit la portière de son 4x4.

— Ils ne le sauront pas.

— Personne ne s'attend à ce que vous couriez ce danger tout seul. Laissez-nous vous aider ! Mes hommes sont entraînés à se battre contre ce genre de mercenaires.

Jason s'installa derrière le volant.

— Ils ne sont pas entraînés à vivre dans la montagne. Elle est le seul allié dont j'ai besoin.

4

— Maman ?

Samantha frissonnait de froid, et n'aurait pu dire si elle faisait un cauchemar ou si elle était éveillée.

— Maman, où es-tu ?

Elle était de nouveau cette petite fille qui parcourait la maison à la recherche de sa maman, et se demandait pourquoi elle ne venait pas lui lire une histoire avant qu'elle s'endorme. Toutes les pièces étaient plongées dans le noir, toutes les portes étaient fermées à clé. Elle entendait des coups sourds, des bruits de pas et des grondements s'élever des recoins les plus sombres, mais elle ne parvenait jamais à apercevoir les monstres qui s'y cachaient. Elle savait seulement qu'ils étaient là, tapis dans le noir, et qu'ils l'attendaient.

Il faisait si froid dans la maison ! Ses longs cheveux humides se figeaient en glaçons qui tapaient contre son cou et ses épaules. Ses lunettes se couvraient de buée, et elle arrivait à peine à distinguer ce qui l'entourait. Elle appuyait sur chaque poignée, tambourinait sur chaque porte, mais elles demeuraient inébranlables. Elle allait d'une porte close à une autre, essayant désespérément de les ouvrir jusqu'à s'en faire saigner les doigts. Elle se jetait contre tous les obstacles et les traversait pour ne trouver de l'autre côté que des ténèbres plus épaisses encore. Elle sentait l'haleine glacée et fétide des monstres sortant de l'ombre pour se lancer à sa poursuite.

— Restez où vous êtes…, murmura-t-elle.

Elle s'endormait toujours calmement lorsque sa mère était assise sur le lit auprès d'elle. Ses paupières se faisaient plus lourdes et se fermaient doucement. Mais ce soir, elle courait, et paniquée, les doigts en sang, elle fouillait tous les recoins de la maison.

— Maman ?

Elle n'arrivait pas à s'endormir. Elle voulait une histoire. Elle voulait se fondre dans la chaleur et la douceur du corps de sa mère contre elle. Elle voulait entendre sa voix claire et gaie lui raconter des histoires de magiciens, d'aventuriers, de mondes imaginaires ou réels, et de personnages dont elle espérait pouvoir un jour suivre les traces.

Mais elle ne parvenait pas à trouver sa mère. Ses larmes étaient gelées sur ses joues. Le tissu de son pyjama lui grattait la peau, et le moindre pas qu'elle faisait lui coûtait un effort surhumain. Elle était prisonnière des ténèbres, seule et terrifiée. Une main froide se referma sur son bras, mais elle se dégagea… Elle se mit à courir…

— Où es-tu, maman ? Aide-moi !

C'est alors qu'elle vit une porte d'où s'échappait un rayon de lumière vive. Quelqu'un était éveillé… Quelqu'un était vivant… Elle n'était pas seule !

— Maman !

Samantha s'élança vers la lumière. À chaque pas, la douleur se propageait le long de ses jambes. Elle vit des mains se tendre vers elle dans le noir. Des doigts, noueux comme les branches d'un arbre, glissèrent sur sa peau et dans ses cheveux. Des mains fortes, implacables, se refermèrent sur ses bras et l'attirèrent à nouveau dans le noir.

— Non !

Elle se débattit pour leur échapper.

Puis tout explosa autour d'elle, et elle se mit à hurler. Mais son cri, muet, ne résonnait que dans sa tête. Elle lutta pour retourner vers la lumière, vers sa mère… Vers la chaleur et la sécurité.

Les ombres se refermèrent sur elle, l'étouffant. Les mains terrifiantes l'attiraient, toujours plus bas, plus profondément, l'agrippaient, l'enfouissaient dans le noir.

— Maman ! cria-t-elle encore.

Cette fois, elle entendit le son de sa voix. Elle lui parut étrange : plus grave, plus âgée, plus rauque.

— Chut…

Ce n'était pas une parole de réconfort. C'était plus grave, plus dangereux… Comme un avertissement.

Elle sentait des mains sur elle, trop de mains, qui l'agrippaient, voulaient capturer cette petite fille qui avait perdu ce qui était pour elle le bien le plus précieux.

Des mains traîtresses, qui prétendaient vouloir l'aider, mais qui n'étaient là que pour se servir d'elle.

Des mains rudes, qui la soulevaient pour la pousser dans un monospace et lui ôtaient ses lunettes, la plongeant dans le brouillard. Des mains qui la portaient, la reposaient sans se soucier de savoir si elle avait mal ou froid, si elle était fatiguée ou si elle avait peur. Trop de mains…

Samantha se débattit et se tordit pour échapper à son cauchemar.

Le monstre poussa un juron.

— Bon sang, je ne vous veux pas de mal !

Elle tenta de comprendre ce qui se passait, de se battre pour sa mère, de se battre pour rester libre, de se battre contre ceux qui s'acharnaient contre elle…

Elle était prise au piège, entravée par le poids de tout ce qu'elle avait perdu, de tout ce dont elle avait peur, de tout ce qui avait du pouvoir sur elle. Samantha se débattit contre les mains de son rêve, lutta contre les monstres, et se réveilla en hurlant.

Elle ouvrit les yeux pour croiser un regard gris acier posé sur elle, des yeux qui semblaient capturer les rayons de la lune au-dehors pour briller dans l'obscurité de la cabane. Des yeux masculins, mystérieux…

Un homme était penché au-dessus d'elle. Un homme grand, avec des épaules qui emplissaient tout son champ de vision. Il était même *sur* elle, et ses hanches la plaquaient sur le sol dans une position très intime. Une jambe longue et musclée était pressée entre les siennes, et quelque chose de froid et de dur appuyait sur sa hanche. Elle avait les bras tendus au-dessus de sa tête, sur le tapis où elle devait s'être battue avec lui. D'une seule main, il lui tenait les poignets. De l'autre, il lui couvrait fermement la bouche et l'empêchait de crier. Il utilisait le reste de son corps pour la maintenir immobile, et il y parvenait aisément. Son torse était aussi solide que le plancher de la cabane.

Elle eut le souffle coupé. Que se passait-il ? Était-elle encore en train de rêver ? Était-ce une hallucination, un effet secondaire de la drogue qui l'avait plongée dans un état second pendant les dernières heures ?

L'un des monstres de son rêve l'avait rattrapée.

Samantha ferma les yeux, puis les rouvrit. Il était toujours là. Ce monstre était bien réel. Il la maintenait fermement sur le sol, et elle sentait son souffle chaud glisser sur sa joue. Soudain, une autre peur s'empara d'elle alors qu'elle prenait conscience de la réalité : elle était prisonnière sous le poids de cet homme si fort. Elle sentait une cuisse musclée se presser sur son entrejambe.

Ne me faites pas de mal ! Je vous en prie, ne me faites pas de mal !

Elle voulait parler, mais l'homme pressait sa main gantée sur sa bouche, l'empêchant d'émettre le moindre son.

Était-ce une nouvelle torture imaginée par ses ravisseurs ? Allaient-ils la violer, après l'avoir menacée et droguée ?

Mais les hommes qui l'avaient enlevée portaient tous des cagoules, alors que celui qui la maintenait immobile agissait à visage découvert. Elle n'aurait pas dit de lui qu'il était beau… Plutôt ténébreux, intimidant, sévère. Même le léger duvet noir qui ombrait les contours aigus de son visage ne parvenait pas à adoucir ses traits. Ses yeux avaient la couleur et la froideur du granit.

— Vous êtes réveillée, vous ne rêvez pas. Cessez de vous débattre. Et ne criez plus ! ordonna-t-il d'un ton menaçant.

Ses ravisseurs ne lui parlaient pas avec cette voix grave, étouffée, qu'elle sentait presque vibrer en elle.

Elle hocha la tête pour montrer qu'elle avait compris. Elle prit une inspiration lorsqu'il retira la main de sa bouche et la posa par terre, à côté de sa tête. Puis il lui lâcha les bras, et elle essaya de pousser sur son torse, pour mettre un peu d'espace entre eux deux. Le fait qu'il reste pressé contre elle indiquait qu'il ne lui faisait pas entièrement confiance. Et elle non plus, d'ailleurs…

— Samantha Eddington ?

Elle hocha encore la tête.

— Vous êtes blessée ? Pas de plaies ? De fractures ? De blessures internes ?

Elle lui tapota le menton du doigt. C'était le seul mouvement qu'elle pouvait faire dans cette position.

— Je ne peux pas respirer…

Il se souleva en tendant les bras, lui ôtant son poids du corps, et elle put enfin prendre une longue inspiration. Elle sentit l'odeur des pins et du froid qui émanait de ses vêtements et de sa peau.

— Seulement quelques égratignures, à ce qu'il me semble.

Elle avait la voix rauque.

— J'ai la tête qui tourne parce que j'ai été droguée… Et j'ai mal à la gorge.

Dans un mouvement étonnamment souple, il lui prit la main et l'aida à s'asseoir, tout en poussant sur le côté un corps inerte qui était allongé sur le tapis, à côté d'elle.

Un corps ?

Dès qu'il la lâcha, Samantha recula pour se réfugier contre le mur. Elle ne savait pas bien si elle voulait s'éloigner de lui, ou de l'homme inanimé auprès d'elle. Elle plia les jambes et les ramena contre sa poitrine, veillant bien à ce que ses orteils ne touchent pas le corps allongé.

— Qui êtes-vous ? Il est mort ? Vous l'avez tué ? Vous avez tué son compagnon ? Ils sont deux.

Mais elle n'entendait aucun des deux hommes maintenant. Un frisson de terreur la parcourut : était-elle passée d'un danger à un autre plus grand encore ? D'où venait cet homme, et que lui voulait-il ?

— Vous allez me tuer ?

— Non, répondit-il en enfonçant un bâillon dans la bouche de l'homme inanimé, et en le tirant hors de sa vue.

Ses ravisseurs n'étaient certainement pas morts : il n'y avait aucune raison d'empêcher un cadavre de crier. L'homme qu'elle avait devant elle préférait assommer ses adversaires que les tuer : c'était déjà ça.

Samantha secoua la tête, essayant de rassembler ses idées. Elle avait été ligotée, droguée, et retenue prisonnière dans cette vieille cabane en bois perdue dans la forêt, au-dessus de Teton Canyon. Elle était transie de froid, affamée. Et maintenant, une menace nouvelle s'était matérialisée devant elle — sur elle.

Pourquoi la pièce était-elle si sombre ? Les hommes qui étaient restés pour la surveiller cette fois-ci avaient joué au poker sur la petite table de cuisine, et avaient utilisé une lampe-torche pour s'éclairer. Il n'y avait plus de lumière maintenant, seulement la lueur rougeoyante et diffuse provenant du petit poêle, et les rayons de la lune s'insinuant par la fenêtre. Samantha passa ses mains liées par-dessus ses genoux, se demandant ce qui lui faisait le plus peur : être écrasée sous le poids de cet homme menaçant, ou savoir qu'il se trouvait dans le noir près d'elle.

— Que me voulez-vous ?

Elle avait la gorge sèche. Elle toussa, s'éclaircit la voix, et demanda :

— Qui êtes-vous ?

Sa voix lui parvint comme un grondement menaçant sortant de l'ombre.

— Je ne suis pas l'un d'entre eux.

— Et je suis censée vous croire ?

La peur et la confusion l'empêchaient de penser clairement.

— J'ai toujours été sous la garde de deux hommes, mais ils se sont relayés à deux reprises, donc ils sont au moins six. Je le sais parce que, même s'ils sont cagoulés, leurs silhouettes et leurs voix sont différentes. Il y a une brute avec un fusil, un grand mince qui n'arrête pas de faire des allusions salaces et qui se croit drôle, et un plus petit qui est très physique.

Samantha toucha précautionneusement les bleus qu'elle avait aux genoux. Lorsque, pour parcourir la distance allant de leur véhicule à la cabane, elle n'avait pas réussi à marcher aussi vite que ses ravisseurs le voulaient, il l'avait soulevée et portée sans ménagement jusque sous le porche.

— Ils patrouillent les environs. J'en ai entendu un dire qu'il allait dormir dans leur 4x4 parce qu'il y faisait moins froid. Et il y a un certain Buck dont ils parlent tout le temps : il les a appelés, ou ils doivent l'appeler, ou alors il va venir ici…

Bon sang : voilà qu'elle se mettait à parler sans pouvoir

s'arrêter ! Elle serra les lèvres pour endiguer le flot de ses paroles. Puis elle demanda :

— C'est vous, Buck ? Vous êtes leur chef ?

Elle entendit un grognement s'élever dans l'ombre, et des petits bruits qu'elle était maintenant capable de reconnaître : les grincements d'attaches en plastique que l'on fixait autour de poignets. Elle regarda ses mains liées par un cordon qui s'enfonçait dans sa peau, mais leva vite les yeux lorsque l'homme sortit de l'ombre. Il alluma une lampe-torche, et le rayon lumineux dissipa les images de son cauchemar qui s'attardaient encore à sa mémoire. Il s'agenouilla auprès d'elle, mit la main dans une poche de son pantalon et en sortit une chaîne en argent.

— Je ne sais pas qui est Buck. Je ne sais pas qui sont ces deux hommes, ni qui est celui qui se trouve dans le 4x4 dehors. Je suis le capitaine Jason Hunt, officier de marine. Vous n'avez rien à craindre de moi.

Cela ressemblait bien à son père d'engager un marine pour aller à sa recherche. Elle plissa les paupières en regardant ses cheveux bruns.

— Vous n'avez pas la coupe d'un militaire.

Son visage se rembrunit un peu plus.

— Ancien marine. Je fais partie d'une équipe de secouristes maintenant.

— Oh !

Samantha reconnut le médaillon qui pendait au bout de la chaîne et le lui arracha de la main.

— Il appartenait à ma mère. Où l'avez-vous eu ?

— C'est votre père qui me l'a confié. Il m'a envoyé à votre recherche, pour que je vous ramène chez vous. Il a dit que vous comprendriez pourquoi il refusait de payer une rançon.

Elle passa le pouce sur les initiales gravées sur le médaillon, puis l'ouvrit pour regarder les visages de ses parents sur la photo décolorée par les ans, puisant du réconfort dans cet objet qui autrefois avait été si précieux pour sa mère, et maintenant pour elle-même et pour son père. Elle sentit les larmes lui monter aux yeux.

— Oui, je le comprends.

— Il faut que vous fassiez ce que je vous dis. Et ne pleurez pas : vous allez vous déshydrater.

Il ne cherchait pas à la réconforter, seulement à être efficace. Il lui tendit une bouteille d'eau qu'il avait sortie de son sac à dos.

— Buvez.

Elle essuya les larmes qui lui coulaient sur les joues, ouvrit la bouteille et avala quelques longues gorgées qui lui firent du bien. Elle adressa un sourire de gratitude à son sauveur. Mais il n'était plus là pour le voir. Le capitaine Jason Hunt connaissait son père. Il était ici pour la sortir de ce cauchemar. Il l'avait retrouvée dans cette cabane isolée sur le versant ouest du massif de Grand Teton, et avait mis deux de ses ravisseurs hors d'état de nuire. Peut-être trois, si l'homme qui avait parlé de dormir dans le camion était toujours dehors. Et maintenant elle était seule avec lui.

Cet homme aux yeux gris était-il censé la rassurer ? Elle l'entendit avancer dans l'ombre, entrouvrir la porte d'entrée pour vérifier que tout était normal à l'extérieur, inspecter le contenu des sacs de ses ravisseurs, manipuler des armes — très certainement pour les mettre hors d'usage — puis ouvrir une fenêtre par laquelle l'air froid s'engouffra immédiatement. Il jeta au-dehors de petites boîtes, contenant peut-être des munitions. Son sourire s'effaça. Puisque, clairement, elle ne savait pas juger les gens ni savoir à qui elle pouvait faire confiance, elle avait tout à gagner à être aussi directe que cet homme.

— Vous travaillez pour M. Pellegrino ? Il était dans l'armée lui aussi.

— Je l'ai rencontré.

Était-ce un oui ou un non ? Était-il garde du corps ? Samantha prit une autre gorgée d'eau. Visiblement, cet homme n'était pas un grand orateur. Kyle, lui, avait toujours su quoi dire pour remplir les moments de silence gênants, et la mettre à l'aise lorsqu'elle ne savait plus quoi dire. Mais maintenant, elle comprenait que tout cela n'était que du vent : il cherchait seulement à lui dire ce qu'elle voulait entendre. Elle avait mal en pensant que leur relation était terminée… Ou peut-être était-ce seulement son ego qui souffrait de découvrir qu'elle avait été ainsi trompée.

Cet homme-ci n'avait rien de commun avec Kyle. Il était plus grand, plus fort, plus rude. Il préférait les actes aux paroles en l'air. Était-il un policier ? Un agent du FBI ? Un mercenaire que son père avait engagé ? Un guide de montagne que Dante Pellegrino avait déniché pour la retrouver ? Le fait qu'il ressemble si peu à son ex-fiancé était un point en sa faveur, non ? Et peut-être Jason Hunt était-il accompagné d'autres hommes qui la rassureraient un peu plus que lui.

— Et maintenant, qu'allons-nous faire ? Le reste de votre équipe nous attend dehors ?

Au lieu de lui répondre, il s'accroupit devant elle, et lui tendit ce qui était en ce moment le plus beau des cadeaux.

— Je les ai trouvées dans une poche du type qui est près de la porte.

— Merci !

Samantha posa la bouteille d'eau pour lui prendre les lunettes qu'il lui tendait. Elle les serra brièvement contre sa poitrine, de joie, puis les posa sur son nez.

— Je ne voyais rien. Je me sentais si vulnérable. Que…

Juste au moment où elle parvenait enfin à distinguer clairement son visage sous le bonnet noir qu'il portait, il sortit d'un fourreau pendu à sa ceinture un couteau avec une lame aussi longue que son avant-bras. Elle eut un mouvement de recul, mais il lui prit les poignets, les attira vers lui, et coupa les attaches en plastique qui les liaient. La surprise lui coupa le souffle.

— Faites bouger vos doigts et vos orteils. Il faut faire circuler le sang. Mettez vos chaussures, et partons d'ici avant que d'autres hommes n'arrivent.

— Hum…

Elle prit ce qui restait d'une de ses sandales en cuir verni. L'homme petit et trapu, qui semblait être une boule de nerfs, en avait cassé le talon et l'avait lancée sur elle lorsqu'elle l'avait mordu au sang pour essayer de s'enfuir, pendant qu'il l'emmenait vers les toilettes extérieures.

— Je n'ai pas vraiment eu le temps d'emporter des chaussures de rechange !

Jason poussa un juron en voyant la sandale qui — même si elle n'avait pas été cassée — n'aurait été d'aucune utilité dans la neige.

— Je vais vous porter.

Il éteignit sa lampe-torche et ouvrit son sac à dos, dont il sortit un objet qu'il lui lança. C'était une paire d'épaisses chaussettes de laine.

— Mettez ça. Si vous arrivez à garder les pieds au sec, il y a peut-être une chance pour que vous n'attrapiez pas d'engelures.

— Vous êtes seul ?

Comme il ne répondait pas, elle se dit qu'elle avait vu juste : il n'y avait qu'eux deux. Elle hocha la tête, tout en pensant à tous les obstacles qu'ils allaient devoir franchir. Maintenant qu'elle avait ses lunettes, elle avait une conscience plus précise de la situation. Certes, Jason Hunt avait l'air fort et entraîné. Il donnait une impression de solidité, de rudesse et d'énergie maîtrisée, dangereuse. Et elle ne doutait pas qu'il était prêt à se servir de l'arme qu'elle voyait à sa ceinture, et du couteau de chasse avec lequel il avait sectionné ses liens. Mais les hommes qui l'avaient enlevée étaient eux aussi dangereux. Et nombreux.

— Votre voiture est loin d'ici ?

Comme il ne répondait pas, elle insista :

— Vous avez des skis ? Un traîneau ?

— Mettez ces chaussettes, dit-il en désignant ses orteils glacés d'un coup de tête.

Toujours pas de réponse. Seulement un autre ordre.

— Nous devons parcourir environ sept kilomètres pour aller retrouver un de mes amis. À pied. Il nous attend avec un hélicoptère.

Sept kilomètres ? Il était hors de question qu'il la porte sur cette distance. N'avait-elle pas été assez malmenée au cours des dernières heures ? D'ailleurs, elle était fatiguée de se sentir totalement impuissante, comme un fardeau qu'on se passait de main en main.

Elle tira les longues chaussettes qui lui montaient jusqu'aux genoux, et essaya de se lever. Sous l'effet des sédatifs, sa tête se mit à tourner et elle sentit monter la nausée. Mais elle réussit à se ressaisir et serra les dents pour parvenir à supporter la douleur qui irradiait dans tout son crâne.

— Nous ne pouvons pas prendre leur 4x4 ?

— Le terrain que nous avons à parcourir est beaucoup trop accidenté pour lui.

Samantha redressa la tête. Plus d'étourdissements. Bien. Mais elle était loin d'être prête à faire sept kilomètres dans la montagne.

— Alors une de leurs motoneiges ? J'en ai vu quatre.

— Ils sont partis avec.

Tout en parlant, il allégeait son sac à dos en transférant quelques objets dans les poches de son pantalon et de sa veste.

— Ils vont revenir. Tous. Ils ont dit qu'ils voulaient faire une autre vidéo pour pouvoir l'envoyer à 8 heures demain matin. Ils se sont plaints de ne pas avoir de réseau ici, et de devoir aller ailleurs pour pouvoir la transmettre à mon père. Quelle heure est-il ?

Elle s'éloigna du mur, et fit quelques pas prudents pour s'assurer qu'elle pouvait marcher. La chaleur des chaussettes sur ses pieds engourdis de froid lui envoyait de petits picotements dans les jambes. Mais la douleur que ces mouvements lui causèrent supplanta la fatigue, et réveilla tout son corps.

— Ils ne sont pas en train de patrouiller les environs ?

— Maintenant que la tempête est terminée, la nuit est calme. Nous entendrions le bruit de leurs moteurs s'ils étaient près d'ici. Il est temps de partir. Vous êtes prête ?

Un des hommes qui gisait près de la porte émit un grognement. Comme son compagnon, il avait été ligoté et bâillonné, et Jason lui avait pris son arme, mais il bougeait. Il était conscient. Ce n'était pas une bonne chose s'ils voulaient réussir à s'enfuir. Samantha eut soudain une idée. Pourquoi n'y avait-elle pas pensé plus tôt ? Elle passa le médaillon autour de son cou et l'embrassa avant de le glisser sous sa robe. Puis, avançant aussi vite que ses membres endoloris le lui permettaient, elle se dirigea vers l'armoire métallique située de l'autre côté de la pièce et l'ouvrit. À tâtons, elle se mit à chercher sur l'étagère du haut les sédatifs avec lesquels ils l'avaient droguée. Ses doigts rencontrèrent une petite fiole.

— Ils sont en train de se réveiller ?

— Nous n'allons pas rester ici pour le savoir ! Que faites-vous ?

— Je gagne du temps pour notre fuite.

Elle trouva une pochette contenant une seringue et déchira l'emballage, puis la remplit du contenu de la fiole. Elle en injecta une dose à l'homme qui gémissait, et vérifia son pouls lorsqu'il se tut. Il était fort et régulier, mais l'homme était inconscient. Puis elle prit une nouvelle seringue et fit une autre injection à son compagnon.

Elle compara ensuite la taille de ses pieds à ceux des

deux hommes, et s'agenouilla auprès de celui qui avait les plus petits, commençant à lui enlever ses bottes.

Jason poussa un soupir plein d'impatience. Mais il la surprit lorsque, sans protester, il s'accroupit auprès d'elle pour ôter l'autre chaussure.

— Si elles sont trop grandes, vous allez avoir des ampoules. Alors, il faudra vraiment que je vous porte.

— Je pense qu'avec ces chaussettes épaisses ça ira. Les quelques minutes que nous perdons maintenant vont nous permettre de gagner beaucoup de temps plus tard. Nous avancerons plus vite si vous n'avez pas à me porter, n'est-ce pas ?

Elle soutint son regard jusqu'à ce qu'il hoche sèchement la tête.

— J'aimerais tellement avoir un pantalon ou un caleçon long, soupira-t-elle en retirant la première botte et en désignant les vêtements de l'homme. Vous ne croyez pas que…

Jason lui mit sans ménagement la deuxième botte dans les mains, mettant fin à ses interrogations.

— Ce n'est pas une si longue marche, et le soleil va se lever d'ici une heure. En route, Princesse !

Princesse ? Samantha grimaça en entendant ce surnom. Évidemment ! Une jeune femme habillée avec cette robe de cocktail et ces sandales à talons ridiculement hauts, contre laquelle on exigeait une rançon de cinq millions… Il l'avait certainement cataloguée comme une de ces jeunes mondaines que son père et sa belle-mère auraient tant souhaité qu'elle soit. Si seulement il savait !

Mais il ne lui laissa pas le temps de s'offenser, ni de corriger l'impression fausse qu'il s'était faite d'elle. Il retira la cagoule noire que portaient les hommes inconscients.

— Vous les reconnaissez ? demanda-t-il.

Elle leur jeta un rapide coup d'œil. L'un d'eux était chauve, et avait des contusions qui ombraient les tatouages autour de son cou. L'autre avait du sang séché sur la tempe. Elle ne les avait jamais vus. Pourtant, ils n'avaient pas hésité à la frapper et avaient affirmé plus d'une fois qu'ils la tueraient si elle refusait de coopérer. Samantha se remit au travail et s'attaqua à la deuxième botte.

— Non. Je devrais ?

— Ils savent se battre et sont bien armés.

Il prit une des seringues qu'elle avait utilisées et la jeta dans un coin sombre de la pièce.

— Ils ont accès à des médicaments. Ils sont assez nombreux pour faire des tours de garde…

— Et vous en déduisez quoi ?

— Que ces types ne sont pas des amateurs. Votre père disait qu'il ne se souciait pas de savoir qui ils étaient. La seule chose qui lui importait était que je réussisse ma mission. Mais j'aimerais bien savoir contre qui je me bats.

— Votre mission ?

Samantha fit un double nœud pour maintenir la botte autour de sa cheville. Elle considéra ses ravisseurs avec un regard nouveau. Ils portaient des treillis assortis… Ils ne manquaient ni d'armes ni de munitions…

— Ils sont dans l'armée ?

Le lointain vrombissement d'un moteur déchira la nuit. De plusieurs moteurs en fait… Elle reconnaissait ce bruit : c'étaient des motoneiges. Ses ravisseurs revenaient.

Elle eut à peine le temps de sentir la terreur s'emparer d'elle avant que Jason ne la soulève littéralement du sol pour la mettre debout juste à côté de lui. Il ouvrit la porte pour scruter l'obscurité laiteuse de la nuit.

— Ils arrivent ! murmura-t-elle.

Samantha poussa Jason au-dehors. Enfin, « pousser » n'était peut-être pas le terme approprié, puisqu'il ne bougea pas d'un millimètre. Elle allait à nouveau se retrouver prisonnière dans cette cabane.

— Vous pensez qu'ils sont loin ?

Jason posa sa main sur sa bouche une fois encore, et la força à tourner la tête vers lui. Son regard signifiait : *Tais-toi, Princesse.*

Ces yeux mystérieux, cernés par ces petites rides creusées par le soleil et la vie au grand air, retinrent son regard jusqu'à ce qu'elle hoche la tête. Il la lâcha, se baissa pour vérifier que ses bottes étaient bien ajustées et, de ses grandes mains habiles, resserra les lacets. En se relevant, il serra la ceinture de son manteau autour de sa taille. Puis, de toute sa hauteur, il inspecta chaque côté de son visage. Avant qu'elle ne puisse lui demander ce qu'il vérifiait et pourquoi il avait cet air réprobateur, il prit le bonnet que portait un des hommes et le lui mit, veillant à ce que ses oreilles soient bien couvertes.

Puis il se tourna vers la porte entrebâillée et leva le poing.

— Ça signifie « stop ». Arrêtez de parler, de bouger, de faire ce que vous êtes en train de faire. Que vous ayez peur ou non, écoutez-moi, et obéissez-moi. Votre vie peut en dépendre.

Il sortit son arme de son étui et la tint fermement. De l'autre main, il la tira pour qu'elle le suive jusque sous le porche. Le ronflement des moteurs semblait résonner tout autour d'elle, se répercutant sur la cabane, sur les arbres entourant la clairière, sur la falaise qui se trouvait de l'autre côté du chemin, et sur l'affleurement rocheux situé à quelques mètres seulement du porche. Elle n'aurait pu dire si les hommes étaient encore loin, ni d'où ils venaient.

— Marchez dans mes pas. J'ai déjà fait quelques traces dans la neige pour les égarer et les forcer à se séparer. Soyez aussi rapide que possible. Et ne dites pas un mot.

Il descendit du porche, s'attendant clairement à ce qu'elle le suive. Elle s'enfonça dans la neige fondue jusqu'aux chevilles, et se félicita d'avoir pensé à prendre la paire de bottes pour avoir une chance de garder les pieds au chaud.

— C'est vraiment mon père qui vous a envoyé ? Ou je vais disparaître dans la forêt avec un étranger, et on ne me retrouvera jamais ?

Elle baissait la tête, regardant où elle mettait les pieds, lorsqu'elle se cogna sur son sac à dos.

Jason s'était arrêté brusquement. Il prit une profonde inspiration, l'attira contre un des murs de la cabane et se baissa pour la regarder droit dans les yeux.

— J'ai trois règles. Faites ce que je vous dis. Ne vous mouillez pas. Et faites ce que je vous dis.

— Ça n'en fait que deux. La troisième, c'est le signe avec le poing, peut-être ?

Il lui plaqua encore une fois la main sur la bouche. Sa respiration chaude déposa de la buée sur ses lunettes, et elle dut lever le regard par-dessus ses montures pour pouvoir le voir. Son visage fermé avait une expression menaçante.

— Je sais que vous n'avez pas l'habitude de vous trouver dans ce genre de situations. Moi si. Laissez-moi faire mon travail. Je vous garderai en sécurité. Je ne laisserai pas ces hommes vous faire encore du mal.

Essayait-il de lui dire qu'elle ne devait pas avoir peur lorsqu'il était avec d'elle ? Qu'elle devait lui faire confiance ? Peut-être n'avait-elle plus rien à craindre de ceux qui l'avaient enlevée, mais Jason Hunt était plutôt intimidant : sa taille, sa force physique et son autorité naturelle l'impressionnaient, sans parler du pistolet qu'il avait à la main et du couteau glissé dans sa ceinture.

— Suivez moi. Souvenez-vous des règles. Et je vous promets que je vous ramènerai chez vous, auprès de votre père.

Elle allait devoir se contenter de cette assurance pour le moment. Elle hocha la tête une fois encore avant qu'il la libère. Il regarda autour de lui, vérifia que l'homme installé dans le camion dormait toujours, et évalua la distance à laquelle se trouvaient les motoneiges. Cette fois-ci, lorsqu'il se remit en marche, il avançait plus rapidement, forçant Samantha à trottiner pour pouvoir le suivre.

Alors que le bourdonnement des moteurs se faisait de plus en plus fort, Jason atteignit l'orée de la clairière et pénétra dans la forêt, continuant à progresser rapidement sur le terrain accidenté. Samantha plongea dans l'obscurité à sa suite, suivant son large dos dans la nuit froide, ne pouvant faire autrement que de tout laisser derrière elle pour s'en remettre entièrement à lui.

5

Ils n'étaient plus qu'à deux kilomètres de leur salut.

Jason escalada le tronc calciné d'un pin qu'un incendie avait couché en travers du chemin quelques années plus tôt. L'arbre était à présent recouvert d'une épaisse couche de mousse et de lichen. Un écureuil en sortit et fila sur la neige, laissant une trace légère. Jason jeta un coup d'œil par-dessus son épaule pour s'assurer que Samantha le suivait en veillant bien à mettre ses pas dans les empreintes qu'il avait formées. Ils suivaient un chemin longeant la forêt, là où la neige n'était pas profonde et où les animaux, le vent et les gouttes de neige fondue tombant des arbres avaient déjà laissé leurs marques, rendant leurs traces plus difficiles à suivre.

Il avait accéléré le rythme pour pouvoir arriver à 8 heures comme prévu au col de Mule Deer — l'endroit où ils devaient retrouver Marty — et Samantha commençait à être fatiguée à en juger par sa respiration saccadée. Une petite pause lui ferait du bien. Il s'accorda lui aussi un instant de répit, et tourna le visage vers les rayons dorés du soleil levant qui perçaient à travers le feuillage des arbres. Les étoiles avaient depuis longtemps disparu, englouties dans la lueur blafarde de l'aube.

Même si le soleil commençait à peine à poindre derrière la ligne de crête à l'est, Jason sentait monter en lui l'énergie d'un jour nouveau, un frisson d'anticipation à l'idée d'avoir presque mené à bien sa mission, sans aucun dommage. Il ne s'était pas trompé. Il avait mis quelques affaires dans un sac à dos et s'était dirigé vers Teton Canyon. Ensuite, il avait pris un raccourci pour gagner les refuges où, après avoir vu la vidéo et entendu les indications données par Dante, il pensait que Samantha était retenue.

Sentir la chaleur de son corps en action et la fraîcheur de l'air du matin sur ses joues lui donnait le sentiment que les contraires s'unissaient, qu'il était en vie… Utile… Il prit une profonde inspiration qui emplit ses poumons d'un air vivifiant, et tenta de faire taire un instant le sentiment de culpabilité qui l'étreignait presque constamment. Samantha et lui n'étaient pas encore sortis d'affaire, mais l'espoir de l'être très prochainement était presque enivrant.

Jason parcourut les alentours du regard, sans rien remarquer qui aurait pu lui faire craindre que les ravisseurs soient sur leur piste.

Jusque-là, cette opération s'était déroulée sans la moindre anicroche. Il avait remarqué l'homme qui dormait à l'intérieur du véhicule, devant la seconde cabane. Il l'avait pris par surprise et l'avait facilement maîtrisé, le bâillonnant avant qu'il n'ait eu la moindre chance d'ameuter ses compagnons. Les deux hommes qui se trouvaient à l'intérieur de la cabane parlaient à voix assez forte pour qu'il n'ait aucun mal à entendre leur conversation : ils se plaignaient tous deux de n'avoir pas pu retourner en ville avec leurs compagnons. Jason avait fait irruption dans la cabane et ne leur avait pas laissé le temps de se saisir de leurs armes. Il avait mis le premier type hors d'état de nuire en l'assommant, alors que quelques secondes d'un combat au corps à corps avaient été nécessaires pour qu'il puisse venir à bout de son comparse.

Samantha, quant à elle, lui avait donné plus de fil à retordre. Il avait dû la réveiller tout en veillant à ne pas l'effrayer pour qu'elle n'alerte aucun de ses ravisseurs. Elle était sortie de son sommeil forcé dans un état d'agitation, mais il était hors de question d'utiliser les mêmes méthodes qu'avec ses geôliers pour la maîtriser. Il sentait encore le coup qu'elle lui avait donné — un peu trop près de son entrejambe à son goût — et qui lui avait fait comprendre qu'il était illusoire d'espérer qu'elle reprenne calmement conscience.

Il lui avait alors maintenu les bras et les jambes tout en veillant à ne pas lui faire mal. En procédant ainsi, il s'était retrouvé allongé sur elle dans une position franchement équivoque, et n'avait réussi qu'à l'effrayer plus encore. Mais ces quelques instants où il s'était trouvé tout contre une femme aux formes pleines et douces avaient eu sur lui un effet surprenant. Il trébucha et faillit perdre l'équilibre en repensant à cette poitrine voluptueuse et à ces hanches pleines plaquées contre lui.

Jason tenta de calmer la réaction purement masculine qui lui avait soudain échauffé le sang, et s'assura qu'il se tenait fermement sur ses deux pieds. Même si cela faisait longtemps qu'il vivait seul, Samantha Eddington ne devait être pour lui qu'un otage à libérer, et non une femme tout particulièrement attirante.

Et jusqu'à ce qu'il l'ait ramenée saine et sauve chez son père, il fallait qu'il garde cela à l'esprit.

Il prit une inspiration pour affermir sa résolution, et vérifia sur la boussole incorporée à sa montre qu'ils marchaient dans la bonne direction. L'appareil confirma ce que la position du soleil levant et les années passées à parcourir ces montagnes lui avaient déjà appris. Marty devait déjà être en route vers leur point de ralliement, et dans moins d'une heure ils atterriraient sur l'héliport de Jackson. Les ravisseurs étaient tombés dans le piège qu'il leur avait tendu : ils avaient suivi les empreintes qu'il avait laissées dans la neige dans une direction opposée, jusqu'à un embranchement qui les avait vraisemblablement obligés à se séparer en deux groupes pour suivre soit une route de service, soit un chemin forestier descendant dans la vallée. Ces deux pistes étaient plus larges que le sentier escarpé que Samantha et lui avaient emprunté pour se rendre au col de Mule Deer. Même si ces hommes parvenaient à retrouver leurs traces, les motoneiges étaient les seuls véhicules capables de progresser sur un terrain aussi accidenté, et avec tous ces arbres ils ne pouvaient conduire à pleine vitesse… D'ailleurs, leur approche ne pouvait passer inaperçue, et Jason aurait largement le temps d'aider Samantha à se cacher avant de retourner en découdre avec eux, s'il le fallait.

Mais si les choses continuaient à se passer normalement, il n'aurait pas à le faire. Il sortit une bouteille d'eau de son sac et en prit de longues gorgées.

— Nous sommes presque arrivés, Princesse. Il reste moins de trois kilomètres.

Il l'entendit souffler derrière lui. Mais ce n'était pas sous l'effet de la fatigue cette fois : il perçut nettement son irritation.

— Je n'aime pas ça, vous savez.

Jason se retourna et vit qu'elle était assise sur le tronc d'arbre. Elle s'arrêta un moment avant de balancer ses jambes de l'autre côté. Ce mouvement souleva son manteau et sa robe de cocktail, et il aperçut une paire de jambes bien galbées, avant qu'elle ne plante ses bottes dans les empreintes qu'il avait laissées de l'autre côté du tronc. Au moins, elle suivait à la lettre une de ses règles : elle marchait dans ses traces, s'enfonçant dans la neige lorsque la couche était épaisse, avançant plus vite là où le vent ou les branches des arbres avaient empêché les flocons de se déposer et où la roche et la terre étaient à nu. Mais quant à se taire…

— Je n'ai pas trop froid aux pieds, mais je ne sens plus mes jambes. Si la peau est rouge, cela veut dire que je vais avoir des engelures, non ?

Elle tira sur ses vêtements pour les remettre en place et s'appuya un instant contre le tronc.

— C'est pour les photographes que j'ai mis cette robe, pas pour aller marcher dans la montagne ! Je donnerais beaucoup pour avoir un pantalon. Ou une couverture !

— Nous allons bientôt arriver.

— Quand je dis que je n'aime pas ça, je ne parle pas de marcher. Je parle du surnom que vous me donnez : Princesse. C'est un peu insultant. Je ne vous appelle pas Homme des montagnes ou Ours mal léché, non ?

C'était donc ainsi qu'elle le voyait ? Il supposait que les deux qualificatifs étaient assez appropriés. Et il ne lui avait donné aucune raison de le considérer autrement.

— Vous ne me connaissez pas, poursuivit-elle. J'ai l'impression que vous vous moquez de moi, ou que vous ne me respectez pas. Oh…

Elle s'arrêta de parler, prit la bouteille d'eau qu'il lui avait tendue, et en but une gorgée. Même s'il suspectait qu'elle s'était surtout arrêtée pour reprendre son souffle, Jason la regarda attentivement pour s'assurer qu'il ne la faisait pas avancer trop vite et qu'elle était en état de terminer le trajet.

— Je corresponds au stéréotype, c'est ça ? demanda-t-elle.

— Quel stéréotype ?

Elle se frottait les mains, et il les lui prit entre les siennes pour les réchauffer.

— La pauvre petite fille riche. Toute pomponnée et assez stupide pour se faire enlever.

Jason coinça son gant entre ses dents et l'ôta, pour pouvoir toucher la peau de Samantha et vérifier sa température. La dernière fois qu'il l'avait fait, tout allait bien. Maintenant, même lorsqu'il lui frictionnait les doigts entre les paumes de ses mains, ils étaient raides et glacés.

— Je suis en train de faire un doctorat. Mais je suppose qu'avoir des facilités pour les études ne signifie pas que je sache juger les gens… Vous savez qui je fuyais hier ? L'homme que mon père et ma belle-mère voulaient que j'épouse. Oh ! je vois très bien ce que vous allez me dire : ce sont les princesses qui font des mariages arrangés !

Elle grimaça lorsqu'il lui serra les doigts entre ses mains. Ou peut-être était-ce parce que les souvenirs qu'elle évoquait ne lui étaient pas agréables…

— Je sentais bien que quelque chose n'allait pas entre nous, mais je ne me faisais pas confiance. J'ai trouvé Kyle dans le dressing de ma sœur. Et ils n'étaient pas en train de choisir des vêtements !

Elle retira ses mains, et ajouta en baissant les yeux :

— Je suis désolée. Je ne devrais pas vous raconter tout ça.

Cette révélation expliquait l'attitude de Kyle Grazer et de Taylor Eddington hier soir au Kitty's Bar… En tout cas, si Jason avait dû décrire Samantha Eddington, il n'aurait jamais dit qu'elle était une pauvre petite fille riche, mais qu'elle était courageuse. Même avec une arme pointée sur la tempe, elle s'était ingéniée à communiquer un maximum d'informations sur ses ravisseurs. Elle l'avait suivi sans se plaindre, alors que le terrain était difficile et le rythme soutenu. Et elle avait eu le bon sens de quitter cet homme égoïste et superficiel qu'il avait rencontré hier soir. Un corps élancé aux formes pleines… De beaux yeux… De la détermination… Il y avait beaucoup à admirer en elle.

Mission. Objectif. C'étaient les mots que Jason se répétait en boucle pour écarter toute autre pensée. Lorsqu'il avait voulu arracher Elaine aux hommes qui l'avaient enlevée à Kilkut, il en avait fait une entreprise personnelle, et elle était morte. Il fallait qu'il garde cette relation froide et distante, au risque de commettre à nouveau les erreurs dont les conséquences le hantaient aujourd'hui.

D'ailleurs, cette mission serait terminée dans moins de soixante minutes. Cela ne lui laissait pas le temps d'envisager le moindre futur à cette relation — le mot lui-même était déjà exagéré, mais il l'était moins que de penser qu'il pourrait se passer quelque chose entre lui et cette femme avec laquelle il avait si peu en commun.

Il prit le gant qu'il tenait entre ses dents, et l'enfila sur sa main.

— Je ne crains rien pour vos jambes. J'ai plus peur pour vos doigts.

Il lui mit le deuxième gant, veillant à ne pas frotter la peau égratignée par les liens que ses ravisseurs avaient serrés autour de ses poignets.

— Nous aurions dû en prendre une paire à ces hommes. Ça va mieux ?

— Oui. Et vous ? Comment allez-vous faire ?

— Je suis plus grand et plus fort que vous. Je me refroidis moins vite. Et vos pieds ? demanda Jason en se mettant à genoux.

Il glissa le doigt à l'intérieur pour s'assurer que ses chaussettes étaient sèches.

— Ils me font mal.

Il sentit qu'elle bougeait les orteils. Au moins, ils n'étaient pas gelés.

— Vous avez des ampoules ?

— Il ne me semble pas.

— C'était une bonne idée de prendre ces bottes.

— Merci.

Il lui tapota le genou avant de se redresser.

— Continuons à avancer. Votre père vous attend ! Je ne veux pas laisser à ces types l'occasion de nous rattraper.

Jason se remit en route, et il entendit qu'elle le suivait.

— Je vous appellerai Jason, monsieur Hunt. Et vous pouvez m'appeler Samantha ou Mlle Eddington, mais pas Princesse. Et certainement pas la fille numéro 1 !

— Pourquoi voudriez-vous que je vous appelle ainsi ?

— En fait, mon nom complet est Samantha Béryl Geraldine Eddington. Je sais : ça fait beaucoup. Et mes parents ont failli rajouter Edwina, mais avec Geraldine et Eddington, ça faisait trop de « Ed ».

— C'est trop long pour que je m'en souvienne, répliqua Jason en s'arrêtant et en se retournant vers elle.

Il lui prit la main pour l'aider à escalader un tronc d'arbre avec moins d'efforts que le précédent, avant d'enjamber lui aussi l'obstacle. Puis il se remit en marche.

— Et si je vous appelais Sam ?

— C'est toujours mieux que Princesse, marmonna-t-elle.

Jason se mit à rire. Cette femme avait de la repartie. Certes, parfois elle n'arrivait plus à s'arrêter de parler, mais il aimait son sens de l'humour.

Les arbres étaient plus petits maintenant, ce qui indiquait que la forêt avait été plantée plus récemment. Les pierres qui avaient roulé d'un éboulis situé plus haut dans la montagne apprirent à Jason qu'ils allaient bientôt longer la falaise et rejoindre leur destination. Il désigna du menton un gros rocher où Samantha pourrait s'asseoir tout en sortant un talkie-walkie de son sac. Il voulait appeler Marty Flynn, et confirmer qu'ils allaient bientôt arriver à leur lieu de rendez-vous.

— Sierra Roméo 715, ici l'équipe numéro 1. À vous. Sierra Roméo 715, ici l'équipe numéro 1. Où êtes-vous ? À vous.

Il n'eut que des grésillements pour toute réponse. Il attendit un instant, laissant à son ami le temps de réagir. Des nuages légers s'étiraient dans le ciel bleu pâle. Mais malgré les fortes pluies et les chutes de neige de la veille, le temps était maintenant assez clair pour pouvoir voler.

— Équipe numéro 1. Nous nous approchons du point d'extraction. Vous m'entendez ?

Il dut lutter contre un sentiment de malaise. Approchant à nouveau le talkie-walkie de ses lèvres, il reprit :

— Sierra Roméo 715, répondez. J'espère que vous n'êtes pas en retard, lieutenant Flynn !

Les souvenirs lui revinrent d'un coup à la mémoire :

— Nous devons attendre les renforts aériens, capitaine !

— Nous n'avons plus le temps. Dans son dernier message, Radwan a annoncé qu'il n'avait aucune raison de garder les otages en vie.

Jason avait décroché son fusil de son gilet pare-balles, et s'était préparé à lancer l'assaut contre le bâtiment où Radwan était retranché.

— J'y vais seul. Je pourrai au moins déterminer qui sont les otages et qui sont les hommes de Radwan parmi les silhouettes que nous voyons sur les images de nos caméras infrarouges.

Le major força Jason à rebrousser chemin, et à retourner à l'intérieur de la maison abandonnée de la banlieue de Kilkut.

— J'ai reçu des ordres, Hunt. Votre amie et son cameraman vont devoir attendre que j'aie l'autorisation d'envoyer des hommes.

— Il sera trop tard !

— Pour le moment, nous attendons.

— Mais ils vont la tuer !

— Il y a un problème ?

Jason sursauta en entendant la voix rauque derrière lui, et il tenta de se reconcentrer sur le présent. Il croisa le regard soucieux de Samantha, et baissa la tête. Il était hors de question de lui dire où son esprit s'était égaré… Hors de question de lui avouer qu'il n'avait pas réussi à sauver la dernière femme qu'il devait secourir. L'idée d'ouvrir son cœur et de parler de tout ce qu'il avait perdu lui était insoutenable.

Sans un mot d'explication ou de réconfort, il détourna le regard et appuya à nouveau sur le bouton d'appel de son talkie-walkie.

— Marty ? Je laisse tomber les messages codés. C'est Hunt. Nous arriverons dans quelques minutes au col de Mule Deer. Tu me reçois bien ? À toi.

Il n'entendit que des parasites, quelle que soit la fréquence radio qu'il essaie. Et puisqu'il n'entendait pas le ronflement caractéristique des pales de l'hélicoptère, soit son ami était en retard, soit il avait déjà atterri. Mais dans ce cas, il aurait dû capter l'appel de Jason et il aurait dû répondre.

Jason fixa à nouveau son talkie-walkie sur son sac et grimpa jusqu'à un endroit d'où il avait une vue dégagée sur le ciel et la vallée. Si Marty ne recevait pas son appel, il y avait eu un problème. Peut-être la visibilité était-elle mauvaise dans la vallée, ou alors il avait un ennui mécanique… À moins que son plan de vol n'ait pas été accepté…

Jason scruta le paysage familier, évaluant toutes les options qui s'offraient à lui. Si Marty avait du retard, cela signifiait que Samantha et lui resteraient plus longtemps que prévu seuls dans la montagne. Cela voulait également dire que leurs ravisseurs auraient plus de temps pour rassembler tous leurs hommes — quel que soit leur nombre — et les envoyer sur le terrain pour les rattraper.

Tout cela ne lui disait vraiment rien de bon.

— Votre ami était lui aussi dans l'armée ? Vous l'avez appelé lieutenant.

— Nous étions dans la même unité.

Il ferma les yeux et pencha la tête, écoutant attentivement pour voir s'il percevait l'écho lointain de motoneiges, ou les voix de promeneurs dans la forêt, sur la crête rocheuse ou dans la vallée. Rien. Il n'entendait que le vent et les froissements des ailes des oiseaux. D'ordinaire, il appréciait ce silence. Mais aujourd'hui, il lui donnait un sentiment de malaise. Il ouvrit les yeux, et scruta les alentours.

— Je me demande pourquoi je n'entends aucun bruit… Vos ravisseurs doivent pourtant être à votre recherche…

— C'est plutôt une bonne chose, non ? Qu'ils ne nous aient pas trouvés…

— Vous valez cinq millions de dollars pour eux. Ça devrait les motiver ! Comment se fait-il qu'ils ne soient pas à nos trousses ?

Elle s'enveloppa dans ses bras, comme si elle réprimait un frisson. Avait-elle froid, ou peur ?

— C'est parce que vous avez parfaitement exécuté votre mission et que vous avez réussi à les semer, non ?

S'il avait été si doué, il aurait été plus prompt à remarquer que quelque chose n'allait pas. Mais maintenant, cela lui semblait évident. Pourquoi n'entendait-il pas le crissement du gravier sur les chemins forestiers, le vrombissement des motoneiges, des bruits de pas dans la neige ?

Le silence de Marty était inquiétant.

— Le pilote ne répond pas à mes appels. Je vais partir en éclaireur pour essayer d'établir un contact visuel. Suivez-moi à allure régulière pour ne pas vous essouffler. Restez bien dans mes traces, et tout ira bien.

Il la prit par les épaules, enfonçant les doigts dans son manteau, et l'éloigna du bord du ravin.

— Ce canyon est très abrupt. À moins que vous ne soyez un chamois, il vaut mieux éviter de tomber. Vous ferez attention quand je ne serai pas à côté de vous, d'accord ?

Elle leva la main vers son bonnet, esquissant un garde-à-vous.

— À vos ordres. Règle numéro un : vous obéir. Règle numéro deux : ne pas se mouiller. Règle numéro trois : ne pas tomber dans le ravin.

— Et ne pas vous appeler Princesse.

Elle avait un très beau sourire.

— Pourquoi dois-je suivre plus de règles que vous ? Dès que je trouverai un bout de papier ou un ordinateur, je vais devoir en dresser la liste pour pouvoir m'en souvenir !

Mais ce n'était pas le moment de plaisanter. Si Jason commençait à repenser à Kilkut ou à se dire qu'elle était belle, il avait du souci à se faire. Son seul but était de mener sa mission à bien et de soulager le poids qu'il portait sur sa conscience. Il voulait sauver une vie, pour pouvoir commencer à se pardonner lui-même de n'avoir pas pu secourir Elaine.

— Je vous procurerai tout ce que vous voudrez dès que nous aurons réussi à retourner dans la vallée. Un ordinateur, un stylo et du papier, des vêtements secs…

— Une douche chaude ?

— C'est d'accord.

Il se força à prendre un air sévère pour qu'elle cesse de sourire ainsi : il commençait à y prendre goût et à être moins concentré sur sa mission. Alors, il hocha sèchement la tête.

— Marchez bien dans mes traces.

Il se retourna et se mit à avancer sur le sol pierreux d'un pas rapide, progressant parmi des arbres de plus en plus chétifs. Il atteignit l'orée d'une clairière plate creusée dans le granit il y avait des millénaires de cela, et vit l'hélicoptère rouge et blanc de Marty posé au milieu, entre une arête rocheuse et le ravin. Ce spectacle ne lui apporta pas le moindre soulagement.

— Pourquoi tu ne me réponds pas ? demanda-t-il à voix haute.

Jason s'arrêta à l'orée de la clairière, s'attardant sous les arbres pour évaluer la situation avant d'avancer à découvert. Même si le rotor était maintenant immobile, les pales avaient déplacé la neige lorsque Marty avait atterri, et avaient mis le sol à nu par endroits, exposant des touffes d'herbe jaunie. Il était impossible de déterminer s'il y avait des empreintes de pas qui auraient pu montrer qu'il avait quitté l'engin, ou que quelqu'un d'autre s'en était approché. Comme il voyait l'arrière de l'hélicoptère, il ne pouvait pas savoir si Marty était dans le cockpit. Peut-être son ami était-il tout simplement allé faire quelques pas à l'extérieur.

Jason ferma les yeux, à l'écoute. Mais il n'entendit que le craquement de la neige sous les pas de Sam, et le souffle de sa respiration alors qu'elle terminait son ascension et arrivait à sa hauteur.

— Un hélicoptère ! Dieu merci ! Je ne peux pas vous dire à quel point je vais être heureuse de quitter ces montagnes ! C'est votre ami ?

Jason serra le poing et le leva. Samantha s'immobilisa derrière lui. Elle s'était tue — ce dont il la remercia intérieurement — et il n'entendait plus que son souffle saccadé.

Enfin, elle demeura silencieuse jusqu'à ce qu'il sorte son pistolet de son étui.

— Qu'y a-t-il ? murmura-t-elle d'une voix rauque.

— Quelque chose ne va pas. Restez cachée ici, sous les arbres.

Il sentit qu'elle lui agrippait les bras.

— Vous allez revenir, vous me le promettez ?

— J'espère bien.

— Bon…

Elle se pressa contre lui au moment où il s'apprêtait à avancer, et il se retourna pour voir de grands yeux verts qui le regardaient avec autant de peur que de détermination.

— La dernière fois que j'ai fait confiance à un homme, il m'a laissée… et j'ai été enlevée.

Avant qu'il ne puisse maîtriser l'élan protecteur qu'il ressentait devant tant de courage et de vulnérabilité, Jason prit une mèche de cheveux blonds qui était tombée sur sa joue et la replaça derrière son oreille, la coinçant sous son bonnet. Il vit ses pupilles s'élargir de surprise… Ou peut-être était-ce un effet de son imagination, car il avait lui-même pleinement conscience de la douceur de sa peau et de ses cheveux sous ses doigts. Comment un geste aussi simple était-il presque devenu une caresse ? Il replia les doigts dans la paume de sa main, pour tenter de mettre à distance les sentiments tendres qui montaient en lui. Des sentiments qui n'avaient rien à voir avec sa mission… Ce n'était pas le moment de laisser ses hormones lui jouer des tours, ou de tomber amoureux de Samantha.

— Je vais revenir. Tant que vous serez sous ma responsabilité, je ne m'éloignerai pas de vous.

Il la poussa vers un groupe de maigres sapins et attendit qu'elle se soit tapie derrière avant de s'avancer dans la clairière. Il prit son arme à deux mains et progressa rapidement, le dos courbé, comme s'il prenait d'assaut une place ennemie. Il parvint rapidement près de l'hélicoptère, mais quelque chose n'allait pas : non seulement la montagne était étrangement silencieuse, mais il flottait dans l'air une odeur étrange…

Il contourna l'hélicoptère, en proie à un sentiment de malaise. La porte était ouverte.

— Marty ? Si c'est une plaisanterie, elle n'est pas bonne.

Il brandit son arme à l'intérieur de l'habitacle, mais l'abaissa tout aussi vite. Marty était là, mais…

— Mon Dieu !

L'air avait du mal à entrer dans ses poumons. Le petit trou rouge sur la tempe de Marty, les éclaboussures de sang sur le siège du passager et sur la vitre… tout le ramenait à Kilkut. Mais il chassa de son esprit les images de corps sans vie, et pressa deux doigts contre le cou de Marty.

Jason poussa un autre juron : non seulement il ne sentait pas de pouls, mais la peau de son ami était froide. Il était mort depuis quelque temps.

— Bon sang, Marty…

Il abaissa la visière de la casquette de son ami sur son visage sans vie.

— Cela devait être de l'argent facile à gagner, pas une sentence de mort !

Il avait seulement voulu rendre service à Marty, et trouver un espoir de rédemption. Et voilà à quoi tout cela les avait menés.

— Jason ? Que se passe-t-il ? Quelque chose ne va pas ?

Il entendit la voix tendue de Samantha un quart de seconde avant qu'il ne se rende compte qu'elle était sortie de son abri, et courait vers lui, à découvert.

— Bon sang !

Il la rejoignit en deux enjambées. La prenant par la taille, il s'interposa entre elle et Marty, et l'éloigna de l'hélicoptère pour qu'elle ne voie pas le corps.

— Je vous ai dit de rester à l'abri ! Vous croyez que j'ai envie qu'il y ait une autre victime ?

— Une autre victime ? Oh…

Elle se laissa aller contre lui et s'agrippa à ses épaules.

— Je suis désolée. C'est votre ami ?

Mais Jason était perdu dans le souvenir des rues d'un village dévasté par la guerre, où les corps de deux soldats et de deux journalistes gisaient parmi ceux des rebelles tombés sous le feu de son unité, arrivée trop tard pour sauver la femme qu'il aimait. Il tenta d'éloigner l'image des cheveux noirs d'Elaine maculés de sang, alors qu'il la tenait dans ses bras. L'odeur du soufre et de la fumée lui faisait tourner la tête, et tout son corps était tendu par la douleur, la culpabilité et un sentiment d'impuissance totale. Il y avait tant de sang… Tant de morts… Tant de douleur… C'était plus qu'il ne pouvait…

— Jason ?

Il sentit que quelqu'un bougeait contre lui, et le forçait à reprendre pied dans le présent. Elaine était morte… Non, c'était Marty.

— Jason…

Une voix enrouée tentait de le faire revenir à la réalité. Il prit une inspiration, et emplit ses poumons. L'air était glacé… Celui de Kilkut était brûlant.

— Hé ! Ne me serrez pas si fort ! Vous allez bien ? J'imagine que c'était un de vos amis.

Jason prit soudain conscience du corps de Samantha tout contre lui. Il desserra l'étau de ses bras, lui faisant assez de place pour qu'elle puisse se retourner.

— Je suis désolé, je…

Comment pouvait-il lui expliquer à quel point il avait été marqué par ce qu'il avait vécu, et lui parler du sentiment de culpabilité qui le rongeait ?

Mais les yeux verts de Samantha étaient emplis de larmes maintenant, comme si elle comprenait et partageait sa peine. Et il se sentait étrangement réconforté par le contact de ses mains qui lui caressaient les épaules.

— Parlez-moi de votre ami. Il devait être très courageux. Il essayait de m'aider.

Oui, c'était un brave garçon.

— Il s'appelle Marty Flynn. Je travaille avec lui. Je *travaillais* avec lui dans une équipe de secouristes. C'est lui qui m'a appelé la nuit dernière pour me convaincre d'accepter d'aider votre père à vous retrouver. Il a toujours été un beau parleur. Hier, il a embobiné votre sœur. Et une serveuse… Il est revenu indemne de deux opérations extérieures, mais pas d'un vol de routine dans… Il était à peine assez âgé pour…

Il leva les yeux vers le ciel et prit une inspiration avant de baisser la tête et de rencontrer le regard plein de compassion de Samantha.

— Cela me rappelle…

Non. Il ne voulait pas parler du passé pour le moment. Pas avec elle. Il prit une autre inspiration et se concentra à nouveau sur le présent.

— Je suis désolé si je vous ai fait mal.

— Vous ne m'avez pas plus serrée que cette horrible robe bustier. Je survivrai.

Mais pour combien de temps, s'il ne parvenait pas à se ressaisir ? Elle avait tenté de lui arracher un sourire, mais il ne parvenait même pas à l'esquisser.

— Vous savez piloter un hélicoptère ? demanda-t-elle.

Ce qui devait être pour lui presque une opération de routine venait de se transformer en drame. Marty Flynn ne flirterait plus jamais avec une jolie fille et ne le regarderait plus jamais avec cette admiration inconditionnelle qui l'agaçait parfois. Et ils ne pouvaient pas partir d'ici en hélicoptère.

Recentre-toi sur ta mission. Pense en soldat. Avec un hochement de tête, Jason se blinda contre ses émotions et se concentra sur la tâche à accomplir. La première chose à faire était d'évaluer la situation. De rassembler des informations. D'élaborer une stratégie.

— Non, je ne sais pas piloter un hélicoptère. Je suppose que vous non plus ?

Elle secoua la tête.

— Comment les ravisseurs ont-ils pu arriver ici avant nous ?

Jason se pencha pour vérifier la radio de l'hélicoptère. Une balle tirée dedans l'avait rendue inutilisable.

— Impossible d'appeler du renfort…

— Je vous ai retardé, non ?

— Pas tant que ça. Comment savaient-ils que l'hélicoptère allait nous retrouver ici ?

Il vérifia que les vitres et les parois de l'engin n'avaient pas d'impacts de balles. Il n'y en avait aucun. Quelqu'un avait ouvert la porte et tiré sur Marty…

Et si le tireur était toujours dans les parages, prêt à tirer sur eux aussi ?

— Ils savaient que nous allions venir ici…

Au lieu de se lancer à leur poursuite, les ravisseurs avaient pris un autre chemin pour arriver ici avant eux. Mais comment avaient-ils pu savoir où Marty allait venir les chercher ?

— Ils connaissaient notre point de rendez-vous.

Ce n'était pas la seule information que les ravisseurs avaient eue : pour commencer, comment avaient-ils pu avoir connaissance du moment précis où Samantha serait seule et où ils pourraient l'enlever ?

— Vous voulez dire que Marty leur a appris que nous allions venir ici… ? Qu'il est l'un d'entre eux ?

Jason reprit son arme, et regarda attentivement autour d'eux.

— Non. Jamais Marty n'aurait fait ça.

Qui était présent au Kitty's Bar la nuit dernière ? À qui Marty avait-il parlé entre hier soir et ce matin ? Qui d'autre connaissait les détails de la mission de sauvetage de Jason ? Qui ne voulait pas que Samantha Eddington rentre chez elle ?

Elle s'enveloppa dans ses bras, et demanda, le visage livide :

— Vous pensez qu'ils veulent envoyer un message à mon père ? Payez, ou c'est ce qui arrivera à votre fille ?

Samantha se redressa alors qu'il la regardait fixement, et recula.

— À quoi pensez-vous ? Jason, vous me faites peur !

Il l'attrapa par les épaules avant qu'elle ne s'éloigne hors de sa portée, et la poussa vers la porte arrière de l'hélicoptère.

— Vous avez peur d'avoir à marcher longtemps ?

— Non.

— Et de voir un cadavre ?

— Je ne pense pas…

Il la fit grimper sur le marchepied.

— Allez à l'intérieur et restez cachée. Vous pourrez vous réchauffer quelques minutes pendant que je rassemble des affaires.

— Vous allez revenir, n'est-ce pas ? demanda-t-elle, pénétrant dans l'habitacle.

Elle ne parvenait donc pas à lui faire confiance ? Il s'apprêta à marmonner quelques mots d'agacement, puis se ravisa, préférant répondre sèchement :

— Oui.

Apparemment, cela suffit à la rassurer, car elle reporta immédiatement son attention sur un objet qu'elle avait aperçu par terre dans l'hélicoptère. Bien. Il avait le sentiment qu'il valait mieux qu'elle reste à l'abri des regards pour le moment. Elle prit une couverture de survie dans la trousse de secours de l'hélicoptère et, alors qu'elle était en train d'en recouvrir le corps de Marty, Jason referma la porte.

Il resta à proximité de l'hélicoptère et regarda la crête rocheuse. La paroi était tellement escarpée que personne ne pouvait se cacher là, pas plus que dans le ravin de l'autre côté de l'hélicoptère. Mais la forêt et le terrain accidenté de part et d'autre de l'appareil offraient une multitude d'endroits où l'on pouvait se tenir à l'affût avec un fusil. Où se trouvaient les ravisseurs maintenant ? Pourquoi n'avaient-ils pas encore tiré sur lui ? S'ils voulaient capturer à nouveau Samantha pour obtenir une rançon, il faudrait qu'ils le tuent avant.

Quel intérêt pouvaient-ils avoir à abattre le pilote et à les piéger dans ces montagnes ?

Il remarqua une fois encore cette odeur forte qui l'avait surpris tout à l'heure, et un scénario commença à prendre forme dans son esprit. Il se baissa et tapota la neige et le sol boueux. De l'essence… Il suivit la trace jusqu'au réservoir de l'hélicoptère. Quelqu'un avait assassiné Marty, puis avait tiré une balle dans la radio… et dans le réservoir…

Il était inutile de chercher à les abattre, Samantha et lui, si l'on pouvait faire en sorte que leur mort semble accidentelle. Jason regarda l'endroit où le kérosène s'échappant de la cuve s'était accumulé en une mare. Cela ne lui disait rien qui vaille…

— Sam ?

Il se releva, et retourna vers l'hélicoptère.

— Sam ?

Lorsqu'il entendit un bruissement de feuilles et qu'il remarqua au moins trois silhouettes avançant dans les arbres, il se mit à courir. Il avait un très mauvais pressentiment. Il tapa sur la vitre du passager.

— Sam !

Elle se redressa, tenant un canif dans une main et un sac dans l'autre. Jason lui fit signe de sortir.

Elle fourra l'outil qu'elle avait trouvé dans le sac contenant la trousse de secours et le mit sur son épaule alors qu'il ouvrait la porte.

— Votre ami avait un sac à dos, des vêtements chauds, quelques barres de céréales et de l'eau. Vous pensez que c'est mal si je…

— Nous devons partir. Immédiatement.

Elle sursauta et leva la tête vers le ciel alors qu'une traînée lumineuse s'incurvait comme une comète au-dessus de la clairière.

— Est-ce…

— Courez !

Jason l'attrapa par la taille et lui prit la main pour la forcer à partir en courant. L'étincelle atteignit le kérosène, et alluma un feu qui se propagea rapidement le long de la traînée de carburant. Il entraîna Samantha dans une course folle vers le couvert des arbres. Ils venaient à peine d'atteindre l'orée de la clairière lorsque l'hélicoptère explosa.

6

Ils furent projetés à terre par un souffle brûlant. Jason tomba lourdement, serrant Samantha dans ses bras pour la protéger alors qu'ils roulaient sur le sol. Il sentait chaque pierre, chaque racine s'enfoncer douloureusement dans son dos, dans ses jambes, jusqu'à ce qu'ils soient enfin arrêtés par le tronc d'un arbre couché sur le sol. Des débris et des étincelles jaillissaient de l'hélicoptère, et Jason perçut la morsure d'un petit fragment incandescent tombé sur son mollet, mais n'y prêta pas attention.

Il se dégagea et aida Samantha à se redresser. Ses lunettes étaient de travers, et il les remit d'aplomb, la regardant pour s'assurer qu'elle n'était pas blessée. Elle se frotta la mâchoire, tout en secouant doucement la tête.

— Tu vas bien ? lui demanda-t-il.

— J'ai les oreilles qui sifflent…

Les siennes aussi. Elle considéra ses genoux égratignés et l'accroc à son manteau avant de le regarder, et de remarquer le trou de son pantalon et sa plaie.

— Tu es blessé !

Il lui écarta la main lorsqu'elle la tendit vers sa jambe.

— Ça ira.

Pour le moment du moins.

Une première balle atteignit l'arbre à côté d'eux, et Jason poussa un juron. Il mit Samantha debout alors que le crépitement d'une arme à feu se joignait au ronflement des flammes.

— Bouge ! Ne reste surtout pas immobile !

— Ils nous tirent dessus ? Je vaux cinq millions de dollars pour eux !

— Dirige-toi vers les arbres !

Jason prit quelques secondes pour se retourner et tirer quelques balles à son tour.

— Il est armé ! cria quelqu'un.

— Bon sang !

Des hommes vêtus de treillis débouchèrent de l'autre côté de la clairière et s'avancèrent vers eux. Ils avaient des fusils d'assaut, des armes de poing, et portaient des cagoules. Ils n'arrivaient plus à ajuster leurs tirs maintenant, car ils étaient gênés par les flammes et la fumée se dégageant de l'hélicoptère, mais leur intention était nette. Ils étaient combien ? Huit ? Dix ? Une dizaine d'hommes décidés à les abattre.

— Partons d'ici !

Jason attrapa la main de Samantha et la tira derrière lui, la guidant vers le couvert des arbres. Tout en courant, il tentait d'évaluer le temps qu'il faudrait aux hommes pour se rapprocher d'eux et pouvoir les atteindre facilement. Il essaya aussi de compter mentalement le nombre de balles qu'il avait encore dans son chargeur.

La respiration de Samantha était maintenant haletante, et ses pas moins sûrs. Jason sentait ses réflexes de soldat revenir, mais ils étaient en infériorité numérique, et beaucoup moins armés que leurs poursuivants. Ils ne pouvaient pas rester ici… Pourtant, il se dit qu'il y avait peut-être quelque chose à faire…

Il mit Samantha à l'abri derrière le tronc d'un arbre couché sur le sol. Elle avait le souffle beaucoup trop court et le teint blafard.

— Je t'ai déjà dit… que je ne… m'entraîne pas vraiment ?

Elle essaya de reprendre son souffle.

— Je n'ai jamais été très…

— Ne parle pas, dit Jason.

Il posa les mains sur ses épaules et l'encouragea à respirer au même rythme que lui.

— Prends des inspirations profondes. Ne panique pas.

— Je vais mourir d'asphyxie bien avant d'avoir eu le temps de paniquer !

Elle mit les mains sur ses oreilles et s'allongea à terre pendant qu'il prenait appui de ses deux bras sur le tronc, et pointait son arme vers leurs poursuivants.

— Encerclez-les !

— Ne les perdez pas !

La silhouette de celui qui semblait donner les ordres se dessina soudain au-dessus d'eux. Jason fit feu. L'homme s'écroula.

— Jimmy est à terre ! cria un autre homme. Jim ? Il est mort ! Ils vont payer ! Ils se dirigent vers le nord !

Un second mercenaire apparut, déchargeant une rafale de balles. Jason se jeta à terre alors que les éclats de bois volaient autour d'eux. Des branches déchiquetées tombèrent et des aiguilles de pin mêlées à la neige et la terre semblèrent jaillir du sol. Soudain, l'arme s'enraya et l'homme poussa un juron.

— Jason ?

Entendre la terreur dans la voix de Samantha lui serra le cœur.

— Je dois avouer que je suis morte de peur !

Il se leva et tira deux autres coups qui forcèrent l'homme à se jeter à terre, avant d'attraper la main de Samantha et de l'aider à se mettre debout. Il la poussa devant lui, et l'obligea à courir.

— Enfonce-toi dans la forêt.

Le ronflement des motoneiges s'atténua alors qu'ils avançaient sous les arbres. Dans quelques secondes, les hommes les auraient rejoints et Samantha allait s'effondrer sous les effets conjugués de l'épuisement et du manque d'oxygène. Les cris de leurs poursuivants étaient étouffés maintenant, leurs mouvements moins faciles à déterminer.

Mais l'homme qui avait vidé son chargeur sur eux avait réussi à débloquer son arme, et s'était lancé à leur poursuite.

— Tu ne vas pas t'en sortir comme ça une deuxième fois, ordure ! Allez, montre-toi ! criait-il en avançant et en tirant des coups de feu au hasard.

À chaque détonation, des aiguilles de pin et des éclats de bois volaient.

— Ils sont là, patron, venez !

— Fais attention : je la veux vivante !

— Je ne garantis rien : il est hors de question qu'elle nous échappe une autre fois !

Jason avait besoin d'un fusil. De renfort. D'un miracle.

Cette montagne est le seul allié dont j'ai besoin.

Ils ne parviendraient jamais à semer des hommes entraînés et si nombreux. Les arbres n'arrêtaient pas les balles. Le granit, si.

Jason changea brusquement de trajectoire et attira Samantha vers le rebord de la falaise.

— Que veux-tu…

— Tiens-moi.

Jason referma les doigts autour de son poignet, l'attirant vers le précipice.

— Plaque-toi contre la paroi dès que tu trouveras un appui.

— Un appui sur quoi ? cria-t-elle alors qu'il la faisait glisser sur la roche.

Jason jeta un rapide coup d'œil derrière lui et la suivit, trouvant un appui pour son pied gauche et une prise pour sa main droite avant de se laisser tomber sur l'étroit rebord de granit.

Samantha frissonnait, plaquée contre la roche.

— Je vois même le ruisseau tout au fond de la vallée. Attends… Ce n'est pas un ruisseau, c'est une rivière non ?

Sa voix n'était plus qu'un souffle.

— D'après mes calculs, cette gorge fait au moins…

— Nous devons avancer.

Il lui prit la main avec laquelle elle s'agrippait à la racine d'un arbre, et la tira derrière lui à l'instant où une rafale de balles déchirait l'air. Cela faisait plus d'un an qu'il n'avait plus parcouru la face nord du canyon, et il priait pour que le temps hivernal et les chutes de pierre ne rendent pas leur progression impossible. La grotte où il s'était reposé la dernière fois avant une dernière traction pour se hisser au sommet du ravin était à quelques mètres.

D'autres balles effritèrent le granit à leurs pieds. Les hommes s'avançaient vers le bord du canyon, et tiraient des coups de feu dans leur direction. Ils ne pouvaient pas les atteindre, mais ils se rapprochaient dangereusement. Si l'un d'entre eux s'avisait d'aller dans la direction opposée et de s'écarter du surplomb rocheux, il pourrait les viser par le côté.

Jason n'allait pas attendre que l'idée leur vienne.

— Reste le visage contre la paroi, et pose les pieds au même endroit que moi. Ne regarde pas en bas.

— Ne regarde pas en bas, répéta-t-elle. Nous pourrons nous échapper en passant par ici, c'est ça ?

— Fais-moi confiance.

— Tu ne peux pas répondre simplement par oui ou non ?

Deux mètres. Un. Jason se baissa pour trouver refuge sous la saillie rocheuse alors qu'une autre salve de tirs résonnait, emplissant l'air de l'odeur de la poudre. Il tenait Samantha serrée contre lui et lui frottait les cheveux et le dos, la tenant étroitement pour qu'ils échappent aux regards de leurs poursuivants. Elle se blottit sous son menton, détournant le visage pour ne pas voir les petites pierres qui cascadèrent devant l'ouverture de la grotte et tombèrent dans le canyon, alors que les hommes se rassemblaient au-dessus d'eux.

Elle enfonçait ses doigts dans sa peau et l'agrippait de toutes ses forces alors qu'il l'attirait plus profondément dans l'anfractuosité.

— Trouvez-les ! ordonna quelqu'un.

Sa voix résonna contre les parois du canyon.

— Je ne vois plus personne.

— Je ne veux pas d'excuses. Seulement leurs corps.

Jason tressaillit. Était-ce un effet de son imagination ou connaissait-il la voix du meneur ?

— Dix mille dollars pour celui qui abattra ce fumier !

— Dix mille ? Tu nous en as proposé dix fois plus.

— C'est pour le marine, idiot ! Et tu n'auras rien du tout si on ne la retrouve pas.

— Je ne descends pas là. Tu crois que j'ai des ailes ou quoi, Buck ?

— Il a tué Jimmy. Il doit payer.

Jason sentit les doigts de Samantha se refermer sur lui.

— Buck… C'est celui qui est derrière tout ça… Le chef dont ils parlaient tous, souffla-t-elle.

Jason hocha la tête. Il commençait à avoir une idée plus nette de la situation.

— Tu reconnais cette voix ? demanda-t-il. Comment cet homme sait-il que j'étais marine ?

Mais ce n'était pas le moment d'essayer d'éclaircir cette énigme. Ils avaient des soucis plus pressants.

Samantha s'accrochait à lui alors qu'il l'entraînait un peu plus loin dans la grotte.

Les rafales de balles cessèrent, et les voix devinrent indistinctes alors qu'ils mettaient de plus en plus de distance entre eux et les hommes rassemblés au-dessus. Mais les ordres de Buck résonnèrent clairement.

— Allez chercher le matériel de rappel. Nous allons les piéger. Les enfumer pour les obliger à sortir. Rapportez-moi n'importe quoi qui puisse brûler. Et si ce type sort la tête, descendez-le !

— Et la fille ?

— Tuez-la aussi si c'est nécessaire. Mais c'est moi qui apporterai son corps à son père.

À ces mots, Jason sentit Samantha s'affaisser contre lui, comme si ses jambes ne la supportaient plus.

— Je n'ai pas signé pour tuer de sang-froid, Buck, protesta un des hommes.

Buck ne sembla même pas l'entendre.

— Appelez Walter Eddington. Je n'apprécie pas qu'il essaie de me jouer des tours comme celui-ci. Je vais lui annoncer que le prix à payer pour retrouver sa fille a augmenté.

— Il va falloir reprendre le 4x4 et redescendre dans la vallée, protesta un des hommes.

— Alors vas-y ! hurla Buck. Et dis-lui que je vais me faire un plaisir de couper un doigt de sa fille pour lui faire passer l'envie d'essayer de la récupérer sans payer de rançon ! Et tu peux lui expliquer en détail combien je vais apprécier ce moment.

— Je ne veux tuer personne. Jimmy est déjà mort. Tout comme ce type dans l'hélicoptère.

Il y eut des bruits de conversations, de pas, d'allées et venues. Apparemment, les hommes apportaient du matériel. Mais celui qui voulait quitter le groupe parlait plus fort que les autres.

— Je ne prendrai pas ma part de l'argent. La fille ne sait pas qui nous sommes et tu peux être certain que je ne parlerai pas. Je tiendrai parole. Mais je rentre chez moi.

Il y eut un bref moment de silence. Jason sursauta lui-même

en entendant la détonation. Le choc sourd qui lui succéda fit tomber quelques pierres devant l'ouverture de la grotte.

Bon Dieu !

La voix de Buck s'éleva.

— Quelqu'un d'autre a envie de rentrer chez lui ?

La tête d'un homme apparut à l'entrée de la grotte. Samantha étouffa un cri en voyant son visage ensanglanté et ses yeux vides qui les regardèrent fixement avant de sombrer dans l'abîme.

Elle enfonça le visage contre le torse de Jason, étouffant ses sanglots. Oui, ces types n'étaient pas ce que pensait Marty lorsqu'il avait accepté cette mission. Ce Buck n'avait pas le moindre respect pour la vie humaine. Et Jason doutait sérieusement qu'il soit motivé par l'argent. Du moins, pas uniquement. C'était la haine et la soif de vengeance qui l'avaient poussé à kidnapper Samantha. Mais Jason n'aurait su dire si elle ou son père étaient à l'origine de sa colère. Une seule chose était certaine : pour cet homme, la seule issue possible à toute cette histoire était de les tuer, Samantha et lui. Et il avait les moyens humains et matériels de parvenir à ses fins.

À en juger par la façon dont elle s'accrochait à lui, Samantha avait compris cela, elle aussi. Il resserra les bras autour d'elle pour l'aider à rester debout, et l'attira vers le fond de la grotte.

— C'est par là.

— Je viens te chercher, Samantha !

C'était la voix moqueuse de Buck. Ses hommes n'émettaient plus la moindre réserve maintenant.

— Allumez les torches et apportez une corde. Immédiatement !

Jason tenait encore Samantha serrée dans ses bras lorsque le vrombissement d'une motoneige s'éleva. L'engin fit tomber de la neige et des cailloux devant l'ouverture de la grotte. Les voix s'affaiblirent et se turent.

Jason ouvrit la fermeture Éclair d'une des poches de son pantalon.

— Je ne vois rien ! murmura Samantha.

Heureusement, elle n'avait pas éclaté en sanglots, et n'avait pas fait de crise de nerfs.

— J'ai l'impression qu'ils sont partis. Tu es certain que tu sais ce que tu fais ? demanda-t-elle. Nous ne pouvons pas nous cacher ici indéfiniment.

— Ils pensent que nous sommes pris au piège.

Jason sortit une lampe-torche de sa poche et l'alluma. À sa lueur, il remarqua la pâleur de la peau et la respiration précipitée de la jeune femme. Elle agrippait toujours sa veste, et il posa la main sur la sienne.

— Je ne les laisserai pas te faire du mal, promit-il. Ce n'est pas envisageable.

— Pas envisageable ? répéta-t-elle en fronçant les sourcils.

— Je ne laisserai jamais quelqu'un faire du mal à une personne qui est sous ma protection.

Entrelaçant leurs doigts, Jason dirigea le faisceau lumineux vers l'arrière de la grotte et la conduisit vers un amas de pierres. Ils se glissèrent dans une crevasse étroite et parvinrent à un endroit d'où partaient trois boyaux. L'un d'eux retournait vers le précipice, un autre était une impasse. Jason s'arrêta un moment pour réfléchir et retrouver ses repères.

— Mon père doit te payer une fortune pour que tu risques ainsi ta vie pour moi, suggéra Samantha, ajustant ses lunettes pour mieux voir dans l'obscurité.

— Je ne le fais pas pour l'argent.

C'était par là.

Elle resta immobile, le forçant à s'arrêter.

— Alors, pourquoi ?

Jason dirigea le faisceau vers son visage.

— Disons que j'ai une dette à payer.

— À mon père ? À Marty ?

— Non.

Elle fronça à nouveau les sourcils.

— Je ne comprends pas.

Ce n'était ni le lieu ni l'heure pour lui donner des explications. Buck n'était pas très différent des terroristes qui avaient pris des otages à Kilkut. Et même s'il faisait tout pour empêcher les pires souvenirs de remonter à sa mémoire, la situation dans laquelle ils se trouvaient maintenant avait trop de similitudes avec sa dernière mission pour qu'il puisse y parvenir complètement. Il devait penser en soldat. Il ne recourrait pas aux méthodes extrêmes de persuasion de Buck, mais il avait besoin que Samantha lui obéisse.

Le bruit du mouvement des hommes au-dessus de leurs têtes lui rappela que le temps était compté. Alors, il glissa les doigts sous le collier qui pendait sur le manteau de Sam, et prit le médaillon dans la paume de sa main.

— Ceci signifie que tu dois me faire confiance. Tu t'en souviens ?

Elle lui enveloppa la main de ses doigts. Mais même dans l'obscurité, il voyait bien l'incertitude dans son regard.

— Si j'ai bien compris, il y a une autre issue ? Tu n'es pas en train de m'entraîner dans les profondeurs de la grotte pour que nous y mourions ?

Jason acquiesça, et lui dit :

— J'ai besoin que tu sois forte comme jamais tu n'imaginais que tu pourrais l'être, et que tu fasses tout ce que je te dirai, pour quelque temps encore…

Elle jeta un coup d'œil vers le passage qui s'enfonçait dans les ténèbres.

— Il n'y aura pas d'ours en train d'hiberner, ni d'autre surprise du même genre ?

— Je ne peux rien te promettre. Le passage lui-même

est trop étroit pour des ours. C'est lorsque nous sortirons de l'autre côté qu'il faudra se méfier.

— Tu as un spray pour les éloigner ?

— Oui. Et je suis là.

Elle hocha la tête, mais elle n'avait pas l'air rassurée pour autant. Il se pencha vers elle — cédant à son instinct même s'il savait que c'était une erreur — et pressa ses lèvres sur son front. Il s'attarda un instant, et sentit son visage se détendre. Alors, avant que la raison ne reprenne le dessus, il pencha la tête et effleura de ses lèvres sa bouche tendre, qui frémit sous cette caresse légère.

Elle referma les lèvres sur lui, et cette réaction éveilla en lui des sentiments endormis et presque primitifs. Il passa le bout de sa langue sur sa bouche, et la mordilla doucement. Elle se laissait faire, tout en se frottant contre son visage que sa barbe naissante rendait râpeux, et poussait de petits gémissements. Il la sentait sourire, comme si elle savourait la texture de sa peau tout autant qu'il goûtait ce moment de répit d'où le danger, la culpabilité et la douleur étaient absents.

Mais le vrombissement des motoneiges s'éloignant dans la montagne les obligea à reprendre pied dans la réalité, et il s'écarta d'elle.

— Nous ferions mieux d'y aller.

— Tu m'as embrassée, souffla-t-elle.

Elle ne semblait pas particulièrement surprise.

— Oui… Et toi aussi, tu m'as embrassé.

— Ce n'était pas ce que j'étais censée faire ? Je veux dire : j'en avais envie.

Samantha secoua la tête.

— Mais je ne te comprends pas, reconnut-elle.

Il remarqua qu'elle passait instinctivement le bout de sa langue sur ses lèvres, comme pour se remémorer leur baiser. C'était un geste inconscient et séduisant qui lui échauffa le sang et lui donna envie de l'embrasser à nouveau, profondément cette fois, pour éveiller toute la passion qu'il sentait contenue en elle.

Une main imaginaire lui donna une tape sur la tête, alors qu'il se souvenait soudain d'un détail important.

— Je suis désolé. Je sais que tu as un fiancé…

— Non, c'est fini.

Jason fronça les sourcils.

— Il s'appelle comment… Grazer ? Il était là le soir où ton père m'a embauché.

— Quel salaud ! marmonna-t-elle. Je suppose qu'il faisait semblant d'avoir le cœur brisé.

— J'aurais plutôt dit qu'il était très en colère. Il voulait absolument que ton père accepte de payer la rançon.

— Je ne veux plus jamais le revoir ! Il a trahi ma confiance. Lorsque j'ai rompu avec lui, tu sais ce qu'il m'a dit ?

Elle baissa soudain les yeux.

— Finalement, je préfère ne pas en parler.

L'entendre condamner son ex ne faisait que renforcer l'opinion négative qu'il avait eue de cet homme impulsif. Il ressentait également un certain soulagement, alors qu'en toute logique cela aurait dû lui être indifférent.

Mais même si elle avait éveillé sa curiosité, il ne se considérait pas le droit de la forcer à parler.

— D'accord.

— Je te suis infiniment reconnaissante d'être venu me sauver. Si je mets trop souvent tes ordres en question et si tu as l'impression que je discute tout, c'est parce que c'est dans ma nature, pas parce que je doute de toi.

Elle approcha la main de sa tête.

— J'ai le cerveau d'une scientifique. J'aime les faits. J'ai du mal à me fier à mon instinct et à juger les gens. Mais j'ai confiance en toi.

C'était ce qu'il voulait, non ? Qu'elle s'en remette entièrement à lui et qu'elle obéisse à tous les ordres qu'il lui donnerait pour assurer sa sécurité. Elaine lui avait fait confiance, et était persuadée qu'il viendrait à son secours et qu'il la sauverait. Tous les hommes de son unité pensaient qu'il prendrait soin d'eux et qu'ils pourraient rentrer sains et saufs chez eux.

Jason leva la tête vers la voûte humide de la grotte, et prit un moment pour s'éclaircir les idées. Il allait réussir cette mission.

— Alors, c'est bon. Sortons avant que Buck et ses hommes ne descendent ici en rappel et ne suivent nos traces.

— J'ai dit que je te faisais confiance, et c'est vrai. Nous en sommes à combien de règles à suivre maintenant ? Six ou sept ? Mettre mes pas dans les tiens, bouger quand on me tire dessus. Tu vois, je les mémorise scrupuleusement.

— Ne lâche pas ma main.

Il ne fallait pas qu'elle s'éloigne de lui et emprunte le mauvais passage.

— Pas de problème ! lui assura-t-elle en le saisissant à deux mains. Avance.

Et alors que Samantha le suivait dans l'obscurité, il se demandait si la confiance qu'elle lui accordait ne serait pas une erreur plus dangereuse encore que leur baiser.

7

Samantha avait l'impression que ses pieds étaient comme des pierres que ses jambes parvenaient à peine à soulever, alors qu'elle progressait dans la neige d'où dépassaient par endroits des touffes d'herbe jaunie, le long de la falaise située au-dessus de Cascade Canyon.

Son nez était comme un glaçon posé au milieu de son visage. Tout son corps était endolori, sa peau gercée… La plaie qu'elle avait à l'épaule, là où se trouvait la puce que ses ravisseurs avaient enlevée, lui faisait mal, et son estomac vide grondait… Et Jason ne parlait pas.

Non qu'il se soit révélé être un brillant orateur lors des douze heures qu'elle avait jusque-là passées en sa compagnie ! Mais elle préférait qu'il lui donne des ordres ou lui impose des règles, ou même qu'il la fasse basculer dans le vide sans l'avoir vraiment prévenue plutôt que ce silence obstiné.

Non. Elle préférait surtout qu'il l'embrasse. Qu'il lui prenne les mains. Qu'il la tienne si serrée contre lui qu'elle sente chaque bosse et chaque creux de ce corps solide et musclé, bardé d'armes et d'équipements en tout genre.

Elle se demandait si Jason Hunt avait jamais mis une cravate. Elle ne parvenait pas à imaginer cet homme taillé pour la vie au grand air dans un de ces smokings ou de ces costumes élégants que Kyle affectionnait. Il n'avait d'ailleurs pas besoin des efforts d'un couturier pour attirer l'attention sur ses larges épaules et ses cuisses longues et musclées qu'elle suivait maintenant depuis qu'ils avaient quitté les ténèbres de la grotte.

Elle avait immédiatement senti qu'il lui plaisait. Même une intellectuelle comme elle savait apprécier les hommes grands, bruns, au physique masculin un peu rude. Elle avait ensuite admiré ses qualités physiques, ainsi que son expertise de secouriste, de guide de montagne et de tireur. Et maintenant, elle ressentait de la compassion pour lui lorsqu'elle voyait surgir la douleur dans ses yeux gris… La douleur d'avoir perdu un camarade, et d'autres ombres dont elle ne connaissait pas l'origine, mais qu'elle aurait tant voulu pouvoir chasser. Il ne la complimentait que rarement, mais, lorsqu'il le faisait, elle sentait que son admiration était sincère, et cela lui donnait une confiance en elle qui lui était inconnue jusque-là. La patience n'était peut-être pas sa principale qualité, mais il faisait toujours l'effort de lui expliquer ce qu'il allait faire et ce qu'il attendait d'elle, et de lui enseigner quelques-unes de ses techniques de survie, plutôt que de lui recommander d'« arrêter de vivre dans un monde enchanté et de se rendre compte de ce qu'était la vraie vie », selon les propres termes de Kyle. Du moins, c'était ainsi qu'il avait agi, jusqu'à ce qu'il l'embrasse…

Elle ne savait toujours pas pourquoi il l'avait fait. Peut-être avait-il un faible pour les intellos à lunettes qui n'arrivaient jamais à se coiffer convenablement et qui n'avaient aucun succès avec les hommes. Ou peut-être qu'embrasser une héritière peu au fait des usages du monde ou la victime d'un enlèvement était une expérience nouvelle qu'il voulait rajouter à la liste de ses exploits. Mais peut-être avait-il voulu calmer la panique qu'il sentait monter en elle pour qu'elle l'écoute et lui obéisse enfin…

Elle avait parfaitement conscience que sa vie dépendait

de cet homme… Et que son humeur était aussi changeante que surprenante.

À l'exception de quelques mises en garde concernant des déjections d'ours ou des pierres cachées par la neige, Jason avait seulement déclaré qu'il fallait mettre autant de distance que possible entre eux et le mystérieux Buck et sa bande de mercenaires. Oui, progresser dans cette grotte noire, gelée et fort heureusement désertée par les ours les avait bien aidés. Et comme ils n'avaient pas emprunté de chemin en surface, ils avaient — momentanément du moins — réussi à échapper à leurs poursuivants. Mais ils devaient rester très prudents. Et avant qu'elle ne soit chez elle, en train de prendre une douche chaude avec la perspective de se coucher dans un lit douillet, et qu'elle ait la certitude que son père n'était pas en train de se ronger les sangs ou de se culpabiliser, elle avait bien l'intention de faire tout ce que Jason lui dirait.

Elle connaissait maintenant sur le bout des doigts la règle numéro cinq : mets tes pas dans les miens.

Mais elle était si fatiguée ! Fatiguée de marcher et de repenser à tout ce qui lui était arrivé au cours des dernières vingt-quatre heures. Les questions tournaient en boucle dans son esprit : qui l'avait kidnappée ? Était-ce une coïncidence si cet enlèvement s'était produit la nuit où elle était censée se fiancer devant le gratin local et les journalistes ? Et qui plus est, le jour anniversaire de la mort de sa mère ? Voulait-on faire souffrir son père ? Elle était fatiguée de se faire du souci… Pour elle… Pour son père… Pour Jason.

Malgré les paysages grandioses qu'offrait le massif de Grand Teton au moment où le printemps allait réveiller la végétation, elle ne voyait que le dos de Jason et les vingt mètres de terrain qui les séparaient. Même si elle était très tentée de lui demander s'ils allaient encore marcher longtemps, elle réprima l'envie de se plaindre, et prit la parole, d'une voix aussi posée que le lui permettaient sa fatigue et sa gorge douloureuse.

— Nous ne pourrions pas nous arrêter quelques instants ? demanda-t-elle, maudissant intérieurement l'endurance presque inhumaine de cet homme. Je n'ai rien entendu depuis des lustres maintenant ! Le soleil était haut dans le ciel la dernière fois que nous nous sommes arrêtés, et maintenant il est devant nous. Cela doit vouloir dire que plusieurs heures se sont écoulées depuis, non ?

Il ne répondit pas. Il semblait muré dans la douleur. Était-ce ainsi qu'il réagissait lorsqu'il souffrait ? Continuait-il à marcher et à ignorer le reste du monde ?

— Écoute, je ne sais pas si c'est pareil pour toi, mais je meurs de faim. Je n'ai rien mangé depuis cette barre protéinée que tu m'as donnée ce matin, avant que le soleil se lève. J'ai simplement besoin de dix minutes pour me reposer et avaler quelque chose. Même cinq minutes me suffiraient, poursuivit-elle, alors qu'il ne semblait même pas l'avoir entendue.

La distance entre eux s'allongea tandis qu'elle ralentissait malgré elle et trébuchait sur le sol inégal. Elle avait la tête qui tournait. Certainement, elle ne respirait pas comme il le fallait : soit elle prenait trop d'oxygène, soit pas assez. Elle s'époumonait à tenter de trouver le rythme idéal.

— Je ne sais pas si tu as remarqué, mais tes jambes sont bien plus longues que les miennes. Cela ne nous ferait pas de mal de ralentir un peu, non ? Jason ? Tu m'entends ?

Soit sa voix était trop faible pour parvenir jusqu'à lui… Soit il était trop occupé à essayer de trouver le chemin le plus sûr vers la civilisation pour lui prêter la moindre attention.

Même s'ils descendaient progressivement vers la vallée, l'itinéraire qu'il avait décidé d'emprunter avait des allures de montagnes russes : ils gravissaient des pentes ardues pour redescendre ensuite, contournaient certaines montagnes et en escaladaient d'autres, évitaient certains cours d'eau pour en traverser d'autres. Alors que ses pas se faisaient plus lents et que la moindre inspiration devenait de plus en plus difficile, Samantha vit Jason s'engager sur un chemin tortueux à travers les arbres, pour atteindre une crête.

Un rocher plat inondé de soleil au milieu d'une clairière invitait au repos. Il n'y avait aucun arbre faisant de l'ombre autour, et la neige tombée la veille avait fondu, exposant la pierre grise et sèche où des paillettes scintillaient. Le morceau de granit avait été poussé là par des glaciers il y avait des millénaires, et avait été lissé par l'érosion. Samantha ôta son gant et posa la paume de sa main sur la surface. Le soleil l'avait tiédie. Ce n'était peut-être pas aussi confortable qu'un lit ou un fauteuil, mais cela lui procurerait la chaleur dont elle avait besoin, et l'occasion de s'asseoir un instant était trop tentante pour être refusée.

— Je m'arrête ! annonça-t-elle à Jason, qui lui tournait obstinément le dos.

Il lui faudrait encore un moment avant d'atteindre le sommet de cette pente. Deux minutes de repos ne seraient pas de trop.

Cédant au besoin de reprendre quelques forces, elle grimpa sur la pierre et étendit les jambes devant elle, savourant la chaleur qui se propageait en elle. Elle entendait les pépiements des oiseaux, et les cris perçants d'un rapace — un aigle peut-être ? Elle ferma les yeux et tendit l'oreille. Elle percevait au loin le clapotis de l'eau… Non, c'était beaucoup plus fort que cela : il y avait un cours d'eau à proximité. Une cascade ?

Elle devait bien reconnaître que le paysage était majestueux. Rude mais superbe, un peu comme l'homme qui la guidait à travers ces montagnes. Même s'il persistait à ne pas lui parler… Ou à ignorer sa fatigue… Ou à continuer à avancer sans ralentir.

Le poids de sa tête l'entraîna soudain vers le bas, et elle se redressa en sursaut, ouvrant les yeux. Elle allait s'endormir si elle ne bougeait pas. Elle se força à tenir les yeux ouverts, et admira pendant quelques instants la vallée qui recommençait à verdir après l'hiver, et la surface brillante et striée d'une mare qu'elle apercevait en bas, avant de lever les yeux vers le sommet enneigé de la montagne, au-delà de la ligne tracée par les derniers sapins. Cette mare était probablement un lac. Le petit ruisseau qui l'alimentait devait être une large rivière, dont un des affluents était peut-être la cascade qu'elle entendait. Ces stries étaient certainement le sillage de bateaux. S'il y avait des gens, ils étaient trop petits pour qu'elle puisse les voir. Tout semblait minuscule vu d'ici. Elle se sentit toute petite, elle aussi, environnée par ces arbres immenses et ces montagnes majestueuses, noyées dans la neige et le ciel.

— Arrête un peu, Sam ! se réprimanda-t-elle.

Ce n'était pas le moment de se laisser aller à s'apitoyer sur elle-même, si elle voulait avoir la moindre chance de survivre à cette marche forcée et d'échapper à ces hommes sanguinaires.

Cela faisait probablement une minute qu'elle s'était assise. Aussi rapidement qu'elle le pouvait, elle posa le sac qu'elle avait pris dans l'hélicoptère et ouvrit une des poches extérieure.

— Merci, Marty !

Elle sourit en voyant les bouteilles d'eau, en ouvrit une, remerciant en pensée l'ami de Jason avant d'en prendre une longue gorgée. L'autre poche contenait un stock de barres de céréales. Elle en ouvrit une aux noisettes et à l'avoine, et mordit dedans. Elle l'avala avec une autre gorgée d'eau, et la sentit descendre dans son gosier. Ce n'était ni bon ni facile à avaler, mais c'était une sensation réconfortante de sentir son estomac se remplir à nouveau.

Ces quelques instants de repos, ces gorgées d'eau et ces bouchées de ce qui — il fallait bien l'admettre — ressemblait fort à de la sciure la ragaillardirent assez pour qu'elle ose essayer d'engager à nouveau la conversation avec Jason. Il avait imperceptiblement ralenti son allure mais il progressait toujours à travers les arbres, ses jambes solides semblant manger le terrain.

— Ça a un goût de carton, mais j'en étais arrivée au point où je craignais que les grondements de mon estomac ne signalent notre position !

Pas le moindre regard. Pas de réponse. Elle but une autre gorgée d'eau, avant de tenter à nouveau de le dérider.

— Dès que je serai arrivée à la maison, je mangerai un steak frites. Et toi, que prendras-tu lorsque nous serons retournés à la civilisation ? Tu préfères les gâteaux secs ou les crèmes ? Ou alors une bière ?

Elle prit une autre bouchée de sa barre de céréales, et poursuivit en grommelant :

— Bon. J'ai compris. L'Abominable Homme des neiges n'a besoin ni de boire ni de manger, contrairement à nous autres, pauvres mortels. Il ne sait probablement même pas ce qu'est la civilisation.

Les mots étaient sortis d'eux-mêmes.

— Je te demande pardon. Ce n'est pas ce que je voulais dire !

Il n'avait probablement rien entendu.

— Tu as faim ? poursuivit-elle ? Tu en veux un bout ? Je peux partager.

Jason était maintenant à au moins cinquante mètres devant elle et, même si elle commençait à mieux respirer, elle sentit l'angoisse s'insinuer en elle. Elle regarda tout autour d'elle et tenta d'évaluer la situation froidement.

La couche neigeuse était plus mince ici. Ils étaient redescendus vers la vallée, et la neige fondait sous le soleil de cette fin d'après-midi, laissant apparaître l'herbe et la roche. Même si, apparemment, ils avaient semé leurs poursuivants, elle était trop loin de Jason pour se sentir en sécurité. Et si elle perdait sa trace, elle courait le risque de tomber d'un à-pic ou de se retrouver nez à nez avec l'ours dont les déjections avaient signalé la présence. La panique commença à lui serrer la gorge. Dix mètres de plus, et Jason allait sortir de son champ de vision.

— Jason, attends-moi !

Samantha remit la bouteille d'eau dans le sac et, enfilant les lanières du sac sur ses épaules endolories, elle descendit de la pierre et tenta de le rattraper.

— Tu penses au lieutenant Flynn. C'est pour cela que tu ne parles pas ? Tu ne peux pas savoir combien je suis triste qu'il soit mort en essayant de m'aider. Tu n'as même pas eu le temps de te recueillir. Lorsque nous serons rentrés, nous organiserons une cérémonie pour lui, et nous verrons comment aider sa famille. Nous ferons tout ce que tu estimeras bien pour lui.

Ses pieds, son dos, ses jambes, son corps tout entier protestait maintenant lorsqu'elle se hâtait pour le rattraper. Pourquoi avançait-il de ce pas si soutenu ? Avait-elle dit quelque chose qui l'avait offensé ? Ou alors avait-il remarqué que les hommes avaient retrouvé leurs traces, et ne lui disait-il rien pour ne pas l'inquiéter ? Ou peut-être était-ce à cause de… Mon Dieu !

— Tu es furieux à cause de ce baiser ? Tu n'as pas respecté un code d'honneur des montagnes, ou quelque chose comme ça ? Je n'étais pas fâchée du tout, je te l'assure ! J'ai même beaucoup aimé. Ça m'a permis d'oublier ma peur pendant un instant. Je sais que cela ne signifie pas qu'il y ait quoi que ce soit entre nous. Je te dis ça au cas où tu craindrais que je m'attache à toi. Je ne te demande rien, d'accord ?

Je vois bien que je ne suis pas du tout ton type de fille. Ce n'était qu'un petit baiser sur les lèvres.

Un petit baiser sur les lèvres certes, mais il la tenait tout contre lui, dans une étreinte qui l'enveloppait tout entière et l'avait réchauffée au plus profond d'elle-même. Jamais Kyle n'avait éveillé en elle ces sensations, ce creux dans l'estomac, ces étincelles qui avaient jailli dans tout son corps lorsque Jason avait mordillé ses lèvres. C'était certainement l'air des montagnes qui la poussait à croire que ce baiser aurait pu se transformer en quelque chose de bien plus passionné s'il ne s'était pas éloigné d'elle aussi vite.

— Si tu n'as pas aimé ce baiser, c'est ma faute. Je veux dire, je ne pense pas que mon ex m'ait appris grand-chose. Je croyais que si mais, tu vois, il y a bien une raison si c'est fini entre nous. J'avais l'impression de ne jamais comprendre ce qu'il attendait de moi. Alors, il a été embrasser d'autres femmes et a couché avec elles et… Jason ?

Elle resta pétrifiée, incrédule, alors qu'il atteignait le sommet et disparaissait de sa vue. Elle était seule. Il l'avait laissée seule !

Elle referma l'emballage de sa barre de céréales et la glissa dans la poche de son manteau, afin de pouvoir se servir de ses mains pour se stabiliser et se retenir sur les rochers glissants. Lorsqu'elle atteignit le sommet, elle poussa un soupir de soulagement. Il n'y avait pas une paroi abrupte de l'autre côté, mais une pente douce et ombragée qui menait vers le lit d'un ruisseau pris par les glaces. L'endroit n'était pas directement éclairé par le soleil, et la couche neigeuse était encore épaisse. Elle commença à redescendre, marchant et glissant à moitié. La neige s'accrochait à ses chaussettes et à l'ourlet de sa robe, refroidissant sa peau. Mais elle accueillit cette sensation. Si elle avait froid, c'était qu'elle était éveillée… et assez pour se faire du souci.

Jason était debout de l'autre côté du ruisseau. Il avait

déposé son sac dans la neige, et était en train de scruter les arbres. Elle chercha l'endroit où le cours d'eau était le plus étroit pour pouvoir le traverser. Jason, visiblement, n'avait eu qu'à sauter pour atteindre l'autre rive sans encombre.

— Tu as entendu ce que je viens de dire ? demanda-t-elle, testant du pied une pierre qui affleurait pour s'assurer qu'elle n'était pas recouverte de glace, avant de s'en servir comme d'un tremplin pour atteindre l'autre côté du ruisseau. Je t'en supplie, réponds-moi ! Je sais que je dis des bêtises et que ça doit être pénible. Mais c'est ce qui me trotte dans la tête de toute façon, et le dire à voix haute m'aide à maîtriser ma peur et à réfléchir.

Il avait les yeux fixés sur le tronc rugueux d'un pin devant lui. Elle se raidit instinctivement.

— Quelque chose ne va pas ? demanda-t-elle à voix basse en se rapprochant de lui. Tu n'es pas censé avoir le poing levé pour me signifier d'arrêter de parler ou de marcher ?

Lorsqu'il ne lui répondit pas, elle vint se placer à côté de lui, pour voir s'il y avait un message gravé sur l'écorce de l'arbre… Ou du sang, ou un morceau de fourrure, ou tout autre indice qui leur aurait indiqué qu'ils étaient en danger.

— Je n'ai entendu personne derrière nous depuis que nous sommes sortis de la grotte. Je crois que nous les avons semés. Tu penses avoir trouvé l'ours ?

Elle avança d'un pas, et vit qu'il serrait si fort la mâchoire qu'il en tremblait. Faisait-il une crise de tétanie ? Était-il en colère ?

— Je suis désolée de ne pas avoir respecté la règle numéro six et de m'être arrêtée là-bas. J'avais l'impression que je ne pouvais pas faire un pas de plus, et que, si je ne mangeais pas quelque chose, j'allais…

Soudain, il se mit à frapper l'arbre.

— Jason !

— Une de leurs balles a touché mon sac à dos et a cassé

la radio ! Je ne peux appeler personne pour demander de l'aide ou pour donner notre position. Il va faire nuit dans une heure, et jamais nous n'atteindrons un refuge ou n'aurons du réseau d'ici là !

Alors qu'il frottait ses doigts égratignés, Samantha ramassa la radio cassée et la regarda attentivement, tout en se demandant si le canif qu'elle avait trouvé dans l'hélicoptère pourrait l'aider à ouvrir le boîtier et à ôter la balle coincée à l'intérieur. Peut-être que l'appareil pouvait être réparé… Enfin, elle avait l'occasion d'être utile, de l'aider !

— Ne perdons pas espoir ! J'adore essayer de remettre des objets en état de marche.

Elle passa le doigt sur le trou. Cette balle aurait pu les atteindre. Elle leva les yeux vers la large cible que représentait le dos de Jason. Elle avait l'impression d'avoir une pierre dans l'estomac, et sentait de nouveau sa tête tourner. Le projectile aurait pu se loger dans la colonne vertébrale de Jason ou lui percer le cœur.

Même si elle le savait, elle ne l'avait pas vraiment compris avant cet instant : ces hommes voulaient vraiment les tuer.

— De l'espoir ? Tu es coincée ici avec moi, Princesse.

Bon, d'accord, elle n'avait que ce qu'elle méritait après l'avoir appelé « Abominable Homme des neiges », même si elle doutait fort qu'il l'ait entendue.

— Et ce n'est pas une nouvelle très réjouissante.

Elle s'agenouilla et se pencha sur le sac de Jason posé à terre. Elle toucha du doigt l'endroit où la balle l'avait troué.

— Heureusement que la radio était là ! Sinon, c'est toi qui aurais reçu cette balle.

Si Jason avait succombé à ses blessures alors qu'ils étaient dans ces montagnes, cela aurait été pour elle une sentence de mort. Elle n'aurait pas supporté de le perdre. C'était aussi simple que cela. Elle repoussa toutes les émotions qui menaçaient d'avoir raison d'elle et fit glisser à terre le sac qu'elle portait sur son dos. Si c'était simplement l'alimentation électrique de la radio qui avait été endommagée, elle pourrait utiliser des pièces de la lampe-torche pour la réparer.

— Nous allons trouver une solution… Comme lorsque tu as eu l'idée de te réfugier dans cette grotte pour échapper à ces hommes. Nous ferons tout le chemin à pied s'il le faut ! Ça va aller.

— Ça va aller ? Rien ne va dans cette mission !

Il poussa un juron.

— Les choses ne devaient pas se passer comme ça !

À chaque mot, il frappait l'arbre de son poing.

Samantha sursautait à chaque coup, et avait mal pour lui. Elle se mit debout d'un bond. Était-elle assez forte pour le retenir ?

— D'abord, j'ai perdu Elaine ! Et maintenant Marty !

— Qui est Elaine ?

— Trop de gens sont morts alors que je devais les protéger ! Je ne peux pas…

— Capitaine…

Elle vint se placer entre l'arbre et lui, posant les deux mains sur son torse pour le retenir.

— Arrête !

Il s'immobilisa soudain, le visage tordu par la douleur. Il respirait avec peine. Il laissa retomber son bras. Elle savait qu'il ne l'aurait jamais frappée… Mais sa main aurait mérité un meilleur traitement. Ses yeux, obscurcis par des émotions qui avaient dû croître pendant qu'il marchait, refusaient de se poser sur elle. Il se dégagea, et se tourna enfin vers elle.

— Tu mériterais quelqu'un de beaucoup mieux que moi pour veiller sur toi, Sam.

Mieux que lui ? Comment était-ce possible ? Et dire que Kyle, lui, passait son temps à se vanter !

— Je suis désolée pour ton ami.

Elle sentait les larmes lui piquer les yeux, et elle dut les essuyer pour que ses lunettes ne s'embuent pas.

— Je suis désolée aussi que tu te sois fait mal ainsi.

Elle lui prit tendrement la main. Il s'était ouvert deux phalanges, et deux autres étaient enflées.

— Mais je t'en prie, arrête de faire ça !

Elle sortit un mouchoir en papier de la poche de son manteau, et en tamponna ses blessures. Une goutte de sang coula le long de sa main et tomba dans la neige. Lorsqu'elle s'écrasa, il tenta de retirer sa main. Mais avant qu'il ne puisse le faire, Samantha posa les doigts sur sa joue. Elle sentait les poils de sa barbe contre le tissu de son gant, alors qu'elle lui tournait le visage vers elle pour le forcer à la regarder.

— Jason, j'ai besoin de toi.

Il croisa soudain son regard. Elle le sentait frémir sous ses doigts, alors qu'il restait immobile. Elle lui caressa doucement la joue, essayant d'apaiser la tension qui l'habitait tout entier.

— Je ne sais absolument pas où je suis. Je ne sais pas ce qu'il faut faire pour survivre dans la montagne. Je ne sais pas comment échapper à ces hommes. J'ai besoin que tu m'aides !

Il demanda dans un souffle :

— Et si je n'y arrivais pas ?

— J'ai besoin que tu essaies.

Il posa sa grande main sur la sienne, la maintenant contre sa joue.

— Ma dernière mission…

Il ferma les yeux pour éloigner un souvenir qui s'imposait malgré lui à sa mémoire.

— Avant que je ne sois démobilisé…

Il ouvrit à nouveau les yeux et la regarda d'un air suppliant.

— Je pense que je ne supporterais pas de perdre quelqu'un d'autre. Je ne peux pas échouer.

Samantha réfléchit : comment devait-elle lui répondre, alors qu'elle sentait en lui tant de douleur ?

— Alors, n'échoue pas.

— Sam…

— Nous sommes vivants, non ?

Il hocha la tête.

— Nous sommes perdus ?

Il secoua la tête.

— Alors, tu as fait ce que tu avais à faire. Et j'ai toutes les raisons de croire que tu vas continuer.

Il sembla un instant surpris. Puis il acquiesça. Il lui serra les doigts avant de lui écarter la main de son visage.

— Tu aurais dû être officier : tu pourrais remotiver n'importe quel soldat. Tu es fatiguée ?

— Il existe un mot signifiant que je suis au-delà de l'épuisement ?

Il esquissa un sourire.

— Tu es très forte… Il faut beaucoup de courage pour arriver à plaisanter dans une situation comme celle-là. Je suis désolé d'être d'aussi mauvaise compagnie !

Il se baissa pour ramasser la radio là où elle l'avait laissée, et la remit dans son sac. Il en sortit une trousse de secours et commença à envelopper un de ses doigts blessés dans un pansement.

— J'ai… encore des séquelles de ma dernière mission. Parfois, c'est dur à supporter.

Samantha ôta ses gants et s'agenouilla près de lui.

— C'est le fait d'avoir perdu ton ami qui t'a fait repenser à tout cela ? L'explosion ? Les armes ? Ça a fait remonter des souvenirs pénibles ?

Il hocha la tête.

— Syndrome de stress post-traumatique. Marty n'est pas le premier homme que j'ai perdu. Il faisait partie de mon unité en Afghanistan. Il m'a sauvé la vie lors de ma dernière mission. Même si…

Ses yeux s'obscurcirent et il détourna le regard.

— Marty est venu évacuer mon unité alors que personne d'autre ne voulait se risquer à le faire. Et je n'ai rien pu faire pour lui.

— Ce sont ces types qui ont tué Marty, pas toi !

— Il vaut mieux que je sois seul. Je mets les autres en danger !

— Et pourtant, c'est grâce à toi que je suis en vie.

Elle sourit et prit la relève, lui entourant ses doigts blessés de gaze.

— Moi aussi, il vaut mieux que je sois seule. Je ne veux pas minimiser ce par quoi tu es passé. Je veux seulement dire que je comprends le besoin de se retirer du monde, parfois.

— Loin de ton ex-fiancé qui te trompait ?

— Kyle ? Tu as entendu ce que je racontais ?

Elle se sentit rougir et resta le visage baissé, se concentrant sur le pansement qu'elle était en train de faire.

Elle rougit plus encore lorsque Jason prit une mèche de cheveux qui était tombée sur son visage, et la coinça doucement derrière son oreille.

— C'était dur de ne pas t'entendre, alors qu'il n'y avait que nous deux.

Pendant une seconde, elle ne sut pas quoi dire. Puis, alors que les pensées se bousculaient à son esprit, les mots sortirent d'eux-mêmes.

— Je savais depuis le début que quelque chose n'allait pas dans cette relation. Mais, sur le papier, il était parfait pour moi. Je voulais que ça marche.

Elle haussa les épaules.

— Je pense que mon père s'inquiète pour moi : il craint que je reste vieille fille. Cela lui faisait plaisir que j'aie un homme dans ma vie.

— Et Grazer… Il te rendait heureuse ?

Elle réfléchit un instant avant de répondre.

— Au début peut-être. C'était agréable d'être l'objet d'attentions.

Mais même à cette époque, elle avait eu du mal à croire que l'intérêt qu'il semblait éprouver pour elle était sincère. Seul le soutien inconditionnel de sa belle-mère pour Kyle et pour sa famille avait réussi à la convaincre du contraire.

— Je croyais qu'il aimait mes excentricités… Que nous étions complémentaires. Je n'ai jamais vu qu'il essayait de me changer en ce que je n'étais pas. Peut-être que c'est la raison pour laquelle Joyce, ma belle-mère, l'apprécie autant. Cela fait des années qu'elle essaie de faire de moi une princesse. C'est son idéal féminin ! En y repensant, je crois que la seule chose que Kyle aimait vraiment, c'était le poste de vice-président du groupe de mon père, qui était dans la corbeille de mariage.

Jason émit un petit sifflement.

— Voilà qui explique bien des choses !

— Que veux-tu dire ?

— Son comportement, la nuit dernière… Il voulait désespérément que tu reviennes. Peut-être que ce qui l'intéressait surtout, c'était l'assurance de ne jamais avoir de soucis financiers. À moins que…

— Quoi ?

— Grazer est parti avant que l'entrevue avec ton père et le chef de la sécurité soit terminée. Je me suis dit qu'il savait peut-être quelque chose…

Samantha fronça les sourcils.

— Quelle raison aurait-il pu avoir pour mettre cet enlèvement en scène ? Il vient d'une famille riche. Il n'a pas besoin d'argent.

— À moins qu'il n'ait voulu se débarrasser de toi pour pouvoir être avec ta sœur.

Elle s'immobilisa alors que cette éventualité prenait forme dans son esprit. Il prit une petite paire de ciseaux et coupa la gaze.

Son père avait promis à Kyle un poste important dans l'entreprise s'il l'épousait, elle. Mais Kyle pourrait l'obtenir tout de même et épouser Taylor, si elle n'était plus là. Comment en étaient-ils venus à évoquer cette éventualité ? Elle tenta de combattre le malaise qui l'envahissait en songeant qu'elle avait peut-être été trahie par un de ses proches, quelqu'un qu'elle aimait. Elle prit brusquement les ciseaux des mains de Jason et termina le pansement elle-même.

— J'aurais reconnu la voix de Kyle s'il avait été un de ces hommes !

— Tout est allé très vite. Nous n'avons pas bien entendu. Mais tu as probablement raison. Peut-être que Grazer craignait simplement que ton père n'apprenne ce qui s'était passé entre lui et Taylor. En tout cas, il ne semblait pas particulièrement inquiet pour toi.

— Il ne l'était certainement pas. Je ne l'aurais jamais rendu heureux. Je regrette seulement de ne pas avoir tout compris plus tôt.

Elle poussa un soupir en songeant à son humiliation. Puis elle prit le sac à dos pour y ranger la trousse de survie.

— J'ai pratiquement un doctorat en poche, mais je ne sais pas juger les gens. Qui est sincère ? Qui me manipule ? Qui pense du bien de moi et qui me considère comme un fardeau ?

Jason regardait chacun de ses mouvements, buvait chacune de ses paroles avec une intensité qui la mettait mal à l'aise.

— Tu n'es pas un fardeau pour moi.

— Que serais-tu en train de faire si tu n'étais pas coincé ici avec moi ?

— Je serais en train de construire ma maison. Mon père

et moi l'avons commencée avant ma dernière opération à l'extérieur. Je la termine tout seul maintenant.

— Qu'est-il arrivé à ton père ?

— Nous avons eu des différends.

Visiblement, il n'avait pas envie d'en parler. Mais il venait tout juste de lui apprendre qu'il souffrait de syndrome de stress post-traumatique. C'était déjà beaucoup. Il n'allait pas lui révéler tous les secrets de famille qui l'avaient amené à avoir une vie si solitaire.

— Ma mère a été assassinée lorsque j'étais petite. J'en fais encore des cauchemars, parfois. C'était le cas lorsque tu m'as réveillée dans cette cabane. Je ne sais pas quelles sont les épreuves que tu as dû subir, et rien ne t'oblige à m'en parler, à moins que tu n'en aies envie. Je veux simplement dire que je sais à quel point les traumatismes peuvent laisser leur marque sur nos esprits.

Elle posa la main sur son ventre un instant.

Elle avait besoin de lui avouer toutes ses faiblesses.

— J'ai de l'urticaire dès que je suis stressée. Et je raconte n'importe quoi pour remplir le silence, parce que j'ai constamment l'impression de me comporter avec maladresse. Et quand je ne sais pas quoi faire de moi-même, je bricole, ou je fais des blagues idiotes ou… je me mets dans des situations difficiles. La seule chose pour laquelle je suis douée, ce sont les études. J'aime résoudre les problèmes scientifiques. Mais je n'arrive pas à résoudre ceux de la vraie vie, et alors je me sens souvent frustrée. Les gens ne me comprennent pas. Soit ils sont désolés pour moi, soit je les intimide… ou alors c'est l'argent qui le fait. Je me dis souvent que ma mère… Ma mère m'aurait appris à être normale. Mon père essaie, et je suis certaine qu'il m'aime, mais il ne sait pas comment s'y prendre. Et ma belle-mère est fatiguée d'essayer.

Elle referma le sac et le tendit à Jason, levant enfin les yeux vers lui.

— Ne te formalise pas si je suis parfois bizarre. Je suis comme ça. Mais je suis prête à apprendre, si tu as la patience de m'enseigner des choses. J'essaie simplement de vivre au jour le jour, et de gérer les mauvais souvenirs. Peut-être que nous devrions édicter une autre règle : quoi qu'il arrive — qu'il s'agisse du passé ou du présent — nous ne devons pas nous juger l'un l'autre, ou nous juger nous-mêmes. Nous devons faire avec, et nous soutenir mutuellement. Nous allons nous en sortir. Ensemble.

Par-dessus son épaule, elle désigna le sapin du pouce.

— Et nous ne devons plus abîmer les arbres.

Il plongea ses yeux dans les siens pendant un long moment.

Il devait se dire qu'elle était complètement idiote.

Il était probablement en train de repenser à tout ce qu'elle venait de lui raconter, et il devait songer qu'elle ne valait pas le temps et la peine qu'il se donnait pour l'aider. Peut-être même essayait-il de trouver une manière élégante de lui dire de se taire.

Mais il ne fit rien de cela.

Il rangea la trousse dans son sac et tendit les bras vers elle. Lorsqu'elle sentit ses mains sur ses épaules, il avait déjà recouvert ses lèvres en un baiser. Il n'avait rien de léger, cette fois. S'il tentait de la calmer, la chaleur de sa bouche humide contre la sienne eut l'effet contraire. Il l'enveloppa de ses bras, il l'enlaça et l'attira tout contre lui alors qu'il se redressait et la soulevait.

Samantha tomba contre lui lorsqu'elle perdit l'équilibre. Elle s'accrocha au col de sa veste alors qu'il glissait sa langue entre ses lèvres. Elle ouvrit la bouche et il l'embrassa plus profondément, l'explorant avec avidité. Cette fois encore, il avait allumé en elle cette flamme qu'elle ne connaissait pas jusque-là. La surprise passée, elle sentit son sang s'échauffer, et propager sa chaleur dans sa poitrine et à l'intérieur de ses cuisses.

Soudain, elle cessa de penser. Elle ressentait seulement. Elle apprenait. Jason lui enseignait ce qu'elle devait faire, et elle était une élève douée, qui suivait son instinct et non la logique. Il n'y avait aucune note à prendre, aucune règle à mémoriser. Il n'y avait que Jason, ce baiser, son désir…

Et le goût de sa bouche, son odeur qui lui montait à la tête et sa chaleur qui se propageait dans tout son corps. Elle ne se contentait pas de l'accueillir. Elle s'agrippait à lui, le tirait vers elle, tétait sa lèvre inférieure. Elle lui caressait le visage et le cou, et enfonçait les doigts dans ses cheveux épais. Jason gémit et elle sentit ses lèvres frémir contre elle. Il glissa les mains plus bas, épousant la forme de ses fesses et les pressant contre ses cuisses puissantes, et ce contact l'enflamma plus encore.

Ce corps à corps était une expérience nouvelle pour elle. C'était une manière très imagée de lui rappeler toutes les différences entre un homme et une femme, et elle savourait la solidité de ses muscles contre ses courbes douces. La pointe de ses seins se tendait presque douloureusement. Le frottement de la barbe naissante de Jason sur sa peau douce lui envoyait des frissons dans tout le corps. De son nez, il souleva le bord de ses lunettes pour pouvoir presser un baiser chaud sur sa pommette, au coin de l'œil. Elle lui pétrit le dos avant de glisser à nouveau les doigts dans ses cheveux, le saisissant à la nuque pour approcher ses lèvres vers elle.

Ce fut elle qui explora sa bouche cette fois, en imitant chacune des caresses, chacun des mordillements qu'il lui avait appris. Et il répondait à chaque fois avec la même ardeur. Elle avait l'impression que le temps s'était arrêté. Il n'y avait plus ni passé ni futur. Seulement le présent. Seulement Jason et ce baiser.

Et son estomac qui grondait.

Elle ouvrit les yeux à ce bruit incongru et posa les mains sur ses épaules, maudissant intérieurement ce rappel à la réalité. Elle s'écarta de lui, et l'air froid s'engouffrant en eux fut un choc aussi soudain que l'avait été l'instant où il s'était penché pour l'embrasser. Mais, alors qu'elle s'enfonçait dans la neige jusqu'aux chevilles, il l'aida à se stabiliser en la tenant par la taille.

— Je suis désolée, dit-elle, en sentant ses joues s'empourprer d'une chaleur beaucoup moins agréable. C'est embarrassant !

Savoir se comporter en séductrice ne faisait pas partie de ses talents. Elle considéra son manteau taché, sa robe déchirée, ses bottes d'homme et ses chaussettes hautes. Elle savait que tout son maquillage était parti et qu'elle était toute décoiffée. Et si cela ne suffisait pas, il était certainement excédé de l'entendre parler sans arrêt. Elle n'était définitivement pas séduisante.

Il baissa la tête pour déposer un baiser léger et tendre sur ses lèvres, s'arrêtant pour étudier l'expression de son visage avant de la lâcher.

— Tu vas bien ? demanda-t-il.

— Bien sûr. Oui.

Elle pressa la main sur son estomac alors qu'un autre grondement s'élevait.

— Je suppose que j'ai faim.

— Tu as eu raison de me dire que je t'en demandais trop et que tu étais épuisée.

Il ouvrit une des poches de sa veste et en sortit un sac en plastique empli de fruits secs. Il l'ouvrit et lui proposa de prendre de l'ananas, un abricot ou un morceau de banane séchée.

— Ce n'est pas le steak frites dont tu rêves, mais le sucre va te donner un peu d'énergie.

« Le steak frites » ? Il n'avait donc rien perdu de ses divagations !

— Merci.

Il en prit quelques-uns lui aussi. C'était infiniment meilleur que la barre de céréales au goût de carton, mais pas autant que son baiser. Elle enfourna les fruits dans sa bouche, détournant le regard. Depuis quand aimait-elle autant embrasser ? Et s'était-elle jamais laissé entraîner ainsi dans un baiser, sans se demander si elle faisait les choses correctement ?

Son cerveau ne semblait pas bien fonctionner. C'était peut-être un des effets secondaires de la drogue que lui avaient administrée ses geôliers.

— Tu n'es pas obligée de remplir le silence avec moi… Mais si ça ne me gêne pas que tu le fasses. Au moins, je sais ce que tu penses. Je n'ai pas besoin de deviner.

Jason lui proposa encore quelques fruits secs avant de remettre le sac dans sa poche.

— J'aime ta voix. Elle a quelque chose de sexy.

Sexy ? Venait-il d'utiliser ce mot pour parler d'elle ? Elle faillit s'étrangler en avalant un dernier morceau d'ananas.

— Pardon ?

— Tu entends mal ?

— Non, mais…

— Fais seulement attention si tu sens que tu as des étourdissements ou que tu as la tête qui tourne. On dépense beaucoup d'énergie en parlant, et on fait entrer plus d'air froid dans les poumons, ce qui a tendance à faire baisser la température corporelle.

En l'espace de quelques secondes, il lui avait donné un baiser qui lui avait fait oublier tout le reste, il l'avait nourrie, lui avait fait un compliment, et lui avait prodigué des conseils pour se préserver. Que pouvait-elle vouloir de plus ?

Elle suivit son regard lorsqu'il tourna les yeux vers le ciel. Le soleil se rapprochait de l'horizon.

— Il va bientôt faire beaucoup plus froid. Il faut que nous trouvions un refuge. Buck et ses hommes ne devraient pas pouvoir retrouver notre trace dans la nuit. Je pense que nous avons mis assez de distance entre eux et nous pour être à l'abri.

Il se retourna vers elle et la surprit en train de le regarder. Mais la fascination qu'elle avait pour son profil net, sa capacité à savoir écouter, et sa connaissance de la montagne ne sembla pas le décontenancer. Ou peut-être n'avait-il pas compris qu'elle s'était éprise de lui.

— J'apporte un rectificatif à la dernière règle. Ça serait plutôt : tu crois en moi, et je crois en toi, déclara-t-il.

— Je crois que tu vas me garder saine et sauve.

Il hocha la tête. Puis il scruta les alentours, redevenant soudain cet homme des grands espaces, ce marine avare de paroles qui lui avait promis de la ramener chez elle. Il se pencha et lui tendit ses gants.

— Tu penses que tu peux encore marcher un ou deux kilomètres ?

Samantha poussa un lourd soupir.

— J'imagine que j'y suis bien obligée !

Elle enfila ses gants alors qu'il remettait son sac sur son dos et vérifiait l'arme qu'il portait contre sa cuisse.

— Tu peux me parler un peu pendant que nous avançons ? demanda-t-elle.

Il leva les sourcils comme pour s'excuser, l'air un peu embarrassé.

— Tu ne veux pas parler ?

Mais de quoi s'excusait-il ? Il se tourna vers le terrain plus pentu qui se trouvait de l'autre côté du ruisseau.

— La marche va être difficile ? demanda-t-elle.

Il désigna la paroi rocheuse située à une cinquantaine de mètres au nord, là où l'eau tombait en cascade d'une falaise.

— Nous allons monter là-haut ?

Jason éclata de rire. Elle décida soudain qu'il était aussi beau de face que de dos. Et elle se demanda pourquoi un sourire de Kyle ne lui avait jamais fait le même effet.

— Nous allons nous en sortir. Ensemble.

— Ce baiser, c'était pour me donner du courage avant de commencer l'ascension ?

— Non. C'était pour te remercier. Pour m'avoir fait reprendre pied dans la réalité, et pour m'avoir fait remarquer que je me conduisais comme un imbécile.

— Non, tu ne te conduisais pas comme un imbécile !

— Si.

Il l'aida à remettre son sac sur ses épaules avant de la faire pivoter vers lui.

— Et tu veux savoir quelque chose ? Tu n'as pas besoin de moi pour avoir du courage. Au cours de ces dernières vingt-quatre heures, tu as traversé plus d'épreuves que la plupart des gens dans toute une vie. Mais tu ne t'avoues jamais vaincue. Tu arrives à trouver la force de plaisanter lorsque la plupart des femmes — la plupart des hommes aussi — se mettraient à pleurer. Tu es solide, Sam Eddington. Tu m'as aidé à retrouver mes repères. La plupart des gens auraient pris peur en me voyant dans cet état. Et toi, tu es venue m'aider.

— C'était une question de survie. Pour moi.

Elle lui caressa timidement la main.

— Mais, sache tout de même, quand tu as perdu pied, j'ai vraiment eu peur !

— J'ai peur moi aussi quand ça arrive… Bon, nous ferions mieux de partir d'ici.

Il lui prit fermement la main et la guida vers les rochers qu'ils s'apprêtaient à escalader.

— Et autre chose… Parfois, un homme a simplement envie d'embrasser une femme. Il veut la sentir contre lui dans ses bras… Savourer sa douceur, sa force… Il n'y a pas toujours une raison à cela. Ton ex est un idiot s'il ne t'a pas appris ça !

Il la força à s'arrêter.

— Et je ne sais pas ce que Grazer te racontait, mais il n'y a absolument rien à reprocher à la façon dont tu embrasses.

8

Jason eut du mal à supporter le sentiment de culpabilité qui l'étreignit lorsqu'il remarqua les nombreuses plaies sur le corps de Samantha.

— Je pensais que tu n'étais pas blessée.

La lampe qu'il avait sortie de son sac éclairait assez l'intérieur de la petite cabane en bois pour qu'il voie les bleus sur ses bras et ses tibias, ses genoux écorchés, et le bandage ensanglanté qu'elle avait sur l'épaule, là où se trouvait la puce que ses ravisseurs avaient enlevée.

— Jason !

Il était difficile de se mettre à l'écart dans cette petite cabane.

Il avait déjà enfilé un T-shirt et un caleçon propres avant de remettre son pantalon, sa polaire, et ses chaussures. Il ne s'attendait pas à la surprendre à moitié nue. Elle avait posé son bras sur sa poitrine, mais cela ne suffisait pas à cacher toutes ses blessures.

— Je pourrais avoir un peu d'intimité ?

Il se retourna docilement, même s'il gardait gravée à l'esprit l'image de chaque courbe de son corps, de chaque mèche de ses cheveux dorés cascadant sur ses épaules, et de chacune des blessures qu'il aurait dû lui éviter. Il lui était d'autant plus difficile de chasser ce spectacle de ses pensées qu'il l'entendait bouger derrière lui, alors qu'elle se lavait avec un bout de tissu humide.

— Nous allons voir ce que nous pourrons faire en mémoire de ton ami Marty... Peut-être une œuvre caritative, dit-elle.

Il l'entendit retenir sa respiration. Il jeta un coup d'œil par-dessus son épaule, et la vit agrafer son soutien-gorge et le remettre en place.

— L'eau, les barres de céréales et les vêtements qu'il avait emportés me rendent bien service. J'ai même trouvé une brosse à dents neuve. Je n'en espérais pas tant ! Jason !

Il soutint son regard pendant un moment, sentant la température monter dans la minuscule cabane, même s'il avait rejeté l'idée de faire un feu dans la cheminée délabrée. Il la préférait avec ce soutien-gorge de fortune — qu'elle avait fabriqué en coupant sa robe bustier — qu'avec le corset qui lui sanglait tout le corps, des épaules jusqu'aux cuisses, et cachait les plus belles courbes de son corps pulpeux.

L'érection qu'il sentit venir le poussa à se retourner poliment vers la porte. Waouh ! D'où lui étaient venus cette idée et cet instinct de possession ? Il n'était plus sorti avec une femme depuis Elaine. Il n'en avait pas eu envie non plus, en partie parce qu'il se sentait étouffé par un sentiment de culpabilité, et également parce qu'il ne voulait pas imposer à quiconque la difficulté de vivre avec un homme qui avait tant de problèmes à régler.

Mais une seule journée avec Sam Eddington lui avait fait prendre conscience de sa solitude. Elle lui avait donné envie de tenir à nouveau une femme dans ses bras. Il s'était ouvert à elle, et lui avait dit des choses dont il n'avait parlé à personne jusque-là, à part son psychiatre. Elle lui avait donné envie de faire bien plus que la protéger, de voir jusqu'où pouvait aller l'attirance surprenante qu'il y avait entre eux. Elle lui avait donné envie de réexaminer toutes les priorités qu'il s'était fixées depuis deux longues années.

Mais ce n'était pas le moment de se laisser aller à le faire… Pas avec la mort de Marty, avec cette radio hors d'usage, et son téléphone portable totalement inutile tant qu'ils ne seraient pas dans une zone couverte. Sans compter la dizaine d'hommes armés jusqu'aux dents, bien décidés à en découdre et à les tuer tous les deux.

Cette évaluation de la situation suffit à calmer l'esprit de Jason, et à le pousser à mettre de côté l'intérêt qu'il ressentait pour cette jeune femme fascinante. Il se retourna à nouveau vers elle. La priorité numéro un était de la sortir vivante de tout cela, pas de satisfaire sa libido ou le besoin d'intimité de Samantha. Elle utilisait le canif qu'elle avait pris dans l'hélicoptère pour couper une corde qu'elle glissa dans les passants de la ceinture d'un pantalon d'homme, et la noua. Elle le réprimanda d'un regard mécontent avant de lui tourner le dos et de rouler le bas du pantalon, l'ajustant à la bonne hauteur.

— Il n'y a pas beaucoup de concurrence féminine par ici, lui dit-elle d'un ton taquin. C'est pour cela que tu n'arrêtes pas de me regarder ?

— Arrête.

Il n'avait pas envie de plaisanter.

La compresse qui avait été fixée sur son épaule était imbibée de sang et se détachait. Il s'approcha d'elle en quelques enjambées.

— Je vais regarder ça avant que tu finisses de t'habiller. J'ai l'impression que la plaie s'est rouverte. Tu aurais dû me dire que les lanières du sac frottaient dessus.

Elle lui fit signe de s'éloigner et saisit le T-shirt gris qui était également dans le sac de Marty, le tenant devant elle comme un bouclier.

— Pour que tu portes les deux sacs ? Je me sens déjà assez coupable de t'avoir entraîné là-dedans. J'ai envie de faire ma part du travail.

— Tu ne m'as entraîné dans rien du tout : j'ai accepté cette mission sans contrainte.

— Oui, mais tu pensais retrouver ton lit ce soir. Tu ne t'attendais pas à ce que mes ravisseurs soient aussi nombreux et aussi bien armés. Ni à ce qu'ils tuent ton ami…

Non. Cette opération qu'ils pensaient tous les deux facile avait mal tourné dès le début. Comme il ne lui répondit pas, elle lui tendit la main, probablement pour le réconforter.

Mais Jason avait moins besoin de sa compassion que de prendre soin d'elle. Il alla chercher la trousse de secours dans son sac, pendant que Samantha songeait soudain à voix haute :

— Tu penses que mon père a fait appel à d'autres hommes maintenant ? À d'autres secouristes de ton équipe ? À l'entreprise de Pellegrino ? Au shérif ? Au FBI ?

Jason sortit de la trousse ce dont il avait besoin, et posa le tout sur le banc de bois, seul endroit de la cabane où l'on pouvait s'asseoir.

— J'espère que non. Ils n'ont pas la moindre idée de ce qui les attend, et nous n'avons pas la possibilité de les informer que ces hommes sont lourdement armés. Pour le moment, il vaut mieux nous contenter d'essayer de leur échapper. Nous préviendrons la police pour qu'ils aillent s'occuper d'eux lorsque tu seras en sécurité.

— Mon père doit être très inquiet de ne pas avoir de nouvelles. Il est cardiaque, tu sais. J'espère que Joyce veille à ce qu'il prenne ses médicaments : le stress pourrait suffire à le tuer.

Elle regardait au loin tout en enfilant le T-shirt.

— Les similarités entre l'enlèvement de ma mère et ce qui s'est passé la nuit dernière sont assez effrayantes. J'ai presque l'impression qu'elles sont voulues. Mon père et elle assistaient à une soirée. Elle est partie seule avant la fin parce qu'elle ne se sentait pas bien. Elle n'est jamais rentrée à la maison. Ils fêtaient l'inauguration du premier complexe créé par mon père, dans le Wyoming, juste à côté de Yellowstone.

— Le terrain que Cordes l'accuse d'avoir volé ?

Sam eut l'air surprise qu'il sache cela. Alors il expliqua :

— Richard Jr. était dans le bar où ton père m'avait donné rendez-vous la nuit dernière. Ils étaient en train de se quereller lorsque je suis arrivé.

Sam pâlit.

— Il a blessé mon père ? Il l'a menacé ? Tu penses qu'il est à l'origine de mon enlèvement ? Qu'il a fait ça pour se venger de l'exécution de son père ?

— Pellegrino et son employé — Metz — ont empêché Cordes de s'en prendre physiquement à ton père.

Jason ne mentionna pas le rôle qu'il avait joué pour mettre un terme à la bagarre. Ça n'avait pas été très compliqué d'intervenir lorsqu'il y avait été obligé.

— Je n'ai jamais entendu dire que Richard Jr. se faisait appeler Buck. Et il ne semblait pas intéressé par l'argent de ton père. De plus, il a un alibi tout trouvé pour l'heure de ton enlèvement… Mais je n'aime pas les coïncidences.

— Peut-être qu'il a demandé à des mercenaires d'agir à sa place… Peut-être que Buck est un de ses amis, suggéra-t-elle.

— Ou un cousin. Dieu sait qu'il y a bon nombre de Cordes dans le coin ! Ils faisaient tous partie de son ancienne milice, plus leurs enfants et petits-enfants maintenant…

— J'avais l'impression qu'il s'agissait d'une affaire personnelle pour Buck. Et si le mobile de tout cela n'était pas l'argent, mais la vengeance ?

Elle s'assit sur le banc.

— Mon père se sent déjà coupable de la mort de ma mère. Je suis certaine qu'il doit s'en vouloir terriblement pour moi. Il a déjà assez souffert !

Elle leva les yeux vers Jason.

— Il faut que j'arrive à le joindre pour lui dire que je vais bien. Il faut que je rentre à la maison.

Lui arrivait-il parfois de penser à elle en premier ?

— Une chose à la fois, Sam, lui rappela-t-il, s'asseyant à califourchon de l'autre côté du banc. Il faut d'abord que je te garde saine et sauve.

— Tu penses que les ravisseurs l'ont contacté à midi comme ils en avaient l'intention au départ ? J'imagine qu'ils ont tout mis en œuvre pour lui faire peur. Ils lui ont peut-être même menti, et dit qu'ils m'avaient tuée ! Ils m'ont peut-être filmée lorsque j'étais inconsciente… Je devais avoir l'air morte !

— Chaque chose en son temps. Nous essaierons de déterminer qui est derrière tout ça plus tard. Et je te promets que nous contacterons ton père dès que nous aurons du réseau. Mais pour le moment, nous devons nous reposer. Et je préfère prendre trop de précautions que pas assez, et vérifier tes plaies. Si elles s'infectent, nous n'aurons rien pour te soigner. Il va encore falloir une journée de marche pour rejoindre la civilisation… Si tant est que nous ne tombions pas à nouveau sur Buck et ses amis !

En hochant la tête, elle accepta de le laisser changer le cours de la conversation : elle ne pouvait rien faire pour aider son père en ce moment.

— D'accord. Je te laisse regarder mes blessures si tu me laisses changer les pansements sur tes doigts, et vérifier la brûlure que tu as sur la jambe.

— Le métal était très chaud. Il doit avoir cautérisé la plaie.

— J'ai compris…

Elle se leva pour aller prendre le médaillon posé sur la pile des vêtements qu'elle portait, et le mit autour de son cou. Puis elle s'empara du pull tout mité qu'ils avaient découvert sur une des étagères de la cabane.

— Si je ne m'occupe pas de toi, alors tu ne t'occupes pas de moi.

— Sam…

Il lui prit le poignet, et la força à se rasseoir.

— Il faut que je regarde cette plaie. Tu sais que tu n'as pas la force de me résister si je t'y oblige.

— Oui. Mais je sais aussi que tu ne le feras pas. Malgré tous tes efforts pour avoir l'air d'être un gros dur, je sais que tu es un type bien. Même lorsque tu as perdu pied tout à l'heure, tu n'as pas porté la main sur moi. Je sais que tu ne me forcerais jamais à faire quelque chose malgré moi. D'ailleurs, le fait même que nous soyons en train d'avoir cette conversation le prouve.

Bien… Impossible de réfuter cet argument. Il lui lâcha la main et lui fit signe de s'asseoir sur le banc, l'invitant à le rejoindre.

— Bon. Dans ce cas, j'imagine que nous allons tous les deux jouer au docteur.

Elle écarquilla les yeux et rougit. La voir réagir ainsi lui fit un effet auquel il ne s'attendait pas. Il ne savait pas trop ce qu'elle avait vu en Grazer, mais il était certain que son ex était le grand perdant lorsqu'elle avait décidé — fort heureusement — de le laisser tomber.

Elle s'assit en lui tournant le dos, et Jason ôta le pansement. Il ouvrit une bouteille d'eau et en versa sur la blessure pour la nettoyer.

— Ça va brûler un peu.

Elle frémit lorsqu'il tamponna la plaie avec une compresse imbibée d'alcool, mais ne se plaignit pas. Comme il n'avait pas le matériel pour faire des points de suture, il décida d'utiliser la colle cutanée qui se trouvait dans la trousse, espérant que cela suffirait. Il recouvrit ensuite le tout d'une compresse propre. Puis il nettoya ses égratignures les plus profondes et les recouvrit de pommade et de pansements, avant de se rendre compte que cela faisait étonnamment longtemps qu'elle ne parlait plus. Il l'aida à enfiler à nouveau son T-shirt et son pull troué mais propre, avant d'ôter son pantalon pour la laisser mettre de la crème sur sa brûlure.

— Je te signale que je n'ai pas toujours vécu dans des endroits où il y avait peu de concurrence féminine, dit-il. J'ai vu pas mal de femmes nues.

Lorsqu'elle posa la main de Jason sur ses genoux pour commencer à refaire ses pansements, il saisit le rideau de cheveux blonds qui cachait son visage, et les rassembla derrière ses épaules pour voir l'expression de ses yeux.

— Je voulais te dire que je te trouve très belle.

— Tu plaisantes !

— Non. Tu as le corps dont tous les hommes rêvent.

Elle leva enfin les yeux vers lui.

— Non.

— C'est ce que Grazer t'a dit ?

Encore une raison de plus pour faire passer à cet imbécile l'envie de la faire douter d'elle-même et de sa capacité de séduction !

— Il t'a probablement dit aussi qu'il n'aimait pas les lunettes.

Gagné !

— Il voulait que je porte des lentilles. Il disait que c'était mieux pour les photos. Et que les garçons n'aiment pas les filles qui…

Il lui pressa les doigts sur la bouche avant qu'elle ne puisse terminer sa phrase.

— Les garçons peut-être… Les hommes si.

Elle écarquilla les yeux, et il vit s'y refléter le même désir qu'il sentait monter en lui, comme une rivière faisant éclater un barrage.

Alors il l'embrassa. Elle lui répondit immédiatement, sans hésiter, posant la main sur son visage et caressant ses joues râpeuses. Il glissa les doigts dans ses cheveux et épousa la forme de sa nuque, l'attirant contre lui, faisant tomber les bandages et la trousse qui se trouvaient entre eux alors qu'il l'installait entre ses jambes. Il n'avait jamais souffert d'addictions auparavant, mais il n'arrivait plus à résister à son envie de l'embrasser.

Elle avait un goût de dentifrice. Son corps était chaud et doux. Elle répondait à ses gestes avec un naturel et une évidence qu'il ressentait lui aussi. Même s'il se doutait qu'elle n'avait pas beaucoup d'expérience, elle ne se contentait pas de réagir à ses caresses. Elle lui mordillait la lèvre et osait des choses nouvelles qui lui arrachaient des gémissements de plaisir. Il la plaqua alors contre lui et approfondit leur baiser.

Sa poitrine était pressée contre lui. Il sentait les pointes de ses seins se durcir contre son torse, et il rêvait de les caresser et de les goûter. Il sentit sa respiration s'accélérer, et les gémissements qui montaient de sa gorge lui apprirent qu'elle appréciait ce moment tout autant que lui. Elle lui caressa le cou, les épaules, avant de replonger les doigts dans ses cheveux. L'urgence avec laquelle elle l'embrassait lui échauffait le sang, et il sentait le tissu de son pantalon se tendre sur son entrejambe.

Il passa les mains sous son pull et son T-shirt. Il savoura la courbure de sa taille, la douceur de son dos. Et s'il sentait sa peau fraîche sous ses doigts, il eut l'impression qu'un feu le dévorait lorsqu'elle glissa les mains sous sa polaire, et les posa sur sa taille. Il alla toucher sa poitrine, enveloppant ses seins pleins de ses doigts. Puis il la souleva et la posa à califourchon sur ses cuisses, installant contre son sexe dur cette partie d'elle qu'il avait tant envie de pénétrer. Il captura le lobe de son oreille entre ses lèvres, et elle rit de délice.

Il se sentait plus homme que jamais lorsqu'elle réagissait de cette manière. Il se sentait humain.

Il sourit intérieurement en songeant au plaisir qu'elle

prenait dans les choses les plus simples : sentir à quel point leurs deux corps étaient différents… Découvrir un point particulièrement sensible au creux de sa gorge… Elle n'essayait pas de le séduire, de jouer un rôle : tout en elle était naturel. Elle était simplement heureuse de l'embrasser et d'être embrassée, de le caresser et d'être caressée. Lorsqu'elle renversa la tête en arrière, lui offrant son cou, Jason répondit à son invitation.

Il s'aventura à nouveau sous son T-shirt et prit ses tétons entre ses doigts, tenant chacun de ses seins dans la paume de sa main.

— Oh ! Jason… C'est si bon…

Elle se tortillait sur lui, et ses gémissements se transformaient en des soupirs de plaisir qui alimentaient son propre désir. Il prit à nouveau possession de sa bouche tout en se frottant désespérément contre elle. Il voulait tout goûter en elle, il voulait qu'elle caresse son corps tout entier.

Mais c'était fou ! Le moment était particulièrement mal choisi. Il lâcha ses seins, mais ses mains vinrent se poser malgré lui sur la rondeur de ses hanches. Il arracha sa bouche à leur baiser, mais ne put se retenir de lui effleurer le visage de ses lèvres. Son corps tout entier était irrésistiblement attiré vers elle.

Concentre-toi sur ta mission.

— Sam, nous ne pouvons pas faire ça.

Il ne devait pas céder à son désir, surtout si les sentiments se mêlaient à la passion, et l'empêchaient de faire ce qu'il avait à faire.

Elle trouva le bouton de sa braguette, l'ouvrit, et glissa la main dans son caleçon, touchant sa peau nue. Jason dut lui attraper le poignet et écarter sa main avant qu'il ne perde tout contrôle de lui-même.

— Samantha, dit-il d'une voix enrouée, nous devons arrêter.

— Non !

— Si. Il le faut.

Il la souleva, et l'assit sur le banc. Il fit l'effort de remettre son T-shirt et son pull en place, mais, lorsqu'elle tenta de se blottir à nouveau contre lui, il l'empêcha de s'approcher pour ne pas céder à la tentation.

— Je suis désolé…

Il respirait avec peine. Il avait besoin d'aller dehors pour se calmer et éteindre le feu qu'elle avait allumé en lui. Il se leva et saisit son pantalon.

— Je ne peux pas me permettre d'oublier l'essentiel : te garder en vie.

Samantha serra ses bras autour d'elle, comme si elle avait froid.

— Ce ne sont pas tout à fait les mots doux que j'avais envie d'entendre.

— Je ne dis pas de mots doux.

Jason se passa les doigts dans les cheveux, les remettant en place. Il se força à s'éloigner d'elle et se dirigea vers les étagères où il avait déposé son sac et sa veste.

— C'est moi qui suis désolée. Désolée de t'avoir entraîné dans quelque chose que tu ne… Que tu n'es pas prêt à…

Elle ôta ses lunettes et se frotta les yeux avant de se mettre à bâiller.

— Je n'ai pas assez d'énergie pour faire ça correctement, c'est ce que tu veux dire ?

Exactement. Elle était épuisée et n'avait probablement pas pleinement saisi où cela allait les entraîner. Il avait besoin qu'elle soit en forme demain : la journée allait être difficile. D'ailleurs, céder à la passion n'aurait fait que rendre les choses plus embarrassantes entre eux.

Il lui tourna le dos, et remit son pantalon tout en tentant de se calmer. Puis il prit sa veste et l'enfila.

— Je t'ai mal embrassé ? demanda-t-elle d'une voix

totalement différente de celle qui avait soufflé tout à l'heure « oh ! Jason, c'est si bon »… Kyle a dit que je devrais être plus…

Il la mit debout, prit son visage entre les mains, peut-être un peu plus brusquement qu'il ne l'aurait voulu, et le leva vers lui.

— Tu n'as pas besoin d'être plus quoi que ce soit. Je t'ai arrêtée parce que ma priorité est de te garder saine et sauve, pas de te faire l'amour. Même si tu dois me détester, je te ramènerai chez toi.

Il inspira profondément, et posa le front contre le sien.

— Je t'ai arrêtée parce que je ne suis pas certain d'être l'homme qu'il te faut. Je ne suis pas sûr d'être prêt à commencer une relation, malgré tout le désir que j'ai pour toi.

Il vit ses yeux verts s'obscurcir dans la pénombre.

— Le désir ?

Bon sang ! Elle n'avait pas senti son sexe dur contre sa cuisse ? Jason baissa la tête et prit possession de sa bouche en un baiser ferme, rapide, lui rappelant qu'il ne jouait pas avec elle comme son ex l'avait fait.

— Je ne veux plus jamais t'entendre parler de Kyle quand je suis en train de t'embrasser. Quand tu es avec moi, je te veux toute à moi.

Elle chancela lorsqu'il la lâcha, mais il était en colère en songeant qu'elle avait observé chaque moment de ce baiser, en se demandant si elle était à la hauteur de ses attentes.

Jason mit sa casquette, et accrocha l'étui de son pistolet sur sa cuisse. Samantha remit ses lunettes et se baissa pour ramasser les bandages et le contenu de la trousse de secours, qu'ils avaient éparpillés sur le sol. Puis elle commença à installer un lit de fortune en étalant par terre une couverture mangée par les mites et un sac de couchage poussiéreux avec une fermeture Éclair cassée que le précédent occupant de la cabane avait laissés derrière lui. Jason était équipé, prêt à sortir, lorsqu'il se rendit compte qu'elle n'avait plus dit un mot depuis quelques minutes. Était-elle concentrée sur son travail ? Dormait-elle debout ? Avait-il dit quelque chose qui l'avait blessée ? Bon sang… Peut-être s'était-il trompé lorsqu'il avait pensé que Sam n'aimait plus Grazer.

— Kyle te manque ? Tu pensais à lui lorsque je t'ai embrassée ?

Elle se leva d'un bond.

— Non !

Dieu merci.

— Alors, ne parle plus de lui. Il t'a fait du mal. Il s'est servi de toi. Ça me donne envie de frapper sur quelque chose. Sur lui, de préférence !

Il referma les doigts puis les étendit à nouveau, considérant le bandage qu'elle avait fait autour de ses doigts.

— Tu es trop bien pour lui, Sam. Tu es trop bien pour moi.

— Ne dis pas ça.

Elle lui fit signe de se taire, et s'approcha de lui.

— Règle numéro dix, dit-elle en posant la main sur son bras, ne plus parler de monsieur « Je-ne-sais-plus-qui ». Je te remercie de savoir être raisonnable, pour moi, pour nous… Mais c'était si tentant de se laisser emporter ! Parce que, moi aussi, je te désirais de tout mon corps.

Il n'avait pas besoin d'artifices, de techniques de séduction. Le naturel et la franchise étaient tout ce qu'il voulait.

— Ah bon ?

— Oui.

Elle ne cilla pas, mais elle avait rougi.

— D'une certaine manière, je ne n'arrive pas à imaginer quelqu'un de plus différent de moi que toi. Sur le papier, ça ne marcherait jamais entre nous.

— C'est vrai.

Elle était vraiment intelligente.

Mais avant qu'il ne parte, elle resserra ses doigts sur sa manche.

— Mais d'un autre côté… Je ne m'imagine pas traverser cette épreuve avec quelqu'un d'autre que toi. Peut-être que tu me tolères parce que tu n'as pas le choix, mais j'ai l'impression que je peux te parler. Je me sens en sécurité avec toi. Et t'embrasser est…

— Un peu rude ?

— J'allais dire vraiment excitant. Je n'arrive pas toujours à penser lorsque tu me tiens, alors que j'ai l'habitude de réfléchir tout le temps. Je n'ai jamais ressenti cela auparavant. Et certainement pas avec monsieur « Je-ne-sais-plus-qui ».

Jason posa les doigts sur une de ses mains et la serra.

— Tu ressens peut-être cela parce que c'est une situation totalement nouvelle pour toi. Tu es dans un environnement que tu ne connais pas, avec quelqu'un que tu ne connais pas. Tout est tellement différent de ce à quoi tu es habituée… Et le danger intensifie tous les sentiments.

— Peut-être qu'il oblige juste à être sincère. Tu me plais Jason. Tu me plais beaucoup.

Laissant ces mots en suspens entre eux, elle s'éloigna et continua à installer le lit. Elle roula sa robe déchirée en boule et la coinça contre le mur. Puis elle fit de même avec son manteau qu'elle posa à côté, pour en faire des oreillers de fortune. Comme il n'y avait pas de feu pour réchauffer la cabane, Jason avait recommandé qu'ils partagent le même lit et leur chaleur. Elle avait accepté, reconnaissant que c'était la meilleure solution. Même si la cabane était très spartiate, cette image domestique amena Jason à se demander lequel d'entre eux avait raison. Étaient-ils attirés l'un vers l'autre à cause des circonstances… ? Ou malgré elles… ? Dans leur monde habituel, elle était une princesse et lui un ermite, elle travaillait avec son cerveau et lui avec ses muscles, elle était proche de sa famille et lui non… Auraient-ils pu trouver un terrain d'entente ? Aurait-il ressenti cette attirance inexplicable, cet espoir que Sam allait lui apporter le salut ? Aurait-il passé assez de temps à essayer de la connaître pour voir — au-delà de son apparence cérébrale — ce mélange de courage, de compassion et de vulnérabilité ?

— Qui est Elaine ?

La question tira brusquement Jason de ses pensées. Waouh ! Cette femme savait ménager ses effets ! Peut-être sa franchise n'avait-elle pas que des avantages.

Elle tenait la couverture qu'il avait emportée serrée contre sa poitrine.

— Tu as parlé d'elle lorsque tu frappais l'arbre. Tu as dit que tu l'avais perdue. Elle est morte ?

Il hocha la tête.

— C'est ce qui s'est passé ? Vous étiez dans une situation dangereuse, comme celle-ci, et tes sentiments pour elle sont devenus intenses ?

C'était ainsi que tout avait commencé. Mais très vite, les sentiments de Jason pour Elaine n'avaient plus rien eu à voir avec la situation. Peut-être Samantha avait-elle le droit de savoir pourquoi il avait perdu pied. Elle comptait sur lui, elle lui avait confié sa vie. Il se devait de lui expliquer pourquoi il avait mis un terme à ce baiser, et pourquoi la garder en vie était plus important que tout le désir qu'elle pouvait susciter en lui.

— J'ai connu Elaine lorsque j'étais dans les marines.

Sam étendit la couverture de Jason sur les autres et s'assit au milieu. Elle entoura ses genoux de ses bras, et attendit patiemment qu'il réponde à sa question.

— Parle-moi d'elle.

Jason se frotta la mâchoire, luttant contre l'envie de se précipiter au-dehors.

— Tu es encore en train de jouer au docteur ? demanda-t-il. Au psychiatre ?

— Tu as besoin d'être soigné ?

Jason ferma les yeux et prit une longue inspiration. Lorsqu'il ouvrit à nouveau les yeux, elle le regardait attentivement. Il alla s'asseoir sur le banc, en face d'elle. Elle fronçait les sourcils, attendant qu'il parle.

— Elaine Burkhart était un reporter qui suivait mon unité lorsque j'étais en Afghanistan. Je l'aimais.

Il se pencha en avant pour poser les coudes sur ses genoux, alors qu'il laissait les souvenirs revenir à sa mémoire.

— Nous avons eu une liaison. J'ai juré de la protéger — nous étions dans un endroit dangereux, et elle voulait toujours aller au-devant du danger. Elle avait négocié une interview avec un imam, dans un village proche de notre campement. Il s'appelait Radwan. Elle était déterminée à comprendre tous les différents points de vue. Il s'est avéré que Radwan était un agent double, qui avait des liens avec un groupe de rebelles qui refusaient la présence militaire américaine. Radwan et ses hommes ont kidnappé Elaine, son cameraman, et les deux soldats qui les escortaient.

Jason se souvint de l'instant où leur guide afghan s'était précipité dans sa tente pour lui apprendre l'enlèvement. Il était prêt à partir, avec un plan d'extraction bien défini en tête, lorsque le major qui dirigeait son unité avait décidé de ne rien faire avant que l'ordre d'aller libérer les otages ne leur soit officiellement donné.

— Mes supérieurs voulaient négocier leur libération.

Jason secoua la tête en songeant à tout le temps précieux qu'il avait perdu. Il aurait mieux fait de risquer la cour martiale et de désobéir à son major.

— On ne négocie pas avec les terroristes. Ils n'accordent pas la même valeur que nous à la vie. Pour eux, il s'agit seulement d'effectuer une mission. Les personnes ne comptent pas. Ils ont dit qu'ils voulaient des armes et des informations en échange de la vie d'Elaine. Mais l'armée n'a pas voulu les donner. Lorsque nous avons enfin obtenu l'autorisation de pénétrer dans le village et de prendre d'assaut la maison de Radwan…

— Oh ! mon Dieu…

Samantha vint auprès de lui.

Lorsqu'elle lui prit les mains, il l'attira sur ses genoux. Il avait besoin de la tenir dans ses bras. Elle l'enlaça. Les larmes coulaient sur son visage.

— Ils étaient déjà morts. C'était un piège. Lorsque nous avons lancé l'assaut, ces hommes étaient préparés, et nous n'avons pas pu nous défendre. Il y avait des villageois et des rebelles, et nous n'arrivions pas toujours à faire la différence. J'ai sorti le cadavre d'Elaine de la maison de Radwan. Nous avons réussi à ramener les corps de tous nos hommes, mais…

Il serrait convulsivement son vieux pull de laine.

— Tant de personnes ont été tuées ! Marty est le seul pilote qui ait accepté de nous évacuer. Je suis presque certain qu'il a désobéi aux ordres. J'aurais dû faire comme lui… partir immédiatement pour sauver Elaine. Mais il était peut-être déjà trop tard. Je lui avais promis de la protéger, et elle est morte !

— C'est terrible !

Elle lui caressa le cou et les épaules avant de le prendre dans ses bras.

— Et maintenant, je t'oblige à revivre tout cela. Tu ne m'aimes pas, je le sais, mais… Il s'agit encore d'un enlèvement… D'une mission de sauvetage… Et tous ces hommes sont vêtus comme des soldats… Et Marty…

— Tu étais vivante quand je t'ai trouvée. Et je te ramènerai chez toi.

Elle hocha la tête comme si elle comprenait à quel point il était important pour lui de réussir cette mission. Elle le tint un long moment dans ses bras. Puis elle s'écarta de lui, ôtant ses lunettes pour pouvoir essuyer ses larmes.

— Elaine n'est pas morte à cause de toi, mais à cause de ces terroristes… Même si savoir cela n'est pas d'un grand réconfort ! Tu n'as pas seulement perdu quelqu'un dont tu étais responsable, tu as perdu quelqu'un que tu aimais. Et aujourd'hui, tu as perdu l'ami qui t'avait aidé. Je ne sais pas quoi dire…

— C'est la guerre… Beaucoup d'hommes et de femmes souffrent à cause d'elle. Et ça continue lorsque tu rentres chez toi.

Elle le regarda dans les yeux.

— Quelqu'un t'aide à surmonter tout cela ?

Il essuya une larme avec son pouce, et tenta de lui sourire pour la rassurer.

— J'ai vu des médecins de l'armée. Il y a un psychiatre à Jackson que je vais consulter de temps en temps. Et puis, j'ai ces montagnes et cet air pur pour me nettoyer la tête lorsque je commence à perdre pied.

Il étudia ses yeux verts, savourant sa proximité, sa chaleur, sa compassion, et le silence de la nuit autour d'eux… C'était une bonne thérapie, cela aussi, et il sentit un calme inattendu s'installer en lui.

— Je savais que cette mission allait ramener des souvenirs difficiles à ma mémoire. J'espérais que je m'en sortirais mieux. Je dois y arriver pour toi.

Elle remit ses lunettes et coinça ses longs cheveux derrière ses oreilles, comme si elle se préparait pour la bataille.

— Je te promets que je ne vais pas mourir sous ta protection. Je n'ai qu'à faire exactement ce que tu me dis, c'est bien ça ?

Jason acquiesça. Avec un peu de chance, cela pourrait être aussi simple.

— Et ton père ? demanda-t-elle. Tu m'as dit que vous

aviez eu des différends. J'aurais tendance à croire que la famille peut être d'une grande aide lorsqu'on traverse une épreuve comme la tienne.

Elle aimait parler, mais elle savait aussi écouter. Elle se souvenait de tout ce qu'il avait raconté, même incidemment.

Mais évoquer Elaine et Kilkut avait été difficile. Il se sentait vidé, incapable d'en dire plus.

— Un seul sujet à la fois, d'accord ? D'ailleurs, il commence à être tard. Nous avons tous les deux besoin de dormir. Je veux que nous partions dès l'aube.

— D'accord.

Elle se leva et Jason l'imita. La proximité qu'ils avaient eue — physiquement et émotionnellement — lui manquait déjà. Elle le poussa vers la porte.

— Je sais que tu as besoin d'aller t'éclaircir les idées. Va prendre l'air, vérifier les alentours, et reviens en forme. Mais fais attention ! Et quand tu reviendras, je te montrerai quelque chose : j'ai réfléchi à la façon dont nous pourrions fermer la porte, puisqu'il n'y a pas de serrure dessus. Au moins, cela nous donnera quelques secondes pour nous réveiller si quelqu'un essaie d'entrer dans la cabane. J'installerai tout ça lorsque tu seras de retour.

Jason sortit son arme de son étui. Sam avait besoin d'une protection efficace contre le danger qui rôdait au-dehors. Il lui posa son pistolet dans la main.

— Ton père m'a dit que tu savais t'en servir.

— Il m'a appris à le faire… Mais cela fait des années que je n'ai plus essayé.

— Ça te fait peur ?

— Un pcu.

— Bien. Ça veut dire que tu vas faire attention. Je voudrais que tu le gardes avec toi pendant que j'inspecte les environs.

Il lui expliqua l'essentiel.

— J'ai rempli le chargeur. Ne touche pas la détente à

moins d'être prête à tirer. Et tu dois absolument t'en servir si un autre que moi entre ici ! Je serai de retour d'ici une demi-heure.

— Mais tu ne seras pas armé !

Jason sortit son couteau de chasse.

— Si.

Il ne put s'empêcher de se pencher pour déposer encore un baiser sur ses lèvres, malgré le risque de céder à la tentation et d'oublier ses résolutions. Le baiser fut bref, mais il aima la façon dont elle s'accrocha à lui, comme si elle n'était pas tout à fait prête à le laisser partir.

Il ouvrit la porte.

— Ne sors pas d'ici. Ne t'approche pas de la fenêtre. Reste en sécurité.

9

La dernière fois que Jason avait passé la nuit en tenant une femme dans ses bras était la veille de l'enlèvement d'Elaine à Kilkut.

Mais étonnamment, même s'il avait été obligé de faire appel à ses souvenirs pour expliquer à Samantha d'où lui venaient ses crises de désespoir, la nuit qu'il passa dans la cabane en bois auprès d'elle fut la meilleure depuis Kilkut. Il s'était levé à plusieurs reprises pour s'assurer qu'ils étaient en sécurité, mais, à chaque fois qu'il était retourné se glisser sous la couverture auprès de Samantha, elle avait posé sa joue sur son épaule et s'était blottie contre lui. Il avait à peine remarqué la dureté du sol. En revanche, il avait eu pleinement conscience de sa poitrine pressée contre son torse.

Mais ce qui le frappa lorsqu'il se réveilla le matin fut que les cauchemars n'étaient pas venus troubler son sommeil : pas de détonations, pas de cris, pas d'images de désolation. Au contraire, il avait rêvé de grands yeux verts, d'une partie de pêche avec son père, et d'une soirée particulièrement animée qu'il avait passée avec Marty et quelques-uns de ses amis pilotes dans un pub, lorsqu'ils étaient stationnés en Allemagne.

Les souvenirs traumatisants avaient relâché leur emprise sur lui pour quelques heures, permettant aux moments agréables de revenir à sa mémoire. Et il avait le sentiment que c'était grâce à cette femme déterminée, sexy, surprenante, qui avait pris possession de son cœur.

Paix. C'était le mot qui lui venait à l'esprit lorsqu'il pensait à ce qu'il avait ressenti la nuit dernière. Et cela ne lui était plus arrivé depuis bien longtemps. Il ne savait pas si c'était parce qu'il avait enfin osé parler, exprimer ses sentiments et ses craintes, ou parce que quelqu'un lui avait accordé sa confiance. Une confiance absolue. La foi que Sam avait en lui faisait renaître cette sensation oubliée qu'il était l'homme de la situation, qu'il allait réussir sa mission. Samantha était un don du ciel, et Jason n'avait pas l'intention de le refuser. Cette nuit, il l'avait tenue dans ses bras comme si elle était l'ancre qui le stabilisait dans la tempête.

Et il avait dormi… Dormi comme il pensait que la plupart des hommes dormaient. Sans chagrin ni culpabilité…

Il n'avait pas oublié le danger auquel ils tentaient d'échapper : les menaces proférées par Buck, les hommes armés, les victimes… ni le fait qu'il était seul contre tous pour protéger Sam. Jusqu'à ce qu'ils parviennent dans une zone où ils auraient du réseau et qu'il puisse appeler les secours, ou jusqu'à ce qu'il puisse la conduire à un refuge de montagne, c'était à lui et à lui seul de la protéger. Et même s'il brûlait d'envie de découvrir l'identité de Buck et de savoir qui, dans l'entourage de Sam, avait informé ses ravisseurs, il savait que sa priorité était de ramener Sam saine et sauve chez son père.

Même si ses raisons pour sauver Samantha Eddington étaient devenues un peu floues, sa mission, elle, était toujours aussi claire. Jason regarda sa montre, espérant que Sam avait bien évalué le temps qu'il lui faudrait lorsqu'elle lui avait annoncé qu'elle serait prête à partir dans vingt minutes.

Il vissa le bouchon de la deuxième bouteille qu'il avait remplie, après avoir cassé la couche de glace recouvrant le ruisseau pour atteindre l'eau qui courait dessous. Puis il la rangea dans son sac, et leva le visage vers le ciel. Même si sous les arbres l'air était encore froid, l'aube avait dissipé les nuages qui s'étaient attardés après les chutes de neige des derniers jours. Aujourd'hui, il ferait beau, et plus chaud que la veille.

Une journée claire, avec des températures en hausse signifiait trois choses : s'ils ne se mouillaient pas, le risque d'engelure et d'hypothermie était diminué. Comme ils allaient redescendre vers la vallée, il y aurait moins, voire plus du tout de neige, ce qui leur permettrait d'avancer plus vite. Et puisqu'ils ne laisseraient pas d'empreintes, cela rendrait leur traque plus difficile pour Buck et ses hommes.

Il mit son sac sur ses épaules et observa le renard roux qui était venu s'abreuver à une vingtaine de mètres de lui. L'animal devait retourner dans son terrier après une nuit de chasse, à en juger par les poils de fourrure noire collés sur son museau. Jason resta immobile afin de ne pas l'effrayer, le laissant boire son content et retourner à son terrier avant que les gros prédateurs — comme les ours et les cougars — ne sortent pour chasser. Ce petit museau noir et ces larges oreilles triangulaires valaient tous les systèmes de détection et, lorsqu'il vit une des oreilles frémir, il se mit immédiatement sur le qui-vive.

Le renard fila se cacher dans des buissons, et Jason se tapit derrière l'arbre le plus proche, effaçant rapidement ses traces à l'aide d'une branche de sapin. Il la jeta de côté et perçut au loin un bruit de pas dans la neige glacée. Il ne s'agissait pas d'un prédateur à quatre pattes. On n'en entendait que deux. Un être humain.

Jason porta instinctivement la main à son pistolet. Mais il ne rencontra qu'un étui vide. Bon sang ! Il avait laissé son arme à Samantha… Il se baissa, estimant rapidement où l'homme se trouvait, et dans quelle direction il allait. Les mercenaires de Buck avaient été plus rapides qu'il ne le pensait. Enfin, il sautait peut-être un peu trop vite aux conclusions : pour le moment, il n'avait fait qu'entendre des bruits de pas…

L'homme n'essayait pas de cacher son approche, donc il n'avait pas remarqué Jason. Mais ce dernier n'eut aucun problème à le repérer alors qu'il sortait de la forêt, de l'autre côté du ruisseau. Il était vêtu d'un treillis noir comme les ravisseurs de Samantha, portait un fusil sur l'épaule, et avait un pistolet sur la hanche. Jason était trop loin de lui pour pouvoir distinguer les traits de son visage.

L'homme avait un talkie-walkie pressé à l'oreille, et Jason put surprendre la conversation, même à vingt mètres de distance. Il y eut d'abord quelques grésillements, puis l'homme parla de « sang sur la neige » et ajouta : « Ils ont dû s'arrêter là. »

Jason regarda ses doigts bandés, maudissant intérieurement la façon dont il avait réagi après le meurtre de Marty. Il n'avait pas pensé à effacer leurs traces. Bon sang, il n'aurait pas dû perdre le contrôle de lui-même, pour commencer ! Il avait eu tant besoin du réconfort que Samantha lui avait apporté qu'il en avait oublié tout le reste.

Dans l'air frais du matin, il entendit également le grondement sourd d'au moins deux motoneiges. Les hommes étaient partis à leur recherche. Il aurait fait la même chose s'il avait été à leur place et avait dû repérer un ennemi sur un terrain aussi vaste : diviser son unité en plusieurs groupes, et les envoyer dans des directions différentes. Mais cette fois, c'était lui l'ennemi. Et il n'avait pas la moindre intention de laisser un de ces hommes découvrir l'endroit où Samantha et lui se trouvaient.

Il pouvait mettre un homme hors d'état de nuire. Mais sept ou huit ? Non. À moins de s'en occuper un par un…

Se penchant contre le tronc de l'arbre, Jason sortit son couteau de chasse de son étui. Il espérait ne pas avoir à tuer, mais, s'il ne parvenait pas à se glisser derrière l'homme et à le maîtriser comme il l'avait fait avec les geôliers de Samantha, la veille, alors il ferait ce qui était nécessaire pour l'empêcher de donner sa position et d'appeler du renfort.

— Bien reçu, répondit l'homme en se dirigeant vers l'endroit où le lit du ruisseau se rétrécissait, afin de le traverser. Je suis à environ un kilomètre et demi du chemin forestier. Je n'ai pas encore de visuel. Mais le signal devient plus fort.

Le signal ? Jason s'immobilisa lorsque l'homme s'enfonça dans les arbres. Quel signal ? Avaient-ils trouvé un moyen de les pister autre que la puce que portait Samantha ? L'homme bifurqua, longeant les arbres. Fort heureusement, les quelques empreintes que Jason avait laissées se trouvaient dans le bois. Mais la trajectoire empruntée par l'homme était beaucoup trop exacte pour sa tranquillité d'esprit. Il se dirigeait droit vers la cabane où Sam se préparait en ce moment, et Jason n'avait pas la possibilité de l'appeler pour l'alerter. Ce n'était pas normal… Personne ne pouvait suivre une trace avec cette précision. À part lui.

Il s'enfonça plus profondément sous les arbres, suivant une direction parallèle à celle de l'homme.

— J'arrête de parler pour quelque temps, annonça l'homme. Je vais surveiller d'autres fréquences. Je vous rappellerai pour vous donner ses coordonnées précises.

L'homme tourna le bouton pour capter une autre fréquence sur son talkie-walkie.

— Ici le poste de secours numéro douze. Pouvez-vous répéter votre demande ?

Ses coordonnées précises ? Le poste de secours numéro douze n'existait pas. Et aucun guide du parc ne portait un treillis. Cet homme n'avançait pas au hasard : il se dirigeait droit sur Sam.

La période d'observation avait assez duré. Jason devait passer à l'action. Immédiatement.

L'homme progressait lourdement à travers la forêt. À chaque pas, son fusil tapait contre son dos et cliquetait. Il avançait en écrasant des branches et des pommes de pin, et Jason n'eut aucun mal à le suivre sur plusieurs mètres sans qu'il s'en aperçoive. Soudain, l'homme remarqua une empreinte laissée par Jason et se baissa pour l'examiner.

Jason s'approcha de lui par-derrière, et le prit par le cou. Dans un même mouvement, il fit tomber le fusil de son épaule et le mit hors de sa portée. Puis il serra le bras plus fort, soulevant l'homme qui hoqueta, poussa des cris étranglés et se débattit mais ne s'évanouit pas. Jason avait mal évalué sa corpulence, et il fut forcé d'utiliser les deux mains pour l'étrangler.

Malheureusement, l'homme avait en agilité ce qui lui manquait en force brute. Il réussit à échapper à la prise de Jason et tenta de se saisir de son pistolet. Jason lui agrippa le poignet, le tordant jusqu'à ce que l'homme lui demande pitié, sans toutefois lâcher l'arme. Pendant les deux secondes où Jason reporta son attention dessus, le type lui envoya un coup de tête dans la mâchoire, qui fit éclater la lèvre de Jason.

— Ordure !

Le pistolet tomba à terre, et atterrit dans un amas de neige qui s'était accumulée au pied d'un affleurement rocheux. L'homme changea de tactique, enfonçant d'abord son coude dans les côtes de Jason, puis pivotant pour décocher un coup de pied, juste sur la plaie que ce dernier avait à la jambe. Jason lui envoya alors son poing dans le visage. Il entendit l'os du nez craquer et l'homme, étourdi, tomba sur les genoux et atterrit la tête la première dans la neige. Jason ne s'était pas attendu à tant de résistance. Soit l'homme était particulièrement bien entraîné, soit Jason avait perdu la main…

L'homme était seulement à terre, mais il n'était pas hors d'état de nuire. Il se dégagea en roulant et plongea vers l'endroit où son arme avait atterri. Lorsqu'il se releva, son pistolet à la main, Jason chargea à nouveau, le frappant en pleine poitrine et l'envoyant à terre. Ils échangèrent des coups de poing et se battirent au corps à corps pour reprendre possession de l'arme. Ils roulaient sur les racines des sapins et les pommes de pin. Jason sentait la neige frotter sur sa peau et pénétrer dans sa veste. Mais le froid lui donna un regain d'énergie et lui aiguisa les sens. Il encaissa un coup sur la pommette puis un autre sur sa plaie à la jambe, avant qu'il ne saisisse le pistolet à deux mains et qu'il ne force l'homme à le lâcher en lui frappant la main sur le sol gelé. Une fois… Deux fois… Au troisième coup, l'homme ouvrit les doigts et l'arme glissa sur une plaque de neige. Maintenant, Jason avait l'avantage. Il appuya son bras sur la gorge de l'homme, utilisant tout son poids pour l'étouffer et lui faire perdre conscience. La casquette de l'homme et son talkie-walkie étaient tombés par terre depuis longtemps. Il avait les joues rouges, les lèvres pâles, et regardait Jason d'un air arrogant.

— C'est toi ou moi, souffla-t-il d'une voix râpeuse. Et ça ne sera pas moi.

Lorsque Jason vit que l'homme tentait de prendre subrepticement le couteau qu'il avait à la ceinture, il s'en saisit et le lui pointa sur la gorge.

— Qui êtes-vous ? Qui est Buck ? Qui veut la mort de Samantha Eddington ?

L'homme se mit à rire, alors même que la pointe du couteau s'enfonçait dans sa peau.

— Tu ferais mieux de me tuer, si tu ne veux pas que je retrouve la fille. Il y a trop d'argent en jeu. Si ce n'est pas moi, ça sera un autre qui…

— Je tuerai tous ceux qui essaieront de lui faire du mal.

Il pensait vraiment ce qu'il disait.

Le talkie-walkie, tombé par terre dans le combat, se mit

à émettre des craquements. Puis une voix, un peu rauque, douce, et si familière, s'éleva.

— J'appelle le poste de secours le plus proche, ou la police. Je peux transmettre, mais pas recevoir. Nous sommes deux à être bloqués dans le massif de Grand Teton. Nous nous trouvons au sud du col de Mule Deer. Nous sommes poursuivis par des hommes armés. Ils ont fait exploser l'hélicoptère qui devait nous évacuer. Nous avons besoin d'aide.

L'homme dit d'un air narquois :

— Devine à qui elle parlait tout à l'heure…

Jason sentit son sang se figer dans ses veines. Samantha avait réussi à réparer la radio ! Ce salaud était-il le seul à l'avoir entendue ou…

Il leva la tête en entendant le ronflement de motoneiges. Les engins se rapprochaient maintenant.

— Bon sang !

— Je pense que Buck sera ravi de la tailler en pièces. Peut-être même qu'il te fera profiter du spectacle avant de te mettre une balle dans la tête. À moins que je ne lui annonce que tu es déjà mort.

Il se tortilla sous la lame de Jason et lui enfonça son genou dans la cuisse sans sembler prêter attention à l'entaille que ce mouvement fit sur sa mâchoire. Il donna encore un coup de pied, faisant tomber Jason à la renverse avant de lui faire lâcher le couteau d'une autre ruade.

Il se précipita alors sur le pistolet, s'en saisit, et posa son index sur la détente.

Mais Jason fut plus rapide. La balle le toucha à l'épaule au moment où il attrapait le couteau et l'enfonçait dans le ventre de l'homme.

Le pistolet tomba à terre. Jason le ramassa et le coinça dans la ceinture de son pantalon. Les yeux de l'homme étaient grands ouverts, et se voilaient progressivement.

— Il… n'arrêtera pas… Il veut sa mort.

— Qui ?

Jason ne pouvait rien faire pour lui. Il resta un instant debout, prenant de profondes inspirations pour essayer de se vider la tête de la violence, du sang et de la mort. Il se baissa pour nettoyer la lame de son couteau dans la neige avant de jeter un coup d'œil à la blessure que la balle avait faite en frôlant son épaule. Tout comme celle qu'il avait à la jambe et qui s'était rouverte, elle était béante. Mais il avait connu pire. Pour le moment, il devait partir d'ici... Immédiatement.

— Je viens tout juste d'entendre une détonation !

La voix de Samantha semblait paniquée. Jason tâtonna dans la neige pour trouver l'appareil.

— C'est un SOS ! Mon ami est peut-être blessé. Nous avons besoin d'aide !

Jason saisit le talkie-walkie et appuya sur le bouton.

— Bon sang, Sam, arrête avec cette radio !

Il n'entendit que des parasites.

Il n'y avait pas de temps à perdre. Jason attrapa son sac et se mit à courir comme un fou alors que le ronflement des moteurs s'amplifiait.

10

Samantha se servit du petit tournevis qui était sur le canif pour connecter l'électrode à la pile qu'elle avait récupérée dans la lampe-torche. Cette opération aurait dû être facile pour elle, mais sa main tremblait. L'écho de la détonation qui venait de retentir avait mis fin à cette impression trompeuse de sécurité qu'elle avait ressentie depuis qu'elle s'était réveillée dans les bras de Jason.

Elle n'était pas dans un monde enchanté, en compagnie de son prince charmant. Oui, elle avait très bien dormi. Elle s'était sentie plus proche de Jason Hunt qu'elle ne l'avait jamais été d'un autre homme, et elle était probablement bien plus amoureuse de lui qu'elle ne l'aurait dû. Il était surprenant de constater qu'elle avait plus confiance en lui qu'en ses propres sentiments. Mais en ce moment, mettre de l'ordre dans ses idées n'était pas la priorité : elle était en danger. Ils l'étaient tous les deux. Elle sentait l'angoisse monter en elle. Il n'y avait qu'une seule cause possible à cette détonation, et elle n'avait pas la faiblesse de croire qu'un chasseur s'était soudain matérialisé dans les parages.

— Bon sang !

Impossible de réparer complètement la radio ! Elle ne parvenait pas à changer de fréquence, ni à activer le récepteur. Elle ne savait pas si quelqu'un l'entendait. Mais elle remit le couteau dans sa poche et fit un nouvel essai.

— Je vous appelle au secours. Mon ami a peut-être été blessé. Nous avons besoin d'aide !

Elle n'entendit les pas précipités que lorsqu'ils résonnèrent sur la petite terrasse en bois devant le chalet. Elle se leva d'un bond, saisit le pistolet de Jason, puis elle se planta sur ses deux pieds et visa la porte. Le battant s'ouvrit brusquement, et le soulagement succéda à la peur lorsqu'elle vit apparaître Jason.

— Sam ?

Il était empêtré dans le dispositif composé de cordes et de boîtes de conserve que Samantha avait fabriqué pour être avertie en cas d'intrusion. Avec un juron, il s'en débarrassa, arrachant le clou qui fixait le tout au mur.

Elle baissa rapidement son arme et courut l'aider.

— J'ai entendu la détonation. Tu es blessé ?

Elle remarqua le sang qui imbibait sa veste à l'épaule, et la tache écarlate sur son pantalon.

— Oui, tu es blessé ! Que s'est-il passé ? Comment puis-je… ?

— C'est superficiel. Nous verrons ça plus tard. Depuis combien de temps es-tu en train de donner notre position ?

— Tu m'as entendue ? Qui a tiré sur toi ?

Il avait une trace de sang séché sur sa barbe naissante, et une ecchymose sur sa joue.

Elle regarda la porte.

— Il te suit ?

Jason la prit par les épaules et l'attira vers le centre de la pièce.

— Que veux-tu…

Il jeta la radio à terre et écrasa l'appareil du pied. Puis il la considéra un instant de ses yeux gris avant de lui ôter le pistolet des mains.

Il alla prendre sa veste et son sac.

— Depuis combien de temps transmettais-tu ce SOS ?

— Quelques minutes…

Elle se passa les doigts dans les cheveux. Visiblement, elle avait fait une erreur.

— Je pensais que c'était une bonne idée…

Elle saisit au vol la veste qu'il lui avait lancée, et regarda les bouts de plastique écrasés sur le sol.

— Tu aurais pu te contenter de l'éteindre. Je ne pense pas que je pourrai la réparer maintenant.

Il lui donna son sac sans ménagement.

— Tu es douée, j'ai compris.

Il sortit la cartouche qu'il avait mise dans le pistolet avant de le lui donner, et fourra l'arme dans son sac. Elle vit alors qu'il avait une deuxième arme dans l'étui qu'il portait contre sa cuisse. Elle commençait à avoir une idée assez précise de ce qui lui était arrivé.

— Je ne sais pas si quelqu'un t'a entendue à Moose ou à un poste de secours, mais Buck et ses hommes l'ont fait, eux. Il y en avait au moins un qui avait capté le message et qui se dirigeait droit sur le chalet.

Samantha se mit à rassembler ses affaires dans son sac pendant que Jason se dirigeait vers la porte pour regarder à l'extérieur. Elle entendit le bruit des motoneiges dans le lointain. Les hommes se rapprochaient d'eux. Elle s'en voulait tellement qu'elle aurait voulu disparaître.

— Je ne voulais pas… Je suis désolée…

— Pas de chance, c'est tout. Je n'aurais pas dû m'énerver. Je…

Il aurait voulu dire quelque chose d'autre mais l'urgence de la situation l'en empêcha.

— Ils arrivent. Nous devons partir. Immédiatement.

Elle enfila sa veste sur le pull mité et mit son sac sur ses épaules.

— Bonnet ? Gants ?

Elle sortit le bonnet de sa poche et le rejoignit à la porte.

— Je peux les mettre pendant que nous courons. Nous allons faire quoi ? Nous cacher ? Sauter d'une autre falaise ?

Il poussa un soupir teinté d'exaspération et, lui saisissant la nuque à pleines mains, il lui approcha le visage et déposa sur ses lèvres un baiser dur, bref. Il plissa les paupières et émit un grognement comme si cela lui faisait mal. Mais il l'embrassa à nouveau avant de la lâcher. Puis il la prit par la main.

— Reste près de moi.

Elle n'avait pas l'intention de faire autre chose.

Il scruta les alentours avant de courir jusqu'à l'orée de la clairière, la tirant derrière lui.

— Il faut rejoindre la rivière. Il y aura moins de neige là-bas, et le sol est encore gelé : nous ne laisserons pas d'empreintes.

— La rivière ? Celle qui est dans la vallée ?

Il allait lui falloir des ailes s'il voulait vraiment aller là.

— Le petit ruisseau se jette dedans à environ un kilomètre et demi d'ici. Puis il y a une cascade.

Elle l'avait entendue hier lorsqu'elle s'était arrêtée pour se reposer, même si elle n'avait pas réussi à la localiser. Mais elle était certaine que Jason savait exactement où elle se trouvait.

— Enfin, c'est plutôt une série de petites cascades, poursuivit-il, pas une immense chute d'eau. Entre elles, le terrain est presque plat. Il y a moins d'obstacles et nous pourrons aller plus vite. Ils ne pourront pas nous suivre avec leurs motoneiges, à moins de faire un très long détour. Viens ! Fais attention : ces pierres se détachent facilement.

Il s'engagea tout de même sur les rochers qu'il venait de désigner comme instables, et ils provoquèrent un mini-éboulement. Samantha regarda derrière elle, se demandant si leurs poursuivants pouvaient avoir entendu ce bruit. Elle s'agrippa à une racine et continua à avancer.

— Je te remercie de m'avoir expliqué la suite des événements.

Il n'était plus l'homme autoritaire et taciturne qui l'avait poussée à la limite la veille, sans le moindre avertissement ni la moindre parole d'encouragement. Il n'était pas dur et insensible, uniquement tourné vers l'accomplissement de sa mission comme elle l'avait cru tout d'abord. Il était un homme blessé, qui surveillait ses pensées, ses paroles, et ses sentiments.

Et pourtant, il l'avait tenue dans ses bras, il l'avait embrassée et s'était ouvert à elle la nuit dernière. Il l'écoutait avec attention lorsqu'elle parlait, et maintenant il veillait à bien lui expliquer tout ce qu'ils allaient faire.

Si elle était honnête avec elle-même, elle était bien obligée d'admettre que ses sentiments pour Kyle n'avaient jamais été aussi profonds. Elle avait ressenti l'excitation de la découverte, et la satisfaction de faire plaisir à son père et de le tranquilliser. Elle avait cru que Kyle avait besoin d'elle. Mais son apparente fragilité n'était qu'une ruse pour gagner sa confiance, et l'inciter à la compassion. En apparence, Jason n'avait besoin de personne, certainement pas d'une femme urbaine et cérébrale qui pensait trop et parlait trop. Mais maintenant, elle comprenait qu'il s'était isolé du monde pour pouvoir survivre. Elle savait qu'il avait besoin d'être reconnu, et peut-être même pardonné pour les tragédies du passé dont il se rendait coupable. Pendant tous ces mois, Kyle ne l'avait jamais autant émue que Jason Hunt en quelques heures. Kyle avait besoin de son argent et du pouvoir de sa famille. Jason avait besoin d'elle. Besoin qu'elle l'écoute… Qu'elle le tienne dans ses bras… Qu'elle lui fasse confiance… L'idée qu'elle pouvait compter à ce point pour quelqu'un comme Jason était aussi terrifiante que valorisante. Même si son expérience avec les hommes était proche de zéro, ce qu'elle ressentait pour lui était un peu effrayant, mais beaucoup plus précieux et profond que tout ce qu'elle avait éprouvé pour l'homme qu'elle pensait épouser.

— Regarde-moi, Sam, lui rappela son homme des montagnes, interrompant le cours de ses pensées.

Son homme des montagnes ? Voilà où elle se laisserait entraîner si elle n'y prenait garde !

— Accroche-toi ici. Suis mes pas.

Elle se concentra sur ce qu'il lui demandait, obéissant au moindre de ses ordres, imitant tous ses mouvements. Même si elle imaginait que l'escalade nécessitait une force dans les bras qui lui manquait, Jason lui rendait les choses faciles en lui désignant les endroits où elle pouvait prendre appui, et les prises où elle pouvait se retenir.

Soudain, un silence dérangeant s'installa. Samantha s'immobilisa, debout sur la pointe des pieds sur une petite saillie de granit, la main agrippée à une aspérité du roc. Elle retint son souffle et regarda derrière elle, ne sachant si elle devait se sentir soulagée ou inquiète. Les hommes de Buck étaient-ils allés dans une mauvaise direction ? La connaissance que Jason avait de la montagne les avait-elle sauvés une fois encore ?

— Tu penses que nous les avons semés ? murmura-t-elle.

— Je crois qu'ils ont trouvé la cabane. Ils ne vont pas tarder à être sur nos traces. Nous sommes partis trop rapidement pour que je prenne le temps de les dissimuler.

Il la prit par la taille et la souleva pour l'aider à se hisser à côté de lui, sur un terrain plus plat. La chaleur et le sentiment surprenant de confiance qui l'envahirent soudain lorsqu'elle constata qu'elle avait réussi l'ascension presque toute seule disparurent dès qu'il tira sur sa main pour lui signifier de continuer à avancer.

— Ils ne vont pas réussir à nous suivre en motoneige sur un terrain aussi accidenté. Ils vont devoir se séparer pour nous prendre en tenaille, ou continuer à pied. Ne ralentissons pas.

Mais c'était pourtant ce qu'ils faisaient. Au début, elle avait cru que Jason avait freiné le pas pour l'attendre. Mais ensuite, elle avait remarqué qu'il boitait. La tache de sang sur son pantalon s'élargissait. Visiblement, Jason s'était battu contre un des hommes de Buck.

— Tu as dû tuer quelqu'un pour t'en sortir ?

— C'était lui ou moi, répondit-il d'un ton neutre. J'ai choisi.

Elle se souvint de la difficile marche de la veille. Hier, Jason semblait invincible. Rien ne pouvait l'arrêter. Aujourd'hui, il semblait un peu plus humain. Un peu plus vulnérable. Il était parfois essoufflé et avait visiblement mal. Cette mission allait laisser des traces… Physiquement, mais émotionnellement aussi.

— C'est lui qui a tiré sur toi ?

— Ce n'est qu'une égratignure.

Il pressa la main sur la blessure de son épaule, remuant les doigts comme s'ils commençaient à s'engourdir. Ce n'était pas bon signe… Lorsqu'il ôta la main, elle était couverte de sang, et il dut la tremper dans l'eau du ruisseau pour la laver. Samantha sentit son cœur bondir dans sa poitrine, alors qu'elle songeait à tout ce qu'il avait enduré pour elle. Mais il ne se plaignait pas. Il avançait en silence, vérifiant quelles étaient les pierres qui n'étaient pas recouvertes d'une couche de glace avant de poser le pied dessus.

— Ton épaule saigne encore, remarqua-t-elle, incapable de cacher son inquiétude. Tu as besoin de points de suture. D'antibiotiques aussi. Laisse-moi en chercher dans la trousse. Quand as-tu eu ton dernier rappel de tétanos ?

Le ronronnement des motoneiges s'amplifiait. Lorsqu'ils entendirent une série de coups de feu et des ordres criés à tue-tête, Jason poussa un juron. Les hommes de Buck étaient sur leurs traces. Les bruits se répercutaient sur les arbres et sur les rochers, et il était difficile de savoir d'où ils provenaient. Samantha se retourna pour essayer de le déterminer. Elle était seulement certaine qu'il y avait plus d'un engin s'approchant d'eux maintenant. Les mercenaires s'étaient-ils séparés comme le supposait Jason ? Étaient-ils en train de les encercler ? De se rapprocher assez d'eux pour pouvoir leur tirer dessus ?

Elle sursauta en sentant la main de Jason effleurer la sienne.

— Il faut avancer.

Il l'entraîna vers le couvert des arbres. Malgré ses blessures, il allongea le pas, la forçant à trottiner.

— Il y a un homme devant nous ? demanda-t-elle.

— Au-dessus de nous. Sur le chemin forestier parallèle à la rivière. S'il passe devant nous, il peut nous intercepter avant que nous n'atteignions la passerelle permettant de traverser la rivière. Les autres sont en train de nous chercher dans la forêt. Ils ne mettront pas longtemps à nous repérer.

Il leva le bras vers leur droite.

— S'il m'arrive quelque chose, tu dois toujours descendre. C'est là que se trouve la rivière…

— Rien ne va t'arriver !

— … Va toujours dans cette direction. Évite de marcher dans la neige, et suis le ruisseau. Tu auras bientôt du réseau.

— Je n'ai pas de téléphone ! s'écria-t-elle.

Une rafale de balles secoua la cime des arbres au-dessus de leurs têtes. Instinctivement, elle se baissa, alors que des branchages et des aiguilles de pin tombaient sur eux.

— Jason !

— Ils tirent au hasard… En espérant qu'ils vont nous atteindre.

Les tirs étaient beaucoup trop proches maintenant.

— S'ils font ça, ils doivent savoir que nous nous dirigeons vers la rivière.

— Il n'y a pas d'autre moyen de partir d'ici, à moins d'avoir du matériel de rappel.

Une autre rafale de balles troua la neige devant eux.

— Jason ?

Ils couraient maintenant. Éperdument. Samantha ne voyait pas au-delà du large dos de Jason. Tout son monde était réduit à lui, à leur course effrénée, et à ces bruits assourdissants : des coups de feu… le ronflement de moteurs… des cris… Le choc de leurs bottes sur le sol gelé et dur alors que la neige se faisait de plus en plus rare. À travers les arbres, à leur droite, elle apercevait parfois la rivière, leur chemin vers le salut. Mais comme les bruits s'amplifiaient et que l'ennemi se rapprochait, le cours d'eau lui semblait de plus en plus éloigné.

Elle entendait parfois des bribes de phrases.

— Rivière…

— Tu les vois ?

— Par là !

— Je la veux vivante ! Je ne laisserai personne d'autre la tuer !

Le ruisseau se jetait dans la rivière, tout comme une multitude d'autres petits affluents descendant des sommets, et le courant devenait de plus en plus fort. Ils étaient maintenant assez près pour voir l'eau bondissant sur les rochers, charriant des blocs de glace à la surface, et semblant faire vibrer la montagne tout entière.

Le bruit le plus assourdissant de tous était les battements de son cœur alors qu'elle tentait désespérément de suivre Jason. Mais il ralentissait peu à peu. Les cris, les voix et le vrombissement des motoneiges se rapprochaient dangereusement d'eux. Ils n'atteindraient jamais la rivière et la passerelle avant Buck et ses hommes.

Mais, alors que la peur l'empêchait presque de penser et l'épuisement d'avancer, l'instinct de survie lui éclaircit les idées. Son cerceau était sa meilleure arme. C'était lui qu'elle devait écouter.

Ils ne pouvaient pas aller plus vite que les motoneiges… Elle ralentit.

— Jason ? J'ai une idée.

Une idée folle. Très risquée. Mais tant qu'ils se trouveraient dans ces montagnes, toute décision était risquée.

Il lui prit la main à nouveau, la forçant à courir.

— Il faut que nous allions là où il n'y a plus du tout de neige, pour les forcer à continuer à pied !

— Non. Il faut aller vers eux.

— Ma chérie, nous…

— Écoute-moi.

Elle lui tira la main, le forçant à s'arrêter. Le fait que la douleur lui arrache une grimace et qu'il frotte sa jambe blessée lui confirma que son idée était la bonne. Elle posa la main sur son torse.

— Tu ne peux pas continuer à ce rythme, alors que tu es blessé et que tu perds du sang… Et moi aussi j'en suis incapable.

Il respirait si fort qu'il faisait voleter une petite mèche de cheveux qui s'était échappée de sa queue-de-cheval.

— Et si tout cela se termine par une fusillade, les chances ne sont pas en notre faveur. Nous devons être plus malins qu'eux. Tu penses que tu peux désarçonner un homme sur une motoneige avec ça ?

Elle ramassa une branche morte, la brandissant comme une batte de base-ball.

— Si nous nous approchons assez de lui, oui.

Elle vit son expression changer. Ce qu'elle disait n'était peut-être pas si fou, après tout.

— Oui…

Hochant la tête, il saisit la branche, lui prit à nouveau la main et la conduisit vers le chemin forestier.

— Nous avons besoin d'un moyen de transport. C'est la moitié d'une bonne idée.

— Quelle est l'autre moitié ?

— Tu sais nager ?

— La deuxième règle que tu m'as donnée était de ne pas me mouiller.

Le grondement des motoneiges devenait de plus en plus puissant au fur et à mesure qu'ils se rapprochaient du chemin forestier.

— Nous risquons de mourir de froid, c'est certain. Tu sais nager ?

— Oui.

— Alors, je sais quoi faire.

Il lui lâcha la main lorsqu'ils atteignirent la surface plane du chemin forestier recouvert de neige. Il avait été tracé dans la montagne pour donner un accès aux véhicules de secours, et constituer un coupe-feu naturel. Jason observa les lieux et choisit le meilleur endroit pour se mettre en embuscade. Il y conduisit Samantha, effaçant leurs empreintes en tirant la branche derrière eux dans la neige. Le vrombissement des motoneiges semblait toujours plus proche.

— Cache-toi derrière cet arbre.

Il la poussa contre le tronc et l'entoura de ses bras. Elle le tenait serré contre elle, pour qu'ils soient tous deux le moins visibles possible.

Il ne se passa que quelques secondes avant qu'une motoneige surmontée de la silhouette maintenant familière d'un homme armé en treillis noir ne se dessine au tournant du chemin. Jason regarda un instant Samantha dans les yeux.

Lorsqu'elle relâcha l'étreinte de ses bras et hocha la tête, il sourit. Et il s'élança.

Même si elle avait une vue dégagée sur le chemin, les secondes suivantes se passèrent dans un bouillard. La motoneige était presque à leur niveau lorsque Jason chargea, frappant l'homme sur le torse de toutes ses forces. Sous l'effet conjugué de la vitesse et du coup, le conducteur vola.

Alors que le véhicule sortait de la route pour aller s'échouer sur un banc de neige, Jason lança la branche et courut vers l'endroit où l'homme était tombé. Il se releva en chancelant et porta les mains à sa poitrine. Jason se jeta sur lui, le plaqua à terre, et ils roulèrent tous deux dans le fossé en bordure de la route.

Le cœur de Samantha lui soufflait d'aller s'assurer que Jason allait bien mais sa raison lui disait qu'il était préférable qu'elle reste à l'écart. Elle se dirigea donc vers la motoneige. Un examen rapide du véhicule révéla que le pare-chocs avant avait été embouti, mais le réservoir n'avait pas été endommagé, et le moteur ronronnait toujours. Elle enfourcha l'engin et enclencha la marche arrière, retournant sur la route pour préparer leur fuite.

— Bon sang…

Elle se mit au point mort et descendit de la motoneige pour courir vers Jason.

— Tu t'es fait mal ?

— Non…

— Qu'y a-t-il ?

Il était penché au-dessus de l'homme inanimé. Elle courut vers lui et posa la main sur son dos, essayant de déterminer à l'expression de son visage s'il souffrait. Comme il demeurait silencieux, elle suivit son regard et observa le visage de l'homme. Il sortait à peine de l'adolescence.

Samantha fronça les sourcils.

— Il est plus jeune que moi, et il veut me tuer ? Pourquoi ? Je ne le connais même pas !

— Moi si.

Comme il ne lui donnait pas d'explications et continuait à considérer le garçon d'un air sombre, Samantha lui pressa l'épaule.

— Jason ?

Le talkie-walkie accroché au sac à dos du jeune homme se mit à émettre des craquements.

— Murphy, tu les as eus ? Bon sang, cousin, réponds-moi !

Elle sentit les muscles de Jason se raidir sous sa main, comme s'il était soudain galvanisé. Il se leva.

— Retournons à la motoneige.

Elle enfourcha le véhicule, et il s'installa derrière elle.

— Tu sais conduire cet engin ? demanda-t-il.

Samantha hocha la tête. Ce modèle était plus récent que celui qu'elle avait utilisé lors de ses dernières vacances au ski avec son père, Joyce et Taylor, mais elle savait le manier. Elle enclencha une vitesse et suivit la direction que Jason lui montrait de la main.

— C'est par là.

Ils descendaient la route à pleins gaz, zigzaguant pour éviter les endroits où le gravier n'était plus recouvert par la neige. Même si ses lunettes étaient maintenues sur son visage par le bonnet qu'elle portait, Samantha plissait les yeux à cause du vent. Dans d'autres circonstances, elle aurait pu goûter la sensation des bras de Jason qui l'enlaçaient, la chaleur de son corps contre son dos alors qu'ils avançaient à vive allure dans l'air frais. Mais les cris des hommes lancés à leur poursuite étaient trop présents pour cela.

Elle se tourna vers Jason.

— Ils sont combien ?

— J'en ai compté huit à dix, y compris Buck lorsque nous étions au col de Mule Deer. Aujourd'hui, je dirais qu'ils sont cinq ou six.

— Ils ont subi tant de pertes… Pourquoi n'arrêtent-ils pas ?

— Orin n'est pas mort. Il est seulement inconscient.

— Orin ? Qui est Orin ?

Elle se baissa instinctivement lorsqu'une rafale de coups de feu éclata derrière eux. Jason se pencha vers son oreille.

— Continue à avancer !

Il y avait quelqu'un sur la route derrière eux maintenant, et il prenait de la vitesse. Il tirait au hasard tout en conduisant.

— Je les ai en vue, Buck ! cria-t-il. À nous les cinq millions !

Jason l'agrippa plus fermement d'une main, et de l'autre sortit son pistolet de son étui. Elle sentit qu'il se retournait sur son siège, et tirait à son tour quelques coups de feu pour tenter d'arrêter leur poursuivant.

Mais les tirs qu'ils essuyaient n'étaient pas son seul sujet d'inquiétude. Elle entendait le grondement de l'eau bondissant sur les rochers et le choc des blocs de glace alors que la rivière tombait en cascade au-delà des arbres. Ils allaient droit vers le cours d'eau et la passerelle qui l'enjambait.

— Jason ? Ce petit pont ne va pas supporter le poids de la motoneige.

Mais il n'était même pas envisageable de s'arrêter maintenant.

— Je tourne pour remonter le courant ?

Alors que les arbres se faisaient plus rares aux abords de la chute d'eau, elle ne voyait rien d'autre que le ciel et la rivière qui disparaissait dans le vide. Ils ne pouvaient pas continuer à aller tout droit.

— Jason ?

Il tira deux autres coups de feu.

— Jason, tu préfères quoi ? La falaise, la rivière, le ciel… ?

— La rivière. Elle est profonde à cette époque de l'année.

Il semblait parler avec peine.

— Mais…

— Règle numéro un ! cria-t-il.

Un autre homme s'était joint au premier, et Jason échangeait des coups de feu avec lui également.

— Tout ira bien, Sam.

Il posa ses mains sur celles de Samantha et accéléra à pleine vitesse.

— Vas-y à fond !

Samantha s'agrippa au guidon, quitta la route et se mit à hurler au fur et à mesure que le bord de la falaise se rapprochait. À la toute dernière seconde, elle sentit Jason la prendre par la taille et l'éjecter de l'engin. Ils tombèrent lourdement sur le sol et roulèrent vers le lit de la rivière alors que la motoneige s'envolait.

Et dire qu'elle avait souhaité un peu plus tôt avoir des ailes ! Elle aperçut la motoneige s'écraser sur les rochers de l'autre côté de la rivière. Les flammes s'élevèrent, et une fumée noire monta vers le ciel, emplissant l'air de l'odeur de l'essence.

Mais elle eut à peine le temps de voir tout cela, de remarquer les flammes et toutes les contusions de son corps.

L'instant d'après, elle était happée par une eau glacée.

Le choc lui coupa la respiration, et l'eau emplit ses poumons. Le courant la faisait avancer alors qu'elle était entraînée vers le fond, et elle sentit ses pieds heurter la roche. Elle retint ses lunettes, les plaquant de ses mains sur son visage.

Avant qu'elle ne puisse s'orienter, elle sentit qu'on la tirait par les épaules. Lorsqu'elle comprit que Jason avait attrapé la lanière de son sac à dos, elle donna un coup de pied et nagea pour les faire remonter tous deux à la surface. Elle sortit enfin la tête de l'eau et reprit sa respiration alors que le courant les entraînait rapidement. Jason n'avait pas lâché la lanière de son sac, afin qu'ils ne soient pas séparés. Il toussa lui aussi. Il avait la peau très pâle, comme elle-même probablement.

— Bouge pour te refroidir le moins possible.

Le bruit des moteurs et des voix de leurs poursuivants s'était presque tu.

— Reste à la surface. Laisse le courant nous emporter. Tu as eu une bonne idée de voler leur motoneige. Ils ne peuvent plus nous rattraper. Nous serons de retour à la civilisation avant eux.

Samantha se forçait à remuer les bras et les jambes, malgré le froid qui s'insinuait en elle par chaque pore de sa peau, et semblait la glacer jusqu'à la moelle.

— Et la prochaine cascade ?

— Nous serons sortis de l'eau avant d'y arriver. Fais-moi confiance.

— Toujours.

Elle ne sut pas sur combien de centaines de mètres ils avaient flotté, descendant lentement en direction de la vallée, lorsque Jason la tira vers la rive et que ses pieds touchèrent le sol. Il n'avait pas menti : ils étaient sortis de la rivière avant le prochain obstacle. Ils avaient échappé à une cascade beaucoup plus haute et une chute potentiellement mortelle. Mais elle claquait des dents et il tremblait de froid lorsqu'ils se hissèrent sur la rive et roulèrent sur le dos, regardant le ciel bleu.

Elle se laissa faire lorsqu'il la prit dans ses bras. Il pressa un baiser sur ses cheveux et elle se blottit contre lui, espérant trouver du réconfort, et peut-être un peu de chaleur.

— Je parie que tu n'aurais jamais cru faire une chose pareille !

— Non. Ce n'était pas vraiment dans mes projets.

Elle sourit en l'entendant rire doucement. Si elle n'avait pas été épuisée, elle l'aurait imité. Lorsqu'il se tut, elle eut la vague sensation de s'endormir quelques instants.

Non ! Il ne fallait surtout pas sombrer dans l'inconscience ! C'était signe d'hypothermie. Il fallait qu'ils se mettent debout. S'appuyant contre le sol et le torse de Jason, Samantha se redressa. Lorsqu'elle vit que Jason avait les yeux fermés, elle sentit l'angoisse lui serrer le cœur.

— Jason ? Réveille-toi !

Elle lui tapota doucement la joue, essayant de lui faire reprendre conscience.

— Que devons-nous faire maintenant, Homme des montagnes ?

Elle vit ses cils noirs frémir et un œil gris apparaître.

— Homme des montagnes ? Je croyais que les surnoms étaient interdits, Princesse.

Ivre de soulagement, elle se pencha vers lui et l'embrassa, évitant soigneusement la coupure de sa lèvre inférieure. Mais il posa la main sur sa nuque et la retint contre lui, approfondissant leur baiser jusqu'à ce qu'elle remarque combien il avait la peau froide. Elle s'écarta de lui.

Il fallait agir.

— Que devons-nous faire ? demanda-t-elle.

— Ôter nos chaussures et vider l'eau. Essorer nos chaussettes.

Elle lui obéit. Lorsqu'ils eurent terminé, il lui prit la main et l'aida à se mettre debout.

— Et maintenant, nous marchons. Aussi vite et aussi loin que possible. Avec un peu de chance, Buck et ses hommes vont penser que nous sommes morts. Regarde…

Il désigna les pousses d'herbe d'un vert tendre.

— Il n'y a plus de neige. À moins qu'ils n'arrivent à nous voir, ils ne vont pas réussir à nous suivre. Si nous avons vraiment de la chance, nous allons rencontrer un garde forestier ou un randonneur. Garde la tête couverte. Si tu as l'impression de ne plus sentir tes orteils ou tes doigts, dis-le-moi. Mais marcher va nous aider à nous réchauffer.

Jason se mit en route devant elle, longeant la rive, la main sur son arme. Il balayait le paysage du regard, constamment aux aguets, même si elle-même ne voyait rien et n'entendait que le vent dans les arbres, et le fracas de la rivière sur les rochers.

Le soleil était maintenant haut dans le ciel et les couches extérieures de leurs vêtements étaient beaucoup moins humides. Elle enleva son manteau et Jason noua sa veste autour de sa taille, pour que l'air chaud puisse sécher les pulls et T-shirts qu'ils portaient dessous. Mais le pas de Jason ralentissait. Et lorsque le sol était inégal, il trébuchait, et se stabilisait avec un juron. Ses blessures et l'attention constante dont il devait faire preuve le fatiguaient et commençaient à avoir raison de lui. Soudain, Samantha regarda le sol et laissa échapper un juron elle aussi.

— Jason ?

Elle désigna du doigt les gouttes de sang sur le sol.

— Tu laisses une trace.

Lorsqu'il se retourna, elle vit sur sa polaire une tache écarlate de la taille d'un poing, juste au-dessus de sa taille.

— Le deuxième type a réussi à m'atteindre. L'eau froide a ralenti le saignement pour un temps. Mais maintenant que nous nous réchauffons…

— Tu es têtu comme un âne ! s'exclama-t-elle en le forçant à s'asseoir sur un rocher.

Elle lui ôta son sac à dos et en sortit la trousse de secours. Le fait qu'il n'ait pas parlé de cette dernière blessure signifiait certainement qu'elle était plus préoccupante que les autres.

— Sois honnête avec moi, lui dit-elle en faisant tomber sur le sol le contenu détrempé de la trousse, accompagné d'un filet d'eau. La blessure est sérieuse ?

Elle avait besoin de quelque chose de sec pour arrêter le saignement. Elle détacha son manteau noué à sa taille, sortit son canif, et commença à en arracher un bout de tissu.

— La balle a dû toucher une côte et blesser un muscle, mais elle est ressortie.

Il souleva sa polaire et son T-shirt. Elle regarda son dos et vit un trou net, de la taille d'un doigt, situé près de la taille. Elle nettoya la blessure, et replia les bouts de tissu en deux compresses. Elle lui demanda d'en tenir une à l'endroit où la balle était ressortie, puis elle fixa les deux bandages avec la ceinture de son manteau.

— Ça suffit avec les blessures ! Fais attention à toi maintenant.

— Ce n'est pas volontaire, ma chérie ! Mais il vaut mieux que ce soit moi plutôt que toi.

— Non. J'ai besoin de toi vivant. J'ai besoin de toi. Point.

Les mots étaient sortis d'eux-mêmes. Elle préféra ne pas trop réfléchir à ce qu'elle venait de dire, et chercha dans son sac quelque chose d'autre pour pouvoir fixer les bandages.

— Ton téléphone !

Elle le sortit.

— Tu penses que nous avons du réseau ? Je vais appeler les secours ! Ou mon père !

Elle fulmina en voyant que l'écran refusait de s'allumer. De l'eau coula du boîtier lorsqu'elle l'ouvrit.

— Il est aussi trempé que nous ! À moins de pouvoir sécher les composants, il ne marchera pas.

— J'ai encore le talkie-walkie du type…

Elle utilisa presque tout le sparadrap du kit pour fixer les bandages autour de sa taille, et l'aida à se rhabiller.

— Il doit être inutilisable lui aussi !

— Je suis certain que tu vas réussir à le réparer.

Lorsqu'elle eut rangé ce qui restait de leurs affaires dans un sac, elle le mit sur ses épaules et aida Jason à se lever. Il posa le bras sur ses épaules, un peu pour avoir chaud, un peu pour être soutenu. Samantha le prit par la taille, lui offrant quelques forces pour l'aider à marcher. Il déposa un baiser sur sa tempe et commença à avancer en boitant, s'appuyant légèrement sur elle.

— Si tu peux me réparer, Sam, tu peux réparer n'importe quoi.

Pourquoi savait-elle qu'il ne parlait pas de blessures par balle ?

11

Jamais Jason n'aurait pu imaginer qu'une riche héritière myope, habillée comme l'as de pique, qui disait tout ce qui lui passait par la tête et qui avait des lèvres pulpeuses le soutiendrait pour l'aider à avancer sur la petite route qui allait du pied de Grand Teton à l'une des réserves d'élans proche de Moose, dans le Wyoming. C'était lui le secouriste. Il était un marine endurci, entraîné, qui menait toutes ses missions à leur terme.

Samantha Eddington était plus forte que tous les hommes et toutes les femmes qu'il avait connus dans l'armée. Elle était plus courageuse qu'aucun des officiers sous lesquels il avait servi. Et il n'avait jamais vu quelqu'un qui ait autant de ressource. Point. Il avait sous-estimé la difficulté de sa mission. Mais surtout, il avait sous-estimé la femme qu'il était allé chercher.

Samantha était amusante, généreuse, agaçante, surprenante, forte et sexy d'une manière dont il n'était pas certain qu'elle ait pleinement conscience. Mais Jason, si. Il ne savait pas trop comment il allait pouvoir la laisser sortir de sa vie lorsqu'il l'aurait rendue à son père. Il était certain qu'il n'oublierait jamais les quelques jours passés avec elle. Elle n'avait reculé devant rien, ni le danger ni les fantômes de son passé. Mais, à part une bande de mercenaires à leurs trousses, ils n'avaient rien en commun. Il n'était pas sociable, et n'aurait pas sa place à la dernière soirée des Eddington ou dans le conseil d'administration du groupe Midas. Et il n'était toujours pas certain de pouvoir entamer une relation avec quelqu'un.

Il se posa une fois encore la question qui lui était venue plusieurs fois à l'esprit au cours des derniers jours : avait-il finalement trouvé le pardon qu'il recherchait, après avoir vu tant de proches mourir à Kilkut ? Alors que — affaibli et étourdi par ses blessures — il tâchait de ne pas s'appuyer trop fort sur les épaules de Sam, il se demandait si son seul souhait aujourd'hui était la rédemption… Ou si, de manière inespérée, il n'en attendait pas maintenant un peu plus de la vie.

Il sourit lorsqu'elle rompit le silence qui avait duré pendant… disons vingt secondes.

— Tu es certain que tu as reconnu l'homme sur la motoneige ?

— Oui. Il s'appelle Orin Murphy. C'est un ami de Richard Cordes Jr. Son cousin, je crois.

Sam hocha la tête.

— J'ai entendu Buck l'appeler « cousin » sur le talkie-walkie. Tu penses que Buck est le type que tu appelles Cordes Jr. ? Il n'était pas dans le monospace avec mes ravisseurs, ni dans le refuge où j'étais retenue. Il aurait très bien pu se trouver avec mon père et toi dans le bar, pour donner le change, et aurait pu rejoindre le groupe plus tard.

— Les pères d'Orin et de Junior faisaient tous les deux partie de cette milice qui a kidnappé ta mère.

Jason lui serra l'épaule, s'excusant de faire revenir des souvenirs douloureux à sa mémoire.

— Le motif de tout cela n'est pas l'argent. C'est la vengeance, ajouta-t-il.

— L'argent doit tout de même compter pour certains de ces hommes ! Je parierais que Junior s'est adjoint l'aide de personnes extérieures à sa famille. Cinq millions de dollars, c'est tout de même assez tentant…

— Ton père n'aurait jamais embauché quelqu'un qui entretiendrait des liens avec Cordes. Comment se fait-il qu'il ait réussi à infiltrer le cercle de tes proches ?

— Mon père n'est pas au courant de tout… Dante Pellegrino, par exemple, est parfaitement en mesure de recruter une bande de mercenaires et d'organiser un enlèvement. Et Kyle n'hésiterait certainement pas à le faire s'il y avait de l'argent à la clé… Ou pour se débarrasser de moi et pouvoir épouser Taylor tout en ayant un poste clé dans le groupe Midas…

— Ce ne sont que des suppositions. Il va falloir que le FBI enquête pour que nous ayons des réponses.

Jason leva le pouce lorsqu'il entendit un véhicule approcher derrière eux. Mais le minivan était plein de touristes, et le conducteur assez prudent pour ne pas prendre d'auto-stoppeurs dans cet endroit reculé, proche de la limite sud-est du parc. Il fit un écart pour les éviter et poursuivit son chemin.

Le soupir que poussa Samantha fit écho au sien.

— Tu crois que nous allons devoir marcher longtemps avant d'arriver à une ferme ou à un commerce ?

— N'y pense pas. Avance.

— C'est la règle numéro six, il me semble. Le poing levé veut dire stop. Mais il y a aussi : fais ce que je dis, ne te mouille pas, ne tombe pas dans le ravin…

— Arrête ! Je suis si autoritaire et borné que ça ?

— Autoritaire, oui !

Lorsqu'il se mit à rire, il fit la grimace et porta la main à son flanc, s'arrêtant de marcher alors que la douleur irradiait dans tout son corps. Sam essaya de le convaincre de prendre un instant de repos sur le bas-côté de la route, mais Jason secoua la tête et serra les dents pour supporter la douleur. À la vitesse à laquelle ses forces déclinaient, il craignait de ne plus pouvoir se relever s'il s'asseyait. D'ailleurs, le terrain était beaucoup trop plat et dégagé pour qu'il ait la sensation de pouvoir protéger Samantha ici.

— Nous devons continuer à avancer… Trouver au moins un abri, à défaut d'aide.

— Nous allons trouver de l'aide ! insista-t-elle, passant son bras autour de la taille de Jason, et le soutenant un peu plus alors qu'ils poursuivaient leur chemin, toujours plus lentement.

Comme d'habitude, elle parlait.

— Comment quelqu'un que l'on ne connaît pas du tout peut-il planifier un enlèvement ? Comment Buck savait-il où je serais cette nuit-là ? Comment ses hommes étaient-ils au courant que je serais seule, et qu'ils pourraient m'enlever précisément à ce moment-là ? Ils m'attendaient à l'hôtel. Ce n'était pas improvisé : tout était soigneusement planifié.

— Il leur fallait un complice sur place…

— Tu penses que quelqu'un que je connais — quelqu'un en qui j'ai confiance — travaille avec Buck ? Tu crois que mon père sait que nous avons un traître dans notre entourage ? Il est en sécurité ?

— Je l'ignore… C'est une raison supplémentaire pour retourner le plus vite possible à Jackson. Je veux savoir qui t'a trahie.

Samantha sursauta lorsqu'une voiture klaxonna, les contraignant à marcher plus sur le côté. Le véhicule les contourna en soulevant un nuage de poussière et de gravillons, et les força à se protéger les yeux. Jason se dit que le mot qu'elle prononça ne serait certainement pas bienvenu lors des soirées mondaines auxquelles elle était invitée.

— Même s'ils ne veulent pas prendre des inconnus qui ont l'air bizarres, j'aurais tout de même espéré que quelqu'un s'arrêterait et accepterait de passer un coup de fil pour nous.

— C'est peut-être à cause de l'arme que je porte…

— Ou du sang.

Il n'aimait pas savoir que c'était pour lui que cette ride d'inquiétude se creusait sur le front de Samantha.

— Tu en as sur l'épaule, sur le ventre, sur le dos et sur la jambe ! Tu fais plutôt peur en ce moment !

Il l'imaginait aisément.

— Tu veux qu'on se sépare ? Si tu étais seule, je pense que quelqu'un s'arrêterait plus volontiers.

— Tu ne m'as jamais laissée. Je ne t'abandonnerai pas.

— Je doute que ces types tentent quelque chose ici. Ils ne savent pas que notre téléphone portable ne marche pas et que nous n'avons pas appelé à l'aide. S'ils sont malins, ils ont déjà fait leurs bagages et ils sont en train de se diriger vers le nord pour passer la frontière avant que nous n'envoyions la police à leurs trousses.

— Et s'ils n'étaient pas malins ? Buck ou Richard Jr., quel que soit son nom, semble obsédé par l'idée de me mettre en pièces et de me servir à mon père sur un plateau. Je me sentirais mieux si nous n'étions pas aussi exposés.

Bien. Elle semblait avoir retenu certains de ses réflexes de survie.

Alors que la poussière soulevée par le véhicule précédent retombait, Jason remarqua un autre panache derrière une voiture avançant à vive allure.

— Il y a un pick-up devant nous. Nous allons essayer à nouveau.

— Hé ! Nous avons besoin d'aide ! s'écria Sam en agitant le bras alors que le véhicule noir s'approchait. Il ralentit ?

Le conducteur fit un appel de phares et Sam lui fit signe de la main.

— Oui ! s'exclama-t-elle.

Le pick-up s'arrêta de l'autre côté de la route. Jason détourna le visage au moment où le nuage de poussière arrivait sur lui, et ne put voir le conducteur. Mais dès qu'il s'arrêta, Samantha fit mine d'aller vers lui. Jason resserra le bras autour d'elle pour l'empêcher de courir vers celui qui ouvrait la portière.

— Je préfère voir à qui nous avons affaire avant de…

— Je le connais !

Elle se dégagea et traversa la route en courant.

— Brandon ? Brandon !

Jason reconnut le garde du corps qu'il avait rencontré dans le bar le soir où Sam avait été enlevée. Il semblait porter le même costume que la nuit dernière, mais sa chemise était ouverte, il n'avait plus de cravate, et il aurait eu besoin de se raser.

— Samantha ?

Metz descendit du pick-up et regarda des deux côtés avant de traverser la route pour aller à sa rencontre.

— Ça fait trois jours que je ne dors plus ! s'exclama-t-il. Je me sens si coupable ! Je t'ai cherchée partout…

— Dieu merci, c'est toi ! s'écria Sam en se jetant dans ses bras.

Malgré son état de faiblesse, Jason eut un mauvais pressentiment. À moins que ce ne soit simplement une réaction de jalousie instinctive en voyant un autre homme serrer ainsi Samantha dans ses bras.

Tout en pressant d'une main le bandage à sa taille, Jason s'approcha d'eux en boitillant.

— M. Pellegrino est tellement à cours d'idées qu'il en est réduit à vous demander de parcourir au hasard les routes du Wyoming ? demanda-t-il.

— Pas au hasard.

Metz gardait le bras sur les épaules de Samantha.

— Je savais dans quelle direction les ravisseurs avaient emmené Sam. Walter a appelé le FBI, malgré les menaces de la vidéo, dès que nous avons appris que l'hélicoptère de votre ami s'était écrasé et que vous étiez piégés dans les montagnes.

— Il s'appelait Marty Flynn. Sa mort n'était pas accidentelle. Il a voulu nous aider, et il y a laissé la vie.

— Je ne voulais pas dire qu'il avait fait une erreur, répondit Metz en levant les mains d'un air contrit, lâchant Samantha assez longtemps pour que Jason la tire à nouveau vers lui. Je suis désolé pour votre ami.

— Vous avez un téléphone portable ? demanda Jason.

— Jason est blessé, renchérit Samantha. Tu peux appeler une ambulance ?

— Bien sûr, répondit Metz avec un sourire.

Il tendit son téléphone à Sam.

Jason secoua la tête.

— Appelez d'abord Walter.

— Pas de problème. Vous avez l'air de souffrir. Venez vous asseoir à l'intérieur.

Jason ignora la main que lui tendait Metz, et s'appuya sur Samantha pour aller jusqu'au pick-up. Il s'installa sur le siège du passager. Metz était de l'autre côté, et lui tendait une bouteille d'eau.

— Buvez. Si vous avez perdu autant de sang que je le crois, vous en avez besoin.

Jason prit la bouteille et le remercia sèchement.

— Appelez Walter.

— Je peux lui parler ? demanda Samantha.

— Laisse-moi lui annoncer la bonne nouvelle, et voir avec lui comment il veut procéder.

Metz composa un numéro et porta son téléphone à l'oreille.

— Il y a une couverture dans la benne, dit-il à Samantha. Tu peux aller la chercher pour ton ami ?

— D'accord.

Pendant que Metz passait l'appel, Jason regarda dans le rétroviseur et vit Samantha ouvrir l'abattant. Il avait promis de la ramener à son père, pas à un des gardes du corps de sa famille. Son instinct protecteur était intact.

Ce furent ses grands yeux verts croisant son regard dans le rétroviseur qui l'avertirent — un quart de seconde trop tard — qu'il ne s'était pas trompé.

Elle s'approcha de sa portière, une cagoule noire à la main.

— Il y a un treillis noir dans un sac…

— Je sais.

Elle suivit son regard et vit Metz debout devant la portière du conducteur, pointant une arme sur Jason.

— Nous avons trouvé le complice.

À travers le pare-brise du pick-up, Samantha voyait le psychopathe qui avait consacré sa vie à venger son père, Richard Cordes, et à punir celui qu'il tenait pour responsable de sa mort.

Richard Cordes Jr. semblait savoir instinctivement ce qui allait causer le plus de souffrance. Le voir assener un autre coup dans les côtes de Jason, à l'endroit où la balle l'avait perforé, alors que l'homme qu'elle aimait était déjà agenouillé à terre, les mains attachées devant lui, lui était insoutenable. Brandon Metz avait jeté le couteau de Jason et ses deux pistolets dans le fossé, le désarmant complètement avant de le forcer à boire l'eau de la bouteille qu'il lui avait donnée, qui était probablement additionnée du même sédatif que celui qu'on lui avait injecté. Du moins, elle espérait que c'était pour cette raison que Jason avait perdu connaissance durant le long trajet qui les avait menés dans les montagnes de Wind River, de l'autre côté de Jackson Hole.

Depuis que son père avait acheté le terrain dont Richard Cordes Sr. revendiquait illégalement la propriété, Buck — ainsi qu'il préférait se faire appeler — habitait une maison délabrée sur un ranch abandonné. Elle l'avait entendu pérorer assez longtemps par la fenêtre ouverte du pick-up pour savoir qu'il considérait cet endroit comme son nouveau camp de base. Il voulait créer un empire plus grand et plus fort que celui de son père, et personne, « pas même un vieux salaud comme Walter Eddington » ou le gouvernement des États-Unis, ne le lui prendrait.

Elle reconnut Orin Murphy. Même si son œil au beurre noir et son dos voûté indiquaient qu'il souffrait toujours après son accident, il se tenait debout près de Jason, comme trois autres hommes vêtus du même treillis noir. Apparemment, l'endroit n'était pas relié au réseau électrique. Tous les véhicules étaient garés en demi-cercle autour du pignon de la maison, phares allumés pour éclairer Junior pendant qu'il débitait un discours sans queue ni tête, évoquant pêle-mêle la faillite du gouvernement américain, le respect du port d'armes et sa détermination à honorer la mémoire de son père et à venger sa mort, causée par l'homme qui avait volé son héritage : Walter Eddington.

Junior abattit son poing sur le visage de Jason, le faisant tomber à terre.

— Arrêtez ! hurla Samantha.

Junior se tourna vers elle, et éclata de rire.

— Ah ? Tu n'aimes pas ça, n'est-ce pas ? Ça te fait mal de voir ton chevalier servant baigner dans son sang ! Imagine combien je vais m'amuser à te faire subir le même sort !

— Buck, intervint Brandon en s'avançant, arrête de jouer. Tu m'as promis un million de dollars pour amener Samantha ici. Tu as déjà compromis toutes nos chances de recevoir une rançon. Limitons les pertes. Tue-les tous les deux et laisse-moi au moins rapporter leurs corps à Eddington pour recevoir une récompense.

— Une récompense ? Tu penses que j'ai l'intention d'apporter le moindre réconfort à Eddington ?

Oh non, c'était évident ! Brandon releva le col de sa

veste, posa les mains sur les hanches, et s'assura que Junior voyait bien que lui aussi avait une arme et savait s'en servir. Tout cela était sur le point de se terminer en une violente confrontation, et Jason risquait de se retrouver sous les tirs croisés de ces hommes. Comment Samantha pouvait-elle le sortir d'ici ?

Elle tenta de cisailler la corde qui lui attachait les mains. Brandon l'avait laissée dans le pick-up après lui avoir ligoté les poignets et les chevilles. Puis il avait fait descendre du véhicule un Jason à moitié inconscient, et l'avait jeté aux pieds de Junior.

— Tu avais promis dix mille dollars à l'homme qui t'amènerait Hunt. Tu n'as plus qu'à payer.

Dix mille dollars… La vie de Jason n'avait pas de prix ! Il avait tout fait pour elle. Elle devait le sauver à son tour.

Alors qu'elle tentait d'atteindre la portière, elle sentit un renflement dans sa poche de devant, et elle s'immobilisa.

Jason n'était peut-être pas armé, mais elle, si.

— Béni sois-tu, Marty Flynn !

Elle se tordit pour parvenir à introduire les doigts dans sa poche.

— Tu vas nous sauver.

Pendant que Brandon continuait à réclamer son dû et Junior à cracher son venin sur son père, Samantha ouvrit le canif de Marty et se mit à scier ses liens.

— Tu n'aurais jamais pensé tout seul que tu pourrais gagner de l'argent de cette manière ! C'est moi qui t'en ai donné l'idée, se vantait Junior. C'est moi qui t'ai conseillé de devenir son ami, afin qu'elle se tourne vers toi lorsque l'occasion viendrait. C'est moi qui t'ai dit de te servir des infidélités de son petit ami.

— Eddington avait confiance en moi, répliqua Brandon. Si j'en avais eu le temps, j'aurais même pu me rendre indispensable et c'est moi qui aurais épousé Samantha. Je n'avais pas besoin de toi. J'ai laissé tes hommes me rosser pour qu'Eddington pense que je protégeais Samantha, et j'ai tiré quelques balles pendant que vous partiez. J'ai fait ce que tu voulais, et tu ne m'as pas encore payé. C'est toi qui m'es redevable.

— Je ne dois rien à personne, répliqua Junior, et tu n'as aucune leçon à me donner !

Brandon se saisit de son arme.

— Ferme-la.

Mais Junior fut plus rapide. Samantha sursauta, lâchant le couteau lorsque le coup partit et que Brandon s'effondra à terre, à côté de Jason. Elle retint le canif sur ses cuisses.

Elle vit la large silhouette de Jason s'éloigner de Metz. Non seulement il était encore en vie, mais il rassembla assez de forces pour s'asseoir. À la lumière des phares, elle voyait qu'un de ses yeux était gonflé, et que le cercle de sang sur le devant de sa polaire s'était élargi pour couvrir maintenant la moitié de son torse. Il saignait beaucoup. Il avait besoin de son aide.

Elle continua à cisailler la corde.

— De toute façon, je n'aurais jamais partagé l'argent d'Eddington. C'est à mon père, c'est à moi qu'il revient ! J'en aurais savouré le moindre centime !

Dieu merci, Junior continuait à s'écouter parler et ne faisait pas attention à elle pour le moment.

— Quant à toi, Jason, tu as eu le malheur de te mettre en travers de ma route.

Les cordes glissèrent sur les poignets de Samantha. Elle s'était libérée.

— Je protégerai Sam jusqu'à mon dernier souffle, dit Jason.

— C'est ce que j'ai compris, répliqua Junior en levant son fusil.

Samantha se laissa glisser sur le siège du conducteur et mit le contact.

Junior se retourna, surpris d'entendre le bruit du moteur…

Mais pas autant que lorsqu'il la vit appuyer sur l'accélérateur des deux pieds, et foncer sur lui. Le mur de la maison s'incurva lorsqu'elle le coinça avec son pare-chocs.

Un morceau du toit et une gouttière rouillée tombèrent sur le capot. Les larmes coulaient sur les joues de Samantha et elle les essuya, sans trop comprendre pourquoi elle ne pleurait que maintenant, alors qu'elle avait déjà supporté tant de choses.

Mais lorsqu'elle y vit plus clair et qu'elle arrêta le véhicule, elle comprit qu'elle avait fait une erreur tactique. Junior était prisonnier, mais il n'était pas mort. Et malgré la façon dont son corps s'affaissait sur le pick-up, elle n'avait pas immobilisé son bras. Il tenait toujours son arme.

Il visa la tête de Samantha à travers le pare-brise.

— Tu vas mourir, annonça-t-il d'une voix pâteuse alors que du sang commençait à couler au coin de ses lèvres.

Samantha se pencha au moment où le pare-brise éclatait.

Il y eut une seconde détonation.

Elle tenta de passer la marche arrière tout en restant baissée. Elle n'osait pas lever la tête tant que Junior pouvait tirer.

Mais après les deux détonations, elle n'entendit plus rien.

Seule la voix grave de Jason s'éleva, assourdie par la douleur.

— C'est bon, Samantha. Tu peux sortir. Tu ne risques rien.

Elle se redressa lentement, évitant le spectacle du corps de Richard Cordes affalé sur le capot. Elle regarda par la fenêtre et vit Jason sur les genoux, un pistolet encore fumant à la main.

Elle remarqua alors que l'étui de Brandon était vide. Jason avait pris l'arme du garde du corps et l'avait sauvée… Tout comme elle l'avait sauvé.

Il dirigea alors son arme vers les hommes qui l'entouraient. Orin Murphy jeta la sienne au sol. Ses trois compagnons l'imitèrent et s'agenouillèrent en posant les mains sur la tête, comme le leur ordonnait Jason.

Samantha ne perdit pas de temps. Elle prit le couteau de Marty et coupa la corde qui lui entravait les chevilles. Puis elle sortit du pick-up en courant et se précipita vers Jason.

— Jason ? Je t'en prie, dis-moi que tu vas bien !

Elle regarda son visage, et utilisa le canif pour sectionner les liens qui lui emprisonnaient les poignets.

— Pourquoi ne dis-tu rien ? lui demanda-t-elle en jetant les cordes sur le côté.

— Parce que je t'écoute.

Il prit une mèche de cheveux et la caressa entre son pouce et son index.

— Si tu vas bien, je vais bien…, ajouta-t-il.

— Je vais bien. Toi aussi, n'est-ce pas ?

Mais elle savait que ce n'était pas vrai. Il lâcha ses cheveux et s'effondra par terre.

— Jason !

Elle ramassa le pistolet et le pointa vers les hommes qui avaient rendu les armes.

— Vous savez tous qui je suis ?

Ils hochèrent la tête, marmonnant des « oui » hésitants.

— Je promets cent mille dollars au premier qui me donnera un téléphone en état de marche.

Tous quatre tendirent leur portable.

12

— J'aime Jason, papa.

Samantha serra son père dans ses bras. Ils se trouvaient dans la salle d'attente de l'unité de soins intensifs. Maintenant qu'elle venait d'apprendre que l'opération que Jason venait de subir s'était bien déroulée, qu'elle avait pris une douche chaude, enfilé des vêtements propres, et que son père était auprès d'elle, Samantha ne voyait pas ce qu'elle pouvait souhaiter de plus.

Walter Eddington s'écarta, et lui prit le visage entre les mains.

— Tu sais, tu ne m'as jamais dit ça à propos de Kyle, remarqua-t-il avec un sourire.

Samantha se sentit assez heureuse pour sourire à sa belle-mère et à Taylor. Les deux femmes lui avaient apporté des vêtements à l'hôpital de Jackson, et étaient restées pour entendre le compte rendu du chirurgien après l'opération de Jason.

— Je ne veux plus jamais parler de monsieur « Je-ne-sais-plus-qui ». C'est une des règles sur lesquelles Jason et moi nous sommes mis d'accord.

Walter passa le doigt sur le médaillon et la chaîne qu'elle lui avait rendus, et les glissa dans sa poche.

— Le capitaine Hunt peut te rendre heureuse ?

— Je crois que oui, papa.

Il fallait seulement qu'elle arrive à en convaincre Jason.

— C'est tout ce que j'ai besoin de savoir. Et nous ne parlerons plus jamais de ce monsieur « Je-ne-sais-plus-qui ». C'est comme s'il n'avait jamais existé.

— Entièrement d'accord, acquiesça Taylor, avec un timide sourire à l'intention de Sam. J'ai tellement honte de m'être comportée ainsi ! Il me disait qu'il m'aimait. Je ne sais pas comment tu pourras me pardonner un jour… Ni comment je vais réussir à me pardonner à moi-même.

Samantha tendit les bras vers sa sœur pour la serrer à son tour contre elle.

— Il savait être persuasif lorsqu'il le voulait. Ne t'en fais pas, nous allons réussir à l'oublier.

Walter secoua la tête.

— La nuit où tu as été enlevée, il a passé tant de temps au téléphone que j'ai cru qu'il était impliqué dans cette affaire !

Samantha fit la grimace.

— En fait, poursuivit Walter, il était surtout inquiet pour lui-même. Il appelait sa mère pour rentrer à nouveau dans ses bonnes grâces.

Joyce glissa son bras autour de celui de Walter. Les traits de son visage qui devait beaucoup à l'art du chirurgien exprimaient la contrition.

— Je suis très heureuse qu'il soit retourné en Nouvelle-Angleterre ! J'ignorais qu'il avait été déshérité et écarté de l'entreprise familiale pour mauvaise conduite. Apparemment, il couchait avec les épouses et les filles de tous leurs actionnaires. C'est comme s'il était atteint d'une maladie, une sorte d'addiction au sexe.

Walter pressa la main de Joyce et remarqua :

— Cette maladie s'appelle être un pauvre imbécile narcissique.

— Je crois que tu as raison, répondit sa belle-mère.

Elle se retourna vers Samantha et Taylor.

— J'ai décidé que je laisserais mes filles choisir elles-mêmes leurs époux. Je suis heureuse que nous soyons de nouveaux tous réunis et en bonne santé.

— Et moi donc ! acquiesça Walter en se penchant pour l'embrasser sur la joue.

— Sam !

Elle sourit. Enfin ! Enfin elle entendait cette voix grave, profonde.

Jason l'appela encore. Samantha se leva, alors que des larmes de soulagement lui embuaient les yeux.

— Sam !

Son père la poussa vers la chambre de Jason.

— Tu ferais mieux d'y aller.

— Et maintenant, restez tranquille ! entendit-elle.

Une infirmière sortit de la chambre en pestant à mi-voix contre les hommes entêtés.

— Dieu merci, vous êtes là, dit-elle à Samantha. Essayez de lui faire entendre raison !

Elle trouva Jason en train de sortir une jambe du lit et d'essayer de se débarrasser des électrodes et du cathéter fixé sur sa main.

— Que fais-tu ?

Elle accourut vers lui, et l'aida à se recoucher sur les oreillers. Elle ajusta sa blouse et remonta les couvertures sur lui.

— Tu es censé te reposer !

Pendant qu'elle vérifiait que son intraveineuse était toujours bien en place, il retourna la main pour serrer la sienne.

— Je ne savais pas où tu étais ! Et cette idiote d'infirmière refusait de répondre à toutes mes questions sur toi, parce que je ne suis pas de la famille. Tu vas bien ? Tu as dû être hospitalisée ? Qu'est-il arrivé à Orin Murphy et aux autres hommes ?

Elle s'assit sur le côté du lit. Les médecins avaient dû le raser pour soigner ses blessures au visage, et elle admira ses traits nets… Même si elle aimait aussi sentir sa barbe lui piquer les doigts et les lèvres.

— Je vais bien, répondit-elle en lui prenant la main entre les siennes. Un médecin m'a examinée. Il m'a fait une prise de sang pour voir s'il y avait encore des traces de la drogue qu'ils ont utilisée sur moi, et ils n'ont rien trouvé. Ils ont vu quelques égratignures et des contusions, c'est tout. C'est surtout toi qui les préoccupais. Tu as passé trois heures en salle d'opération. Deux côtes cassées, un rein atteint, des plaies à nettoyer, à suturer… C'est un miracle que tu sois aussi en forme et aussi docile.

— Ne te moque pas de moi. Tu vas vraiment bien ?

— Oui, je vais vraiment bien.

Peut-être que, si elle changeait de sujet, il se détendrait et lui serrerait les doigts un peu moins fort.

— Mon père est là. Il a eu une longue conversation avec Dante Pellegrino à propos de ses pratiques de recrutement.

— Si j'avais une conversation avec Dante Pellegrino, elle serait très courte. Je ne sais pas s'il est naïf ou incompétent, mais il est impossible qu'il reste à son poste.

— Mon père a peut-être été plus diplomate. Mais si tu veux, tu peux être responsable de ma sécurité.

— Tu m'offres un poste de garde du corps ?

— Je ne t'offre pas un poste. Je… Ce que je voulais dire…

Depuis quand ne trouvait-elle plus ses mots ? Jamais cela ne lui était arrivé.

— Hé…

Jason lui posa la main sur la cuisse, la retenant contre lui, dans sa chaleur.

— J'ai passé soixante-douze heures dans ces montagnes avec toi, et je n'ai jamais eu à me demander ce que tu pensais. Parle !

Samantha hocha la tête, réconfortée par son sourire

bienveillant, et par la certitude que, comme toujours, il saurait écouter ce qu'elle avait à dire.

Elle reprit.

— Merci de m'accepter pour ce que je suis, et comme je suis. Avec toutes mes excentricités.

— Ce n'est pas un problème. Tu m'as bien accepté toi-même !

Elle tapota la couverture des doigts. Elle ne s'était pas attendue à ce que cela soit si difficile. Peut-être était-ce parce qu'elle se rendait soudain compte que la réponse de Jason était pour elle la chose la plus importante au monde… Juste après avoir entendu qu'il était toujours en vie et qu'il n'aurait pas de séquelles.

— Quoi d'autre, Sam ?

Il lui immobilisa les doigts. Ses beaux yeux gris la regardaient attentivement. Ils avaient la même douceur et la même force que sa main.

— Je t'ai tout dit. Tu peux faire la même chose.

Elle lui caressa le visage. Il sourit. Et soudain, tout fut facile.

— Tu penses qu'on peut tomber amoureux en soixante-douze heures ? Qu'on peut connaître quelqu'un intimement, lui faire confiance et le respecter, et lui donner son cœur en si peu de temps ?

— Oui, répondit-il sans hésiter.

Il l'attira doucement contre lui et lui cala la tête sous son menton. Même si ses blessures ne semblaient pas le faire souffrir, elle se tenait aussi immobile que possible, et se blottissait dans sa chaleur et sa force.

— C'est ce qui m'est arrivé. Je t'aime, Sam. Je ne pensais plus que c'était possible. Et je ne m'en sentais pas digne. Mais tu m'as donné envie de vivre et… je me sens meilleur lorsque je suis avec toi. Je sais dire ce que je pense et admettre mes sentiments. Trop longtemps, j'ai préféré vivre loin des autres. Mais je ne veux plus continuer ainsi. Je veux rire et aimer, je veux être avec toi. Je vais certainement encore déraper de temps en temps, mais…

Lorsqu'il se rendit compte qu'elle pleurait contre son cou, il lui essuya ses larmes.

— Je veux être un homme meilleur pour toi.

— Tu sauves les gens Jason. Tu m'as sauvée. Il n'y a rien de mieux que cela !

— C'est toi qui m'as sauvé. Et de plus d'une façon ! Tu as plus d'argent que je n'en gagnerais jamais, mais je n'en veux pas un centime. J'aimerais vivre dans la montagne. Je ne pense pas que je pourrais me faire à la ville. J'ai des problèmes à régler alors que tu es follement intelligente — ou peut-être folle tout court — mais j'aime ça en toi. Je veux être ton homme et que tu sois ma femme… Si tu penses que nous avons une chance tous les deux.

Samantha sourit.

— Je pense… que si nous établissons quelques règles de base… peut-être différentes de celles que nous avions dans la montagne…

Elle lui caressa les lèvres du bout des doigts, et trouva un endroit où elle put l'embrasser.

— … il y a de très grandes chances pour que ça marche.

Épilogue

Sept mois plus tard

L'automne était toujours une très belle saison dans le massif de Grand Teton. Au pied des montagnes, les arbres se paraient de feuilles rouges, dorées ou orange, alors que, plus en altitude, le vert des sapins ressortait sur les premières neiges.

Samantha prit la tasse de café fumante entre ses mains pour se réchauffer. Elle se tenait sur la terrasse du chalet de Jason — leur chalet maintenant — et elle admirait ce paysage somptueux et rude qui lui rappelait tant l'homme qu'elle aimait. Elle avait failli mourir dans ces montagnes, mais maintenant elle s'y sentait chez elle.

Et s'ils vivaient dans un endroit isolé, elle avait la certitude que Jason Hunt serait toujours là pour l'aider, et elle s'y sentait plus en sécurité que dans les locaux du groupe Midas, surveillée par des gardes du corps.

Elle entendit la porte s'ouvrir derrière elle.

— Je suis prêt.

Jason avait une voix profonde et un peu grondante le matin, et le seul fait de l'entendre la faisait frissonner.

Samantha déposa son mug sur la rambarde et vint à sa rencontre. Elle vérifia qu'il s'était chaudement habillé.

— Bonjour ! Et au revoir, je suppose… Tu as tes gants, ton bonnet ?

Les températures commençaient à baisser.

— Qui est le guide de montagne ici ? répliqua-t-il avec un sourire. Que vas-tu faire pendant que je serai en train d'escalader les rochers ? Tu vas travailler sur ce nouveau système de traitement des déchets ?

— Oui. Merci de m'avoir laissée l'expérimenter chez nous.

— Hé, si je ne savais pas à quel point tu es douée pour ce genre de choses, je ne te laisserais pas faire !

— Menteur ! Tu sais bien que la règle numéro un est d'être toujours honnête l'un avec l'autre.

— D'accord. La vérité, c'est que tu peux faire ce que tu veux de moi.

L'allusion ne fut pas perdue pour Samantha. Et lorsqu'il baissa la tête pour l'embrasser, elle l'enlaça et se laissa aller contre lui.

Il lui avait détaché les cheveux et la pressait de tout son corps contre un montant de la balustrade lorsqu'il lui dit dans un souffle :

— Je ferais mieux d'y aller si je veux être revenu à temps pour prendre une douche avant le repas avec nos parents.

Samantha calma les frissons de passion que ce baiser avait éveillés en elle, et amena la conversation vers un sujet plus sérieux.

— Je sais que tu as besoin d'un peu de temps tout seul avant de me parler, mais je t'ai trouvé un peu distrait ces derniers temps. Tu peux tout me dire, tu sais ?

— Je sais. Le psychiatre trouve que je vais mieux de jour en jour. Je n'ai plus peur du monde, et j'arrive enfin à lui parler de toutes les difficultés que j'ai rencontrées lorsque je suis rentré de ma dernière mission… Comme le jour où j'ai poursuivi le facteur parce qu'il avait donné un paquet à ma mère, et que j'étais persuadé que c'était une bombe.

Samantha lui prit la main. Il évoquait maintenant avec légèreté cette histoire si pénible qu'il lui avait révélée il y avait environ un mois. Il avait fait si peur à sa mère ce jour-là qu'il avait décidé de couper les ponts avec sa famille pour ne plus les faire souffrir. Ce n'était qu'après l'enlèvement de Samantha qu'il avait décidé de retourner voir ses parents. Elle savait qu'il n'était pas entièrement guéri, mais elle avait confiance. Il lui pressa les doigts, la remerciant silencieusement pour tout le soutien qu'elle lui apportait.

— Je suis vraiment heureuse que tu aies repris contact avec tes parents. Comment s'est passée la visite de ton père chez le dermatologue ?

Fort heureusement, la maladie qui avait inquiété Jason était guérissable.

— Ils pensent qu'ils ont réussi à enlever toutes les cellules cancéreuses de son visage. Il aura une cicatrice en forme de point d'interrogation. Ça lui ira plutôt bien.

Elle sortit un tube de crème solaire de la poche de son jean et le fourra dans son sac pendant qu'il posait une casquette sur ses cheveux courts.

— Toi aussi, tu devrais faire attention et mettre de la crème quand tu vas en montagne. Tu vas encore faire la face nord ? Ou alors tu vas aller vers le col de Mule Deer ?

— Rien de tout ça. Je vais juste randonner. Me vider la tête.

— Pourquoi dois-tu te vider la tête ? demanda Samantha en nouant les bras autour de sa taille, et en posant la tête sous son menton. Tu es certain que rien ne te tracasse ? Tu te sens un peu à l'étroit depuis que j'ai emménagé ici ?

— Non.

Il recula assez pour incliner son visage vers elle.

— Jamais.

Quelques minutes plus tard, ils étaient retournés à l'intérieur du chalet. La porte était fermée à clé. Leurs vêtements étaient éparpillés sur le sol et ils se dirigeaient vers la chambre.

Jason caressa les hanches et les fesses de Samantha, et attira son corps nu vers lui. Elle pressa sa poitrine contre son torse, et sentit les bouts de ses seins se durcir presque douloureusement. Il les pressa de ses doigts, les caressa de sa langue… Alors qu'il éveillait chaque endroit de son corps avec ses mains chaudes et sa bouche avide, elle lui prit sa lèvre inférieure entre les siennes et la mordilla.

Il gémit contre sa bouche.

— Tu me rends fou quand tu fais ça.

Il la souleva et elle noua les jambes autour de sa taille, ouvrant son sexe humide contre son corps brûlant.

Ils tombèrent ensemble sur le lit et chacun chercha sur le corps de l'autre les points les plus sensibles, les endroits à embrasser, à caresser. Elle avait l'impression que tous ses nerfs vibraient, et attendait le soulagement qu'il allait lui donner lorsqu'il la laissa un instant, juste le temps d'enfiler un préservatif sur son sexe dressé.

— Tu es certain que tu veux aller faire une randonnée aujourd'hui ?

— C'est toi que je veux aujourd'hui !

Il revint vers le lit, la fit se retourner sur le ventre, et la pénétra par-derrière d'une poussée longue et profonde. Les doigts de Sam se refermèrent sur l'oreiller, et elle se laissa faire, attendant avidement la jouissance qu'il allait lui offrir.

Lorsqu'il glissa la main sous son sexe pour caresser son clitoris enflé, c'est ce qui arriva, et elle enfonça son visage dans l'oreiller en criant son nom alors qu'elle avait la sensation que son corps tout entier était submergé par le plaisir, et que les vagues de jouissance se succédaient les unes aux autres. Quelques instants plus tard, il se raidit en gémissant, puis retomba sur elle.

Elle ne sut pas si elle resta ensuite allongée sous son corps pendant des secondes, des minutes ou même des heures, à l'abri, dans sa chaleur…

— Je savais que j'aimerais le sexe, dit-elle avec satisfaction, en roulant sur le dos alors qu'il s'allongeait contre elle. Mais je ne savais pas que ça pouvait être si bien !

Il l'embrassa, se leva et disparut quelques instants dans la salle de bains.

— C'est bien parce que c'est toi et moi, dit-il en revenant. Tout est bien parce que c'est toi et moi.

Samantha mit ses lunettes et remonta la couette sur elle, s'asseyant pour le voir mettre son caleçon. Les cicatrices de son épaule, de son ventre et de sa cuisse étaient encore rosées. Mais pour Samantha, elles étaient les témoignages de son courage, de tout ce qu'il avait fait pour elle, et elles lui rappelaient la chance qu'elle avait qu'il fasse partie de sa vie.

— Si tu continues à me regarder comme ça, je ne vais jamais partir en randonnée.

— Te regarder comme quoi ?

— Comme si tu m'aimais.

— Je t'aime.

— Attends…

Il ramassa son pantalon sur le plancher et sortit un écrin de l'une des poches, avant de revenir s'asseoir à côté d'elle.

— Voici la raison pour laquelle j'ai été un peu distrait ces derniers temps. Je voulais faire ça ce soir, en présence de Walter, de Joyce, et de mes parents. Mais je ne peux pas attendre.

Il ouvrit la boîte qui révéla un diamant carré, taille princesse, sur un anneau d'or blanc.

— Je t'aime, Sam. Tu veux m'épouser ?

La bague était aussi simple et belle que sa demande en mariage et Samantha hocha la tête en signe d'acquiescement.

Retrouvez en juillet 2019,
dans votre collection

BLACK ROSE

Séduisante collaboration, de Lara Lacombe - N°541

« Je ne pensais pas que le FBI enverrait une femme… » Surprise par la remarque u brin sexiste du ranger qu'elle s'apprête à interroger, Rebecca lève les yeux et croise so regard clair. Un petit sourire aux lèvres, il semble s'amuser follement. De toute évidence le fait d'être suspect dans une affaire de double meurtre ne l'inquiète pas. Et il sait déj que, sans lui et sa connaissance parfaite du parc national de Big Bend, Rebecca n parviendra jamais à débusquer l'inconnu qui s'attaque à des promeneuses solitaires…

Une héritière aux abois, de Nico Rosso

Le cœur battant, Mariana se laisse aller quelques instants entre les bras solides d l'homme qui lui a porté assistance alors que deux malfrats venaient de l'agresse dans la rue. Mais, tandis qu'elle le remercie et s'apprête à rentrer chez elle l'inconnu lui fait une révélation stupéfiante : ce n'est pas par hasard qu'il a volé son secours. En réalité, il est en mission pour la protéger d'un groupe de promoteur sans scrupule. Des rapaces prêts à tout pour s'emparer de la pommeraie, bercea de sa famille, dont elle a hérité et qu'elle exploite seule.

Retour à Whitehorse, de B.J. Daniels - N°542

Jamais Justin n'a imaginé revenir un jour à Whitehorse, sa ville natale… Pourtant lorsqu' reçoit le coup de fil de Chloe, son amour de jeunesse devenue journaliste, sa décision es prise : il va rentrer chez lui. Il va enquêter avec elle sur le meurtre de son frère, assassin cinq ans auparavant. Pour laver les soupçons qui ont pesé sur lui à l'époque. Et pou que le baiser qu'il a échangé avec Chloe autrefois ne reste pas qu'un tendre souvenir..

Un allié insaisissable, de Jenna Kernan

Sauvage, farouche, insaisissable… Beth Hoosay, agent du FBI, connaît la réputa tion de Ty Redhorse. Pourtant elle ne doute pas une seconde qu'elle l'amènera collaborer avec elle dans son enquête sur un trafic de bébés… Jusqu'au momen où Ty entre dans le bar où elle l'attend. Fascinée par son regard d'obsidienne elle comprend alors que le plus difficile pour elle sera de gérer l'attraction irré sistible qu'exerce sur elle cet homme aux allures de félin…

Retrouvez en juillet 2019,
dans votre collection

BLACK ROSE

Messages très secrets, de Carol Ericson - N°543

Penché par-dessus l'épaule de Martha, Cam relit le mail que la jolie traductrice de la CIA vient de recevoir. Dans quel guêpier s'est-elle fourrée en enregistrant des messages secrets qui ne lui étaient pas destinés ? De toute évidence, elle a débusqué sans le savoir un ou plusieurs criminels qui menacent la sécurité publique. Et ce message ne laisse guère de doute sur le danger qu'elle court. Un danger qu'il va affronter à ses côtés pour effacer la peur qui assombrit son beau regard…

Je serai là pour toi, de Cassie Miles

En reprenant conscience après l'accident de voiture qui a failli lui coûter la vie, Emily comprend qu'on a tenté de la tuer. Les raisons de cette agression, elle les connaît : son ex-mari vient de lui léguer une fortune considérable. Mais qui sont ses ennemis ? Désemparée, perdue, quelle n'est pas sa surprise de découvrir Connor Gallagher, son avocat et ami, accouru dès qu'il a eu connaissance de son accident et qui, pour mieux la protéger, s'est fait passer pour son fiancé…

Un secret à te révéler, de Lisa Childs - N°544

Accusé d'un meurtre qu'il n'a pas commis, Jedidiah n'a qu'une idée en tête depuis qu'il s'est évadé de prison : retrouver Erica Towsley, la seule à pouvoir prouver son innocence. Il était avec elle, ce soir où un policier a été tué. En train de lui faire l'amour. Alors pourquoi l'a-t-elle laissé croupir en prison pendant cinq ans ? C'est ce qu'il est résolu à découvrir. Pourtant, quand il arrive chez elle, c'est le choc : non seulement Erica pense qu'il s'est absenté au cours de cette fameuse nuit, mais elle est accompagnée d'une petite fille qui ressemble à Jedidiah…

Une dangereuse révélation, de Kimberley Van Meter

Cassandra Nolan… ? En apprenant qu'il doit arrêter la femme dont il était amoureux autrefois, Thomas est bouleversé. Comment est-il possible que Cassi soit accusée d'escroqueries et de vols, alors qu'elle est l'héritière d'une des familles les plus fortunées de Virginie ? Bien sûr, en tant qu'agent du FBI, il doit mettre de côté ses doutes, ses sentiments personnels et boucler la mission qu'on lui a confiée. Mais lorsqu'il revoit la belle Cassi, il ne peut s'empêcher de l'écouter. Elle lui jure qu'elle a été manipulée, et qu'elle est même en danger…

Retrouvez en juillet 2019,
dans votre collection

BLACK ROSE

Par-delà le mensonge, de Justine Davis - N°545

Réhabiliter la mémoire de Terry. Summer n'a plus que cette idée en tête depui que des rumeurs laissent entendre que son mari aurait été corrompu, et tué po les criminels auquel il s'était associé… Seul un homme peut l'aider à prouve l'innocence de Terry : Shane Colter, son ancien coéquipier. Shane, qu'elle s'éta pourtant juré de ne jamais revoir, car, à une époque où son couple connaissa une passe difficile, elle s'était sentie attirée par lui… Aujourd'hui elle n'aur d'autre choix que de se montrer forte – et faire taire la culpabilité qui la rong encore…

L'innocence en doute, de Dana Marton

Ne pas se fier aux apparences : telle a toujours été la devise de l'agent spéci Moses Mann. La belle Molly Rogers peut bien arborer un air d'innocence, il refus de se laisser attendrir par cette femme, soupçonnée de s'être livrée à un importar trafic de drogue. Mais sa détermination à lui faire avouer son crime vacille vi quand il s'aperçoit que la vie de Molly est menacée. Ainsi, elle n'a pas menti ? Ell est bel et bien victime d'une terrible machination… Mortifié d'avoir douté de la jeun femme, Moses décide de la protéger coûte que coûte…

Composé et édité par HarperCollins France.

Achevé d'imprimer en mai 2019.

CPi
BLACK PRINT

Barcelone

Dépôt légal : juin 2019.

FSC
www.fsc.org
MIXTE
Papier issu de sources responsables
FSC® C108412

Pour limiter l'empreinte environnementale de ses livres, HarperCollins France s'engage à n'utiliser que du papier fabriqué à partir de bois provenant de forêts gérées durablement et de manière responsable.

Imprimé en Espagne.